정열의 수난

정열의 수난 장정일 문학의 변주

문광훈 지음

1판 1쇄 펴냄 2007년 1월 8일

펴낸이 | 정민용
주간 | 박상훈
편집장 | 안중철
책임편집 | 박후란
편집 | 박미경, 성지희, 최미정
디자인 | 서진, 송재희
제작·영업 | 김재선, 박경춘

펴낸곳 | 도서출판 후마니타스
등록 | 2002년 2월 19일 제6-0449호
주소 | 서울 종로구 홍파동 42-1 신한빌딩 2층(110-092)
편집 | 02-739-9929 제작영업 | 02-722-9960 팩스 | 02-733-9910
홈페이지 | www.humanitasbook.co.kr

값 15,000원

ISBN 978-89-90106-29-2 03810

이 도서의 국립중앙도서관 출판시도서목록(CIP)은 e-CIP 홈페이지
(http://www.nl.go.kr/cip.php)에서 이용하실 수 있습니다(CIP 제어번호 : CIP2006002887).

후마니타스

문광훈 지음

정열의 수난

장정일 문학의 변주
역사-서사-권력-문화의 관계

내 뺨의 눈물
어떤 것도 바랄 수 없네.
Können Thränen meiner Wangen
Nichts erlangen.

—피칸더 Picander,
바흐 J. S. Bach 『마태수난곡』 *Matthäus-passion* (1729)의 한 작사자

차례

머리말 '순수성의 환상'에 거슬러

서로 비난하며 그들은 보냈네
쓸모없이 시간을, 자신은 꾸짖지 않은 채,
그리하여 그들의 헛된 다툼은 끝날 것 같지 않았네.
Thus they in mutual accusation spent
The fruitless hours, but neither self-condemning,
And of their vain contest appeared no end.

―밀턴J. Milton, 『실낙원』*Paradise Lost*(1667)

왜 썼는가?

글은 그것이 '의미 있다'고 판단될 때에 출간될 것이다. 이 글도 그러한가? 나는 그러기를 바란다. 이 글의 초안은 원래 "문화 갈등과 권력 성찰의 소설 언어 : 장정일의 경우"라는 제목으로 2004년 봄에 잡은 것이다. 그것은 고려대학교 아세아문제연구소가 기획했던 '한국 사회 갈등 연구'를 이루던 열 편 남짓한 글 가운데 하나였다. 이 기획에 참여하는 필자는 거의 모두 한미 또는 한일 관계나 남북 관계 등 정치학을 전공하고 있었고, 그도 아니면 사회학이나 역사학 등을 공부하는 사회과학 연구자들이었다. 전체 필자 중 문학을 공부하는 이는 나 혼자였고, 이 문학도 국문학이 아니라 독문학이었다. 그래서 처음에 나는 꽤 주저하였다.

　삶에서는 당치 않은 일이 불가피할 때도 있다. 다른 무엇도 아닌 생계가 그 이유라면 그만두고 말고 할 수가 없지 않은가. 나는 일단 대학원 시절부터 관심을 가져 온 시인 장정일에 대해 글을 한 편 쓰기로 하였다. 그렇지만 시간이 지남에 따라 한 편의 글로 '때우기'에는 여러 가지로 불편한 마음이 점점 심해졌다. 그것은 오랫동안 흠모해 온 작가에 대한 도리가 아닌 것 같았고, 무엇보다 내가 쓰고 싶은 글을 제어 없이, 글이 쓰이는 방향대로, 그러니까 내 상상력을 존중하면서 스스로의 자유로운 사고를 펼쳐 가기에는 20~30쪽 되는 글이 턱없이 부족할 것 같았다. 무엇인가 '자신을 설복시킬 수 있는' 자기 당위성이 마련되지 않으면 안 되었다. 그래서 도달하게 된 것이 '장정일론'이었다.

　한 권의 작가론이 제대로 되려면, 그것은 말할 것도 없이 한 작품의 개별 의미에 한정되어서는 곤란하다. 개별 작품에서 출발하되 이와 관련된 다른 작품들을 읽어 내야 작가의 문학 세계가 전체 위상에서 가늠될 수 있고, 이런 전체 맥락 아래 다른 장르의 글 역시 논의되어야 한다. 이때 비평 초점은 형식 분석에만 국한되는 것이 아니라 내용과 작가의 세계관으로 나아가야 하고, 이 나아감 속에서 사회정치적 조건과 현실 대응 방식도 거론되어야 한다. 그리고 이것은 다시 작가 개인의 실존적 고민과 내밀한 고유성에까지 파고들 수 있어야 한다. 이것은 무엇보다도 작가의 작품을 읽고 느끼는 독자 또는 수용자와의 관계 속에서 이루어져야 한다. 내가 원래의 원고에서 다루고자 했던 '문화 갈등'의 의미 또한 이런 경로를 통해, 다시 말해 형식과 내용, 개별 작품과 세계관, 예술과 사회 역사, 작가와 독자라는 일반적 의미 지평에서 비로소 이해될 수 있지 않은가.

　그래서 필자는 나중에 논문을 제출하는 것과는 별개로 작가의 문학 세계를 제약 없이, 내 나름으로, 크게 보아 '문화 갈등에 대한 문학적 대응'이라는 본래의 관점에서 쓰기로 하였다. 이렇게 확대된 초고는 2005년 5월 중순에 마쳤고, 그 여름 방학 동안 두세 차례 퇴고를 거쳤다. 그리고 2006년 초 한 차례 더 보충했다.

　왜 썼는가? 가장 간단한 답은 아마도 '기질적으로 유사하게 느껴져서'가 될는지도 모른다. 그러나 이 대답은 부정확하고 무책임하다. 나는 작가 장정일을 아직 만나 보지 못했다. 그런데도 어떻게 그의 기질을 가늠할 수 있단 말인가? 나로서는 그저 책을 읽으면서 그의 작가성을 추측할 수 있을 뿐이다. 그의 작품을 아끼고 경애하는 한 명의 독자로서 그냥 그렇게 여기고 있다. 또 하나. '글은 곧 사람'이라는, 유행에 뒤지고 시대에도 어긋나는 믿음을 지금도 간직하는 까닭이다. 그러나 이것뿐인가? 사실 내가 의미하는 기질은 어떤 '정서적 편향이나 취미'만을 뜻하지 않는다. 그 옆에는 일에 대한 성정性情과 태도가 있고, 더하게는 가치에 대한 문제의식이나 세계관도 있다. 나는 그에게서 세계관적 친화력을 느끼는 것이다.

그래서일까? 나는 장정일을 읽으면 '편안함'을 느끼고, 이런 편안함 속에서 어떤 자유의 느낌—내 감각과 사고가 확장되는 체험의 순간을 자주 경험하곤 했다. 때로는 그 체험의 순간에 '자유롭다'는 느낌까지 받는다. 감각과 사고는 불편함을 동반하지 않고서는 갱신되지 않는다. 그러면서 이런 불편함에는 '동의하고 공감할 만한' 어떤 각성의 계기도 들어 있다. 친화력의 이유를 좀 더 구체화시켜 보자.

이런 보충 진술이 한없이 늘어지는 것은 바람직하지 않다. 그러니 그것을 테제 형식으로, 최대한 간결하게 정식화해 보자. 나는 다시 묻는다. 왜 장정일인가? 왜 다른 작가도 아닌 장정일에 대해 나는 이렇게 썼던가? 그러나 이렇게 물어보아도 여전히 이 물음은 어리석게 들린다. 바보 같은 질문에 분명 바보같이 답변할 것 같은 내가 바보스럽기도 하지만, 바보가 아니 되는 일은 이런 바보 같은 답변을 바보처럼 단순하게 감행하는 일 밖에는 없어 보인다. 내가 그를 읽는 가장 중대한 이유는 그의 글이 내가 말하고 싶은 바를 내 스스로 생각하고 표현하는 데에 가장 유쾌한 성찰 재료가 되기 때문이지 싶다. 어떤 의미에서 가장 유쾌한 성찰 재료가 되는가? 이것은 좀 더 넓은 맥락—오늘의 한국 상황과 더 크게 지구 현실의 성격을 더듬어 봄으로써 얘기될 수 있을 것 같다.

평화 작업

계몽주의 이후 250여 년이 훨씬 지났지만, 오늘날 일어나는 갈등은 그 어느 때보다 덜하지는 않아 보인다. 20세기의 갈등이 정치·군사·이념으로 채색되었다면, 오늘날의 갈등은 주로 문화·종교·인종으로 채색된 것처럼 보인다. 그러면서 이 갈등에는 이전의 요소가 완전히 휘발되었다고 말하기 어렵다. 차라리 그것은 이전의 요소와 중첩되어 나타난다고 보는 편이 옳을 듯하다. 폭력 다음의 폭력, 전쟁 밖의 전쟁 그리고 탐욕 이전의 탐욕을 경험하는 것이 오늘의 인간세계이다. 좀 더 자세히 들여다보자.

이른바 선진국은 그 어느 때보다 풍요와 번영을 구가하지만 개발도상국은 부채와 빈곤에 시달리고 있다. 여기에 질병과 기아 그리고 사회 불평등은 더욱 극심해져 가고 있고, 환경 파괴나 이로 인한 자원 고갈은 이제 돌이키기 힘든 수위에 이른 것으로 보인다. 전 세계에서 10억 명 이상이 극빈에 시달리고 있고, 이들의 대부분은 하루 1달러 미만의 돈으로 생계를 꾸려 나간다. 거처 잃은 난민은 무려 920만 명에 이른다. 더 구체적으로 말하면, 지난 5년 동안 내전에 휩쓸린 콩고에서는 매일 1,200여 명의 사람들이 질병과 사고로 죽어 가고 있다. 그러나 잘 알려져 있듯이, 보잉Boeing이나 헬리버튼Halliburton 아니면 록히드마틴LockheedMartin과 같은 미국의 군수 산업체들은 이라크전 이후 돈방석에 앉았다. 이들 상위 34개 회사의 순이익은 9·11테러 이후 '테러와의 전쟁'을 치르면서 180퍼센트나 증가했고, 이 업체 CEO의 총보수는 1년 동안 이라크인 100만 명의 임금을 충당할 수 있다고 한다(체니D. Cheney 미 부통령은 헬리버튼 자회사의 CEO로 있었고, 이라크 재건 컨설팅에 참여한 베어링포인트BearingPoint사는 현 부시G. Bush 미 대통령의 친동생과 특수 관계에 있다고 한다). 그래서던가? 귄터 그라스Günter Grass는 2006년 5월 23일 베를린에서 열렸던 국제펜클럽회의 개막 연설에서 이렇게 적었다.

누가 전쟁을 원했는가? 어떤 거짓말이 전쟁의 목적을 감추고 있는가? 누구에게 그 이득이 돌아가는가? 전쟁은 주식 가치를 얼마나 올리는가? 그 많은 죽음을 야기한 무기를 누가 누구에게 넘겼는가? '누구에게 죄가 있는가'라는 재판관의 물음 이상으로 우리가 염려해야 할 것은 언제부터 우리가 공범자가 되었는가이다.

삶의 불균형과 부당성은 국경을 모른다. 그것은 오늘날 전 지구적으로 나타난다. 이것은 이 땅의 현실에서도 덜한 것이 아니다. 집은 늘어났음에도 왜 '내 집' 없는 사람은 여전히 많은가? 왜 적잖은 사람들이 열심히 살고자 해도 투기와 요행은 줄어들지 않고 있는가? 왜 도처에 '바다이야기'이고 '황금성'이라는 성인 오락실이 있는가? 주택 보급률은 106퍼센트가 되었지만, 아직도 무주택자가

631만 가구(39.7퍼센트)에 이르고, '뇌물공여지수'BPI, 국제투명성기구가 격년제로 발표하는 국가별 부패지수는 30개 나라 중에 왜 21위인가(2006년 조사에서 우리나라는 10점 만점에 5.83점을 받았다)? 지방의원의 해외 연수는 왜 80퍼센트가 흥청망청 관광으로 채워지는가? 이런 잘못된 비리와 관행을 신고하면 보상은커녕 왜 제보자는 전출되거나 해고되고 마는가? 납품 과정의 비리를 고발한 한 군무원은 군 측의 협박으로 강제 퇴역한 후 생활고에 시달리다가 결국 십이지장궤양으로 세상을 뜨고 말았다. 공익을 위한 제보자는 여지없이 배제되고 유린된다. 그럼에도 이 땅의 복지 예산은 OECD 회원국 중 최하위에 머문다.

어떻게 할 것인가? 이런 편재하는 부정성不正性 앞에서 우리는 어떻게 대응할 수 있을까? 우리는 무엇보다 거짓을 삼가고 스스로 투명해져야 하며 조금 더 반성적이어야 한다. 이 반성하는 방식과 내용은 각자의 직업과 활동에서 좀 더 구체적으로 고안할 수 있을 것이다. 그렇다면 문학과 예술, 철학과 문화 분야에서는 어떤 현실 대응이 이루어질 수 있을까? 그 나름으로 진실한 방법이라면, 이 방법은 예술과 문화의 분야에서만 아니라 정치나 사회 분야에서도 타당할 수 있을 것이다. 그 길의 하나가, 최대한 하나로 수렴하면, '거짓 관념에 대한 저항'으로부터 시작될 수 있다고 생각한다.

'거짓 관념'이란 무엇인가? 그것은 일상적으로 보면 사고의 상투화에서 오고, 이 상투화된 사고는 철학으로 보면 실체주의 관점 위에 있다. 이것은 대상이 어떠하건 절대적이고 유일무이하며 순수한 것을 추종한다. 이것은 종교나 문화 이해에서와 마찬가지로 인종이나 언어에 대한 이해에서도 나타나고, 작게는 사람과 사람의 만남에서도 매일 경험된다. 예를 들어 이 땅에서 살아가는 수많은 이주 노동자들을 생각해 보라. 그들은 많은 경우 악덕 기업주의 임금 체불에 시달리거나 경찰 신고를 피해 다니며 하루하루를 연명한다. 마치 서구 아닌 나라에서 온 미국 안의 이주자들처럼 이들은 우리 사회에서 '불법 체류자'가 되어 말 못할 어려움을 겪고 있다. 우리는 우리가 만나는 타인이 자신이 추측하는 방식으로 나타나리라 예상하고 또 기대하지 않는가. 그렇지 않을 경우 우리는 놀라거나 실망하거나 심지어 좋지 않게 여기기도 한다. 그런데 이런 잘못된 요구는 타인 이전에 자신에게도 행해진다. 그래서 섬세한 인간은 어떤 균열의 징후를 자기 내부에서 이미 느끼기도 한다. 정치적 독단이나 국수적 민족주의 그리고 종교적 근본주의는 이런 순정주의의 폐해에서 연유하는 좀 더 넓은 범주들이다. 신자유주의적 세계화는, 다국적 자본이 효율성 이데올로기로 전 지구를 통일하려 한다는 점에서, 절대 순수의 환상이 경제적으로 관철된 예가 된다.

'순수성의 환상'은 우리의 감각을 진부하게 만들고 사고를 경직시킨다. 그것은 이미 느낀 것만을 느끼게 하고, 이미 생각한 것을 거듭 생각하게 만든다. 이것이 관성의 효과이고 영향력이다. 되풀이되는 감각과 사고에서는 어떤 새로운 것, 낯선 것을 느끼거나 생각하지 않아도 되는 편리함이 보장되기 때문이다. 안락한 평화—후기자본주의 사회의 거짓 화해는 바르 이 편리함을 지칭한다. 유약함이나 어리석음, 편견과 유치함은 이 편리함에서 자라난다. 이 눈먼 환상에서 사람은 자신의 믿음을 더욱 확고하게 할 뿐 어떤 얽힘—삶과 사물의 겹쳐 있음을 생각하지 않는다. 아니 생각하지 않으려 한다. 정치적 수사修辭나 종교 문답 그리고 경제 이데올로기가 지닌 한계는 이런 무뇌 습성無腦習性의 안락함을 장려한다는 데에 있다. 우리가 역사의 야만을 반복하고 전근대의 몽매를 다시 체험하려면 이런 안락을 계속 즐기면 된다.

그러나 최상의 것에는 주저와 머뭇거림, 모호함과 비결정성이 자리한다. 그리고 이것은 서로 얽혀 있다. 삶의 전체란 이렇게 겹쳐 있는 것들의 광대한 목록과 다르지 않다. 그래서 그것은 친숙한 듯하면서도 어딘가 낯설고 낯선 듯하면서도 또 친숙하게 보인다. 삶의 경이로움은 그 어느 범주와 개념에도 들어맞지 않는 사건과 느낌이 시시각각 일어난다는 사실에 있다. 타자의 언어와 고민 그리고 그 유래 또한 이 목록 안에 담겨 있다. 이 타자성의 관점에서 보면, 승리와 패배는 삶에 무지한 자들이 내건 어리석은 명칭에 지나지 않는다. 그런 것은 사실 없다. 실패든 성공이든 변함없이 남는 것은 생존의 거친 순간순간일 뿐이다. 이런 사실 위에 우리는 어떤 따뜻함—숨결 섞인 노동과 저녁의 휴식을 갈구한다.

그러므로 타자성의 고려 없이는, 레비나스E. Levinas 식으로 말하자면, 인간 삶의 윤리가 있기 어렵다. 진리나 선 그리고 아름다움에 이르기까지 모든 것은 타자와의 왕래를 희구하고 그와의 교류를 전제한다. 어떤 교류인가? 말과 말, 견해와 견해, 습관과 습관, 상념과 상념, 시선과 시선 사이의 교류 말이다. 문화란 이렇게 얽힌 심리적·사회적·물질적·정신적·지각적 관계망의 전체를 의미론적으로 직조하는 활동이다. 그것은 근본적으로 얽혀 있는 것—불순하고 이질적이며 복합적이고 중층적인 요소들이 어울려 만들어 내는 다차원적 형상물이다. 그러니 그것은 무엇보다 '열려 있어야' 한다.

열림은 자기에 대해서와 마찬가지로 타자에 대해서도 필요하다. 그렇듯이 역사와 민족의 이해, 도덕과 원리의 설정, 정당성의 추구에서도 개방성은 불가결하다. 이 개방성이 대상의 차이를 받아들이게 하고, 이렇게 받아들인 차이에서 사고의 진실성은 자리한다. 문화의 개방적 성격은 이런 문화를 일구는 삶의 개방성, 그 복합적 성격이 되기 때문이다. 우리는 열림 속에서 마치 정당이 그러하듯 자신의 실존을 계속적으로 정당화해 가지 않으면 안 된다. 특히 민족이나 국가라는 이념을 이해하는 데에 있어, 혈통과 인종의 정체성을 마련하는 데에 있어, 또 반공주의와 지역색과 학벌의 사회적 만연에 있어, 나아가 이론과 사상의 전개나 다른 문화의 이해 등에 있어 협애하기 짝이 없는 우리 사회의 경직된 구조 안에서는 더더욱 그러하다. 한국 정당체제의 이념 스펙트럼이 협소하다 못해, 내가 보기에, 경화증을 앓고 있는 듯 보이는 것도 바로 이런 폐쇄성—타자적 상상력의 결핍 때문이고, 이 결핍은 순수성의 근본주의로부터 연유한다. 소설가 또는 더 넓게 예술가는 이런 열린 의식으로 문화의 다차원적·이질적 얽힘을 형상화하는, 그럼으로써 삶의 의미 지평을 드넓히는 데에 기여하는 문제적 지식인이다.

인간의 개인적·사회적·문화적 정체성을 보증하는 척도는 정해져 있지 않다. 그것은 끊임없이 변화하며, 이 변화 가운데 어떤 것은 지속되기도 한다. 즉 그것은 변화와 지속, 동일성과 이질성 사이를 부단히 왕래한다. 이 왕래와 긴장, 움직임과 생성의 역학에 주의하지 않는다면, 우리는 언제든지 순수성의 잔혹한 환상에, 이 편견의 이데올로기에 희생될 수 있다. 오늘날의 지구 현실을 특징 짓는 온갖 테러리스트와 전쟁론자, 종교 광신자와 문화 통일론자들은 이 모든 순수성의 광기를 의식적·무의식적이든 구현하고 있지 않나 여겨진다. 이것이 거창하다면, 우리의 신문과 뉴스, 방송과 대화를 매일같이 채우는 거짓 사실과 엉터리 주장, 흑색선전과 색깔론을 생각해 보자. 이런 편견과 맹목이 편재하는 한, 우리는 '미성숙의 근대 이전'에 있다고 해야 할 것이다. 그러므로 필요한 것은 순수성의 환상에 어떻게 나름으로 저항할 것인가를 탐색하는 일이다. 이것은 오늘의 삶이 참다운 의미에서 '근대적/현대적'이도록 하는 일과 다를 수 없다.

　이 글에서 필자가 선택한 것은 문학적-서사적-예술적-문화적 방식의 어떤 가능성이다. 여기에는 시와 그림, 이야기와 상상력, 음악과 건축과 조각, 소리와 몸짓과 영상 등 문명을 이루는 여러 이질적 에너지가 무진장 내장되어 있다. 이 잠재된 심미적 에너지를 지금 여기로 불러오는 것, 불러들여 와 우리의 의미 있는 자극체로 만드는 것, 그럼으로써 정치의 민주주의와 사회의 평등을 드높은 수준에서 이룩하는 것, 이것이 지금 인문학과 문화론의 핵심 과제이다. 그러나 더 내밀한 과제는 인간과 현실의 밑바닥—충동과 욕망, 소외와 약탈, 이기利己와 맹목, 부당함과 불평등의 타자적 가장자리를 탐색하면서 이를 빛으로 드러내는 일일 것이다. 나는 문학의 경험과 문화 교육을 통해 사고의 근본주의를 부정하면서 자유와 자율의 인간적 공동체로, 비록 더디기는 하지만, 조금씩 나아갈 수 있으리라고 믿는다.

우리가 역사로부터 이어받는 것은 아마도 좌절과 상실, 못다함과 아쉬움의 기나긴 흔적인지도 모른다. 행복은 이 우울한 흔적을 발굴하면서 잠시 경험될 뿐일지도 모른다. 모순으로 찢긴 이 세계에서 우리는 이와 다른 세상의 모델에 대한 화해적 전망을 포기해서는 안 된다. 그리하여 지금의 세계가 우리가 도달할 수 있는 최상의 세계가 아님을 보이는 것, 그것은 살아 있는 자 모두의 의무인 까닭이다. 주의할 것은 이러한 문제의식을 도덕적 당위의 입장에서 설파하는 것이 아니라 이보다 낮은 차원에서, 작게 그리하여 소리 소문 없이 구체화해 가는 일이다. 여기에서 개인 차원의 시도가 권고될 수 있을지도 모른다. 문학예술적 창작과 그 교육은, 이것이 성찰하는 되새김 속에서 주체의 자의식을 장려하고 지지한다는 점에서, 이런 시도의 의미 있는 예가 될 수 있다. 그러나 이 시도가 사회정치적·경제적 맥락에 밀접하게 얽혀 있음을 기억한다면, 그것은 더 좋을 것이다.

뒤엉키고 착종된 오늘의 세계에서 자기 자신을 잃지 않고, 이 자신으로부터 전체를 향해 나아가는 것, 이것을 우리는 문학예술에 의지하여 행할 수 있을까? 자기 속에서 타자를 경험하고 타자 속에서 자기를 확인하는 일을 문화 활동으로 지속할 수 있을까? 이런 활동은 그 자체로 순수성의 환상을 벗어나는 일이기도 하다. 이렇게 스스로 벗어나면서 축출과 배제가 점차 줄어드는 어떤 사회—

인간성의 공동체를 우리는 만들 수 있을까? 이 같은 사회에서 우리는 비로소 어떤 단어의 사용도 기피하지 않고 어떤 견해의 표명도 금기하지 않는 건전한 공론장을 가지게 될지도 모른다. 사회정치적·경제적 불합리를 예술문화적으로 극복하려는 시도가 집요하게 계속된다면 그 자체로 지상의 행복을 기약하는 '평화 작업'이 될 것이다.

나는 이것을 장정일을 읽으며 시도해 보고자 했다. 장정일을 읽으며 나는 역사를 생각하고, 이 현실을 바라보듯 나를 되돌아본다. 이 되돌아봄으로 거듭 그리고 다시 삶을 조직할 소중한 기회를 갖는다. 이런 기회로 삶의 자발성이 키워지고 맹목이 줄어들며, 각자의 개성을 장려하는 가운데 공적 선의를 놓치지 않는다면, 그것은 평화로 나아가는 문화의 작업이 아닐 수 없다. 그것은 그 자체로 근본주의에 거스르는 보편성의 훈련인 까닭이다. 그러므로 이 글은 해석과 이해를 통해, 읽기와 쓰기를 통해, 순수성의 환상에 저항하는 비지배의 평화 작업이다.

이 글의 구성

이 글에서 논의되는 기본 텍스트는 『중국에서 온 편지』이다. 나는 이 텍스트를 집중적으로 다루되 이와 관련된 몇 가지 기록물들— 작가의 노트나 시도 참고할 것이다. 그러나 다시 말하거니와 이 글은 작품에 대한 단순한 해설이나 해석을 의도하지 않는다. 오히려 그의 소설 언어를, 그 언어의 권력 성찰적 본성을 우리 사회의 이념적·문화적 갈등의 문제 지평에 놓고, 그것이 가치의 개방과 삶의 해방이라는 관점에서 과연 어떤 의미를 갖는지, 이때 감각과 사고의 갱신은 어떻게 일어나는지를 다루어 보고자 한다. 왜냐하면 사회제도적 차원에서 민주화되고 생활 세계적 의식 차원에서 시민화하는 데에 있어 그의 작품 그리고 그 전언은 우리 사회가 이해하고 소화해 내지 않으면 안 되는 정당한 이의 제기로 보이기 때문이다.

　　이런 점에서 장정일의 텍스트는 민주화 이후의 한국 민주주의, 다시 말해 우리 공동체의 개방성과 시민적 자율성을 논함에 있어 하나의 중대한 도전으로 여겨진다. 그의 문제 제기를 단순히 억압하거나 폄하하는 것이 아니라 그것에 합리적으로 대응할 수 있을 때에, 우리는 비로소 우리 사회의 시민사회화 또는 시민적 성숙을 말할 수 있을지도 모른다.

　　권위주의적이고 획일화된 질서, 극우 보수적 사회구조와 퇴행적인 지배 언론, 반노동적 정책 입안, 지식인 공동체의 무능, 이념의 협소성과 그 투쟁, 지역감정과 사회적 불평등, 외형적 수치와 규모에 대한 골몰, 명품과 출세 지상주의, 경제적 빈부차의 확대, 보수 독점의 엘리트 구조, 권력의 중앙 집중화 등은 민주화 이후 우리 사회의 크고 작은 갈등을 야기하고 또 여전히 구성하는 주된 개념들이다. 이런 부정적 함의에 대립하는 것이 정치정책적 차원에서는 법질서의 합리화나 이윤의 공정한 분배, 사회 안전망의 구축이나 복지 확산 등이 될 것이고, 이념적·가치론적 차원에서는 사회적 약자와 소수자에 대한 관심과 배려, 관용과 믿음, 차이에 대한 존중 등이 될 것이다. 그리고 이 모두는 민주적 가치를 제도적으로 고안, 실행하고, 개인적으로 내면화하는 일로 귀결된다고 할 것이다. 특히 가치론적 차원에서의 실천 내용은, 이 모두가 삶의 질적 차원을 '계발하고 육성하며 배양'한다는 점에서, 말의 근본적 의미에서 '문화적'이다. 그렇다면 예술은, 그 가운데서도 소설은 이 문화적 활동에서 어떤 역할을 할 수 있는가?

1부에서는 "왜 장정일인가?"를 다룬다. 여기에서 첫째, 장정일 문학에 대한 간략한 스케치를 할 것이고(1장 "장정일이 낸 길"), 둘째, 그의 문학이 나, 문광훈에게 갖는 실존적·생애적 의미를 더듬을 것이며(2장 "'욕됨을 견디다'耐辱: 나, 문광훈의 경우"), 셋째, 이 책의 구성에 대해 대략적으로 스케치할 것이다(3장 "'타자 편의 정체성': 이 책을 내면서").

2부 "역사-서사-권력-문화"는 이 책의 본론으로서 모두 세 개의 장으로 구성된다. 4장 "환멸 이후의 시도"는 본론의 서론에 해당하는 것으로서 두 부분—첫째, 장정일 문학에 대한 전반적 안내인 "텅 빈 껍질의 노래"와, 둘째, 이 글의 방법론에 대한 설명인 "'비체계적 체계'의 방법"으로 이루어진다.

본론의 본론은 5장 "문학: 비지배의 언어"와 6장 "서사 능력과 문화적 교양"이다. 여기에서는 장정일 문학에 대한 본격적 검토가 시도된다. 그것은 크게 두 가지로 나눌 수 있다.

첫째, 문학 내적 차원에서 소설 언어의 성격을 다각도로 성찰할 것이다. 역사가 권력에 의해 지배되고 이 권력의 지배로 하여 인간 현실이 폭력화된다면, 이 현실에서 문학은, 서사는 어떻게 권력의 현실에 개입하는가? 글은 어떻게 역사의 폭력적 메커니즘을 기록하고 증거하며, 이런 증언 속에서 어떤 다른 현실을 창출하는가? 그것은 현실의 투사投射 속에서 사고와 행위의 타성惰性을 어느 정도까지 교정할 수 있는가? 서사적 개입은 문학 언어의 어떤 기능으로 하여, 또 작가의 어떤 위치로 하여 가능한 것인가? 이런 물음의 중심에는 역사와 서사, 권력과 문학, 현실과 이야기 사이의 긴장 관계가 있다(5장).

둘째, 문학 외적 차원에서 문학의 서사적 방식이 상호 인간적이며 상호 문화적인 이해 증진에 어떤 역할을 하는지 알아보게 될 것이다(6장). 여기에서 우리는 서사의 가능성을 문화적·시민 교양적 맥락 아래 다룰 것이다.

그렇다면 소설과 문학, 예술과 문화는 어디를 지향하는가? 그것의 궁극적 목표는 무엇인가? 근본적으로 권력 성찰의 성찰 행위인 문학은 변방의 언어로서 중앙의 폭력성과 그 허영을 드러낸다. 그럼으로써 그것은 삶의 변두리에 흩어져 있는 여러 이질적 요소— 타자의 전체를 내면으로부터 포용하고자 한다. 이러한 문제를 다루는 것이 3부 "변방의 고통과 기억"이다.

3부는 다시 두 장으로 나누어진다. 7장 "오, 둥글고, 부드럽고, 은은하고, 여린 것들이여!"에서 우리는 장정일 문학의 지향점을 '서정적 현실주의'의 이름으로 다루게 될 것이다. 이 서정적 현실주의에서 우리가 문학적·문화적으로 꿈꾸는 세계 모델이란, 간단하게 말해, 계몽된 이성의 사회 또는 시민사회쯤 될 것이다. 이 시민사회로 다가가기 위해 개인과 개인은, 그리고 개인과 사회는 어떻게

서로 만나고 교류할 수 있는가? 감각과 사고, 성찰과 관용의 문제
는 여기에서 다루어진다. 이 모든 덕성을 관통하는 것이 차이의 감
수성이고 포용의 의지라면, 사랑은 이런 덕성을 육화하는 하나의
실마리라 할 것이다. 사랑으로 추동되는 차이의 감수성은 시민적
덕성의 어떤 가능성을 반성하는 데에 일정한 기여를 할 수 있을 것
이다. 이것이 이 글의 맺음말인 8장 "다른 사회와 사랑의 조합원"이
지닌 대략적 내용이다.

　　이 모든 글 다음에 "한국 사회에서 장정일 읽기"가 보론으로
덧붙여진다. 이것은 두 부분이다. 첫째 글인 "사회 갈등과 문학적
대응"은 장정일 문학이 우리 현실에서 갖는 문화적 의미를 소묘한
것이다. 두 번째 글인 "열린 감성: 민주주의의 내면적 근거"는 좀
더 본격적인 논의이다. 필자의 문학예술적 문제의식을 지탱하는
사회정치적·현실비판적 관점이라고나 할까. 그것은 소극적으로
말하여 장정일 읽기가 우리 사회의 문화 갈등을 성찰하는 데에 어
떤 의미를 갖는가와 연관되고, 좀 더 적극적으로 말하면 열린 감수
성의 문제가 왜 성숙한 시민사회와 민주주의를 논의하는 자리에서
불가피한 것인가를 다룬 것이다. 이것은 학문 공동체에서 행하는
글쓰기, 특히 사회과학적 글쓰기가 왜 현실 진단에 그칠 것이 아니
라 인간의 감성적·내면적·실존적 면모들을 다각도로 포섭해야 하
는가에 대한 이유를, 여러 논자와의 비판적 대결을 통해 적고 있
다. 그것은 사회과학적 방법론과 이에 따른 글쓰기에 비판을 담고
있는 만큼 다소 논쟁적이고 도전적으로 읽힐지도 모른다.

　　본론에서 행하는 몇 가지 주된 물음은 허구나 환상을 통해 기존의 질서를 비판하는 문학 언어에 대한 이해와, 정치 현실의 권력에 대한 이해를 동시에 요구한다. 그렇다는 것은, 장정일의 소설을 우선 그 나름으로 이해하고 해석하며, 이렇게 해석된 것을 설득력 있게 서술할 수 있어야 함을 뜻한다. 이런 이해와 서술을 위해 역사와 서사, 권력과 문학 사이를, 그 어느 한 곳에 머무름 없이, 우리는 부단히 오갈 수 있어야 한다. 서술에 있어서의 부단한 왕래란 사고의 각성 없이는 불가능하고, 이 각성된 사고는 감각의 개방 없이 얻어지기 어렵다. 깨어 있는 사고와 열린 감수성이 제대로 된 텍스트 해석과 그 서술을 가능하게 한다. 어느 하나라도 구비되지 않는다면, 우리는 어디서건 장정일을 잘못 읽을 수 있고, 권력과 서사의 복잡다단한 관계를 그르칠 수 있다. 이 글은 이런 편재하는 오독과 오해의 암초 위에서 무모하게 시도된다.

　　한 가지 확실한 것은 있다. 문학 언어는, 적어도 제대로 된 것이라면, 가치의 일방주의를 문제시한다. 일방화된 가치, 그것은 권력의 징후이기 때문이다. 따라서 문학 언어는 철저히 권력 성찰적이다. 그것은 지금 여기의 중앙과 중심, 권력과 지배의 공식 속에 담긴 허위의식을 드러내면서 기존과는 다른 현실을 암시하고자 한다. 이 다른 현실의 가능성은 공식 담론 밖에서 미지의 가치를 탐사하는 가운데 모색된다. 서사 구조의 윤리적 의미도 이 이외에 다른 곳에 있을 수 없다. 소설 언어는 지배 담론에 저항함으로써 권력 밖의 이질성과 차이에 주목한다. 포용력이나 관대함도 차이를 분별하는 이런 감수력으로부터 올 것이다.

　　감수성의 개인적이고 사회적인 훈련은 그 자체로 시민적 덕성
들 가운데 중요한 하나가 될 것이다. 인성이나 정체성의 문제는 여
기에서 핵심이다. 우리가 꿈꾸는 열린사회 또는 민주적 공동체도
이런 감수성과 덕성을 체화한 시민이 실현할 수 있을 것이다. 그러
므로 차이의 포용 또는 잠재성에 대한 고려는 시민적 가치의 형성
에 기여하고, 생활 세계의 민주화에도 이바지한다고 할 것이다.

문학: 믿을 만한 적

이 글의 출간에 즈음하여 박상훈 박사께 감사의 말을 하고 싶다. 그
는 사회정치적 문제에 대한 내 일련의 글들을 변함없이 지지해 주
었고, 무엇보다 이번 장정일론을 확대하여 출간하면 어떻겠느냐고
제의해 주었다. 이러한 제의는 문학예술의 가능성을 실존적 한계
와 그 절실성에서 시작하되 좀 더 넓은 맥락—사회정치적·역사적
맥락에서 바라보아야 한다는 평소의 믿음을 '실질적으로 구체화하
는 데' 중요한 계기가 되었다. 이 책은 결과물에 해당한다. 특히 이
원고가 마무리된 이후 그가 해 준 논평은 글의 미비점을 고치고 보
충하는 데 큰 도움이 되었다. 사실 나는 관점의 새로움과 이 새로움
을 지탱하는 표현력 그리고 이런 표현이 지향하는 '새로운 장르의
창출'을 무엇보다 염원해 왔는데, 그가 이 점을 지적했을 때 놀랍고
반갑지 않을 수 없었다(그러나 이 글이 사실 그러한지는, 그러할 만한 것인
지는 두고 볼 일이다). 고마움의 표현이 판단력을 흐릴 수도 있지만, 독

자이자 출판인에게 갖는 이런 편향은 어쩔 수가 없다.

그 이외에도 내가 도움받은 분들은 많다. 무엇보다 편집부 박후란 씨와 권희철 그리고 안중철 씨께 감사드린다. 세 분의 논평과 주의로 나의 원고가 지금의 꼴을 띠게 되었다. 무신경과 불성실도 해묵으면 마치 고질병처럼 감각조차 되지 않는다. 고마운 마음도 반복되면 어떤 것은 당연시되고 어떤 것은 이미 잊혀 있다. 최선을 다하는 것이 나에게는 최대한의, 가족에게는 최소한의 책무라는 상투적 다짐이란 과연 무슨 소용인가. '미안하다'는 말은 미비함을 덮기에는 너무 흔하고 값싼 어휘가 아닐 수 없다. 저 멀리 기억에 떠오르는 무화과나무 한 그루 그리고 그 아래서 풀을 씹고 있는 양羊 한 마리.

그래 어떤 성스러운 것—단순히 천상적天上的이고 내세적來世的인 것이 아니라 지금 여기에서 말 없는 가운데 스스로를 입증하는 것, 이런 묵시적默示的 증명을 통해 자신을 넘어서는 것, 이 모든 내 표상의 중심에는 양이 있곤 했다. 양의 죽음. 당신은 죽어 가는 양을 본 적이 있는가? 그것은 울부짖지도 요동치지도 않는다. 잘린 '목줄기'로 흥건히 피를 쏟아 내면서도 가라앉는 눈꺼풀을 가끔씩 끔뻑거릴 뿐, 그것은 아우성치지 않는다. 알 수 없는 진통과 경련이 이따금 온몸을 덮쳐 올 때도 있다. 그러나 그것도 잠시, 양은 생명이 고갈되는 순간까지 네 다리로 버티고자 한다. 그러다가 순식간에 온몸이 무너지고 만다. 대지를 딛고 선 네 발이 힘을 다하는 순간, 그 생명도 육체에서 빠져나가 버린다. 양은 죽는 그 순간까지 땅 위에서, 이 땅을 딛고 선 채, 이 땅에 순응하며 저항하는 것이다. 이것이 양의 일생이다.

　　작년 여름방학 7월과 8월은 참으로 무더웠다. 칼럼 네 편과 예술 에세이 한 편, 어떤 다른 책의 최종 교정과 이 장정일론의 마무리. 이것이 내 작업 목록이다. 책상가에 앉아 글을 읽고 생각하고 타이프를 치고 있으면, 손등과 이마, 허벅지와 가슴으로 땀방울이 쉼 없이 솟아오르고 또 흘러내렸다. 일을 마무리 지으면 어디 한번 다녀오리라 맘먹고 있었는데, 작업은 늘어지고 늘어져 어느덧 8월 중순이 되었다. 그리하여 어느덧 아침저녁으로 부는 바람은 선선해졌고, 그래서 굳이 어디론가 다녀올 필요가 없어져 버렸다. 무덥던 올해 여름은 그렇게 달아났다.

　　너는 행복했는가? 이 물음에 자신 있게 대답하기 어렵다. 그러나 나는, '이 작업에 빠져 금쪽같이 그 시간을 살았노라.'라고 말할 수는 있을 듯하다. 그리고 그 가운데 줄곧 음악이 있었고, 그런 선율의 위로로 하여 '가끔 행복했노라.' 말할 수 있을 것 같다. 그렇다! 나는 행복하였다! 고통과 갈망 사이, 갈망과 슬픔, 슬픔과 기쁨 사이에는 경계가 없고, 이 경계 없음으로 삶은 저 너머를 향해 무한정 엮여 있다. 행복은 그 사이에 언뜻언뜻 순간의 초상肖像으로 돌출할 뿐.

　　이렇게 적던 때가 2005년 8월이었다. 그러고 나서 꼬박 1년이 다시 지났다. 어떤 글을 쓰고 싶다고 생각할 때부터 이렇게 쓴 글이 마침내 책으로 출간될 때까지 그 사이를 무수한 간극이—오해와 망각과 사건과 분주함이 빼곡히 채운다. 나는 이 간극이, 이 틈과 빈자리의 내용이 무엇이었나 지금 하나씩 떠올린다. 그렇다, 무수한 간극들. 이 간극이 우리들 삶을 채우지 않는가. 열망과 기대의 간극, 낙담과 환멸의 틈, 언어와 표현의 불일치, 이해받지 못한 자의 균열 그리고 아쉬움. 사실 모든 아쉬움이나 안타까움, 회한과 탄식도 이런 간극의 정서적 표현이 아닐 수 없다. 문학예술은 이런 간극을 메우기 위한 절망적인 그리하여 자주 헛되고 마는 안타까운 시도와 다르지 않다.

무엇인가 쓰고 싶다는 충동과, 이 충동으로 책을 읽을 때의 느낌, 이 느낌에 대한 이런저런 생각들, 그리고 이 생각들의 언어적 배열과 구성, 논리의 체계화, 이 체계의 유연화, 그리하여 이윽고 제 윤곽을 드러내는 책은 또 하나의 세계―현실 세계에 대한 상징 세계로 자리한다. 여기에서는 많은 이질적인 것이 교차한다. 이것은 통합되고 수렴되어야 한다. 그러나 모든 차이가 반드시 그리고 언제나 융합될 필요는 없다. 이질적인 것은 이질적인 것의 긴장 속에서 이 긴장이 일어나는 삶의 장소를 건강하게 유지시켜 주기 때문이다. 서로 다른 정체성, 서로 다른 견해 그리고 서로 다른 문화가 병존할 수 있다는 사실은 그 자체로 우리의 삶을 풍요롭게 만든다.

수많은 고민과 안타까움을 책들이 이어 주고, 이 책을 읽고 생각함으로써 여기 담긴 생각들이 다시 또 하나의 책으로, 세계로, 다른 현실의 가능성으로 마침내 결정화結晶化된다. 한 명의 필자는 그 아스라한 간극 사이사이에서 이다음의 또 다른 필자를 기대하며 제 숨을 들이쉬고 또 내쉰다.

사람들이 정체성을 보여 주기 위해 자신을 드러낼 때 사용하는 행동과 방식에 대해 나는 차갑지만 연민 어린 시선을 던진다. 그러면서 이 시선으로 무엇보다 내 자신을, 내 생활의 둘레를 헤아려 본다. 삶은 수많은 장면과 장면들, 사건과 삽화들이 시시각각 유령처럼 나타나는 무대와도 같다. 이 무대를 채우는 수많은 이야기와 생각, 이미지와 영상과 텍스트는 통일 없이 뒤엉켜 있다. 이것들은 제각각의 동등한 권리를 요구하면서 서로 나란히 자리한다. 통일될 수 없는 것의 동등한 병존이 우리의 삶을 구성하는 것이다. 정치 현실은 이 상황에서 하나의 입장만을 선택하도록 우리를 늘 부추긴다. 문학에는 이런 불가피한 선택의 강박을 이완시키는 어떤 여유 또는 자유가 있다. 이 강제되지 않은 자유 속에서 우리는 순수주의의 환상을 거부하며 타자의 정체성으로 나아가고자한다. 이런 움직임과 리듬이 나는 좋다. 마치 확신 없는 순교자처럼 나는 이 힘을 믿는다. 그러나 이것은 다른 한편으로 두려움의 이유가 되기도 한다.

나는 세상이, 여기의 사람들이 두렵다. 내가 두려움 없이 만날 수 있는 유일한 것은 어쩌면 예술인지도 모른다. 나는 문학만을 위한 이 삶이 그러나 싫다. 그리고 동시에 좋다. 이 끔찍하도록 유일무이한 시간들이 내게는 귀중하다. 이것은 나를 부단히 성찰케 한다는 점에서 불편한 것이기도 하다. 그러나 이 불편함은 결코 거짓을 모른다는 점에서 진실해 보인다. 신뢰감은 여기에서 생긴다. 나는 문학에서 신뢰할 만한 적敵을 만나는 것이다. 예술작품에 의지하여 나는 나를 넘어서서 나 아닌 것의 영역으로 들어선다. 예술은 자유 속에서, 인간성을 향해, 자율을 연습하게 한다. 예술의 잠재력은 성찰하는 자의식의 활성화에 있다.

바람이 불고 비가 온다. 이 바람어 거리의 나무, 그 잎에 깃든 빗방울이 떨어지는 소리가 방 안에서도 들릴 듯하다. 글은 그 자체로 선의의 실천일 수 있을까. 지금의 상황에 다른 말이 떠오르지 않아, 그저 빈 곳을 메우기 위한 방편으로 우리는 사랑이란 단어를 쓰는 것은 아닐까. 사랑이란 어휘는 증오나 미움처럼 퇴색하는 가운데, 아니면 새로이 자라나는 가운데 비로소 있는 것은 아닐까. 진정성이란 이 진정성을 한 번도 체험하지 못한 사람들 사이에 통용되는 말일지도 모른다. 사랑이나 진정성을 말하지 않고도 나는 과연 사랑할 수 있는가. 날 이해해 준다면 감사할 것이고, 알아주지 않는다 해도 나는 저 밖의 플라타너스에, 시원한 그늘과 바람의 왕래를 허용하는 저 수천 잎사귀에 인사할 것이니.

진리 앞에서 구토를 느끼듯, 나는 사랑의 심연 앞에서 현기증을 느낀다. 유쾌한 거짓 상념으로 문학을, 삶을 위장하지는 말자. 미덕의 과시, 지상명령들, 쓸모없는 율법…… . 이것들이 나는 무죄이기를 바란다. 땅이 꺼질 듯 한숨을 쉬어도 우리는 고향에 다시 돌아가지 못할 것이다. 그렇듯 내가 쓴 본문보다 이 본문에서 못다 한 회한이, 이 회한의 그리운 메아리가 더 으래 남을지도 모른다. 그래, 나는 사랑을 잃어 가고 있다. 그러니 더 많은 사랑을 결의하기보다는 상실해 가는 그 궤적을 기록하는 것, 그것이 떠나가는 사랑을 잠시 여기에 머무르게 할 수 있을지도 모른다. 시들어 가는 사랑의 기록은 그 고갈을 막는 어떤 계기가 되어 줄지도 모른다.

그러니 일체의 맹세나 다짐은 더 이상 삼가자. 맹세도 나이 마흔을 넘어서면 우스갯소리가 될 수 있다. 환상에 대한 기대가 없는 것처럼 실망의 이유도 이제는 없다. 나의 희망에는 슬픔이 깃들어 있나니, 그 희망은 어둡고 쓸쓸하다. 그러나 삶이 그리 슬픈 것이 아니라면, 슬픈 것이 아니어야 한다면, 늘 엄숙할 필요는 없다. 차라리 그때는 웃어 버리자. 삶의 모든 것은 우리가 마치 그것을 '새롭게 그리고 다시' 경험하고 해석하며 이해해야 하는 것처럼 눈앞에 나타난다. 거리와 나무와 아이와 단어와 책, 한숨과 속삭임—세계 전체를 노래하고 싶다. 문학은 치욕과 자부, 돈과 몸, 잠과 밥, 일과 휴식 사이에서 배태되는 꿈의 경제학이다. 이 위태로운 경제학에서 타협은 늘 어정쩡하고, 이 타협의 재시도로 꿈의 공장은, 시의 발동기는 밤낮으로 돌아간다. 행복은 이 빈곤한 삶의 소중함을 느낄 수 있는 능력으로부터 싹터 오는 것은 아닌가.

어둠 속에 자리를 깔고 누우면 바닥은 내 몸의 피와 살이 된다. 이 피와 살의 땅바닥으로부터 쿵쿵쿵 대지를 울리는 거대한 소리가 다가선다. 지구와 인간의, 자아와 우주의 공진화co-evolution처럼, 민주주의와 내면성, 제도와 감각은 하나의 차원에 맞물린 채 공진해야 한다. 그 첫걸음이 감각의 갱신이라면, 이 갱신은 문학–예술–문화의 그물망으로부터 시작될 수 있을지도 모른다. 현실 대응은 개인성 그리고 감성으로부터 출발할 필요가 있다. 열정과, 이 열정만큼의 어리석음과, 이 어리석음 속에서 나는 즐거울 것이니. 별들이 물러나고 구름이 성큼 다가서면, 내가 선 둘레로 가랑잎 구르는 소리가 서늘하다. 여위어 가는 나무와 굳어 가는 대지, 그리고 비듬이 눈처럼 떨어지는 피부. 세월이, 몸이, 나무와 햇살과 열

망과 어둠이 모두 모래로 변해 가고 있는가. 슬프거나 기쁜 일 대
신 기쁘면서 꼭 그만큼 슬픈 일들이 조금씩 늘어난다.

2006년 12월
문광훈

1부

왜 장정일인가

1장 장정일이 낸 길

수치심과 두려움: 도망 중

작가 장정일蔣正一(1962~)은 누구인가? 독자여, 여러분은 『햄버거에 대한 명상』(1987)의 표지에 실린 그의 사진을 기억하는가? 아니면 최근에 나온 책에서든, 그가 출연한 방송에서건, 그의 얼굴을 본 적이 있는가?

소년 같은 갸름한 얼굴, 가라앉은 눈빛, 아무래도 좋을 듯한, 어색하나 어떤 것도 수식하지 않는 몸짓과 태도. 젊은 시절 샤갈의 어느 자화상을 떠올리게 하는 음울하고도 멍한 표정. 더듬거리는 그의 말은 그러나 논리적이고 정확하다. 그 스물다섯이었던 청년이 이젠 마흔다섯이 되어 가고 있다. 스님처럼 빡빡 밀어 버린 머리카락과 푹 꺼진 눈 그리고 원인을 알 수 없는 어떤 싸움으로 비뚤어진 콧대. 이런 몇 가지 표징들이 여전히 내게 잔영으로 있다. 그 가운데서도 소년 같은 이미지만은 변함없어 보인다.

장정일이 문단에 알려진 것은 『햄버거에 대한 명상』이 출간되던 1987년 봄 무렵이었다. 나는 그때 대학원을 다니고 있었고, 문학에 '모든 것'을 걸었다고 결의하고 있었지만 현실은 여전히 막막하던 시기였다. 무엇을 어떻게 해야 할지, 방법론은 무엇이고 관점은 어떠해야 하며 나날의 글쓰기는 무엇을 지향해야 하는지 어렴풋이 감을 잡고 있을 뿐 뚜렷한 실체를 잡기는 정녕 어려웠다. 열정이 현실보다 앞서던 때였던가. 그러면서도 책 읽기는 끊어지지 않았고, 읽는 책마다 밑줄을 긋고 논평하며, 그 성취와 누락을 꼼꼼하게 메모하고는 했다. 곳곳에 남아 있는 쪽지들, 생각의 단상들 그리고 여러 권의 노트들.

소년 장정일이 내 눈에 나타난 것은 그 즈음이었다. 그는 이 시집에서 다음 같은 '감사의 말'謝辭을 썼다. "나의 스승이신 박기영 형께 이 유고 시집을—세상의 시집은 모두 다 유고 시집이지요—바칩니다." 자기의 글은 모두 '유고'遺稿로 간주하며 글을 쓰는 시인. 나는, 너는 그렇게 하는가?

우리는 작가 장정일에게 흔히 붙이는 "언어의 연금술사"나 "추문의 사제" "문학의 수도승"과 같은 표현을 알고 있다. 그러나 연금술사나 사제 또는 수도승이란 말에 담긴 전신全身의 투여를 우리는 쉽게 만나는가? 글쎄, 그렇게 여겨지지는 않는다. 수사법은 문학의 중요한 문법의 한 가지이지만, 이 수사법의 실현을 우리는 생활 속에서 충일하게 체험하기보다는 그저 광고나 선전의 구호화된 형식으로 더 자주 만난다. 그래서 그것은 내용 없는 거죽으로 동원되고 의미 없이 소비된다.

그러나 전신의 투여란 온몸의 헌신이다. 그것은 예외로, 때때로 아주 드물게만 실행된다. '지금 살아 있는' 경우는 더더욱 드물다 할 것이다. 나는 그가 이런 혼신의 몰두를 생애로 실천한 손꼽을 만한 작가들 중 단연 그 머리에 있는 것으로 믿는다. 그가 아직 살아 활동하는 이이기에 이런 표현을 쓰기가 주저되지 않는 것은 아니다. 그러나 이 글은 '지금까지의 그'를 생각할 뿐 '앞으로의 그'를 의식하지는 않으므로, 적어도 나는 그렇게 하고자 하므로 내가 생각하는 대로 그러나 나름의 논리에서 쓰고자 한다. 그가 다른 무엇도 아닌 오로지 문학에 삶의 전부를 걸고 있음은 분명해 보인다.

'모든 것을 건다'는 것은 그 자체로 정직성을 증명한다. 그는 어디에서도 눈치를 보는 법이 없고, 여기저기 다른 곳에 기웃거리지도 않는다. 그가 관심을 갖는 것은 생활이다. 그러나 이 생활은 자아로부터 사회역사적 집단으로 뻗어 가고, 이 집단 전체로부터 다시 개인의 내밀한 고민과 자유로 옮아오며, 이 개인과 사회, 자아와 집단 사이에 정치, 경제, 역사, 문화, 불평등, 정의, 자유, 억압 등이 서로 뒤엉킨 채 가로놓여 있다. 이 모두를 포괄하는 것은 매일 겪는 나날의 삶—이 삶의 살아 있는 현실이다. 문학은 이 삶의 현실, 이 현실 속의 삶이 내포하는 보다 나은 가능성을 지향한다. 문학에 대한 관심이란 삶의 온전한 방식에 대한 관심 이외에 아무것도 아니다. 삶의 방식을 어떻게 느끼고 생각하며 표현하고 꾸릴 것인가에 그의 최종 관심이 놓여 있다 할 것이다.

그러므로 장정일은 삶의 온전성을 방해하고 훼손하며 약탈하는 것을 미워한다. 미워하고 혐오하며 부정한다. 부정하고 비판하며 묘사하고 기록한다. 폭력과 부정의不正義, 무례와 몽매 그리고 불평등은 이런 부정성不正性의 대표 목록에 해당한다. 이 목록들은 결국에는 하나로 귀결된다고 할 수 있다. 그것은 여러 가지로 해석될 수 있지만, 이 글에서는 '권력'이라 부르자.

권력은 부당한 힘, 즉 폭력과 그 현상이다. 권력은 현실에서 그리고 인간의 역사에서 불운과 고통을 끊임없이 야기한다. 그는 이 점을 경계한다. 그는 문학이 권력의 언어가 되어 권력의 중앙, 중앙의 호사를 누리는 것을 견디지 못한다. 그럴 억압의 기미가 보이면, 그는 그 자리를 벗어나고 떠난다. 항구적 일탈과 자리 이동

그리고 움직임은 그래서 일어난다. 그의 시에 '도망가는 사나이' 모
티프가 자주 등장하는 것도 이와 관련될 것이다.

> 그러나 훔치지 않았다고 해서
> 절도범이 아닌 것은 아니다
> 그것은 누구나 아는 사실이고
> 숱한 재벌들의 총수가 인정한 사실이고
> 살인하지 않았다고 살인범이 아닌 것도 아닌 것이다
>
> —「도망 중인 사나이」 중에서

> 도망가서 살고 싶다
> 정일이는 정어리가 되고
> 은희이모는 은어가 되어
> 깊은 바닷속에 살고 싶다
>
> —「도망」 중에서

끊임없이 도망가는 것, 그것은 왜 일어나는가? 시인을 늘 달아
나게 하는 것은 무엇인가? 간단히 말하여 그것은 현실이 미덥지 못
해서일 것이다. 현실은 늘 우리를 도망 다니게, 도망 다니고 싶게
만든다. 재벌과 정치, 정치와 언론, 언론과 검찰의 '합법적' 배임과
횡령의 고리는 끝도 없이 늘어진다. 이 현실 요인 옆에 실존적 요
소도 있을 것이다.

머물러 있다면 특정한 입장만을 고수하게 되고, 이렇게 고수

하기 위해 무엇을 '자기 것으로 만들어야' 한다. 편견과 아집은 이런 독점화된 견해에서 나온다. 자기 것으로 만드는 것, 그것은 전취專取이고, 이 전취가 폭력적으로 행해지면 탈취가 된다. 탈취는 약탈이고 노획과 다를 바 없다. 이것은 이윤을 얻기 위한 부당한 힘들―거짓된 권력의 정치경제적 힘의 행사에서 잘 나타난다. 결국 실제적 요소와 실존적 요소, 권력의 (적극적) 남용과 독점화된 (소극적) 사고는 분리된 것이 아닌 것이다.

이 땅의 삶을 지배하는 모든 야합과 부당함, 부조리와 불합리는 시인에게 모멸과 수치심을 일으킨다. 이 수치심은 너무도 심하여 '아무것도 더 이상 잃어버릴 것이 없다.'라고 하는 상실의 세대 정신과 연결되기도 하고, 더 근원적으로는 죄악의 반복과 심판, 나아가 '실낙원으로부터의 추방'이라는 모티프와 이어지기도 한다. 이 바닥없는 삶―살아갈 근거, 개인적 가치, 사회적 규범이 탈락되어 버린 현재 삶이 그의 두려움을 이룬다. 문학은 이런 수치심과 두려움 사이에서 그가 가까스로 선택한 하나의 삶의 방식이 된다. 작가는 글을 통해 탈법과 위법, 아집과 사익의 결투장인 현실로부터 도망가고자 한다. 그러나 우리는 그의 도망을 좀 더 능동적으로 해석할 필요도 있다. 그가 도망가는 더 근본적인 이유는 아마도 삶 자체의 충동, 삶에 대한 사랑의 의지가 아닌가 한다.

작가의 의식이 부단히 움직이는 것, 움직이면서 자리 이동하는 것은 여하한 소유와 권력 현상으로부터 거리를 유지하기 위해서이다. 그러나 더 근본적으로는 삶이 그러하므로, 인간 자체가 나날이 변화하며 생동하는 존재이기에 그러하다. 생물학적 리듬은 무엇보다 심장의 펌프질이나 피의 순환 체계 그리고 신경 구조에서 잘 나타난다. 그러나 어디 그뿐이랴. 내 호흡의 들숨과 날숨처럼 나뭇잎과 그 가지도 바람에 펄럭이고, 이 바람에 대기도 강물처럼 출렁대며, 이 출렁임같이 문장의 쉼표와 따옴표, 단어와 구절도 넘실댄다. 아니다. 그것만이 아니다. 이 단어에 깃든 이런 느낌과 생각을 가진 우리와 그들도 우주적 숨결의 일부로서 서로 뒤섞인 채 파장에 파장을 무한히 거듭하며 살아가고 있지 않은가.

삶의 황폐함이, 그 근본적 무의미성이 어디에서 나오는지, 그것은 무엇으로 이루어져 있고 어떻게 대응될 수 있는지, 독자여, 당신은 정녕 아는가? 삶에 있어 많은 것은 서곡이고 준비이며 시도이고 연습일 뿐이다. 그러니 세상의 그 어느 하나 생명 운동의 무한한 연쇄에 있지 않은 것이 없다. 이렇듯 인간은 파동하는 입자들의 작고 유동적인 집합체와 같다. 그러므로 하나의 관점에 얽매이거나 주어진 관념에 구속되는 것은 삶을 배반하고, 세계를 기만하며, 무엇보다 나 자신을 속이는 일이다. 경직된 감각과 상투적 사고로부터 벗어나 늘 다르게 느끼고 생각하고자 하는 것, 그것은 결국 살아 있음의, 여기 내가 숨 쉬고 움직이고 있다는 증거와 같다. 그리고 이 증거는 그 자체로 자유의 실천이 된다. 그리하여 도망 의식이란 권력에 대한 부정이면서 더하게는 자유의 실행이 되는 것이다.

자유가 모든 이에게 부여되어야 한다는 당위와, 그것이 현실적으로 모든 이에게 부여되는 것은 아니라는 사실 확인 사이에는 고통이 있다. 작가의 경우 그것은 오로지 글쓰기를 전업專業으로 삼고, 전업의 위태로움을 감내하고 나아가 향유할 수 있을 때에만 주어진다. 장정일은 어릴 때부터 꿈꾸어 온 것이 "동사무소의 하급 공무원이나 하면서 아침 아홉 시에 출근하여 다섯 시에 퇴근하여 집에 돌아와 발 씻고 침대에 드러누워 새벽 두 시까지 책을 읽는 것."이라고 오래전에 쓴 적이 있다.[*]

'전업작가', 이것은 전율의 어휘가 아닐 수 없다. 글을 읽고 쓰며, 오로지 이렇게 쓴 것으로 나날의 밥과 빵을 마련하여 사는 일, 이렇게 살 수 있는 일은 그 자체로 얼마나 거대하고 행복한 일인가? 적지 않은 문학 애호가가 이것을 염원하지만, 실제로 해내는 이는 드물다. 힘겹기 때문이다. 전업작가의 꿈은 수백 년 전이나 21세기 지금이나 꿈같이 맹랑하고, 도달하기 힘든, 그러기에 도달하기를 포기할 수 없는, 그런 일인지도 모른다. 장정일은 바로 그와 같은 길을 지금, 아니 그의 생애를 통해, 입증하려는 것처럼 보인다.

그리하여 '자유'라는 말은 내게 흐뭇함보다는 두려움을 일으킨다. 자유란 고작해야 자기 무기력에 대한 응시의 자유일 뿐인지도 모른다. 온전한 삶을 구가하고 있다는 만족의 자유가 되기보다 그런 삶을 살지 못한다는 미비의 통절한 확인이 삶에는 더 자주 있지 않은가. 우리는 대개 권력의 행사자가 아니라 그 메커니즘에 휘둘리는 희생자로 살아간다. 그러나 자유 의식은 주체의 이런 희생자적 성격을 거듭 일깨운다. 이 부자유의 자각은 역설적으로 자유의 또 다른 징표일 수도 있다. 번지르르하고 그럴 듯하며 젠체하거나

[*] 장정일, 『생각』(행복한책읽기, 2005), 165쪽. 이 글은 원래 『독서일기 1권(1994)』(범우사, 2003)의 서문으로 쓰인, 상대적으로 잘 알려진 것이지만, 이 책을 책방에서도 도서관에서도 구할 수가 없었다. 하는 수 없이 『생각』에서 인용했다.

우쭐하는 모든 것에 대한 불신은 이런 자의식으로부터 생겨난다.

위악과 허장성세를 경멸하라. 예술의 반성은 이 점에 닿아 있다고 할 것이다. 이 점에 닿아 존재의 허약과 무기력, 한계와 위악을 각성케 한다. 삶이 역동화되는 것은 이런 각성의 회로를 통해서이다. 거짓을 웃음거리로 치부해도 그것은 거짓으로 남지 않는가. 그러나 예술은 존재의 불분명한 위치와 유동적 방향 속에서 삶을 살아 있게 한다. 그것은 삶의 활성화 에너지이다.

저주와 응시

거듭 확인하거니와 지금의 우리 사회는 지나친 이원성—한편으로는 '자유'의 이름 아래 사적 이익의 충동이 걷잡을 수 없을 만큼 치열하게 전개되고 있고, 다른 한편으로는 이런 사익 제어를 위해 동원되는 명분들이 집단과 정의의 이름으로 검증되지 않은 채 횡행하는 이원성에 짓눌려 있다. 그래서 그나마 좋은 의견이 제시되어도 이 의견은 그에 합당한 주목을 받기보다는 무시되거나 이런저런 식으로 매도되고 만다. 그러니 어떤 창의적 관점이 공론장에서 '의미 있는 인식'으로 존중되거나 동시대인의 현실 인식에 기여하는 예는 매우 드물다. 그렇다면 한 사람의 깊고 넓은 견해가 사회적 합의로 발전하는 생산적인 경우는? 거의 없다고 할 것이다.

정치경제적 권력의지, 집단주의와 명분주의, 거짓과 부정직, 파벌주의와 패거리 의식, 견해의 독과점 현상, 업적과 성과의 물량

주의, 공식 석상의 언행과 생활의 실질 사이의 차이 등등 이런 온 갖 종류의 이중성은 여기에서 나온다. 이 모든 것은, 단순화하자면, 결국에는 감각의 폐쇄성 그리고 사고의 편협성에 기반하는 것이고, 이것은 다시 아량 또는 관용의 부재로 귀결된다. 닫힌 감성과 편협한 사고가 판단의 일방주의 또는 원리주의를 야기하고, 이렇게 야기된 협소한 관점들이 권력화된 사회구조를 더욱 경직시킨다. 우리 사회가 도달하고 있는 민주주의의 실질적 수준, 그 내면화의 정도가 그리 높다고 할 수 없는 이유는 아마도 이 때문일 것이다. 그러므로 필요한 것은 무엇보다 사회정치적·경제적 체계를 합리화하는 것이고(제도적으로), 이런 제도적 합리화를 위해 사고와 그 방법을 유연하게 하는 것이다(논리적으로). 부드럽고 풍요로운 감성은 바로 이런 유연하고 탄력적인 사고를 위한 전제 조건이 된다. 그리고 이런 조건 위에서 공적 선의善意나 제도와 법률의 틀이 안착할 수 있어야 한다.

문제 제기에는 원칙이 있어야 한다. 원칙 있는 문제 제기란 기존의 가치 가운데 어떤 규범적 요소를 중심으로 그 교정과 쇄신을 도모한다는 뜻이다. 경직된 사회를 반성적으로 검토하면서 더 나은 사회상을 분명하게 지향하면서 우리 모두 앞으로 나아갈 방법은 과연 무엇일까? 비판 의식을 늦추지 않는 채로, 웃음의 여유 또한 견지하면서 삶의 혼돈을 무대 위로 끌어올려 표현할 길은 무엇인가?

여기에서 우리는 민주주의나 시민사회, 이성과 계몽, 관용과 배려 등의 가치를 생각해 볼 수 있을 것이다. 예를 들어 민주주의는 이념적 가치와 도덕적 기초 그리고 이를 바탕으로 제도화된 사회 체계 위에서만 튼튼하게 존재할 수 있다. 서정의 힘을 발휘하기 위해서라도 현실의 사실관계를 좀 더 면밀하게 탐색하고, 정치적 역학 관계에 대해 좀 더 깊이 배워야 한다. 그렇지 않다면 지금까지의 어리석음은 다가오는 어리석음에 의해 자리만을 바꾸게 될 것이다. 평화 협약 안에도 미래의 분쟁 불씨가 들어 있을 수 있지 않은가. 현실이 부단히 직시되고 검토되며 비판적으로 성찰되지 않는다면, 역사는 하나의 허망함이 또 다른 허망함을 대체하면서 진행될 것이다.

그러나 이 모든 것을 추동하는 좀 더 근본적인 인자因子(계기)는 '각성된 시민'이다. 제도의 미숙은 무엇보다 인간의 미숙이고, 그 정신과 태도의 몽매이다. 우리의 수치는 '우리'를 구성하는 '나'의 수치이기도 하다. 시민의 시민성은 그저 만들어지는 것이 아니라 훈련을 통해, 자극과 도전을 연마해서 성취된다. 이 연마는 어떻게 가능한가?

감각과 사고는 무엇보다 외부의 경계에 열려 있어야 한다. 자기 본업에 집중하기 위해 때로는 눈과 귀를 막아야 할 때도 있지만, 때로는 거꾸로 아니 더 자주 사회정치적·영적·물질적·내면적·우주적 환경에 자신의 몸을 열어 두어야 한다. 감각과 사고만이 아니라 육체 역시 흐르며, 이 흐름 속에서 그것은 나무와 바람, 돌과 비와 초록에 반응한다. 세상은 공기와 물, 흙과 불 그리고 대기, 이들 다섯 원소로 이루어져 있다고 한다. 우리가 삶의 무엇을 다루건, 그것이 문화이건 민주주의이건, 예술이건 갈등이건, 궁극적으로 감각-정서-육체-마음의 문제를 생각하지 않을 수 없는 이유가 바로 여기에 있다. 구체적인 것과 경험적인 것은 이들 문제를 하나로 관통한다. 문학은 이 구체와 경험의 자긍으로부터 잉태된다.

아무나 작가가 되는 것은 아니다. 나는 이 상식적인 사실을 다시 강조하고자 한다. 그렇듯이 아무나 '작가'라고 이름을 내세울 수 있는 일은 아니다. 신문이나 방송 또는 어느 출판사가 붙여 주는 작가라는 이름이 작가성을 보증하는 것은 아니다. 이런 작가가 예술사에 남는 경우란 몹시 드물다. 글을 읽고 쓰는 것을 유일한 직업으로 삼고, 또 그렇게 살아갈 수 있을 때에, 그리하여 오로지 글로써 문학사의 새 지평을 열 때에, 그는 작가가 될 수 있다. 이런 전업 작가를 향한 꿈이 매끈하게 성사될 리는 없다.

장정일은 생활과 문학 활동에 있어 여러 시비로 크고 작은 고초를 이미 많이 겪었다. 그것은 수난이라고 부를 만한 일이었다. 수난passion이란 원래 '열정'을 뜻한다. 무릇 뛰어난 열정은 수난을 동반하지 않는가. 수난 없는 열정의 역사는 없다. 그렇다. 장정일의 문학은 수난의 노래이자 그 절규이다. 이러한 사실은, 열정의 산물인 문학작품이 관습에 역행한다고 하여, 또는 풍기를 문란케 한다고 하여, 아니면 외설적이라고 하여 작가가 겪은 온갖 질타와 혐의에서도 잘 나타나는 것이었다(수난이란 용어가 무엇보다 종교적 함의를 띠고 있지만 우리의 맥락에서 반드시 그렇게 채색될 필요는 없다. 그것은 좀 더 넓게, 그래서 일반적으로 해석될 수 있다. 삶은 작가에게 세 겹의 수난—지상의 고통과 천상의 다가가기 어려움, 그 사이에서 거짓말 작업으로서 글쓰기가 갖는 어려움으로 이루어져 있는 것으로 보인다).

　　문학을 한다는 것은 결코 영광을 누리거나 자부를 내세우는 일이 아니다. 그것은 고통스러운 일이다. 천식을 앓아 가며 지나간 일을 기록했던, 아니 그 기록이 삶이 되게 했던 프루스트M. Proust처럼……. 아니다. 작가의 치욕은 그 이상이다. 그것은 한신韓信, 중국 전 한의 무장 처럼 남의 가랑이 사이로 기어가는 수모를 감당해야 하는 것이다. 이런 수모 속에서 어떤 다른, 더 이상 치욕과 술수가 없어도 되는 삶의 상태를 기획하는 일이다. 마치 사마천司馬遷(BC 145~85)이 한신을 본받아 거세의 치욕에서 역사를 증언하게 되었듯이 말이다.

　　진실한 열정의 수난과 박해는 예술사의 오랜 운명을 이룬다. 예술사는 숨죽인 수난과 감추어진 박해의 역사나 다름없다. 공화국의 젊은 영혼을 오염시킨다고 하여 시인을 추방해야 한다던 플라톤의 생각은 그 원류에 해당할 것이다. 그러나 참된 열정은 타성의 장벽을 뚫고 나간다. 뚫고 나가면서 그는 박해를 자기 열정의 일부로 받아들인다. 마치 병을 제 삶의 일부로 받아들이듯. 그러면서도 그는 말이 없다. 양들은 제 목이 칼로 따일 때 그저 눈을 끔뻑이며, 소리 없이 죽어 간다. 예술의 주체는 열정의 실행자이자 그 수난자이다. 우리는 그 수난이 남긴 자취에서 어떤 길을 본다. 그것은 나에게 시의 길, 예술의 길로 읽힌다. 그래서 나는 이렇게 쓴다.

　　지불해야 할 너무 많은 것들
　　어리석은 말과 생각들
　　절망 속의 저주와 응시의 기쁨
　　울음은 분노인가 피로인가

생기인가 질투인가
지금의 뜨거운 눈물도
내일이면 차가운 모래가 되겠지

나는 죽을 것이요
죽음 따라 세상의 웃음
사라지리니

나뭇잎과 나뭇잎 사이
돌무더기와 골목길에 갇힌 메아리
세상을 채우는
정신은 원하나 몸은 허물어지고
더 이상 멀어지고 싶지 않아

아무리 헐벗어도
너는 아름답구나
나무야
바람이 실어 오는 지평선의 내음
푸른 들판과 커 가는 보리 줄기
여기에 머물 것이라
나는 시의 온기
네 곁에서
나를 지키고

2004년 7월이던가. 지휘자 줄리니C. M. Giulini가 세상을 떠났다. 그는 하나의 작품을 확신하고 모든 음보를 '사랑하기를 배웠을 때', 비로소 그 작품을 연주 목록으로 받아들였다고 한다. 나는 문학의 애송이에 불과하지만, 내가 쓰는 글만큼은 그에 못지않게 사랑하고, 또 그렇게 되었을 때, 쓰려고 한다. 이렇듯 문학과 예술은 내게도 고향이 되었다. 비평은 어떤 작품을 읽는 하나의 방식이면서, 더하게는 그런 읽기를 통한 문학의 이해이자 이렇게 읽는 자기 삶의 이해이고 그 반성이다.

뛰어난 작가론은 그 작가에 대한 성찰이면서 성찰하는 자신의 문학관이자 세계관의 표현이라고 믿는다. 사르트르J. P. Sartre의 뛰어난 보들레르론에는 보들레르C. Baudelaire가 생각한 문학 세계만이 아니라 사르트르 자신의 문학관과 세계관, 예술 이해와 삶의 성찰이 드러나 있다. 이런 사르트르 고유의 색채로 말미암아 보들레르는 역설적이게도 다시 태어난다. 재생과 부활을 경험하는 것이다. 전혀 다른 창조적 해석만이 기존의 것을 전혀 새롭게 있게 한다. 어찌 나의 글이 이 정도까지 이르겠는가. 그러나 글을 쓰면서 처음부터 끝까지 이 점을 잊어버린 순간은 내게 없다.

한 작품의 생명은 오로지 타인의 해석과 언어에 의해, 혹은 관점을 달리하는 해석과 언어에도 불구하고 일관되게 견지되는 논리에 의해서만 참된 존속의 저력을 갖게 된다. 필자는 이것을 장정일의 『중국에서 온 편지』*와 관련하여, 그 속에 담긴 역사-서사-권

---

* 장정일, 『중국에서 온 편지』(작가정신, 1999). 이 책은 앞으로 본문에서 '(쪽수)'로 기입.

력-문화의 의미 연관항 속에서 시도해 보고자 하였다.

　이런 시도는 의미 있는 것인가. 온갖 편견과 어리석음 그리고 권력과 금력의 관계로 뒤엉킨 이 땅에서 자유로이 행복할 수 있는 곳은 그리 많아 보이지 않는다. 한숨과 슬픔 이외에 다른 무엇을 찾을 수 있는가. 변함없는 것은 여름 열기와 겨울 서리이다. 그리고 그 사이의 시간을 왕래하는 살아 있는 것들의 무수한 흔적. 나무, 벽, 지붕 그리고 늘어선 길……. 가끔 새들이 창가로 와 지저귀지만 내가 그 노래를 알아들은 적은 없다. 그래도 이들 풍경에서 어떤 영속적인 것들을 느끼곤 한다. 풍경의 힘과 그 진실성. 그래서 나는 나무의 윤곽과 산언덕의 기복 그리고 건물이 만드는 풍경의 하늘 선을 즐겨 쳐다본다. 집 한 채와 오래된 전나무와 느티나무 언덕길……. 내 죽을 때 있는 것으로 이것이면 족할지도 모른다. 나는 이 흔적을 환영하고 소중히 여긴다. 삶의 기쁨을 노래한 찬가치고 이것은 너무 빈곤한 것인가. 그렇다 해도 나는 이것을 버릴 수가 없다.

　필멸의 삶에서 얻은 그 어떤 것이 영원할 수 있겠는가? 모든 것은 마멸된다. 순정도 순식간에 치욕으로 변하지 않는가. 지고지순한 것은 좋은 것이지만 그것은 부담스러운 일이기도 하다. 견고하던 이전의 믿음이 내 곁을 떠나간 이후 세계는 위엄을 잃어버린 과부처럼 되어 버렸다. 이 무정한 회색 도시에 남아 할 수 있는 것은 작고 미미하며 하찮게 여겨지는 한두 가지 일일뿐. 그것은 내게 예술과 철학이었고, 그리하여 나는 예술과 철학에 매달리기 시작했다.

　그러나 나는 눈먼 두더지가 되고 싶지 않다. 내 감각과 사고를 살아 있는 한 열어 놓을 것이다. 열어 놓고자 나는 근력筋力과 성심

誠心을 다할 것이다. 오로지 믿는 것은 하나, 그것은 문학과 예술이다. 예술 안에서 나는 종교적인 것인가? 그것을 보고 듣고 느낄 때, 나는 이미 지금 여기를 넘어서는 '다른 현실의 시간' 속에 있다. 나는 예술의 신자이다. 그러나 예술은 종교와는 달리 지금까지의 생각으로부터 자꾸 떠나라고 재촉한다.

오, 삶이여! 여기 고통받는 심장이 떨고 있네. 그렇다. 문학은 '고통'도, '고통받는 심장'도 아니다. '고통받는 심장이 여기 떨고 있네.'라고 증언하는 것이다. 샅샅이 풀을 뜯는 양과도 같이 내 주변에서 일어나는 모든 것을 나는 한 점 남김 없이 기록하고 싶다. 현실의 잔혹성 앞에서 손으로 얼굴을 가린 채 그러나 손가락 사이로 그 앞을 여전히 응시하는 미켈란젤로Michelangelo의 그림 속 한 인물처럼. 그의 절망은 너무도 혹독하여 신의 은총마저 영원한 형벌처럼 느끼게 한다. 이런 저주 앞에서도 그는 현실을 주시하는 일을 멈추지 않는다.

예술은 회의 속의 응시이고, 저주 가운데의 창출이다. 이것은 문학예술의 길이자 성숙한 문화의 길이기도 하다. 우리의 삶은 역사의 한 단계일 뿐. 그리하여 그것은 어떤 하나의 단계에서 다른 단계로 '이행 중'에 있다. 예술은 지금 여기 삶이 이행의 변화 속에서 어떤 훼손 상태에 있는가를, 그림으로써 무엇을 성취하고 무엇을 누락하고 있는가를 보여 주는 거울이다.

일과 물맛 그리고 단잠

시인의 꿈은 재생과 부활의 경험 속에서 확대된다. 시인 자신에게서 그를 읽고 있는 독자에게로, 이 독자로부터 이 독자의 글을 읽는 또 다른 미래의 독자에게로 꿈은 자라나고 번성하며 성장하고 사멸해 간다. 그것이 꿈의 신진대사이자 시적 열망의 생로병사이다. 시의 꿈은 만리장성 안에서 밖으로, 이 장성 밖에서 다시 "둥글고 부드럽고 은은하고 여린 것들"로 나아간다. 이것이 수난으로 얼룩진 예술적 열정의 경로이다.

예술적 열정의 경로가 반드시 그리고 언제나 거창할 필요는 없다. 그것은 지금 여기 내가, 또 우리가 앉거나 서서 바라보거나 들을 수 있는 아니면 떠올릴 수 있는 소박하고 맘 편한 곳이다. 이곳이 어떠한가는 서정적인 초기 시에 잘 나타난다.

그랬으면 좋겠다 살다가 지친 사람들
가끔씩 사철나무 그늘 아래 쉴 때는
계절이 달아나지 않고 시간이 흐르지 않아
오랫동안 늙지 않고 배고픔과 실직 잠시라도 잊거나
그늘 아래 휴식한 만큼 아픈 일생이 아물어진다면
좋겠다 정말 그랬으면 좋겠다

굵직굵직한 나무 등걸 아래 앉아 역만 시름 접어 날리고
결국 끊지 못했던 흡연의 사슬 끝내 떨칠 수 있을 때

그늘 아래 앉은 그것이 그대로 하나의 뿌리가 되어
나는 지층 가장 깊은 곳에 내려앉은 물맛을 보고
수액이 체관 타고 흐르는 그대로 한 됫박 녹말이 되어
나뭇가지 흔드는 어깻짓으로 지친 새들의 날개와
부르튼 구름의 발바닥 쉬게 할 수 있다면

좋겠다 사철나무 그늘 아래 또 내가 앉아
아무것도 되지 못하고 내가 나밖에 될 수 없을 때
이제는 홀로 있음이 만물 자유케 하며
스물두 살 앞에 쌓인 술병 먼 길 돌아서 가고
공장들과 공장들 숱한 대장간과 국경의 거미줄로부터
그대 걸어 나와 서로의 팔목 야윈 슬픔 잡아 준다면

좋을 것이다 그제서야 조금씩 시간의 얼레도 풀어져
초록의 대지는 저녁 타는 그림으로 어둑하고
형제들은 출근에 가위 눌리지 않는 단잠의 베개 벨 것인데
한편에서 되게 낮잠 자버린 사람들이 나지막이 노래 불러
유행 지난 시편의 몇 구절을 기억하겠지

바빌론 강가에 앉아
사철나무 그늘을 생각하며 우리는
눈물 흘렸지요

—「사철나무 그늘 아래 쉴 때는」

　　조용히 소리 내어 이 시를 한번 읊조려 보자. 이 시에는 장정일의 문학적 꿈이 지향하는 중대한 것이, 그 전부는 아니겠지만, 들어있다고 할 수 있다. 나는 작품의 주제를 해석하거나 그 기능을 분석하고자 하지 않는다. 이것 역시 중요하지만, 내가 의도한 것은 작가의 문제의식과 현실 이해 그리고 역사 인식의 지향을 읽어 내는 것이었다. 그런데 이 모두는 사실 서술 방식이나 형식 안에 배어 있다. 이것을 한 가지로 모은다면, 그것은 '삶을 어떻게 이해함으로써 살아갈 것인가' 하는 문제라고 할 수 있다. 즉 삶의 기술技術이다. 나는 그의 삶의 기술을 살펴봄으로써 인간과 현실에 대한 그의 이해를 이해하듯, 내가 내 삶을, 또 우리가 우리 자신의 삶을 어떻게 살 것인가를 알아보고자 하였다.

　　작가가 꿈꾸는 삶이란 "가위 눌리지 않는 단잠"을 자고 "사철나무 그늘을 생각하며" "나지막이 노래 불러" 보는 생활이다. 이런 생활 속에서 우리는 "지층 가장 깊은 곳에 내려앉은 물맛을 보고／수액이 체관 타고 흐르는 그대로 한 됫박 녹말이 되어／나뭇가지 흔드는 어깻짓으로 지친 새들의 날개와／부르튼 구름의 발바닥 쉬게 할 수 있"다. 그러나 그것은 마지막 연이 암시하듯 오늘의 일이 아니라 지나간 일이다. "바빌론 강가에 앉아／사철나무 그늘을 생각하며 우리는／눈물 흘렸지요." 그래서 그것은 우리 것이 아닌 삶이다. 우리는 그 삶을 회복할 수 있을까. 이런 작가의 염원을 나는 독자와 더불어 나누고자 한다.

　　그러므로 나의 장정일 이해는 단순히 작품의 주제나 의미, 역사와 폭력, 권력, 서사의 문제를 다루는 데에 그치지 않는다. 그것이 주된 논점들을 이룬다는 사실은 틀림없지만, 그러나 이런 논의는 삶 그 자체로, 다시 말해 우리 각각이 영위하는 생활 실제 안으로 육화되지 않으면 안 된다. 그렇지 않다면 그것은 별다른 의미가 없다. 적어도 내가 생각하는 문학예술의 궁극적 의미는 지금 여기 생활의 뿌리에 어떤 양분으로 잇닿아 있어야 한다. 그러므로 이 글은 현재적 삶의 의미와 그 의미를 가능하게 하는 조건들에 대한 성찰을 의식한 것이다.

나는 의미와, 의미화 작업을 허용하거나 금지하는 것에 대해 동시에 묻고자 한다. 그것은 역사와 권력, 폭력, 죽음, 서사, 문학, 박해, 화해가 어떻게 일어나는가, 이때 부당성은 어떤 이유로 거짓으로 정당화되며, 진실은 왜 은폐되고 배제되는가를 밝힘으로써 가능할는지도 모른다. 단순히 역사에 '대하여' 사고할 뿐만 아니라 무엇보다 역사 '안에서', 역사에 '의해' 사고하려 하는 것이다. 역사와 서사, 권력과 문화를 다루는 문제 역시 역사 안에서 일어나는 권력의 한 측면이고, 크게 보아 문화 활동의 한 표현인 까닭이다. 여기에서 문학은 문화의 한 형식으로서, 하나의 서사적 기획으로서 자리한다. 시-문학-예술은 이미 있는 것의 반복이 아니라 사소한 것 또는 아무것도 아닌 것으로부터 어떤 것의 생성적 기도企圖이다. 그것은 존재에서 부재를, 부재에서 존재를 처음으로 생성시킨다. 적어도 그렇게 할 수 있을 때, 문학사에서 자신의 고유한 위치를 담보받을 수 있다.

존재로부터 행해지는 부재의 드러남, 부재로부터 이루어지는 존재의 드러남, 이것은 달리 표현하여 '자기의 타자화' 또는 '타자의 자기화'이다. 자기와 타자 사이의 운동이자 움직임, 이 움직임의 부단한 이행이 문학이고 예술이다. 예술의 이행은 그 자체로 확대의 충동이자 갱신에 대한 의지이다. 역사는 단순히 동일한 것의 반복이나 재생이 아니다. 그것은 새로움이고, 이 새로움이 상투적이라고 여겨질 만큼 지루하게 이어지는 점진적 혁신의 과정이다.

장정일의 글은 현실과 역사, 인간과 그 삶 속에 배어 있는 부조화와 불연속성에 주목하고 이를 드러냄으로써 이것이 어떻게 이전과는 다르게 사고될 수 있는지, 어떻게 다른 평가와 진단이 이루어질 수 있고 이루어져야 하는지를 보여 준다. 『중국에서 온 편지』에서 선택된 매체는 역사이다. 즉 역사는 이런 문제의식과 연관될 때에만 그 의미를 갖는다. 그렇다는 것은 작가의 문제의식이 역사에 한정되는 것이 아니라, 필자가 보여 주고자 한 대로 다른 심급들—권력이나 현실, 서사, 문학, 문화 등과 연결되어야 한다는 것이다.

자유의 선언도 허세이고 술책일 수 있다. 그러나 고통을 직시하는, 적어도 회피하지 않으려는 자유를 향한 길은 모범이 될 만하다. 장정일은 자유의 현존성을 극한까지 몰고 간다. 그는 한 번도 자기 책의 정당성을 나서서 주장하지 않는다. 검찰의 기소나 법원의 판결문에 그가 이의를 제기한 적은 없다. 법정 구속의 부당함을 문제 삼기보다는 그 치욕스러운 처분을 그냥 받아들인다. 그럼으로써 거짓 우상을 정면으로, 말없이 주시한다. 이것이 그의 외상外傷이고, 그의 자유이다. 자유는 상처의 경험 없이 생겨나지 않는다. 자신의 또는 다른 사람들의 과오로 고통받았던 이들에 대한 연민의 감정이 그의 상처를 이룬다.

문학이란 기쁨과 발견 이상으로 모멸이자 수치이고, 이 모멸과 수치의 직시이며, 이런 직시를 통한 창조이고 이 창조의 자유이다. 장정일은 유죄 선고를 받은 창조자이다. 죄인이면서, 아니 죄인이기 때문에 그는 자유롭다. 문학이 목적이 아니라 구실에 불과하다는 것, 그 점에서 그는 외롭고 가엾다. 그러나 그 구실에 모든 것을 걸었다는 점에서, 그는 행복하지 않다고 말할 수 없다.

그렇다고 해도 장정일이 걸어간 길이 모든 사람의 길일 수는 없다. 그것도 인정하기로 하자. 작가의 삶은 그 언어와 사고가 기존의 의미에 저항하고 그것을 부정하며 전복시킨다는 점에서 오히려 누구나의 삶이기 어렵다. 그는 이미 있는 것을 편안하게 반복하지 않는다. 그는 철저히 실험적이고 전위적이며, 그 때문에 창조적이다. 이 창조성이야말로 그의 정직성의 표현이며 자유의 증거이기도 하다. 이것을 보통 사람들이 어떻게 따르겠는가. 그러나 그렇다고 해도 작가의 전언이 삶 일반과 무관한 것은 아니다. 물론 삶의 잔혹함이나 불의에 분노하는 것이 언제나 가능한 것도 아니고, 또 반드시 권할 만한 것이 아닐 수도 있다.

인간의 운명과 그 고통에 대해 너무 자주 얘기하는 것은 어떤 심리학자가 말하듯 집착적 강박증이나 노이로제의 표현일 수도 있지 않은가. 그러니 자신의 신경증을 찬미할 필요까지는 없다. 그러나 작가의 고민은 감각과 사고의 타성을 뒤흔든다는 점에서 훌륭한 반성적 자료가 된다. 의미 없는 편견과 우발성의 수인囚人이라는 점에서 우리 모두는 하나인 까닭이다. 더 나은 삶과 사회를 지

향하는 한 우리는 작가의 고민을 오늘의 문제로 받아들일 필요가
있다.

　자명하다고 여겨지거나 그렇게 간주되는 것들의 기초는 사실
곰곰이 따져 보면 지극히 불안정하고 불투명하다. 이것이 이른바
'변방의 힘'이다. 문학적 서사는 이 변방의 사연과 곡절, 변두리의
아우성과 고통에 주목한다. 그럼으로써 그것은 기성의 권력과 서
열을 부정하고 위계화와 관료화에 저항한다. 모든 뛰어난 창조자
는 늘 예외적 존재이지 않았던가. 그들은 변방에 거주하였고, 거주
하고자 하였으며, 이때의 거주는 즐겨 행해졌다. 언어에 자유를 부
여할 때, 문학의 가장 큰 즐거움은 생겨날 것이다. 세상이 더러우
면, 작가의 말대로 이 세상을 "왕관을 쓴 개들"에게 주자. 예술의 의
미는 현실의 결핍에 대항하여 부단히 상상하고 표현하며, 이 표현
속에서 좀 더 나은 미래를 비전에 투시하는 데에 있다.

　문학예술은 철저히 자기 안의 타자적 시선으로 현실을 기록한
다. 그래서 그것은 한편으로는 역사와 현실 그리고 문화에 대한 이
의 제기이면서, 다른 한편으로 이 역사와 문화의 일부가 되기도 한
다. 역사에 대한 사고도 역사의 한 조건에 불과하다. 장정일, 그는
우리 문학의 부소扶蘇로서 우리 문화의 변방을 개척해 나가고 있다.

2장 '욕됨을 견디다' 耐辱: 나, 문광훈의 경우

이 책 필자인 나에 대해 본문의 한 장을 빌려 '쓰지 않을 수 없었던' 절실한 이유에 대하여 독자께 짧게 안내하는 것이 필요할 듯하다. 두세 해 전부 내가 골몰한 것은 '나이 마흔이 무엇인가.'라는 문제였다. 이 문제는 내가 어떤 글을 읽고 쓰더라도 그 글의 배후에 자리 잡아 날 내버려 두지 않았다.

　　나의 지난 생애는 간단히 말하여 나이 다흔의 실존적 의미를 물어 그 나름의 대답을 찾는 과정이었고, 문학은 내가 그 과정에서 발견한 하나의 위태롭고도 어찌할 도리 없는, 궁색하고도 자긍할 만한 답변이었다. 이 점에서 나는 작가 장정일과 만난다. 나는 그가 낸 길을 따라가면서, 그 방식을 성찰해 보고, 이런 성찰을 통해 나 자신의 그리고 우리 사회의 가능성을 생각해 보고자 한다.

불혹不惑이라는 아집

기대도 쉽지 않은 것처럼 나는 이제 실망도 쉽게 하지 않는다. 환멸의 바다, 그 반쯤을 지나온 것인가? 친구도 없고, 친구를 만들려 하지도 않으며, 즐겨 만나는 사람도 드물다. 그렇다고 드문 인연을 한탄하는 것은 아니다. 분노가 곪으면 미움도 휘발되는 것인가. 질투도 사랑의 감정이 남아 있을 때에 생겨난다. 이 에너지가 환멸로 바뀌면 한심한 것은 질투의 대상보다 질투하는 자기 자신이다. 바로 이즈음—사람은 기력도 지력도 한계의 윤곽을 한 번쯤 확인하게 되는 나이에 있게 된다. 내 나이 마흔 셋.

나이 마흔이란 무엇인가? 마흔으로 접어든다는 것은 사람에게 어떤 의미를 지니는가? 그것은 한 생애의 역사로 보아 지금까지의 생애 방식을 반복하느냐 아니면 다시 시작하느냐, 하는 기로에 선다는 뜻이다. 선택의 기로는 자기에게 중요할 뿐 다른 이에게는 중요하지 않다. 이런 결정의 순간을 인간은 생애에 여러 번 아니면 매번 겪곤 하지만 마흔 무렵의 그것은 그의 몸이 생물학적 곡선의 본격적 하강기 앞에 있다는 사실로, 비교할 데 없이 절박하게 보인다. 더 이상 아무렇게나, 아무 생각 없이 지나칠 수는 없는 일이다. 어떤 사람이 나타나 괴상한 논리로 날 우롱해도 나는 이제 그보다 더 낫다고 소리칠 처지가 못 된다는 것을, 그리하여 나나 그나 크게 그리고 완전히 다르지는 않음을 조금씩 깨달아 가고 있다. 더 무서운 것은 이런 경험 속에서도 내 몸이, 그 피와 살이 벽돌 덩어리처럼 갈라지고 굳어 가고 있다는 사실.

그래서인가, 증오하기보다는 분노하려 하고, 분노하기보다는 집중하려 한다. 경멸하기보다는 외면하려 하고, 외면하기보다는 그냥 웃으려 한다. 절교絶交는 해도 악평은 삼가라 했던가? 너털웃음이든 공허한 웃음이든, 웃음의 스펙트럼이 이렇게 다양할 수 있음을 알게 되는 것도 이즈음이다. 역질疫疾처럼 환멸이 영육의 이곳저곳으로 번져 가는 것인가. 적어도 이 한결같은 상태의 확인에 있어 나는 '흔들리지 않는다'. 나는 조금의 동요도 허락하지 않는다. 불혹의 유교적 정의定義에 충실한 것이다. 그러나 이것은 또 다른 아집의 표현일 수도 있다.

스물한두 살 무렵 나에게 스물일고여덟의 나이는 상상하기 어려운 것이었다. 그 나이의 사람들은 모두들 의젓해 보였고, 직장에 다니며 제 앞가림을 하고 있었으며, 누구는 결혼하고, 또 누구는 대학원에서 석사 박사다 하여 논문을 쓰고 있었다. 스물서넛부터 3~4년 아니면 5~6년 사이에 어떻게 저리 의젓하게 되는 것일까. 그것은 놀랍고도 두려운 일이었다. 그 나이의 사락들은 모두가 자신 있고 용감하게 제 삶을 개척해 가는 것처럼 보였다. '어른'이 된다는 것은 내게 그처럼 버거운 것이었다. 과연 저 나이가 되면 저들처럼 저리 흔들림 없이 헤쳐 나갈 수 있을까. 나는 한편으로 불안했고, 다른 한편으로 무슨 이유에서인지 그렇게 자신 있어 하는 그들이 단순하게 여겨지기도 했다.

서른일고여덟은 관록 있는 연령으로 그 10여 년 뒤에 있었고, 마흔 고개를 넘으면 삶은 이미 중년이었다. 스물일고여덟도 그리 낯선데, 서른일고여덟은 내 것이 될 것 같지 않았고, 마흔은 더 이상 셈하지 않아도 될 성 싶었다. 그전에 좌우간 무슨 일이 일어날 것이므로.

주변의 이들은 한결같이 당당해 보였고, 그래서 자기 삶에 대한 물음이나 주저는 내보이지 않았기에 당당한 만큼 그 삶을 '잘 사는' 것으로 보였다. 그러나 나는 두 번 다시 깨어나도, 아무리 다짐하고 결의하여도, 그런 삶을 살 수 없을 듯 불안하고 혼란스러웠다. 그 나이에 이르기 전에 나는 사라질 것 같았다. 그래서 스물다섯 무렵, 또 서른이 될 즈음 한동안 악몽에 시달리기도 하였다. 그 악몽의 주인공들은 고등학교 시절 수학이나 교련 선생들, 아니면 무서운 속도로 날 따라잡던 종암경찰서의 전경들이었다. 때로는 군홧

발로 내 머리와 가슴을 차 대던 성북경찰서의 서장인가 작전과장 인가, 그런 사람들도 나타났다. 다가오는 내 죽음을 예비해야 한다는 강박은 이런 악몽으로 점점 심해졌는지도 모른다. 그런 악몽을 헤치며 글을 읽었고, 생각하고 또 글을 썼다. 그러면서 나는 우려하던 그 나이를 '말짱하게' 지나온 것이다.

사람은 근본적으로 변하기 어려운 존재로 보인다. 죽도록 또는 죽음과 유사한 고통을 경험하지 않는 한, 사람은 늘 하던 대로 또는 그보다 심하게 해 왔던 것을 행할 뿐이다. 그러므로 조금씩 1년에 1센티미터씩이라도 마음과 태도에 변화가 온다는 것은 놀라운 일이지 않을 수 없다. 한 해 한 해 다를 수 있다는 것은 그 자체로 기적과도 같다. 물론 계절이 바뀜에 따라 변할 수 있다면 더 좋을 것이고, 한 달을 넘기면서 새롭게 자신을 다잡을 수 있다면 더더욱 좋을 것이다. 그러나 이것은 인간의 실정에 맞지 않는 가설일 것이다.

평화를 외치면서도 다투며, 너그러움을 강조하면서도 편협하며, 신성을 떠올리면서도 작은 이해에 벌벌 떠는 자신을 우리는 자주 보지 않는가. 학교 졸업 후 아무것도 변하지 않았음을 스스로에게서, 또 주변에서 얼마나 자주 발견하게 되는가. 비슷한 지위의 사람에게는 점잖고 예의 있게 처신하다가도 낮은 지위의 사람에겐 졸렬하고도 유치하게 대하는 경우를 어디 한두 번 겪는가. 아니면 내 스스로 그렇게 부지불식간에 행하는지도 모른다. 이런 이들과 눈인사를 하는 것은 유쾌하지 않다. 그러나 피할 수 있는 일은 아니다. 나 자신처럼 나 이외의 사람도 비난하지는 말자. 사람은 도대체 어디까지 가야 '제대로'일 수 있고, 몇 년을 살아야 기존의 생각을 깨칠 수 있는가.

　　나 역시 그런 별별 사람들 가운데 한 사람으로 이럭저럭 살아간다. 선량하지도 못하고 독창적이지도 않다. 감각은 메마르고 지성은 빈곤한데, '문학을 한다'고 강산이 두 번 바뀌도록 버티고 있다. 어디다 쓸 것인가? 무신경을 꿀인 양 탐식하고 의혹은 기대와 비슷하며, 억측과 원망도 별 다르지 않게 된다. 어떤 문구를 수없이 되뇌어도 스스로는 제 생각을 온전케 하지는 못하고, 누군가를 들먹여도 자기는 인용되지 못함을 확인하곤 한다. 가진 것이라곤 꾸어 온 생각과 빌려 온 언어뿐이던가.

　　숨을 토할 때마다 열망의 수분이, 꿈의 열기가 빠져나가는 듯하다. 수치 속에서, 굴욕을 견디며, 닫힌 문을 스스로 비틀고 나가는 가망 없는 어떤 시도. 피로와 초조 그리고 재시도의 간격이 날이 갈수록 좁아드는 느낌이 든다. 급기야 이 사이의 구분마저 지워지는 듯하다. 나란 존재는 그 자체로 피로이고 초조이며 망연자실 속의 시도이다. 이런 시도로써 끔찍하기 짝이 없는 반복의 일상을 나는 넘어가고자 한다. 그렇다고 한다면, 나는 내 자신의 삶을 한 번도 주인으로서 산 적이 없었다고 말해야 할지도 모른다. 하나의 꼭두각시에 불과하다는 것, 꼭두각시가 아니라면 꼭두각시의 그 놀음에 허망한 몸짓 하나 더 보태며 살아간다는 것, 이런 자각도 창조적 경험일 수 있는 것인가.

　　거죽 같은 삶은 죽음 후에만 오지 않는다. 그것은 살아 있을 때, 감각과 사고 그리고 언어가 자기 자신의 것이지 못할 때, 이미 지속되고 있다. 고상함을 들먹여도 현실의 고통에 연민이 없다면, 문헌학적으로 성실해도 현재의 생활과 무관하다면, 글은, 논문은, 학문은 과연 어디다 쓸 것인가.

하나가 아니라면 다른 하나도 아니기 쉽다. 정신의 나태와 엄격성의 결여, 이것으로 인한 가장 큰 피해자는 다른 누구도 아닌 자기 자신이다. 왜? 여기에는 여러 가지 이유를 끌어들일 수 있겠지만 궁극적으로 그 이유는 하나이다. 자기 삶을 사랑하지 않는다는 것. 빈곤한 철저성으로는 자기 삶을 사랑할 수 없기 때문이다. 다시는 보상받을 수 없는 어떤 것들이 일어나리라는, 일어날 수도 있으리라는 어떤 두려움과 불안. 신중하면서도 부드럽고, 유머 속에서도 엄정할 수 있는 방법은 무엇일까. 이것은 이미 나의 것이 아니게 되어 버렸는가. 오, 나는 내가 경멸하는 어정쩡한 상태에 스스로 빠져 있는 것은 아닌가.

우리는 "도덕적으로 상처 입었다."라는 말을 흔히 쓴다. 그러나 이것은 인간의 실상을 모르는 말이고, 그 때문에 틀렸다. 어떤 행동은 이해할 만하고 그래서 견딜 만한 반면, 어떤 것은 이해하기 어려워서 견디기 힘든 것이다. 과장을 일삼는 사람들은 앞의 경우를 '도덕적 염결'이라고 표현할 것이고, 뒤의 경우를 '부도덕한 파렴치'쯤으로 말할 것이다. 내 말의 초점은 앞의 것에 있다.

도덕의 경우, 그것은 사람들 사이에서 참으로 도덕적이어서라기보다는 '크게 보아 흠이 없는'이라는 뜻으로 더 자주 쓰인다. 그러니만큼 상처는 적어도 도덕 차원에서 '입거나 안 입거나'의 문제가 아니라 '인간의 삶에 이미 내재된 것'에 가깝다고 말하는 것이 옳다. 도덕성은 많은 경우에 그 어떤 다른 것—비도덕적 그늘이 '밝혀지지 않아서' 그렇게 불릴 뿐이다. 사람은 자기에게 불리하면 밝히지 않는다. 그렇듯 '마흔이란 불혹'이라는 정의도 실상—한편으로는 흔들리고 불안정하면서도 다른 한편으로는 경색되어 버린 습관의 모순 또는 허위를 은폐하고 있는 셈이다.

이런 이유에서 나는 불혹이란 말을 '온갖 편견과 아집에 흔들림이 없는'이라는 뜻으로 이해한다. 즉 그것은 부정적이다. 그래서 그것은 망할 놈의 나이가 된다. 마흔에 이른 사람은 불혹이라는 미혹에 빠져 있고, 아집은 미혹의 내용이다. 무엇에도 흔들리지 않고 굳건하다는 것만큼 위험스러운 것은 없는지도 모른다. 단정 짓고 단언斷言하며 확정하는 것은 그 자체로 무모하고 어리석으며 미성숙한 징후일 수도 있다. 온갖 확언과 단죄가 야기하는 편견과 갈등의 골은 이미 잘 알려져 있지 않은가.

그리하여 나는 미혹되지 않음—불혹에서 인간 타락의 가장 극심한 징후를 읽는다. 적어도 그것은 인간의 모델에 어울리지 않으며, 그 때문에 권장할 만하지도 않다. 우리는 때로 행복에 대한 의지마저 누그러뜨릴 필요가 있다. 다름 아닌 바로 그 의지가 불행의 싹이 될 수도 있으므로. 고통과 불충분의 의식, 이것이 우리가 보듬고 살아야 하는 무엇인지도 모른다. 삶은 공허하게 기울어져 있다.

예술: 자각된 맹목을 선택하다

몸은 뼈와 가죽을 남기고 살은 점점이 비틀어져 간다. 피부 속 세포조직들이 가뭄기의 논바닥처럼 졸아들어 가는 소리. 마흔 이후의 인간은 서로가 적이 되어, 그러나 아무렇지도 않게 잘 살아간다. 여러 늑대들 가운데 한 마리 늑대로서 우리 각자는 여러 죄 많은 이들 가운데 죄 지은 한 사람으로 산다. 그러니 다른 늑대를, 그 적을 그리고 죄 지은 자를 모욕하지는 말자. 연민을 갖지 못한다면 차라리 외면하자. 그러나 외면 속에서도 주변은 살피자.

무엇보다 자기 자신을 살피자. 벌레를 경멸하는 이 몸도 곤장을 맞으면 걸레처럼 된다. 너무 많은 것을 가졌던가, 내겐 물러설 자리가 없어 보인다. 이제 살아갈 날은 이미 산 날보다 많지도 않을 것이다. 쇼팽F. Chopin은 서른아홉 살에, 쇼팽을 즐겨 연주하던 피아니스트 리파티D. Lipatti는 그보다 더 일찍—불과 서른세 살에 생을 마감하였다. 사그라지는 법이 없는 어리석음과 이로 인한 미망迷妄의 매듭. 지금의 맹목을 또 하나의 맹목이 대치할 것이다.

내리쏟아지는 빗방울, 지는 꽃잎, 야위어 가는 나뭇가지, 잦아드는 바람, 닫힌 창문, 사라지는 목소리, 늙어 가는 만물의 축 처진 뒷덜미가 가엾다. 도처에서, 세계의 곳곳에서 나는 죽음의 그늘을, 소멸과 좌초의 흔적을 본다. 인간은 잔인하게 조롱하고, 이런 조롱이 우스꽝스럽게 보복당하기도 한다. 나날의 생활은 만만찮고, 삶의 현실은 가혹하며, 이 현실의 가혹함 앞에서 심미성의 열정도 때로는 질식될 듯하다. 기대나 호기심, 욕구나 열망도 이젠 더 이상 그 자체로 체험되지 않는다. 그보다는 이런저런 거죽을 뒤집어쓴 채 그것은 감지되고 경험된다. 덩달아 성찰과 인식도 매번 제 모습을 벗어던지고 만다. 환멸의 자각 과정. 그러나 각질은 정신에만 있는 것은 아니다. 정신처럼 육체의 각질도 덩달아 떨어져 나간다. 아뜩하고 혼란스럽다, 육신을 걸친 내가 가죽 부대 같은 그 옷을 벗게 될 날을 떠올리자면.

인간이 아무것도 아닌 것처럼 되기까지 찢기는 이유는 무엇인가? 왜 그래야만 하는가? 이것을 피할 길 없다면, 그 이후는 좀 더 밝고 맑은 것인가? 그렇게 보이지는 않는다. 타락하지 않고는, 양심을 그르치지 않고는, 적어도 마흔 이후에는 살아가기 어려운 것처럼 보인다. 내가 죽을 때 생명의 문밖에서 날 기다리는 것은 무엇일까? 무엇이 죽음의 문 앞에서 날 마중할까. 무엇이 삶에서 날 배웅하게 될까. 나는 미천할 각오가 되어 있고, 이미 미천한 사람인지도 모른다. 나는 꿈으로 야위어 가고, 주름살이 깊어지듯 희끗희끗해지는 머리카락 수도 점점 늘어 간다. 후두둑 떨어지는 빗방울 옆으로 잠시 먼지가 한풀 일었다가 곧 다시금 잦아든다. 잦아지는 흙먼지와도 같은 한 생애의 삽화들. 비야. 너는 땅을 고루 적시는 것을 잊지 않고 있지.

꿈 또는 희망이란 말의 끔찍함. 많은 것은 있어도 그만 없어도 그만이 되어 버렸고, 고독이나 절망이란 말을 경멸하듯, 희망이란 어휘도 이젠 부담스러운 것이 되어 버렸다. 도대체 인간의 세계는 발전이나 개선, 개혁이나 진전과는 전혀 상관없는 것처럼 보이기도 한다. 이젠 아무것도 기대하지 않는다. 그리고 또 결의하지 않으려 한다. 시시하고 부질없고 싱겁고 상투적인 것, 이 모두를 경멸한다. 더 이상 사면을 믿지 않는 무기수처럼 살아가는 가엾은 인생, 그것이 나이 마흔 이후의 인간이다. 이런저런 경향과 사조, 편 가르기와 연줄로 만신창이가 되어 있다면, 그것은 자각되기조차 힘들다. 병마의 고통도 어떤 임계점을 지나면 더 이상 느껴지지 않지 않은가.

나는 이러한 회한과 더불어 내 젊은 시절의 어떤 부분이 사그라져 감을 본다. 나는 내가 불성실해지고 내 자신이 스스로를 배신하는 것을, 나날의 생활이 이러한 배신을 부추기는 것을 가끔 느끼게 된다. 그리하여 하지 않기를 한때 원했던 바로 그 일을 내 스스로 하게 되고, 되지 않겠노라 결심한 바로 그 사람이 되어 가고 있음도 나는 느낄 수 있다. 사람은 자기의 선의에 반하여 언제든지 다른 사람에게도 고통을 줄 수 있는 것이다. 무책임한 언어와 비굴한 눈빛과 진부한 생각과 역겨운 행동들. 이런 사실들이 그러나 나는 입으로 말해지고 귀로 들리기를 원한다. 이것을, 특히 예술 분야에서, 숨기고 미화하며 장식하는 것이 아니라 있는 그대로, 그것을 터놓고 말하든 에둘러 말하든, 표현하지 않으려 한다는 사실을 나는 참을 수가 없다. 고백할 게, 토로하고 기록하고 싶은 것이 내게는 너무 많다.

중요한 것은 내 마음속의 자아와 그 감정 그리고 이런 느낌으로 살아가는 지금 여기의 삶이다. 그 누구와도 공유할 수 없는, 오로지 나만 입장 가능한 나의 세계. 그리하여 자기 자신이 되는 것, '나' 속에서 '나'를 잃어버리지 않는 것, 그것이 나의 꿈이다. 원칙이 중요하다고 해도 그것이 고수되는 것은 원칙 자체가 아니라 자기 자신을 위해서이기 때문이다.

변덕스럽거나 요령부득이어도 화 낼 일은 아니다. 이것은 내 생애의 귀결이고 결론이기에. 20대를 지나면서 사람은 운명에 짓밟히고 무지와 어리석음, 온갖 수모와 치욕에 본격적으로 휘둘리기 시작한다. 때때로 나는 그 휘둘림을 대견스럽게 여기기도 한다. 즐거운 일이다. 그러나 이 판단은 장점을 상쇄시키는 또 다른 결함일 수도 있다. 길잡이가 함정이고 유혹자로 바뀌는 것은 순식간의 일이다. 적敵이 아닌 것은 이 세상에 아무것도 없어 보인다. 타자가 나의 적이고, 타자의 적 이전에 나 자신이 나에게 적으로 존재한다. 메마르고 질긴 울음소리가 가슴 한복판을 훑고 지나간다. 그럴 때면 20대의 내가 지금의 나를 비웃는 것 같다. 지금의 내가 그때 시절을 멀찌감치 바라보고 서 있다. 그러나 회한은 불필요하다. 세상은 지극히 내성적인 사람도 싸우게 단들곤 하지 않는가. 그토록 피하고자 하던 일을, 하기 싫던 바로 그 일을 현실은 다름 아닌 내가 하도록 부추기기도 한다. 장정일의 코도 아마 그래서 비뚤어졌을 것이다. 그래서 그를 보는 나의 시선은 슬퍼진다.

좀 더 관대하게 세상을 바라볼 수는 없을까. 그러면서도 성찰의 결기決氣를 늦추지 않는. 허영심이 잘난 체와 연결되지 않는다면, 부유해도 재산 자랑으로 이어지지 않는다면, 성미가 급해도 거기에 자의식이 있다면, 무뚝뚝해도 몰인정하지 않다면, 그냥 봐 넘길 일이다. 어떤 경솔함도 불쾌할 정도가 아니라면 봐 넘길 수 있다. 용서의 자격이 내게 늘 있는 것도 아니다. 더 똑똑한 사람이 더 나쁠 수도 있고, 그럼에도 더 약할 수도 있다. 넘어가기로 하자. 죽음에는 용서가 없지 않은가.

용서도 삶 안에서의 일이다. 나는 이것을 감출 수가 없다. 육신의 그림자는 텅 비어 있고, 나의 육체는 텅 빈 가죽 자루같이 푹석 허물어지고 말 것이다. 그러나 나는 무게를 잡고 있는 근엄하고 우아한, 그래서 태어났을 때부터 우아와 품위를 점지받은 듯한 인간들과 맨정신으로 접촉하기 어려움을 느낀다. 몸의 자취는 재와도 같다. 빌어먹을 마흔의 허기와 갈증, 어떻게 할 것인가? 마흔 전에 거짓과 장식을 버리지 못한다면, 죽음이 찾아들기 전에는 영영 버리지 못할 것이다.

한계와 무지의 자각, 그것은 우리가, 무엇보다 내가 살아 있기에 가능하다. 죽음에서는 자각마저 정지한다. 그 어떤 부드러움도, 다정함도, 희망도 그리고 쾌활도 죽음에는 없다. 그것은 완전한 소거이고 전적인 상실이다. 내가 눈물을 흘릴 주검도 이제는 많아 보이지 않는다. 가망 없는, 그렇다고 단념할 수도 없는 삶. 누군가와 만나 인사를 나누는 것은 지극히 짧은 순간에 이루어진다. 평생 같이 사는 것이라면 우리는 더 많은 것을 상대에게 요구할 것이고, 나 스스로 더 오래 인내해야 할 것이다. 이것은 가족에게도, 타인에게도 마찬가지이다. 우리는 '나와 같은 사람은 단 한 명도 없는' 삶의 상황 속에서 그러나 어울려 산다. 그러니 많은 것은 그저 없는 것처럼, 말없이, 홀로, 견디며, 지내야 하는지도 모른다.

이젠 불유쾌한 것들과 더불어 사는 법을 익혀야 한다. 그러나 이것은 부당한 것을 무조건 받아들이라는 것은 아니다. 또 주어진 것에 대충 순응하며 살자는 뜻도 아니다. 현실의 어둠을, 계층 사이의 갈등을 그리고 세계의 불합리한 구조를 직시하면서도, 이 구조가 해소되기 어려움을 인정하면서, 그럼에도 불구하고 그 다른 가능성을 여전히 타진하고, 그러면서도 유연하게 사는 법, 이 방법을 내면화하는 길은 무엇일까. 그럴 수 있을까, 나는.

나는 그동안 어떻게 살았던가? 내 스스로에게 분명하고 자신 있는 답변을 주었다고 말할 수 없다. 그러나 고백하거니와 지난 20년 동안의 공부는 바로 이런 답을 내 나름으로 찾기 위한 과정이었다. 그 결과에 만족할 수는 물론 없다. 그러나 그 과정에 나는 수긍하고자 한다. 시-문학-철학-예술-인문학-문화에 대한 헌신, 간단히 말하면 이것이 지난 과정을 거쳐 도달한 한 지점이라 할 수 있다. 나는 절박한 믿음으로 이 지점에 도달했다. 학문성, 탐색, 회의, 재시도, 초월, 허망함, 블랙 유머…… 이 모든 것을 하나의 지도 위로 옮긴다면 어떤 그림이 그려질까?

나는 내가 얼마나 모순투성이인지 조금은 안다. 눈에 보이는 많은 것이 고맙고, 생활의 노동은 힘겹고도 즐겁다. 우리는 살기 위해 일해야 한다. 낙담이 없는 것은 절망하지 않아서가 아니라 내 속에 아무도 모르게 품고 있기 때문이다. 절망은 죽음에나 어울린다. 살아 있으므로 나는 절망하지 않는다. 수치 한가운데서 나는 몸의 공복을 느낀다. 육체는 여전히 꿈틀대고 있지 않은가. 인간이 추방되는 것은 오로지 동료 인간들에 의해서이다. 그래서 나는 애써 친구를 찾지는 않는다. 스스로 한심하게 여긴다고 하여 한심한 모든 이와 어울릴 수 있는 것은 아니다. 친숙할 것 같지 않다면 나는 사귀지 않는다. 차가운 이기주의. 그러나 필요하다고 해서 그 모든 것이 내 길이 될 수 있는 것은 아니지 않은가. 고만고만한 생활들. 낙망의 요소는 도처에 있지만 그렇다고 사랑을, 사랑에 대한 기억을 몰아낼 이유는 없다. 지금까지와는 다른 식의 사랑이, 그 사랑의 가능성은 분명 있을 것이다. 그것은 무엇일까?

나는 인간의 야만에, 그 뻔뻔스러움과 허영에 한계를 두지 않는다. 남영동 대공분실, 기본권 침해, 노숙자, 단전단수, 전두환, X파일……. 아직 여기는 불한당들의 나라이고, 불한당의 인간 역사이다. 권력과 언론, 검찰과 재벌의 야합. 재벌로부터 '떡값'을 받은 검사가 재벌 수사를 미적거리는 것은 당연한 일이다. 어리석음의 천길 낭떠러지, 그 끝은 어디인가? 도처에서 사람이 사람을 못살게 구는, 그 희망과 내밀한 염원을 짓밟는 이곳은 내가 원했던 곳은 분명 아니었다. 마흔을 넘긴 온몸의 세포가, 내 육체와 영혼의 조각들이 비명 지르는 소리가 들린다. 이 삶을 채우는 천박함과 무지, 폭력과 뻔뻔스러움을 이제 더 이상 이겨낼 자신이 없다. 고발과 폭로도 의미는 있다. 그러나 그것이 나의 일은 아니다. 세상의 하찮음과 그렇게 하찮아지고 있는 나 자신이 두렵다. 어떻게 해야 하는가?

모든 능란함과 속도와 무감각에 대한 혐오. 나는 어리석음과 미성숙을 두려워하지 않는다. 차라리 수치스러운 것은 모든 정체停滯와 자족 그리고 자기 찬양이다. 인간 삶의 '영원한 미성숙'을 자각하는 것, 그것을 인정하고 이런 인정 속에서도 스스로 갱신하며 성숙해지고자 노력하는 것, 그리하여 부단히 젊어지고자 하는 것,

이 항구적 비동일화의 실험적 시도, 여기에 인간의 희망이 있다. 이것은 오로지 부정否定의 방식으로 얻어질 수 있을 것이다.

　시간에 의한 치유만을 기대한다면, 살아갈 이유는 과연 무엇인가. 무구한 방법으로 사랑이 얻어질 수 없다면, 그 불신을 통해, 고통과 적극적으로 대결함으로써, 그리하여 환멸을 견디고 운명의 희롱을 긍정하며 삶을 영위할 수밖에 없지 않은가. 고통의 사랑이 내 사랑의 방식이 되는 것에 나는 회한이 없다. 글과 예술은 내게 있어 부정의 가능성이자 그 사랑의 표현이다. 이런 믿음조차 미망일 수도 있지만, 그러나 그것은 그 나름의 대응이고 내 삶의 양식이다.

　다행히도 불혹의 미혹으로부터 벗어나 있는, 그리하여 나의 고민에 도움을 주는 몇몇 사람들이 있다. 이들 소수는 '다름 아닌 자기 자신의 길을 개척하며 간다'는 점에서, 매우 확고하게 여겨진다. 불혹의 모범적 모습을 보인다고나 할까. 그렇다는 것은 참으로 불혹—흔들리지 않음이 필요할 때가 '일 할 때'라는 사실을 알려 준다. 이것을 나는 이제야, 이렇게 늦게서야 깨치게 되었다. 세상의 막막함을 하소연하고 싶을 때가 누구에게나 있는 법이지만, 그런 하소연을 받아줄 사람이, 적어도 궁극적 의미에서는, 자기 이외에는 아무도 없다는 것, 그리하여 오로지 '자기가 하는 일과 이 일의 꿈속'에서만이 그 해소가 가능하다는 것을 알게 되는 나이, 그것이 마흔이다. 그러나 이 깨침 역시 미혹일 수도 있다. 별 볼 일 없는 것으로 세상 사람들이 생각하는 것을 대단한 것인 양 여기는 축들에 나 역시 속할 수도 있으니.

　　그러나 자기 일에 있어 미혹함이 없는 것, 그래서 성실한 노동을 나날의 생활 속에서 실천하는 것, 이것은 삶의 모범이 될 만하다. 노동의 자기 성실성이야말로 모든 윤리적 실천의 출발이자 바탕이다. 불혹의 윤리는 노동으로 입증될 때, 가장 아름답다. 일을 통해 자신을 갱신할 수 있다면 좋을 것이고, 이때의 자기 갱신이 공적 선의로 연결된다면 더더욱 좋을 것이다. 그러므로 불혹은 연령적 의미로서가 아니라 직업적 의미로, 나날의 노동윤리적 의미로 받아들여져야 한다.

　　예술에 대한 나의 신념은 결코 심오하거나 결연하지 않다. 그 갈망은 기껏해야 내게 중요할 뿐, 독자에게는 중요할 수도 있고 중요하지 않을 수도 있다. 그리고 모든 사람에게는? 결코 중요하지 않을 것이다. 또 내게 중요하다고 해도 그것은 삶의 급박하고 자질구레한 일에 의해 언제든 중단될 가능성이 크며, 설령 추구된다고 해도 유치하거나 황당하게, 아니면 우스꽝스러운 모습으로 귀결될 수도 있지 않은가. 야망은 나의 어휘가 아니다. 나는 그저 내가 하고 싶은 일, 내가 꿈꾸는 작은 일을 계속 견지하고자 한다. 이런 견지의 마음에는 그러나 현실에 대한 적의도 있다.

　　허나 세계의 이런 무자비함만큼이나 나는 이름 없는 인간의 천진성을 믿는다. 이 천진성이 세상에 대한 사랑―허망하고도 덧없는, 그러나 한 번쯤은 전력질주해 볼 만한 에너지가 될 수 있을까. 모를 일이다. 그러나 우리는 세계의 놀라운 모순과 이율배반을 포용하고 그 안으로 삼투해 갈 수 있어야 한다. 곤혹과 난처를 옆에 두면서 냉소와 장난기에도 조금씩 너그러워지는 까닭은 이 때문이다.

언제부터인가 나는 불안과 절망에 짓눌려 웃지 않고는 견딜 수 없을 것 같았다. 그러나 딱히 불안과 절망이 아니더라도 울고 한탄하며 걱정하고 두려워하면서만 살아간다면, 생활의 기쁨은 언제 누릴 것인가. 우리는 정말이지 농담 없이, 제정신만으로는 살아가기 어렵다. 특히 한반도의, 그것도 반쪽으로 잘린 남쪽 한 켠 이 땅에서는 더더욱. 영화배우이자 감독인 우디 앨런Woody Allen에게 언젠가 어떤 사람이, "당신은 우리 마음속에 또 당신의 작품 속에 영원히 살아 있을 것입니다."라고 말하자 그는 이렇게 대답했다. "그렇지만 나는 내 아파트에서 계속 살고 싶은데요." 푸하하하.

삶은 그저 한바탕 웃어넘기기에도 사실 짧지 않은가. 그것은 너무도 허망하고 속절없이 시들어 버린다. 인간의 운명은 얼마나 자주 또 기묘하게 그리고 불현듯 우리를 기만하는가. 사람의 생애는 얼마간의 필연과 그보다 적지 않은 우연에 다라 점점이 구성된다. 우연과 필연으로 짜인 현실 앞에서 어처구니없는 일은 지칠 줄 모르고 일어났다가 사라지며, 퇴적되었다가 풍화된다. 운명의 희롱이 그어대는 눈금을 가늠하기는 어렵다.

그리하여 수치와 자부가 삶에서 서로 짝하듯 모욕은 긍지 옆에 나란히 자리한다. 모든 신비와 고상함이 가소롭게 귀결되는 예를 우리는 일상에서, 책에서 또는 인간의 생애에서, 얼마나 빈번히 겪게 되는 것인가. 이때쯤 되면 농담과 익살, 해학과 풍자는 육체의 일부가 될 법하다. 농담이 파격을 존중하듯, 익살은 예외를 허용한다. 해학과 풍자 역시 기성의 뒤집기이다. 그래서 이들은 엄숙하거나 예언적인 몸짓을 보이지 않는다. 시인이나 작가는 사제나 선지자가 아니다. 그 나름의 소임은 갖지만, 그렇다고 이들이 보통 사람과 유별나게 다른 사람은 아니다. 예술가를 신비화하는 것은 영웅시하는 것과 마찬가지로 열등감의 저열한 표현이다.

거짓보다는 냉정함이 낫고, 무례보다는 오만이 낫다. (비뚤어진) 자존의 한 형식으로서 오만은 특히 시대정신의 전위들에게 나타날 때 필요한 덕목일 수도 있다. 인간이 구축할 수 있는 유일한 절대적 진리가 있다면, 그것은 어쩌면 삶의 완벽한 무의미성일지도 모른다. 그러나 이 무의미에 고착되는 것만큼 극심한 무의미는 없다. 왜냐하면 삶은 무엇보다 '살아져야' 하고, 살아지는 한 '무엇인가 일구어져야' 하기 때문이다. 의미는 이렇게 일구어져야 할 무엇에 해당할 것이고, 평화와 공존은 이 의미의 가장 중요한 목록일 것이다.

그러므로 분노하거나 한탄하는 데에 그치는 것이 아니라 이 분노와 한탄이 삶의 현존성에 대한, 현존의 충일성을 위한 생산적 에너지가 되도록 할 일이다. 예술가는 오만한 자존심을 품고, 독자의 조롱보다 예술사의 엄정성을 두려워하며, 삶의 절대적 무의미성에 대항하여 의미의 경작에 매진해야 한다. 이 에너지를 나는 문학에서, 예술의 그 끔찍한 자기 투시에서 배운다. 배워 예술가만을 위해서가 아니라 시민을 위해, 나아가 인간 일반을 위해 글을 쓰고자 한다. 그때 행복은 올 것이니. 스스로 행복해지는 것도, 행복해지고자 노력하는 것도 일종의 의무이다.

그러나 글의 칼날이 반드시 밖으로 향할 필요는 없다. 이 칼날의 힘으로 나는 다름 아닌 나로서 나 자신을 세상 속에 서게 하고자 한다. 나 스스로 우뚝 서는 독자성과, 이 독자성에 어떤 보편성을 함의하고 싶다. 세상의 의미는 글로써 베어 가면서 동시에 쌓아올려져야 한다. 이것이 어리석고도 불가피한 결정이라는 것을 나는 안다. 그것이 '어리석은' 것은, 글이 행복을 가져오리라 헛되이 믿기 때문이고, 그럼에도 '불가피한' 것은 이 어리석은 일 이외에 내가 달리 선택할 수 있는, 선택하고 싶은 일이 이 세상에는 없기 때문이다. 그것은 삶의 여느 다른 의지처럼 맹목적이다. 그러나 그것은 자각된, 자각하려 하는 맹목성이다. 예술의 이 자각된 맹목의 길을 나는 기꺼이 가고자 한다. 그러니 글은 사랑을 위해 택한 부질없는 미망迷妄의 싸움 방식이다.

요즈음 들어서야 나는 취미와 습관의 유사성이 갖는 어떤 힘─위안으로서의 힘을 새삼 절감하게 된다. 그것은 아마도 바흐와 모차르트W. A. Mozart, 베토벤L. Beethoven과 슈베르트F. P. Schubert의 힘을 조금씩 깨치게 된 것과 연관이 있는지도 모르겠다. 직업의 종류 그 이상으로, 심지어 관점이나 시각 그 이상으로 취향의 방향과 그 깊이가 정신의 친화성을 자아낸다. 이것은 원만한 화해가 인간 사이에는 어떤 경우 영원히 불가능함을 예감한 데에서 나온 또 하나의 자기 위로인지도 모른다. 이제 나는 마음에 들지 않는 것, 정신을 부자유스럽게 하는 것, 내가 혐오하고 경멸하는 것과 뒤엉키지 않으려고 몸부림치지 않는다. 이미 얼마만큼 오염되었기 때문인가. 이 모욕과 혐오는 견뎌져야 한다.

그러나 더 큰 이유가 없지 않다. 그것은 한정된 에너지의 분산을 막기 위해서이다. 아껴 둔 에너지로 내 스스로 선택한 것에 더 오래, 더 집요하게 집중하고 싶다. 비온 뒤 물방울 떨어지는 소리를 듣는 일, 이것은 한가한가? 그 빗방울로 나뭇잎이 생기를 회복하고, 이런 잎들 사이로 소곤대는 바람소리에 잠시 귀 기울이고 싶다. 그리고 저 산 너머 어딘가에 있을 바다 물결이 밀려드는 소리를 나는 떠올린다.

이제 더 이상 나는 슬퍼하지 않으려 한다. 여전히 나는 미혹되고 이 미혹의 미망迷妄에 빠져 있지만, 그러나 예술에서 신선한 생기와 감각을 변함없이 얻는다. 이 생기와 감각이 내 몸 안으로 저도 모르게 스며드는 것을 감지할 때가 있다. 모든 음악가가 신을 믿지는 않아도 바흐는 믿는다, 라고 할 때, 이런 종류의 믿음—예술에 대한 믿음을 나는 비록 음악가는 아닐 지라도 갖고 있다. 편견의 지배와 아집의 강제에 대항하여 무신경과 이기를 거스르며, 감각과 사고의 생기로 지금 여기의 생활을 지탱할 수 있을까. 맥빠진 표정은 아니지만 그리 명랑하지도 않다. 그러나 놀라거나 당황하거나 무서워하는 일은 점점 줄어드는 듯하다. 기쁨은 그 가운데서 점점 더 오래 내 곁에 머무른다.

아름다움 이상으로 중요한 것은 정의正義이고, 정의 이상으로 소중한 것은 행복과 선이다. 그러나 아름다움은 이 모든 것을 관통하여 하나로 만들 수 있을 거라고 생각한다. 나의 기쁨은 내가 겪은 세상의 일과 이 일을 담은 예술이 있는 곳에 있다. 지상의 모든 선율은 비와 바람과 나무의 속삭임 그리고 바흐와 모차르트, 베토벤과 브람스J. Brahms와 슈베르트에 집중되어 있듯이. 작가 장정일이 문학에서 보여 주는 것도 이 점에서 '하나의 길'이 되리라 여긴다.

3장 '타자 편의 정체성': 이 책을 내면서

역사·꿈·읽기·파편 : 문제의식

글은 지금까지의 역사와 이 역사가 갖는 현재의 성격 그리고 이 성격의 미래적 의미라는 복잡다단한 연관 속에서 무엇보다 지금 여기의 신선한 공기에 의해 매순간 그 혼이 불어넣어져야 한다. 그러기 위해 우리는 현재 경험이 갖는 개별 의미를 그 자체로 고립시켜서도 안 되고, 또 그것에만 너무 밀착하여 바라보아서도 안 된다. 개체를 알기 위해선 가까이서 보아야 하고, 전체를 알기 위해선 또다시 멀리 떨어져서 보아야 한다. 사물의 동질성과 차이는 관계의 맥락에 있는 까닭이다.

하나의 사물은 그 옆의 사물들과 이어져 있고, 과거는 현재에서 미래와 이어진다(시간적 차원). 그렇듯이 하나의 개인은 다른 개인과 이어져 있고 이런 개인들의 구성체인 사회와도 이어진다(사회 역사적 차원). 또 이것은 작가의 작품에 대한 관계에서뿐만 아니라(생산미학적 측면) 작가와 독자, 작품의 허구 현실과 수용의 실제 현실 사이에서도(수용미학적 측면) 어느 정도 해당된다. 자아와 타자, 인간과 자연, 권력과 평등, 중심과 변방, 내면성과 외면성은 이런 얽힌 관계를 지칭하는 여러 다양한 변주 형태이다. 삶은 이런 관계망의 크고 작은 동심원적 구조에 번진 채로 변화와 지속을 거듭한다.

사실 문학적 상상력이란 이런 '관계를 생각하는 능력'이고, 형상력이란 이 '관계를 구성하는 능력'이라 할 수 있다. 상상적·구성적 매개 능력은 시나 소설 그리고 비평에서만 중요한 것이 아니다. 그것은 문학사와 철학사, 예술사와 사상사를 관통하는 가장 핵심적인 인문학의 소양이면서 인문학이 인문학으로 자리하기 위한 특장特長 또는 속성이기도 하다. 학문 사이의 매개, 인문학과 사회과학의 통합도 이런 상상적 매개력으로 가능할 것이다. "작가적 문제의식의 스펙트럼이 넓다."라는 나의 말은 이 작가의 글에 이 같은 '관계망적 의식이 늘 동반된다.'라는 뜻이다. 관계망의 의식은 여러 가지로 지칭될 수 있지만, 아래에서 세 가지—관점적 측면과 방법적 측면 그리고 실존적 측면에서 말해보자.

『중국에서 온 편지』에서 장정일은 역사의 허구적 재구성을 통해 권력 비판이나 문학의 존재 의의를 성찰한다. 그러나 이것만이 아니다. 그의 문제의식은 더 크게 보아 권력 성찰력 서사의 의미 그리고 문화의 지향에까지 뻗어 있지 않나 나는 생각한다(이것이 관점적 측면이다). 사실 이런 포괄적 문제의식은 예술 작품의 수용에 있어, 이때의 장르가 무엇이건, 그것이 문학이건 회화건, 또는 시건 음악이건 간에, 적어도 이 작품이 제대로 된 것이라면, 거의 불가피하게 보인다. 예술 창작과 그 수용은 근본적으로 문화적 의미화 활동의 핵심이고, 그러는 한 그것은 삶의 전체에 걸쳐 있지 않을 수 없기 때문이다. 심미적 경험의 문화적 교양 형성과 그 정향에 대한 고민 없이 작품은 제대로 된 예술사적 자리를 얻기 어렵다.

역사의 규정과 이 규정에 깃든 권력의 횡포에 대한 문학과 서사의 저항은 '정전正典, canon의 형성과 파괴'라는 관점으로도 읽을 수 있다(이것이 방법적 의미이다). 기존 규범은 스스로의 정당성을 상실할 때까지 대개 존속한다. 그러나 일정한 경계점을 지나면 그것은 더 이상 지배력을 발휘하지 못한다. 자기만의 가치와 관점을 지

닌 작가/예술가의 출현 때문이다. 이들은 기존 규범에 자신의 규
범을 대치시키면서 가치와 의미의 지평을 새롭게 창출하고자 한
다. 권위적인 것, 공식적인 것 나아가 억압적인 것, 독재적인 것과
의 결별은 이런 식으로 일어나는 것이다. 이런 차별화된 가치 질서
는 작가의 작품이나 성격, 언어와 실존, 경험, 운명, 작품과 사회의
관계, 현실 대응 방식 등 곳곳에서 그 징후를 드러낸다. 새로운 규
범의 성패 여부는 언어, 색채, 돌, 소리와 같은 재료에 대한 작가의
지배력—경험에 대한 해석력과 예술적 형상화 능력에 달려 있다.
이 형상화를 지배하는 능력으로 그는 자기만의 독자적 해석 틀을
열어젖힌다. 가치와 행동의 새로운 규범이 생겨나는 것이다. 문학
에 기대어 행하는 장정일의 역사 해석은 이 점에 닿아 있지 않나 여
겨진다.

　　자기 길을 가는 것을 세상 사람들은 '창조'라고 부르기도 하고
'자유'라고 부르기도 한다. 내가 보기에 그것은 자기 삶의 양식을
그 나름으로 만들고 존속시키기 위한 어떤 몸부림 또는 절규와도
같다. 다시 말해 규범에 대한 도전과 새 형식의 창조는 자유로운 작
가가 염원해서 일어나지만, 근본적으로는 이런 염원 이전에 기존
의 현실이 견딜 수 없기에, 이 현실이 작가의 꿈을 좌초시키기에 그
렇게 되지 않을 수 없지 않나 한다. 그러니까 예술 양식의 창조는
삶 자체의 내적 필연성으로부터 나오고, 작가는 이런 필연성을 자
기 삶의 유일무이한 존재 이유로 자연스럽게 받아들인다. 이것이
기존 정전에 대항하는 작가의 실존적 근거이다(이것이 실존적 측면이
다). 의미의 새로운 지평은 작가적 실존의 투신投身에 의해, 이런 투

신 속에서 이루어지는 형상적 실천에 의해 드물게 또는 예외적으로 만 열린다.

위의 세 가지, 관점적·방법적·실존적 측면에서 우리는 역사와 서사, 지배 담론(정전 형성)과 저항 담론(정전 파괴), 집단적 왜곡과 실존적 진실 사이의 대응 관계를 본다. 개인과 사회, 자아와 집단, 내면성과 공공성, 자유와 책임은 이렇게 대응되는 축들에 대한 여러 가능한 이름이 된다. 이것은 어떻게 지칭되어도 좋다. 지금처럼 이분법적 단순화에 자족하지 않는다면 말이다. 장정일의 작품은 이런 다양한 이항 대립물이 교차하는 의미론적 모순점에 자리하는 것처럼 보인다. 그는 모순의 지점 위에서 이 모순에, 대개의 사람이 그러하듯, 단순히 포박되거나 한정되는 것이 아니라 이때의 이율배반을 그 어떤 생산적 에너지―자기 갱신을 위한 성찰의 계기로 삼는다. 형상 의지는 이런 성찰을 추진하는 힘이고, 작품은 이런 힘의 결과물로 나타난다. 독자는 그를 읽으면서 이런 성찰의 자기장磁氣場에, 생성의 광장에 참가한다. 그리하여 작가와 독자, 장정일과 나, 문광훈 사이에 상상적 대화도 시작된다. 순수성의 환상에 대한 저항이 어떻게 반성적으로 일어나는지 좀 더 구체적으로 살펴보자.

쓰기와 읽기 그리고 다시 쓰기

작가는 『중국에서 온 편지』에서 끊임없이 작중 화자로, 또 등장인물들 중의 한 사람으로 변신한다. 그러면서 자신에게 중얼거리며 무엇인가 고백하거나 등장인물에게 말을 걸기도 하고, 심지어 독자에게 말을 붙이기도 한다. 이것은 소설 속의 허구적 만남이다. 그는 이런 상상적 교류를 통해 자신의 존재 양식을 변형하고 교정하고 검토하면서 부단히 실험한다. 그렇듯이 독자인 나는 장정일을 통해 그의 작품을 읽고, 이 작품이 암시하는 역사와 삶의 성격을 조금씩 더듬게 된다. 문학적 삶의 일반에 나의 개별 삶 또한 그 일부로 들어 있다면, 나는 작품을 통해 작가를 만나듯 이 작가 이상으로 나 자신을 성찰하게 되는 것이다. 결국 나는 그를 통해 나 자신을 다시 그리하여 새롭게 탐색하는 계기를 갖는다.

우리는 책을 읽고 해석하는 과정에서, 그리고 이렇게 해석한 것을 지금처럼 비평의 형식으로 번역해 내는 과정에서 작가의 스타일을 확인하면서 '동시에' 나 자신—독자로서의 주체 자신의 스타일이 만들어져 감을 확인한다. 여기에서 스타일은 곧 개성이자 주체성이고, 그 때문에 정체성의 핵심을 이룬다. 이해와 해석을 통한 스타일의 형성 과정은 주체성과 정체성의 형성 과정인 것이다. 그리고 이 형성이 문학예술의 경험에서 이루어진다는 점에서, 이때의 주체는 '심미적으로 구성된다.'라고 할 수 있다. 즉 심미적 주체이다. 읽기에서 획득되는 해석의 지평은 그 자체로 해석자 자신의 개성과 창의성을 입증한다. 새로운 의미 해석은 오로지 해석적 관점의 독자성 속에서만 실현된다. 감각과 사고는 이렇게 실현된 새 해석으로 하여 이전보다 조금 더 확장된다. 이 상상적·허구적 확장의 경험으로부터 주체는 다른 삶의 가능성—거듭 살고 겹겹으로 살며 다시 사는 어떤 갱생적 계기를 본다. 예술은 다중적 삶의 가능성에 대한 탐구이다.

우리는 문학에서 예술 일반의 방향을 가늠해 볼 수 있다. 그 방향이란 무엇인가? 그것은 단순화하여 말하자면 실존의 허구적·상상적 변형을 시험하는 것이다. 소설 읽기는 상상적 변신의 시도이다. 마치 작가가 현실의 형상화에서 실존의 변형을, 이 변형의 가능성을 허구적으로 시도하듯, 독자는 이렇게 쓰인 작품을 매개로 실존의 자기변형을 시도하는 것이다. 따라서 독자는 작가와 더불어 상상적 변형 실험을 공유한다. 예술의 경험은 이 변형 시도의 상상적 공유와 다르지 않다. 창작이건 감상이건 간에 그것은 실존적 변형을 상상적으로 시도한다. 이런 시도는, 이때의 감상이 글쓰기로 뒷받침될 때, 적어도 수용 차원에서는 가장 적극화된다고 말할 수 있다. 예술비평은 이 지점에 자리한다.

비평은, 그것이 잘된 것이라면, 작품의 의미 차원을 기존과는 다르게 열어 준다는 점에서, 가장 생산적인 수용의 예라고 할 수 있다. 전승되는 가치를 다르게 읽고, 이 읽기를 통한 다르게 쓰기가 없다면, 비평은 무슨 의미가 있을까? 장정일론에서 내게 중요한 것은 다른 평자와 다른, 오로지 나만이 볼 수 있는 관점과 이 관점의 언어적 표현력을 가질 수 있는가 하는 물음이다. 장정일의 세계 이해를 누구의 방해도 받지 않고 처음부터 끝까지 나만의 문제의식 속에서 다시금 부활시키는 것, 이것은 가슴 설레는 모험이자 위태로운 도전이다. 쓰인 글(작품)은 다시 새롭게 쓰이면서(비평으로 또 다른 작품으로) 한 사회의 문화적 의미론을 심화하고 확장시켜 간다.

자기 읽기로부터 삶의 읽기로: '현실들'의 교차

나는 무엇보다 내면의 목소리가 말하는 대로, 마음의 파장이 퍼져 가는 대로 쓰기를 오랫동안 꿈꾸어 왔다. 내 속의 다른 내가, 적어도 글쓰기 작업에서는, 스스로를 조금씩 깨쳐 가는 가운데 이런 자아 탐구가 현실 진단과 자연스레 겹쳐 있기를, 그리고 이런 중첩적 시간의 경험과 그 갱신에 어떤 강제나 제한도 끼어들지 않기를 늘 희구해 왔다. 자기 체험과 자기 인식 그리고 자기 파악에서 시작되지 않는 문학 생산은 별 의미가 없을 것이다. 적어도 나는 이렇게 믿는다. 인간이 개인으로서 자신을 의식하고 이해하며 규정하고자 하는 의지 안에는 사회적인 것의 어떤 의미가 이미 '포개어' 있지 않는가.

여기에서 출발점은 다시 자신—자아의 원천에 대한 탐구이다. 자아의 메커니즘을 가늠할 수 있을 때, 사물에 대한 지배력도 조금씩 생겨난다. 그렇지 않다면? 그때의 인식은 옳을 수는 있어도 절실하기는 어려울 것이다. 절실하지 않은 진실성은 반쪽의 진실성일 뿐이다. 이것은 오래가지 않는다. 그렇다면 그것은 신뢰하기 어렵다. 부분적 진실이 허황되어 보이거나 부정직으로까지 나아가는 것은 그 때문이다. 해가 바뀌기도 전에 자기 글에서 곰팡내가 나길 그 누가 바랄 것인가. 모든 문자 활동은 세균의 부식을 견뎌내야 한다. 이것은 모국어로 글 쓰는 이라면 누구나 품어 봄 직한 바람이기도 하다. 나는 자주 이렇게 생각한다. 왜 다른 어떤 언어도 아닌 유독 한국어로 글을 쓰는지, 글을 써야만 하는지. 작가는 그가 가장 자유롭고 창조적일 수 있는 '하나의 언어'를 운명적으로 선택한 사람이다. 비평가의 언어 또한 이와 크게 다를 수 없다.

작품이 작가의 세상 읽기라면, 비평은 작가의 세상 읽기에 대한 독자의 작품 읽기이자 작가 읽기이면서 무엇보다도 자기 자신 읽기이다. 그것은 문학 안의 글쓰기이고, 문학의, 문학에 의한 그리고 문학을 위한 글쓰기이다. 이 글쓰기는 이를 지탱하는 여하한 테두리—현실 맥락으로 조건 지어진다. 따라서 그것은 주체의 자기 탐구에서 사회역사적 맥락으로 퍼져 나가야 하고, 이렇게 퍼져 나가듯 다시 자기 자신으로 회귀할 수 있어야 한다. 그리고 이 모든 것은 여전히 '삶 안에서', 이 삶을 영위하는 주체의 반성적 의식 안에서 일어난다.

글이 자아 갱신적이고 현실 교정적이라는 사실은 자명하다. 그러나 이것은 자주 간과되며, 비평에서는 더 자주 무시되지 않나 한다. 비평은 삶에 대한 다면적이고 입체적인 독해여야 한다. 그렇다는 것은 문학비평의 스펙트럼이 개별 작품으로부터 출발하되 이 작품에 한정될 수 없으며, 하나의 작품으로부터 이 작품에 영향을 미친 여러 다른 작품들로 나아가야 하고(상호 텍스트적으로), 이 같은 논리는 작가와 독자, 작가와 비평가에게도 타당하다. 즉 작가에게서 독자에게로(수용미학적으로), 독자와 비평가로부터 또 다른 미래의 작품으로(상호 문화적으로) 문학의 파장은 이어진다. 글쓰기에서 과거와 미래, 저자와 독자, 하나의 텍스트와 다른 텍스트는 서로 교통한다. 이런 교통을 통해 모든 읽기와 쓰기는 시간을 견뎌 내는—시간 속에서 시간을 넘어서는 자기 읽기이면서 타자 읽기가 된다.

삶의 지금 여기 활동 안에서 작가와 독자, 작품 현실과 독자
현실은 그리고 현재의 쓰인 책과 미래에 쓰일 책은 서로 만난다.
마치 장정일과 몽염, 장정일과 부소가 애기를 나누듯 우리는 몽염
이나 부소와 만나 애기를 나누고, 몽염과 부소를 통해 작품을 이해
하듯 작가의 생각과 관점을 서로 나눈다. 작품의 허구 세계와 독자
의 사실 현실은, 또 지금의 작가와 미래의 작가는 결코 분리되어
있지 않다. 이들은 서로 만나 충돌하고 끊임없이 대화하며 미래의
어떤 날을 예비한다. 대화하고 삼투하면서 우리 모두—작가와 등
장인물과 독자 그리고 어떤 미래의 작가는 '함께', 다시 말해 이질
적 동질성 속에서 하나 되어 나아간다.

'새로운 장르'의 가능성(을 말해도 좋을까?)

필자의 관심을 끄는 것은 좁은 의미의 문학—'연구 대상로서의 문
학'이 아니다. 형식과 내용의 내재적 분석이 가지는 장점은, 지난 시
절의 신비평new criticism이나 작품 내재적 비평werkimmanente kritik
이 보여 주었듯이, 분명 있다. 그러나 이런 텍스트 분석의 실증 작
업만이 아니라 이를 그 일부로 하는 넓은 의미의 문학—작가와 독
자, 작품의 허구 현실과 독자의 사실 현실이 충돌하며 만들어 내는
새로운 의미의 생성이, 이 생성의 가능성과 그 파장이, 이 파장의
보이는 보이지 않는 물결이 내게는 더욱 더 흥미롭다. 삶은 이런 생
성의 크고 작은, 그리하여 보이는 보이지 않는 물결로 이루어지지
않는가. 이 물결은 무엇보다 삶의 모호성이나 불확실성, 우발성이

나 불연속성에 의해 넘실댄다. '삶의, 삶에 의한 그리고 삶을 위한 인간의 문학'은 이 모호성과 불확실성, 우발성과 불연속성의 가없는 파장을 얼마나 이편의 이해 범위 안으로 포용할 수 있는가에 달려 있을 것이다.

우리는 예술비평에서 작품에 대한 미시적 분석과 사회 진단 그리고 철학적 성찰과 문화적 전망을 동시에 수행하는 어떤 가능성을 고민해야 한다. 비평은 작품 내재적 형식 분석이나 실증적·문헌적 검토에 매몰되는 것이 아니라, 또는 반대로 사회역사적 당위와 도덕의 설파에 자족하는 것이 아니라 이 모든 맥락을, 다시 말해 '사실적 세부와 이념적 지향을 유기성 속에서 결합하는 가운데' 새롭게 재조직할 수 있어야 한다. 이 결합의 매체는 독자인 나―주체의 독자적 관점이다. 나에게 비평은 그 대상이 문학작품이건 예술 일반이건, 곧 문예학―미학―예술철학의 통합적 계기를 언어 속에서 실험하는 활동이다. 예술비평은 삶에 대한 철학적 성찰을 필요로 하고, 미학과 예술철학은 이 성찰을 지탱하는 구체적 경험을 요구한다. 그리고 이 모든 것은 인문학―문화론의 테두리 안에서 다시 고찰되고, 이러한 고찰은 궁극적으로 삶 속에 뿌리내려야 한다.

이론/사유가 없으면 경험은 공허하고, 예술/구체가 없는 철학은 맹목적이 된다. 지시하거나 요구하는 것만 충족된다면, 비평적 사유의 생명은 실패할 것이다. 자유롭지 못하기 때문이다. 기존의 작품을 새로운 가능성 속에서 읽어 내지 못하는 뛰어난 비평의 예는 없다. 비평은 자신의 새로운 모델을, 이 모델의 또 다른 가능성을 전혀 다른 식의 의미 지평에서 증거해야 하고 또 그렇게 증거할 수 있어야 한다. 문학작품은 이런 독자적 지평을 열기 위한 의미 있는 매개물로 자리한다. 여기에서 작품 분석과 현실 진단, 자아 해명과 사회 이해는 결코 분리되지 않는다.

그런데 우리는, 이 땅에서의 비평적 글쓰기는 어떠한가? 어찌하여 우리나라에서는 문학의 글쓰기 또는 문학과 관련된 글쓰기가 일정한 틀 속에 갇혀 있는가? 그것은 많은 경우 형식은 고루하고, 내용은 진부하며 인식론적으로 관습적인 굴레를 크게 벗어나지 못한 것처럼 보인다. '문학평론'이라고 행하는 대부분의 논의는 몇 가지 정형화된 시각에 얽매여 있거나('방법론'의 이름으로), 자의적 재단에 휘둘리거나('비평의 임무'라는 미명 아래), 아니면 오늘의 현실 맥락을 사상한 채('작품에 대한 충실이나 그 순수성'이라는 평계로) 공허하게 울리고 있다. 문장론적 구조가 틀리거나 사유의 논리가 엉성한 것은 그다음의 일이 된다.

많은 경우 '논문'이나 '연구'의 이름을 걸고 있는 이들 글은 파편화된 의견을 담고 있거나, 대중적 안내서 또는 잘해야 전문가들만의 알 수 없는 밀어로 보일 때가 많다. 작품에 충실하면서도 현실적 외연에 눈감지 않고, 사회정치적 맥락을 염두에 두면서도 작품과 작가의 고유성을 놓치지 않는, 그리고 이 모든 것을 궁극적으로는 독자인 나 또는 우리가 오늘의 현실을 살아가는 데 어떤 유용한 에너지로 변형시키는 그런 글이 우리의 비평 풍토에서는 드물어 보인다. 창조적으로 쓰인 작품에 신선한 읽기가 더해지고, 이렇게 읽힌 것에 다시 새로운 쓰기가 더해지는, 그럼으로써 크게는 비평사와 사상사가 풍성해지는 데에 기여하고, 작게는 그 일을 행하는 나의 감각과 사고를 갱신시키는 계기가 되는 그런 경우가 우리에게는 왜 이다지도 낯설게 되었는가? 감각과 사고를 조금이라도 쇄신하지 못한다면, 글은, 비평은, 문학적 글쓰기는 과연 무슨 소용일 것인가? 지각적 갱신을 실행하지 못한다면, 그것은 허영심을 채우는 공허한 놀이일 뿐.

문학, 사회, 주체, 개인, 정치, 타자, 관용, 감성, 예술, 시민, 이성, 자연, 문화, 민주주의 등은 여러 곡절과 우회로를 통해 서로 만난다. 이러한 술어들의 분리가 필요할 때도 있다. 그것은 무엇보다 명징한 인식을 얻기 위해 개념 구분이 요구될 때에 그러하다. 그러나 개념은 개념일 뿐 사안의 전체는 결코 아니다. 그것이 현실의 전체가 아닌 것은 더 말할 나위도 없다. 사고가 개념적 구분에만 머문다면, 그것은 개념의 죽음이다. 니체F. Nietzsche는 이것을 '개념의 미이라들'Begriffs-Mumien이라고 말했다. 생성을 염두에 두지 못하는 철학은 죽음이고 박제이고 거짓이고 죄악이다. 참된 사유는 가상과 거짓, 생성과 존재를 함께 고려할 수 있어야 한다. 아니 오류로서의 진리와 긍정으로서의 부정을 숙고하지 않으면 안 된다.

실재나 신, 의식이나 주체 그리고 사물의 구성 과정은 크고 작은 오류로 가득 차 있다. 그러므로 필요한 것은 생성과 존재, 가상과 진리, 개인과 사회, 사실과 허구 사이를 부단히 왕래하는 일이다. 부단히 왕래하며 언어적으로 재구성하는 일이다. 사상 없는 실증성은 경험 없는 이론처럼 공허하고 추상적이다. 나는 실증주의의 바퀴가 내는 소음―문헌학적 시각의 협소성과 상투성의 소란을 견디기 어렵다. 인상의 주관적 느낌은 사실적 토대에 의해 근거 지어지고, 이런 사실적 논의는 사상의 탐구에 힘입어 좀 더 보편적인 이념으로 고양되어야 한다. 그리고 이런 이념적 그양은 지금 여기의 현실에 의해 그 진실성 여부가 다시금 검증되어야 한다. 이것이 문학적 서사의 현실 대응 방법이고, 이 방법은 이성적 문화의 길을 향해 나아간다.

지배 저항적 서사 문화

'지배 저항적'이라는 말과 '평화와 화해 그리고 관용을 지향하는'이라는 말 사이의 거리는 그리 멀지 않다. 그러나 이런 진술은 둔탁하고 거칠다. 그래서 적절하게 여겨지지 않는다. 모호성이 삶의 불가피한 배경이라면, 우리는 이 모호성을 얼마쯤 인정한 채로 그러나 최대한의 명증성을 지향하며 나아가야 한다. 명증성은 학문의 한 중요한 가치이지만, 우리에게 알려진 것은 알려지지 않은 사실에 비하면 '거의 없다'고 말해도 좋을 만큼 빈약하지 않은가. 그러나 이것 때문에 갖는 생각이 학문의 무용성이나 취약성은 아니다. 우리에게 절실한 것은 이런 취약한 토대에도 불구하고 드달할 수 있는 어떤 성취의 가능성—아주 미미할지라도 포기할 수 없는 현실 해명의 부단한 노력이다. 학문은 근본적으로 '방향 탐구적 지식'Orientierungswissen인 까닭이다.

비평 역시 이런 방향 탐구적 과제와 분리될 수 없다. 비평은 어떤 식으로 자기 방향을 탐구하는가? 답변은 여러 가지일 수 있다. 이 글에서 강조한 것은, 서문에서 언급했듯이, '순수성의 환상에 대한 저항'이다. 이 순수성의 신화에 오늘날 혼실의 온갖 편견들—무수한 색깔론과 흑색선전 그리고 이데올로기가 다 뿌리를 내리고 있기 때문이다. 폭력과 테러리즘, 종교적 광신주의, 과도한 민족주의, 사고의 근본주의는 이 편견의 뿌리에서 생겨나는 또 다른 형태의 미망을 지칭한다. 비평이 이 과제를 작품에 의지하여 직접적으로 주제화한다면, 예술 창작은 이런 과제를 에둘러, 그러니까 간접적으로 수행한다고 할 수 있다. 우리는 이 글에서 이것을 어떻게 실행할 수 있을까.

모든 역사를 권력의 역사로, 그리하여 역사와 폭력을 등치시키는 관점에는 단순화의 문제가 있다. 그러나 지배의 역사에는 늘 왜곡이 동반된다는 점도 분명해 보인다. 사실에 충실하고자 하는 역사가는, 사마천의 삶이 보여 주듯, 권력의 중심에서 배제되거나 그 중심에 머문다 해도 주도적 역할을 하지 못한다. 문학자는, 그가 시인이든 소설가이든 간에, 이런 왜곡된 역사의 사실에 대항하면서 허구의 사실을 가공한다. 이렇게 가공된 사실은 박탈된 역사의 재구성물이다. 문학의 허구가 가상공간에서 일어난다면, 서사는 현실의 시간과는 다른 시간으로 의미를 재조직한다. 그 점에서 그것은 공식 문화에 저항하는 소수자의 언어가 된다. 모든 뛰어난 작가는 지배 담론의 향유자가 아니라 소수 담론의 발굴자이자 그 전파자이다. 이렇게 억눌린 소수의 언어를 발굴하고 전파하면서 그는 기성 문화의 좀 더 높은 균형에, 이 균형의 실현에 이바지한다.

이런 문화 형성에는 물론 지적·정신적 능력만이 관여하는 것이 아니다. 여기에는 번식과 생존의 생물학적 충동도 적잖은 역할을 한다. 현대 생물학과 인류학 그리고 동물학은 인간 본성이 자연

선택의 인과관계에서 진화되어 왔음을, 그리하여 유전적 토대로부터 말의 근본적 의미에서 그것이 벗어나기 어려움을 알려 준다. 적어도 단순 결정론을 고수하는 것이 아니라면, 우리는 인간성의 진전에 있어 또 문화 형성론에 있어 개인성의 영역과 사회 환경 이외에 생물학적 탐구의 성취물 또한 적극적으로 참고할 필요가 있다. 그러므로 변함없이 중요한 것은 전체의 성찰이다. 부소라는 인물은 이런 전체―역사와 문학, 권력과 서사 사이에서 움직이는 문화의 형성적 의미를 생각하는 데에 좋은 자료로 보인다.

부소의 문학적·문화적 의미

자세히 말해 보자. 여러 등장인물 중에서 부소는 중앙에서 변두리로 추방된 자이다. 그는 북경의 왕궁에서가 아니라 그 밖―만리장성 밖의 변방에서 기거한다. '밖'이란 모든 권력이 박탈되고 통치가 중단되며, 공식 문화와 지배 담론이 더 이상 자리하지 않는 곳이다. 그런데 부소는 이 장성 밖에서 머물러 있는 것만은 아니다. 그는 이곳의 어디쯤에서 또 다른 어디쯤으로 자기 자리를 옮겨 간다. 변방에서 요동반도 끝으로, 이 끝에서 다시 배를 타고 '왕이 없는 어떤 섬'으로 향하는 것이다. 즉 부소는 부단한 탈경계의 움직임 속에서 살아간다. 탈경계란 공간적 한계의 지양을 의미하는 것이면서(표면적으로) 더하게는 가치의 지양 또는 확대를 의미하는 것이기도 하다(내포적으로).

더 중요한 것은 아직 언급되지 않았다. 우리가 주목해야 할 것은 아마도, 궁극적으로는 부소라는 인물의 상징성보다는 이 인물을 바라보고 묘사하는 작가의 태도나 관점일 것이다. 부소는 만리장성 밖의 추방된 자로서 불우한 운명을 다한다. 그러나 작가는 어떠한가? 그리고 이 작가를 읽는 우리는? 부소의 운명을 '발굴하여' '역사 안으로' 불러들인 것은, 그리하여 그를 소설 속의 한 인물로 등장시킨 것은 작가 장정일이다. 이런 관점에 독자는 어느 정도 공감할 수 있다. 문학은 현실과 역사를 변두리의 시선으로 서술한다. 그럼으로써 그것은 삶의 지도 위에 남아 있는 무수한 공백 가운데 몇몇 개를 조금씩 채워 나간다. 이것은 비단 문학의 존재 방식에만 해당하지 않는다. 그것은 문학뿐만 아니라 예술 일반의, 나아가 문화의 존재 방식이기도 하다. 이 점에서 나는 문학의, 더 크게는 예술 일반의, 나아가 문화의 어떤 바람직한 지향점을 읽는다.

문학예술 그리고 문화의 궁극적 지향점이란 무엇인가? 그것은 역사의 변방에 머물고 있는, 따라서 잊히고 망실된 불행하고 부당한 삶의 복원이다. 변두리 인간들은 패배자로서, 그 삶은 흩어지고 부서진 채, 잊혀 있다. 이들을 다시 역사 속으로, 인류사의 동등한 장章과 절節의 일부로 편입시키는 것은 문학예술의 위대한 과업이다. 이성적 사회의 문화는 이를 기억하고 또 기록하고자 한다. 그것이 문화적 기억의 주된 내용이다. 열린 문화, 시민적 정치문화는 변방에 머무르는 이들 소수의 타자들을, 이들의 기록되지 않은 고통과 불행을 더불어 기억하면서 지금 여기로 불러들인다. 우리는 이 점에서 '서사의 문화적 윤리학'을 말할 수 있다.

주의할 점이 하나 있다. 작가는 삶의 변두리 영역에 거주하는 소수의 고통에 주목하지만, 그러나 이러한 주목이 어떤 한쪽으로의 편향을 의미하는 것은 아니다. 작가의 시선은 종국적으로 부소의 진술이 보여 주듯 '양성'兩性의 방식—삶의 균형을 지향한다. 그것은 다수와 소수, 현실과 허구, 중앙과 변두리, 진지함과 놀이의 이분법을 적어도 궁극적인 의미에서는 지양하고자 한다. 나는 이렇게 『중국에서 온 편지』를, 나아가 장정일의 문학 세계 전체를 해석하고자 한다.

많은 이질적 요소들이 분리되지 않을 때, 그리하여 서로 다른 모순들이 상충되는 대신 나란히 자리하는 균형 속에서 의미는 새롭게 창조된다. 예술은 근본적으로 단절과 변화, 무화無化와 소멸이라는 물리적 법칙에 대한 도전이다. 그것은 이런 변화와 단절의 소멸적 세계에서 소멸하지 않는 것, 더 오래 가는 것 그리하여 좀 더 지속적인 가치와 의미를 발굴하는 행위이다. 그러나 이것은 반드시 변화를 무시하거나 소멸에 무심한 것이 아니다. 오히려 그것은 스스로 이 변화를 '탄다'. 변화 속에서 변화와 더불어 움직이며 어떤 변하지 않는 것을 염원한다. 인문학은 근본적으로 움직임이자 운동이고 리듬이자 생성이기 때문이다. 이 생성 속에서 그것은 어떤 좀 더 높은 균형을 유지하고자 한다.

인문학에서 추구하는 변화란 어떤 변화인가? 소음에서 침묵으로, 혼돈에서 질서로, 주체에서 객체로, 자연에서 자아로, 폐쇄에서 개방으로, 몸으로부터 가슴을 거쳐 머리로 나아가는 변화이다. 인문학의 균형이란 어떤 균형인가? 그것은 몸과 가슴과 머리, 육체와 감정과 정신 사이의 균형이다. 이것은 근본적으로 타자를 향한 기나긴 항해—최대한의 긍정 속에서 세계를 포용하는 행위와 같다. 타자와 만나며, 이 타자 속에서 타자의 편이 되어, 타자의 시선과 입장으로 나와 우리와 그들을 성찰하는 것, 이것은 그 자체로 윤리적 덕성이 아닐 수 없다. 자유는 여기에서 '주창'되고 '설파'되는 것이 아니라 '실행'되고 '체화'된다(참된 자유란 '테러와의 전쟁'을 주창한 또 다른 테러리스트들의 가치가 아니다. 미군이 이라크전에서 내세운 이름은 '이라크인의 자유를 위한 작전'operation Iraqi freedom이었다). 새로운 의미와 이 의미의 지평은 이때 펼쳐진다. 이 지평 위의 창조적 역사, 그것이 내가 염두에 두는 문학의 한 지향이고 예술의 의의이며 인문학의 존립 이유이다. 예술의 인문학, 인간성의 문화가 추구하는 정체성은 타자 편에 서 있다.

글쓰기의 실천에서 이질적 의미와 차원들은 서로 만난다. 단순히 서로 만날 뿐만 아니라 만날 수 있어야 한다. 민주적·시민적·비판적 공론장이란 간단히 말해 이런 만남을 장려하는 합리적 제도와 질서를 이름 한다고 할 것이다. 나—글쓰기의 심미적 주체는 이쪽을 향해 열려 있고, 이쪽을 향해 나아간다. 여기에서 나는 내 글의 궁극적 목표를 가늠한다. 그 목표란 삶의 재발견이고 재양식화re-stylizing이다.

글의 목표는 삶의 재발견이자 재양식화

인간은 인습을 되새김질하는 동물이 아니다. 그는 반복되는 생활과 타성의 굴레 속에서도 자신과 사회, 미래와 행복에 대해 전혀 새로운, 조금이라도 새로울 수 있는 표상을 늘 열망한다. 그것이 그가 사는 이유—살아 즐겨 호흡하는 이유일 것이다. 악습에 빠진 정신의 권태를, 그 정치적 과오를 우리는 잘 알지 않는가? 이것은 모호한 진술인가? 구체적으로 쓰자. 애국주의이건 민족주의이건, 영웅중의이건 전체주의이건, 반성되지 않으면, 그리하여 나날의 오늘을 새롭게 보지 않으면 우리는 제 삶의 주인이 될 수 없다. 이때의 주인은 나 자신이 아니라 이데올로기—빌려 온 관념이다. 내가 아니라, 내 자신의 주체성과 자율성이 아니라 편견과 맹목 그리고 집단 이기利己가 삶을 지배한다(줄기 세포 연구를 둘러싼 최근의 과학적 추문을 보라!).

절실하지 않은 성찰에서 나온 글이 어떻게 삶에, 삶의 질적 고양에 기여할 수 있겠는가? 허황된, 절실하지 않은 모든 것은 혐오해야 한다. 그것은 현실을 떠난 미사여구인 까닭이다. 나는 이런 어휘들로 꾸며진 멋들어진 글에, 이 글의 공허한 감정들에 적의를 느낀다. 학식은, 주의하지 않으면, 언제든 폐기물이 될 수 있다. 현실을 기존과 다르게 보기 위한 것이 아니라면, 달리 보기 위한 읽기와 쓰기가 아니라면, 지금의 글은 왜 있는 것인가?

글을 쓰는 것이 간단하지 않지만, 나는 글을 쓰지 않을 때보다 쓸 때 더한 행복을 느낀다. 작은 것, 낡은 것, 사소하거나 제한된 것이나 자신의 어리석음과 열망 그리고 장난기까지 포함하여 지금 여기의 덧없고 기이한 삶에서 이 삶을 넘어 우리의 시선으로 생활을 드넓게 바라보는 것, 그럼으로써 오늘의 거칠고 궁색한 정황을 한 단계 끌어올리는 일……. 지식은 인식 자체가 아니라 삶에, 현존의 깊이와 넓이 그리고 높이에 도달하려는 실천의 단초여야 한다.

이 깊이와 넓이 그리고 높이에서 인간적 품위를 위한 토대가 마침내 실현될 수 있기 때문이다. 전 생애가 가져다 줄 것보다 더 많은 것을 느끼고 생각하며 경탄하도록 오늘의 삶을 직조하는 것, 이렇게 하도록 도움을 주는 것, 이것이 내 글의 영예이자 목표이다.

나는 이 모든 열망을 작가 장정일에 기댄 채, 내 감각과 사고의 자발성을 좇으며, 그리하여 그 어떤 제어도 불허하는 가운데 참으로 자유롭고도 유쾌하게 마음껏 써내려 갔다(지금 이 부분은 다른 모든 부분을 탈고한 후 마지막으로 쓰고 있다). 이런 이유에서 이 글은 '장정일 주제에 의한 비평적 광시곡'이라 부를 만하다. 아니면 변주곡이라고나 할까? 마치 파가니니N. Paganini 이후 많은 음악가들, 브람스와 리스트F. Liszt 그리고 라흐마니노프S. Rakhmaninov가 그를 변주하였듯이.

"나는 피아노의 파가니니가 아니라면 미쳐 버릴 것이다."라고 리스트는 말한 적이 있다. 음악사는 바흐 이후의 '무수한 그러나 그 나름의 바흐들'—모차르트, 베토벤, 브람스, 슈베르트, 브루크너A. Bruckner, 말러G. Mahler로 이어지지 않는가. 그렇듯이 비평에서 그 같은 문제의식을 풀어 내지 못한다면, 이 글은 무슨 소용일 것인가? 장정일 대신 쓴 시의 김수영, 인문학의 김우창이 어쩌면 들어설 수 있을지도 모르겠다. 그렇게 그 반, 그 반의반쯤이라도 할 수 있을까? 그것은 앞으로 내가 어떤 글을 쓰느냐에 달려 있을 것이다.

밖의 시선 : 겨우 도달한 것

나는 성향적으로 정치적이기보다는 비정치적이지만, 나의 글은 이 비정치성 속에서 그러나 정치적이길 바란다. 그렇다는 것은 지금의 비정치적 지향이 이전과 같이 '비정치적으로 순수한' 것을 의미하지 않는다고 할 수 있다. 오히려 그것은 '정치적인 것을 관통해나가는 현실 근접적인'이라는 뜻에 가깝다. 순수주의를 나는, 문학에서건 정치에서건, 이전처럼 지금도 신뢰하지 않는다. 만약 이것이 필요하다면, '문학과 예술은 좀 더 견고하고 효과적인 현실 대응력을 갖추어야 한다'는 점에서 순수해야 할 것이다. 즉 자기 일관성 또는 철저성의 의미에서 예술의 순수성은 절실하다. 일관성이란 다름 아닌 성실성이고, 이 성실성은 곧 윤리성이기 때문이다.

문제는 변함없이 현실에 대한 이해이고 역사에 대한 인식이라면, 이 현실과 역사를 그르치지 않도록 노력하는 일만큼 중차대한 문학예술적 책무는 없다. 나는 이 점을 아세아문제연구소 계간지『아세아연구』의 편집을 맡아 보면서, 신용 불량자나 노숙자, 비정규직 그리고 이주 노동자에 대한 특집 기획 서문을 몇 차례 쓰면서 조금씩 깨치게 되었다.

수많은 판단과 규정, 한정된 관점에서 우리 문화의 의미론은 그리 견고한 형태로 구성되어 있다고 말하기 어렵다. 또 그것이 올바른 방향—이성적이고 시민적이며 계몽적이고 개방적이며 또한 관용적인 방향으로 나아간다고 말하기도 어렵다. 납득하기 어려운 일—설익음과 미숙성 그리고 엉터리가 사회의 도처에서 어떤 주조

음을 이룬다. 단지 소수의 사람들만이 이 아류의 편협성에, 문화 산업적 왜곡과 삶의 사물화에 저항하는 것처럼 보인다. 그러나 이런 생각에도 불구하고 이를 문제시하는 필자의 이 책이 어떤 정당한 저항의 흐름 속에 있다고 자신하기는 어렵다. 설령 그 흐름 속에 있다고 해도 그것은 나만의 생각에 그칠 수도 있다. 문학의 행복은, 그것이 있다면, 무엇보다 나의 행복이다. 그러니 나의 글로 시의 귀환을, 문화적 삶의 복권을 열망한다는 것은 얼마나 무모한 짓인가. 이렇듯 나는 균열의 질환을 불가피하게 앓는다.

그러나 나의 행복에서 제기된 어떤 문제가 공감을 일으킬 수 있다면, 이때의 문제의식은 상호 주관적으로 확대될 수 있다. 조금이라도 의미의 지평을 여는 데에 기여하는 것, 그렇지 않다면 인쇄하지 않는 것, 이것은 글의 윤리이다. 나는 이것을 자신할 수 있는가? 두려운 일이다. 이 윤리를 그 나름의 방식으로 지킬 수 있다면, 그것은 그 자체로 정치적 실천이 아닐 수 없다. 바로 이런 이유로 하여 나는 균열의 질환에도 불구하고 이렇게 다시 쓰고자 한다.

다시 한 번 다르게 생각해 보자. 이 글은, 모든 요소를 다 들어내면, 기껏해야 내 식으로, 나의 관심과 관점에 따라 장정일 문학이 함의한 것을 이해하고자 한 것에 불과하다. 그러나 나는 이 글을 쓰면서 작가에 대한 나의 생각이, 그 이해가 점점 더 분명해져 간다는 느낌을 받곤 하였다. 이 작가에 대한 글을 대학원 시절부터 갈망해 왔으니, 이를 퇴고한 지금 그 흡족감이 적을 수는 없다. 그러나 그렇다 해도 나는 이렇게 묻지 않을 수 없다. 100쪽의 작가 작품에 300쪽의 해설은 무슨 소용일 것인가?

이런 물음에 내 속의 나는 이렇게 변명한다. 글에서 시도한 것은 단지 『중국에서 온 편지』만의 읽기가 아니라 작가 자신—장정일에 대한 이해다, 라고. 내가 시도한 것은 역사와 서사, 권력과 문화, 내면성과 공공성, 개인과 집단, 자유와 책임 사이의 머나먼, 머나멀게 보이는 기나긴 거리를, 이 아스라한 끈을 내밀한 읽기를 통해, 감성의 토대 위에서, 한번 잇고자 한 것이라고. 내가 시도한 것은 겨우 그것 뿐이라고. 이런 시도에서 이를테면 '밖의 시선—소수 변방의 문예론'과 같은 것이 대략적 형태라도 입안될 수 있을까? 장정일의 글은 그리고 추방된 부소의 운명은 문학과 예술 그리고 인문학과 문화에 대한 어떤 의미 있는 비유로 느껴졌다. 이렇게 적어도 자괴감은 풀리지 않는다. 서랍 깊숙이 이 원고를 넣어 둘 것인가? 원고 뭉치에 곰팡이가 피어도 술이 되어 나오지는 못할 것이다.

글이 빈궁과 추방을 면하게 해 줄 수는 없다. 예술의 귀환은 거창하다. 다시 처음부터 말하자. 글은 적어도 눈물보다는 덜 허망하다, 라고. 그래서 글의 전언은 저자가 생각지 못한 독자에게 전해지기도 한다. 보카치오G. Boccaccio가 말했듯이 시인이 언제나 미친 사람은 아니며, 그 글이 늘 허망한 것도 아니다. 무엇보다 예술과 그 경험에는, 그것이 창작이든 비평이든, 대치될 수 없는 즐거움이 있지 않은가. '의미'나 '효과'를 말하기 전에 심미적 경험에는 즐거움이라는 강력한 호소가 작용한다. 이 즐거움으로 나는 문학에 대해 쓴다. 듣고 보고 읽고 즐기는 것 이의에 내게, 적어도 지금의 내게 다른 생명력은 남아 있지 않다. 내 나름의 느낌과 생각으로 나는 장정일과 대화하고자 했고, 이 글은 그런 대화와 탐색의 기록이다. 이

런 나의 시도가 독자에게도 다가가 또 다른 대화를 이끌어 내는 데
에 도움이 되었으면 좋겠다. 그래서 이 글이 단순히 작품 해설서가
아닌, 역사와 권력, 문학과 문화에 대한 어떤 생각해 봄직한 제언
이길 바란다.

봄날,
나무 벤치 위에 우두커니 앉아
'Job 뉴스'를 본다.

왜 푸른 하늘 흰 구름을 보며 휘파람 부는 것은 Job이 되지 않는가?
왜 호수의 비단잉어에게 도시락을 떨어 주는 것은 Job이 되지 않는가?
왜 소풍 온 어린아이들의 재잘거림을 듣고 놀라는 것은 Job이 되지 않는가?
왜 비둘기 떼의 종종걸음을 가만히 따라가 보는 것은 Job이 되지 않는가?
왜 나뭇잎 사이로 저며 드는 햇빛에 눈을 상하는 것은 Job이 되지 않는가?
왜 나무 벤치에 길게 다리 뻗고 누워 수염을 기르는 것은 Job이 되지 않는가?

이런 것들이 40억 인류의 Job이 될 수는 없을까?

―장정일, 「Job 뉴스」(2003)

2부
역사-서사-권력-문화

4장 환멸 이후의 시도

잠꾸러기나 시종들로부터 우리가 벗어나고 있다는 징후는 없다.
그러나 때로는 자유로운 인간이 있다는 사실은 좋은 일이다.

— 메를로퐁티 M. Merleau-Ponty, 『스캔달의 작가』 *A Scandalous Author* (1947)

텅 빈 껍질의 노래

좌초한 천진성, 그 다음

글을 시작하기 전에 장정일에 대한 몇 가지 스케치를 해 보자. 이 것은 그와 본격적으로 만나기 전에 행하는 '몸 풀기'와 같은 것이다. 여기에는 생활 속에 일어나는 크고 작은 여러 사건들, 이 사건들의 경험에 대한 그의 기록이 좋은 길잡이가 된다. 그것은 그의 개인 성향이나 기질, 고민과 관심뿐만 아니라 인간과 현실에 대한 생각을 담고 있고, 이런 생각에는 우리 사회의 낙후성이나 그 발전 방향에 대한 암시나 제언 이외에도 작가로서의 문제의식과 문학적 지향 또한 스며들어 있기 때문이다.

사실 장정일은 많은 사람들에게 '소년 장정일'로 기억될 만큼 천진스러운 사람으로 여겨져 왔다. 『햄버거에 대한 명상』 이후 내가 그를 즐겨 읽게 된 것도 이 때문인지도 모른다. 그의 말, 생각, 행동, 상상은 대체로 여리고 순진하며 조심스럽고 차분하다. 그러면서도 그것은 거침없이 예리하고 명민하며, 때로는 유쾌하면서도 가끔은 익살적이기도 하다. 이것은 그를, 또 앞으로 있게 될 또는 있을지도 모를 '여러 장정일들'을, 적어도 내가, 그리워하게 만든다. 몇 가지 예를 들어 보자.

그는 아내가 있던 파리에 가서 돼지고기를 구워 먹다가 목에 걸려 질식사할 뻔한 적이 있었던 모양이다. 그 일 다음에 장정일은 이렇게 적는다. "'이렇게 죽을 수는 없다. 파리에서 고기를 먹다가

질식해 죽었다면 사람들이 얼마나 웃어댈까?' 그래서 요즘도 식사 자리에서 그때를 생각하며 숟가락질 속도를 조절하고 있지만 잘 안 된다."* 우리는 같이 웃지 않을 수 없다. 작가의 솔직함 또는 철 없음 때문인가? 아니면 그 이상이거나 아무것도 아닌? 또 밥을 먹을 때 왜 숟가락과 젓가락이 필요한지 의아하다면서 "언젠가 근사한 만찬을 준비해 놓고 친구들을 불러 손으로 집어먹게 하면 어떨까?"(화두, 63) 하고 그는 말하기도 한다.

또 이런 재미난 일도 있다. 용산 상가에서 140만 원 주고 산 새 노트북이 1주일도 지나지 않아 고장을 일으켰을 때, 그는 이렇게 적는다. "'전에는 주먹으로 깨부쉈으니 이번에는 발로 한번 밟아 봐야지.' 열화가 뻗친 상황에서 전원 코드와 프린트기 코드를 뽑고 나서 두 손으로 정중히 들어 방바닥에 내려놓았다. 그 동작을 하면서 다시 떠오른 생각. '히야, 내가 이렇게 이성적이고 차분할 수 있다니!' 그리고 풀쩍 뛰어서 콱 밟았다."(화두, 60) 이 구절을 읽고 내 속의 나는 이렇게 중얼거린다. 그는 엉뚱하고 특이하다. 가엾고도 재미있고 그러면서 천진스러운. 그의 장난기가 왜 이다지 친숙하게 여겨지는가? 그러나 곧이어 몰려온 걱정. 그의 생계가 위태롭지는 않았을까.

장정일은 또 자기 집에 들어온 좀도둑 두 명을 '팬티 바람'으로

---

* 장정일, 「아무 뜻도 없어요」, 『장정일 화두, 혹은 코드: 우리 시대의 인물 읽기 1』(행복한책읽기, 2001), 62~63쪽. 이하 이 책에서 인용하는 구절은 본문에서 '(화두, 쪽수)'로 기입한다. 그 외에 자주 인용하는 시집 『햄버거에 대한 명상』(민음사, 1987)은 시 제목만 표기하고, 『서울에서 보낸 3주일』(청하, 1988)이나 『길안에서의 택시잡기』(민음사, 1988) 그리고 『지하인간』(미래사, 1991)은 제목과 시집을 나란히 표기한다.

쫓아갔다가(마치 시인 김수영처럼!) 용케 한 명을 붙잡아 집에 데려온 적이 있다. 그리고 후회하면서 이렇게 적는다. "어떻게 할까? 둘 가운데 네가 어느 것을 선택하더라도 너에게는 도움이 되지 않는다. 교도소에 들어가도 인간이 되기 어렵고 그냥 보내 줘도 인간이 되기 힘들다. 하지만 네가 하자는 대로 하겠다. 어떻게 할래?"(화두, 96) 우리는 이런 그의 너그러움 옆에 어떤 믿음이 서 있음을 읽는다. 인간적인 것에 대한 믿음, 이것은 고집인가 배려인가. 현명함인가 철없음인가. 고민하는 그에게 행해지는 강력반 형사의 한 말씀: "많은 사람들이 장 작가님처럼 잘못 생각하고 있습니다. 답이 없는 게 아니라, 집어넣는 게 답이에요."(화두, 97) 그렇다면 우리는 작가처럼 너무 '무겁게' 생각하는 것인가? 아니 주저의 무거움을 실제 감당하고자 하는 이는 그리 많지 않지 않은가?

작가의 천진성이 그러나 개인행등의 테두리 안에만 늘 머물러 있는 것은 아니다. 그것은 그보다 훨씬 다면적인 스펙트럼—사회정치적이고 비판적이며 윤리적인 면모도 아울러 지닌다. 장정일 천진성의 좀 더 확대된 면모는, 환대받는 원고 청탁이 사실은 줄 세우기를 조장하는 출판(사)의 문화 권력이라는 것. 이런 "수동적이고 기계적인 글쓰기 행태는 죄다 매문"(화두, 76)이므로 "원고 청탁을 거부하고 자발적인 투고에 의한 글쓰기를 해야 한"(화두, 77)다고 그가 주장할 때 나타난다. 이 자기 확인적 면모는, "스님이 그냥 스님이듯 시인은 그냥 시인이다. 제 좋아서 하는 일이니 굳이 존경할 필요도 없고 귀하게 여길 필요도 없다. 그 가운데 어떤 이들은 시나 모국어의 순교자가 아니라, 단지 인생을 잘못 산 인간들일 뿐이다. 그런데도 이 인간들 가운데 몇몇은 그걸 은근히 뻐기기도 하고 손을 벌려 국고를 구걸하기도 한다."(화두, 94)라는 글에서 좀 더 적극적인 문단 비판으로 이어진다. 그러나 여기에서도 그의 시선은 우리가 매일매일 겪는 자잘한 일상에, 이 일상의 허위의식을 검토하는 데에 놓여 있다.

얘기를 좀 더 확대시켜 보자. 장정일은 시민운동의 가장 효과적인 한 방식으로 '전화 걸기'를 거론한 바 있다. 그리고 그 예로 '박정희기념관반대국민연대'에 전화 걸었던 일을 이렇게 적는다. "어떤 미친놈들이 박정희 기념관을 짓자고 하든 말든 반대 운동을 하는 사람들이라도 정신을 바로 차려서, '다카키마사오 기념관'이라고 해야 한다. 그래야 박정희를 둘러싼 가짜 논쟁이 해소된다. 경제개발 대 군부독재, 경상도 대 비경상도, 반공 세력 대 통일 세력, 진보 대 보수, 장년층 대 청년층과 같은 사이비 논쟁을 불식시키기 위해서는 꼭 '다카키마사오 기념관 반대 운동'이라고 해야 전 국민의 여론을 이론의 여지없이 규합할 수 있고 박정희의 죄과를 옳게 물을 수 있다."(화두, 69)

이때의 장정일은 더 이상 순진하지 않다. 그의 생각은 그 어떤 시민 단체의 그것보다 더 날카롭고 적확하다. 그는 민주적 시민, 장정일이다. 문학적 천진성이 사회적·정치적 제안의 차원으로 개입해 들어가고 있는 것이다.

'참여'를 생각하게 하는 장정일의 사회정치적 제안은 "한국은 전 세계의 어느 국가도 한꺼번에 갖고 있지 않은 극한 대립항을 세 개씩이나 껴안고 그 일로부터 숱한 고통을 겪었다. 공산주의와 자유주의라는 이념 대립, 전라도와 경상도로 압축되는 지역 갈등, 자본가와 노동자 간의 계급투쟁"(화두, 84)과 같은, 우리 사회에 대한 정확한 현실 인식으로 단단하게 지탱되고 있다. 말하자면 천진성의 사회정치적 변용이자 확대라고나 할까. 이런 확대는 그가 '양심적 집총 거부'와 관련하여 어떤 여호와의 증인을 옹호하는 글을 신문에 투고, 게재할 때, 빛을 발하는 것으로 보인다.

1950년대 이후 매해 신도들을 감옥으로 보내면서 사이비로 지탄받아야 했던 증인들의 고난에 반해 한 번도 집총 거부를 신앙의 원리로 받아들여 본 적이 없었던 사람들이 이제 와서 "특혜" 운운하는 것은 이치에 맞지 않다. 한국의 기독교계는 "특혜" 시비를 걸기 전에 교리상 집총 거부를 했던 증인들의 신앙 자유를 지켜 주기보다 성서 해석에 대한 지배권과 여론에 의해 공공연히 위임된 유권 해석의 지위를 이용하여 증인들을 이단과 사이비로 몰아세우고, 감옥에 보내는 일에 가담하지 않았는가 반성해야 한다. 양심적 집총 거부자라고 불리는 젊은 증인들은 지금도 감옥에서 수인 생활을 하고 있다. 그들에 대해 지지의 의사를 보여 주는 것이 사랑을 가르치신 예수님의 말씀에 따르는 게 아닌가.(화두, 82)

단지 '이에는 이, 눈에는 눈'이라는 야만을 벗어나, 병역 의무를 거부하는 신앙인을 3년 동안의 감옥형에 처하기보다 다른 방법의 봉사를 국가에게 할 수 있었으면 하는 희망을 피력할 뿐이다. 그런 대안이야말로 범죄자를 적게 만들 뿐 아니라 개인의 신념을 보

장해 주는 성숙한 국가의 태도가 아닐까? (화두, 79)

이러한 발언은 작가 자신이 10대 시절 잠시 여호와의 증인으로 살아서 그랬다고 볼 수도 있겠다. 그러나 장정일은 그것이 "인권에 대한 보편적 지지"(화두, 82)에서 행한 것이라고 분명히 밝히고 있다. 언제나 소수가 진실을 대변한다고 말할 수 없을 것이다. 그러나 집총 거부에 관한 한, 그 많은 기독교 종파들과 여타 종교의 신도들이 이들만큼 억압받지는 않았다. 그것은 분명 부당한 처사였고 또 박해였다.

신앙의 이름으로 신앙의 자유를 엄금하고, 사랑의 이름으로 폭력을 자행하는 일이 어디 한둘이던가? 이 모두는, 작가가 언급하듯이, "성서 해석에 대한 지배권과 여론에 의해 공공연히 위임된 유권 해석의 지위를 이용"(화두, 82)한 데에서 비롯된다. 원리 해석의 지배권을 고수한다는 것은 그와 다른 해석 가능성을 인정하지 않는다는 뜻이다. 모든 가치의 일방주의는 여기에서 나온다. 일방화된 가치, 그것은 독단doxa과 다르지 않다. 독단과 테러리즘 사이는 그리 멀지 않다. 편견이 신실함과 사이비를 가를 때, 종교는 폭력이 되고, 피의 희생은 늘어난다.

독점화된 사고로 인해 일어나는 고난의 현실은 집총 거부 사건에만 그치는 것이 아니다. 독단의 횡행은, 그리하여 이 독단이 야기하는 탄압은 우리 사회에 그 종류와 차원을 불문하고 더 빈번히 또 곳곳에서 확인된다. 지역 갈등이나 이념 논쟁(사실 여기에서 논의되는 것은 이념도 아니고, 말의 바른 의미의 논쟁도 아니다. 그래서 그것은 '색깔 시비'로 불린다), 주한미군 철수 문제나 대미對美 외교 등 여러 가지의 충돌에서 일어난다. 그 종류가 무엇이건 간에 개인을 옥죄고 자유를 억압하는 것은 인권 차원에서 즉각 중단되어야 한다. 국가기구는 인간됨의 권리를 실현하는 방향으로 제도를 개선해 가야 한다. 이 땅의 민주주의는 아직도 낮은 수준의 제도화와 더 낮은 수준의 의식화 단계에 머물러 있지 않은가? 더한 문제는 이런 제도적 미비 이상으로 사회경제적 불평등의 악화이며, 이 악화는 오늘날 '양극화'의 형태로 사회 각 분야에서 보편적으로 실현되고 있다.

그러나 삶의 불합리한 구조는 한 사회 또는 나라에만 국한되는 것은 아니다. 그것은 국제사회에서도 정도의 차이는 있지만 동일하게 반복된다고 할 수 있다. 강대국과 강대국 사이의 군사 협상은 그 한 예이다. 시인은 이것을 아래의 시어서 잘 희화화하고 있다.

몸통 하나가
겨우 통과할 수 있는 문을 열고
뚱뚱하고 작달막한
동쪽 대표와 서쪽 대표가
동시에 들어와
앉는다.

그런 다음
각기 자신의 서류 가방을 열어
모스크바와 워싱톤에서 조리해 온

통닭을 꺼내

씩씩거리며 먹기 시작한다.

그런 다음

이빨 사이를 훑어 내고

손수건으로 입을 문지르고 웃고

일어나

서로 악수를 청한다.

—「솔트」, 『서울에서 보낸 3주일』

솔트SALT, Strategic Arms Limitation Talks는 미국과 소련 사이의 전략무기제한협정을 지칭한다. 이 회담은 그 사이에 다른 것으로 변질, 대치되고 말았지만, 이 시에서 보이는 거대 강국의 행태는 지금도 크게 다르지 않아 보인다. 그 점에서 시인의 전언은 여전히 흥미롭다.

강대국 사이의 외교 협상은 위의 시에서 통닭을 먹는 행위로 우스꽝스럽게 묘사되어 있다. 인류의 평화를 위한 노력이 각자가 자기 진영에서 "조리해 온/통닭을 꺼내/씩씩거리며 먹"는 것으로 진행되다니. 그렇게 먹은 다음 "이빨 사이를 훑어 내고/손수건으로 입을 문지르고 웃고/일어나/서로 악수를 청한" 것으로 회담은 끝난다. 참으로 전략적이지 않은가. 여론과 양심을 의식한 '전략 회담'은 결국 '닭 먹기 싸움'에 불과하다. 이렇게 포식한 후에도 이들 "뚱뚱하고 작달막한/동쪽 대표와 서쪽 대표가" "몸통 하나가/겨우

통과할 수 있는 문"을 무사히 통과할지는 의문이 아닐 수 없다.

전략과 술수가 국내뿐만 아니라 국제에서 통용되고, 편견과 대립이 지역적으로뿐만 아니라 계층적으로, 이념적으로뿐만 아니라 역사적으로 누적되고 관철되는 이 땅에서, 개개인은 두 눈을 부릅뜨고 살아가지 않으면 안 된다. 그렇게 하지 않는다면? 국가란 체제의 괴물이고 그 구성원은 권력의 맹목적 기계가 될 뿐이다. 이런 기구 안에서 영혼은, 순결한 영혼은 갈 곳이 없을 것이다, 감옥 이외에는. 작가가 감옥을 "사회와 영혼의 순결한 성소"로 생각하고, "감옥이 너의 성스러움을 오히려 드러나 줄 어떤 죄가 지상에 있단 말인가?"(화두, 67)라고 적은 것도 "개인의 신념을 보장해 주는 성숙한 국가"를 염원하기 때문이다. 그렇다면 이런 성숙한 국가를 구현하기 위해 할 수 있는 일은 무엇일까?

물론 여기에는 많은 요소가 필요하다. 그러나 가장 구체적으로, 지금 여기에서 실천할 수 있는 길은 무엇일까? 장정일은 최근에 나온 『독서일기』 서문에서 시민을 "책을 읽는 사람"이라고 규정한 뒤 이렇게 적고 있다. "시민이 책을 읽지 않으면 우중愚衆이 된다. 책을 멀리하면 할수록 그 사람은 사회 관습의 맹목적인 신봉자가 되기 십상이고 수구적 이념의 하수인이 되기 일쑤다. 책을 읽지 않는 사람은 내밀한 정신의 쾌락을 놓치는 사람일 뿐 아니라, 나쁜 시민이다."*

우리는 책을 통해, 책의 반성 활동을 통해 사회의 맹목과 국가

---

* 장정일, 「서문」, 『장정일의 독서일기 6』(범우사, 2004).

권력에 저항할 수 있다. 이렇게 깨어 있지 않다면? 그때는, 그의 말을 빌려 '나쁜 시민'이 되는 것이다. 나쁜 시민이 권력의 국가를 구성한다면, 좋은 시민은 권력적 국가 이념과 사회의 편견을 문제시한다. 그리고 이것은 책 읽기의 반성적 사유로부터 시작된다.

"거짓말 집필실"

문학자들은, 그가 작가이건 평론가이건 연구자이건 아니면 일반 독자이건, 대개의 경우 문학을 거창하게 생각하는 경향이 있다. 그러나 글로써 할 수 있는 일은 그리 많아 보이지 않는다. 이것은 분명 현실이고, 지금까지의 현실에서 경험한 사실이었으니 인정하도록 하자.

예술을 통해 할 수 있는 것 역시 작고 미미하다. 기를 쓰고 노력해야 평문 한 편을 탈고할 수 있고, 시 서너 편이나 단편소설 하나를 마무리하려면 달이 몇 번 바뀌어야 한다. 이렇게 쓰인 것이 한 권의 분량이 되게 하는 것은 더더욱 어렵고, 이렇게 모아졌다고 하여 모두 책으로 출간되는 것은 아니다. 또 출간된 작품이 그에 상응하는 평가를 전부 받는 것인가? 그렇지는 않다. 저자가 원하는 독자와 그 층을 늘 만나는 것도 아니다. 그러니 책을 써서 생계를 유지한다는 것은? 그것은 산 너머 산이요, 나무 없는 벌판의 모래 폭풍이다. 도대체 무모함 없이 어떻게 글쓰기를 시작할 수 있단 말인가?

무모함, 이것은 쓸모없는 맹목성이다. 글은 이 쓸모없는 맹목성을 관통하는 열정이다. 이 맹목성의 열정 없이는 작가적 실존이 존립하기 어렵다. 그러므로 '글로써 살아간다'는 것, '살아가고자 한다'는 것은 가능성의 경계 저 너머에 있다. 그것은 불가능성과의 가망 없는 씨름이다. '전업작가'라는 말이 내 가슴을 떨리게 하는 이유는 바로 이 때문이다. 다른 무엇이 아닌 오르지 글로써, 글을 읽고 씀으로써 밥벌이를 하고자 하고, 또 그렇게 하며, 나아가 실제로 그렇게 살아가는 사람. 이것은 누구나 할 수 있는 일이 아니다. 그것은 예나 지금이나 참으로 혹독한 시련을 전제한다. 장정일은 이 무시무시한 전업작가이다. 그는 '직업으로서의 작가'와 관련하여 이렇게 적고 있다.

> 20대 초반에 시를 습작할 때에 늘 이렇게 중얼거렸다. "문학이 직업이 아니라면 구역질이 난다."라고. 저급하게는 호기심이나 명예욕으로 문학에 입문한 사람도 있을 것이고 애초부터 개인적 구원이라든가 사회적 정의와 같은 아주 고귀한 목적에서 문학을 시작한 사람도 있을 것이지만, 나는 그 무엇보다 문학이 내 직업이 되었으면 하고 바랐다. 문학이 자기 구원도 명예욕도 아닌 직업이라는 것은 다른 어떤 이유보다 고귀하게 느껴졌다.[*]

장정일은, 흔히 그러하듯, 문학을 통해 "개인적 구원"이나 "사회적 정의" 같은 거창한 목적을 내세우지 않는다. 그것은 그 나름으로 의미 있는 것이지만, 그에게는 아무래도 불편하게 여겨졌는지

---

[*] 장정일, 「개인기록」, 『문학동네』 봄호(1995), 137쪽.

도 모른다. 그 대신 그는 문학이 그저 "직업"이 되길 바란다.

직업이란 무엇인가? 그것은 단순하게 말하여 먹고살게 해 주는, 즉 생활을 영위하게 하는 활동이다. 누구나 피할 수 없는 이 생계 활동과, 자기가 좋아서 하고자 하는 즐거운 활동이 서로 배치되지 않는, 그리하여 하나로 만나는 합치점을 그는 문학에서 얻고자 했던 것이다. 이 전업작가의 노동은 보잘 것 없는 사람의 생애를 글 읽기와 쓰기에만 헌신할 수 있게 한다. 그러나 이것은 손쉬운 것이 아니다. 직업으로서의 문학을 갈망할 뿐만 아니라 실제로 그렇게 살고 있는, 또 살고 있음으로써 전업작가임을 스스로 입증하는 사람들은, 우리나라에서건 다른 나라에서건, 사실 몇 되지 않는다. 이 점 하나만으로도 나는 그에게 경의를 표하고, 그를 '작가'라고 기꺼이 부르고자 한다. 평론가가 그러하듯, 작가라고 불리는 사람들은 많지만 작가로 남는 이는 드문 것이다.

'작가로 남는 또는 남을 수 있는'이란 무엇인가? 그것은 간단히 말하여 '시간 속에서 시간을 넘어서는'이라는 뜻과 다르지 않다. 한 시대에서도 그 시대를 넘어서서 다음 세대로 전할 수 있는 글을 쓰는 작가……. 그것은 고통과 대면하고 수난을 회피하지 않는, 그럼으로써 오로지 문학성에 자기 생애를 걸고 현실과 승부하는 일이다. 그리고 이런 승부를 무엇보다 '시대적 소명에서'가 아니라 그냥, 그러니까 '그저 좋아서' 하는 사람이다.

이쯤 되면 문제는 간단하지 않다. 왜냐하면 이 같은 점은, 등단한다고 해서 모두 작가가 되는 것은 아니며, 시집 두어 권 낸다고 해서 시인이 되는 것은 결코 아니라는 사실을 알려 주기 때문이다. 이런 단순하고도 평범한, 그리하여 상식과도 같은 엄연한 사실이 그러나 이 땅에서는 자주 잊히는 듯하다. 하지만 장정일은 다르게 보인다. 어떻게 다른가? 차례차례로, 하나하나씩 살펴보자. 이다름은 우선 기성의 가치와 규범에 대한 부정에서 드러난다. 다음의 시 구절을 읽어보자.

우리들은 잃어버린 게 없다
모든 것은 너희들이 분실했으므로
더 이상 우리는 빼앗기지도 않으리
실과失果 이래 자라난 우리는 망명 세대
다가서지 않은 미래로부터도
쫓겨났다

―「텅 빈 껍질」 중에서

기성 질서에 대한 반발은 장정일의 그 어떤 작품에서도 하나의 기류氣流 또는 사고의 저류底流로 흐른다. 현실에서 더 이상 잃어버릴 것이 없다는 것, 빼앗길 것이 없는 것과 마찬가지로 얻을 수 있는 것도 없다는 도저한 절망은 그의 작품 전체를 관류하는 것처럼 보인다.

사실 한계 없는 상실감과 이런 상실감에서 오는 탈형이상학적·탈환상적 자각은 현대 철학의 중요한 인식론적 내용이기도 하다. 인간은 자기 존재의 필연성과 정당성을 어떤 식으로든 마련하고자 한다. 예술가는 이것을 자아의 규명과 그 입증에서 찾고자 하고, 이런 입증을 통해 세계의 구원에 다가서고자 한다. 그러나 이 것이 불가능하다는 것, 그리하여 그 시도는 하나의 환상이요 거짓 이라는 것이 이미 입증되었다. 그래서 작가는 우상파괴의 조용한 길을 간다. 시인은 조용한 우상파괴자, 신성한 도둑이다.

장정일에게서 특이한 것은 이런 절망과 환멸이 도덕적 가치와 규범에만 한정되는 것은 아니라는 점이다. "실과 이래 자라난 우리 는 망명 세대"라는 구절에서 보듯, 그의 환멸은 분명 종교적 함의를 지니고 있다. 그리고 그것은, "다가서지 않은 미래로부터도/쫓겨났 다"에서 보듯, 지금의 시간만이 아니라 다가올 시간에도 해당한다. 패배의 자인은 시간적으로도 확대되고, 의미론적으로도 다층인 것 이다. 우리는 이를테면 사르트르의 '나쁜 맹세' 또는 '자기기만'Mauvais Foi 개념으로 작가의 절망을 이해해 볼 수도 있을 것이다.

사물은, 사르트르에 따르면, 나무나 돌, 책상이나 컵처럼 세상 에 있는 '즉자적 존재'an sich이다. 이들은 그 자체로 충일하며, 그 때문에 어떤 것도 욕망하지 않는다. 이에 반해 인간은 그 무엇을 '향 해'for 있는 '대자적 존재'für sich이다. 그는 어딘가 비어 있고, 이 비 어 있음, 즉 결핍을 의식하기 때문이다. 그래서 그는 무엇인가를 욕 구하고 어딘가를 향해 나아가고자 한다. 인간의 자유는 여기에 있 다. 사물에는 이 점이 없다. 그러나 인간이 자신을 채우고자 하는 것, 다시 말하여 즉자적 존재의 완전성을 자신에게 상정하는 것은 적절하지 않다. 왜냐하면 그는 충족될 수 없는 존재이기 때문이다. 예술가 또는 작가가 인류의 구원을 상정하고 자기의 실현을 내세우 는 것 역시, 사르트르에 따르면, 위선이다. 그것은 인간이 사물처럼 즉자화되려는 술책이기 때문이다. 문학은, 적어도 오늘날의 그것은 이데아의 실현도 구원의 은총도 약속해 주지 않는다.

장정일의 자패감은 도덕적·윤리적 차원에서뿐 아니라 종교적이고 시간적인 차원에도 걸쳐 있다. 그래서 어떤 희망은, 적어도 현대인에게 있어서의 그것은, 이런 자패의 긍정적 수락 끝에서나 어쩔 수 없이, 불가피하게 또는 필연적으로 오는 것이 된다. 현대의 희망은, 만약 그것이 있다고 한다면, 무수한 허위와 모순을 통과하면서, 절망과 환멸, 모욕과 수치에도 불구하고, 겨우, 힘겹게, 얻어지게 될 것이다. 이 같은 면모의 일상적 예는, 그가 시내에 나갔다가 복닥대는 막차 버스에 오른 사람들에게서 돌연 나타나는 밝은 표정을 확인하는 데에서, 소박한 형태로 나타난다. "막차를 탄 사람은 자리에 연연해하지 않는다!"(화두, 101)

그러나 작가적 절망의 가장 극단의 예는 그가 '직업'으로 선택한 문학에 대해서마저도 아무것도 기대하지 않는다는 사실에 있다. 『지하인간』의 서문격의 짧은 글에서 보이는 시의 무용성에 대한 질타는 이런 불신의 정점으로 읽힌다.

시로 덮인 한 권의 책
아무런 쓸모없는, 주식시세나
운동 경기에 대하여, 한 줄의 주말 방송 프로도
소개되지 않은 이따위 엉터리의.
또는, 너무 뻣뻣하여 화장지로조차
쓸 수 없는 재생 불능의 종이 뭉치.

"낙원이 몰수된 세대"(「텅 빈 껍질」), 또는 나라로부터 망명을 떠났고 고향으로부터 추방되었다는 의식은 장정일에게서 크게 두 방향으로 흐르는 듯 보인다. 그것은 형식적으로 보면 발랄한 상상력에 힘입어 언어유희적이고 실험적인 측면으로 나아가고—그의 문학적 진술이 일체의 가식과 수사를 배제하는 것은 이 때문일 것이다—, 내용적으로 보면 이때의 실험이 실낙원의 몸짓에 불과하기 때문에, 여전히 통절한 불행 의식 속에 있다. 울음이나 흐느낌이 자주 보이고, 속죄나 참회의 심정이 드물지 않게 내비치는 것도 이런 까닭에서일 것이다. 특히 인간의 근본적 불완전성에 뿌리를 둔 불행 의식(또는 원죄 의식)은 장정일의 문학 세계에, 고민의 구체적 현실성에도 불구하고 단순 경험주의를 뛰어넘는 어떤 초지상적 울림—형이상학적이고 신학적인 깊이를 부여한다고 나는 생각한다.

세계의 무한성은, 우리가 부정하거나 긍정하는 일과는 관계없이, 여기 너머 저곳에, 또 여기에서부터 저쪽으로 뻗어 있지 않은가? 단지 그것에 열려 있는 것과 닫혀 있는 것의 분명한 차이가 있을 뿐이다. 장정일의 작품과 의식은 이 점을 흡수한다(이것은, 나중에 언급할 바이지만, 그의 문학이 '개인적 참여의 사회적 방식이 지닌 다양한 가능성'을 성찰하는 데에 중요한 기여를 하게 되는 하나의 지점이라 여겨진다). 그 어떤 방향으로 나아가건, 장정일 문학에는 변함없는 갈망—적어도 지금 여기의 상황은 아닌, 이보다는 조금 더 나은, 그리하여 좀 더 인간적인 무엇에 대한 열의만은 여전히 남아 있다.

그러나 이때의 열의가 반드시 구원이나 구제라는 종교적 함의를 가지지는 않는다. 그런 요소가 있기는 하지만, 그 전부는 물론 아니다. 문학의 열의는 도저한 자패감으로 숨은 진실의 일부로 나타나고, 이때의 진실은 언뜻언뜻 나타났다가 다시금 금새 사라지는 것처럼 보인다. 그리하여 작가는 진실의 진정성에 대해서마저도 그리 연연하거나 집착하는 것 같지 않다. 이것은, 자기 책상의 모습을 담은 사진 아래 "거짓말을 하기 위한 도구들. 거짓말 집필실."이라고 그가 적어 두고 있다는 점에서도 암시된다.(화두, 60) 그러나 이런 생각은 세상이 100퍼센트 거짓말로 되어 있다는 다음의 말에서 좀 더 급진전된다.

> 나는 이 세상이 100퍼센트 거짓말로 이루어져 있다고 언제나 생각해 왔고 그 가운데 10프로의 악의적인 거짓말이 살인을 일으키고 전쟁을 일으키며 아우슈비츠를 만든다고 생각해 왔다. 나머지 90프로의 거짓말은 악의적인 거짓말과는 달리 무해하거나 도리어 그 거짓말 때문에 많은 문제들을 덮어 주는 세상의 윤활유 같은 거짓말이라는 것이다. 그렇다면 소설은 그 악의 없는 거짓말의 가장 참다운 세계가 아닐는지. 소설가라면 깜짝 놀랄 거짓말을 해야 한다.[*]

세상을 100퍼센트의 거짓말로 보는 견해는 다소 과격한 현실관으로 비칠 수도 있을 것이다. 그러나 좀 더 넓게 생각해 보면 그것은 어렵지 않게 납득할 수 있다. 인간이 하는 일은, 그 종류가 무

---

[*] 장정일, 「개인기록」, 139쪽.

엇이건, 말이건 생각이건 느낌이건, 또는 판단이나 결정이건, 수없이 번복되고 보충되며 교정되고 갱신된다. 그것은 끊임없는 오해와 착오, 실수와 미비의 연속체가 아닐 수 없다.

이 거듭된 불충분성의 경험들은 인간의 감각과 언어, 사고와 판단이 그 자체로 진실이 아니라 이 진실로부터 떨어진 것, 엄격하게 말하여 거짓에 가까운 것이라는 사실을 알려 준다. 단지 이 거짓의 편재성 속에서 우리가 확인하는 것은, 이들 거짓 가운데, 작가가 보여 주듯, '의도된 거짓'이 있는가 하면 의도되지 않은, 그리하여 선의의 거짓도 있다는 점이다. 문학은, 그리고 예술은 '의미 있는 거짓을 적극화하는 행위'라고 할 수 있다. 그래서 장정일은 소설을 쓰려면 "깜짝 놀랄 거짓말을 해야 한다."라고 적는다.

마치 선의가 언제라도 악의로 전용轉用될 수 있듯이, 진실을 위한 발언도 언제든 거짓이 될 수 있다는 것, 그리하여 이 진실의 거짓 가능성에 대해 인정하기를 장정일은 주저하지 않는다. 아니 절대적이고 항구적인 진실이 지금 여기 이 순간에 불가능한 것이라면, 그래서 진실의 언어도 기만의 싹을 어느 정도 이미 내포하는 것이라면, 우리는 전제되고 예비된 기만을 우선 인정할 수 있어야 하고, 더하게는 그것과 맞닥뜨려야 하며, 이렇게 정면을 응시하는 가운데 그것과 싸울 수 있어야 한다. 그는 이렇게 생각하고 있는 듯하다. 이처럼 장정일의 자기 경계는, 비판적 자기 성찰은 날이 서 있다. 자유나 희망, 미래와 초월과 같은 그럴 듯한 술어는 지금의 현실에서 쉽게 실현되기 어렵다. 곧바로 실현되는 것이 아니라면 그 부재와 결핍은 부단히 의식되어야 하고, 이런 의식 속에서 그것은 지금 여기에 반성적으로 불러들여야 한다. 경계되지 않는다면, 실천의 한계가 갖는 윤곽을 스스로 의식하지 않는다면, 모든 선의는, 그리고 희망의 술어는 언제든지 우리를 속일 수 있다.

권위에 대한 작가의 반감도 이 같은 맥락에서 이해할 수 있을 것이다. 권위란 비유적으로 말하여 일체의 부성父性이라고 말할 수 있다. '아버지'는 그에게 실제의 아버지이기도 하고, 기성 제도와 조직의 표현이기도 하다. 감옥이나 군대는 이런 제도와 조직의 대표적 예라고 할 수 있다. 이 단체는 어떤 가치와 규율—감시와 억압이 자행되는 물리적 폭력을 내재화한다. 작가는 이런 강제된 힘과 강요된 가치를 문제시한다. 왜냐하면 이것은 이른바 현실의 원리를 구현하기 때문이다. 작가는 이런 원리를 문제 삼아 이것으로부터 좀 더 벗어나 멀리 떠나고자 한다. 그가 (단순) 리얼리즘을 불신하는 것도 여기에 닿아 있다.

장정일은 창작시 무엇보다 '우연의 가공'을 중시한다. 그는 한 글에서 이렇게 적고 있다. "이처럼 우연적인 것에 맡겨 놓은 소설 쓰기지만 나는 그 우연을 가공하길 좋아한다. 나는 우리나라 작가들 가운데서 최윤과 하일지를 가장 좋아하는데 까닭은 그들이 만든다는 의식에 다가가 있기 때문이다. …… 거다가 모든 권력과 독재는 리얼리즘에서 나온다. '내가 보았다'는데 그리고 '내가 본 대로 된다'는데 누가 이길 것인가."[*] 이 같은 작가의 문제의식은 존재 자체에 연관되어 있다는 점에서 솔직해 보이고, 자기 자신의 문제

[*] 장정일, 「개인기록」, 139쪽.

의식으로부터 존재의 근거를 확보하고자 한다는 점에서 진정성 있
게 여겨진다. 그러니까 불신과 전복 속에서도 어떤 가치는 진정성
이 있는 것으로 암시되고 견지되는 것이다.

　　그렇다면 이때의 가치란 무엇일까? 좀 더 적극적으로 표현하
여, 장정일의 문학적 열정이 지향하는 곳은 어디일까? 우리는 아래
의 시에서 그것을 비유적으로 읽어 낼 수 있다.

요리책일 뿐입니다.
나는 당신을 모욕할 의사가 없을 뿐더러
여론에 호소하지도 않을 것입니다 또
신비극을 보여 주거나 막간극을 보여 주지도
않죠 나는 당신의 반응에 박수를 치거나
당신으로부터 박수를 받고자 원하지도
않습니다 나는 당신에게 교훈을 주지도
꿈을 지니라고 충고하지도 않습니다
그런다고 해서 당신 멋대로 하라고는
말하지 않습니다 나는

요리책이라고 부릅니다.
나는 사상투쟁을 하도록 이론을 제공
하지도 않고 민중 봉기를 부추기지도
않습니다 나는 또 정부를 선전하지도
기성세대를 대변하고 있지도 않습니다 어떤

주의와 종파를 지지하거나 공격하지 않습니다

그러면서도 나의 존재는 누구에게나

긴요하게 쓰여집니다 나는

요리책입니다.

—「요리책」,『서울에서 보낸 3주일』

장정일은 문학을 통해 무엇을 의도하려 하지 않는다. 어떤 주의主義를 선전하는 것도 아니고 어떤 이념을 주장하려 하지도 않는다. 그렇다고 그것이 '아무려나 좋다'는 식은 더더욱 아니다. 이념적 지향마저 없는 방향 상실의 시대를 우리가 거쳐 왔듯이, 다름 아닌 이 이념 대립으로 인한 고통의 역사도 우리는 겪을 만큼 겪지 않았던가. 이런 이유에서 작가의 염원은 좀 더 내밀하고 좀 더 차분하게 되지 않았나 생각한다. 그것은 이전의 거대한 지향보다는 축소된 것이지만, 이렇게 축소된 것만큼이나 구체적으로 보인다. 또 그 점에서 그것은 겸허하다. 문학적 지향은, 시인이 적고 있듯이, 이제 "사상투쟁"도, "민중 봉기"도 아니다. 그렇듯이 "정부를 선전"하거나 "기성세대를 대변"하지도 않는다. 나아가 "어떤 주의와 종파를 지지하거나 공격"하지(도) 않는다.

모든 언어는, 모든 이념이 그러하듯, 형이상학으로 남는다. 장정일이 문학을 통해 지향하는 것은, 만약 그런 것이 있다고 한다면, 마치 요리책이 그러하듯, 매일매일 그리고 "누구에게나 긴요하게 쓰"이는 것이다. 단지 이것이다. 이것은 여하한 이념과 목적, 권력과 종파의 도움을 빌리지 않아도 가능하다. 이 같은 열정은 이른 바 거대 담론에서 내세우던 어떤 주장처럼 그렇게 거창하지도 않으며, 또 선명하게 진보적이지도 않다. 오히려 그것은 사소하거나 하찮게 보이기도 하고, 쓸모없거나 허황되어 보이기도 한다. 그러나 정말 그런 것인가? 설령 그렇다고 하더라도, 나의 그리고 우리의 생활이 나날의 일과로 이루어져 있다면, 사소사些少事는 삶의 부차적인 것이 아니라 오히려 그 바탕이지 않는가.

역사 그리고 지구의 삶은 나날의 사소성의 거대한 틀이자 그 결과이다. 시인은 무엇보다 자신의 문학 활동이, 그리고 그 산물로서의 작품이 생활의 구체적 쓸모에 닿아 있기를 소망한다. 그러나 시인의 이런 염원은 개별적 파편성에 함몰되지 않는다. 그는 개체의 고유성을 존중하지만, 이 개체들이 지닌 부분성과 지엽성 그리고 피상성을 잘 의식한다.

그리하여 시인은, 사람들이 흔히 그렇게 하는 것과는 달리, 이 개별적 사소성을 조건 짓는 삶의 전체 흐름에도 열려 있고자 한다. 세부에 대한 몰두와 전체에 대한 의식이 만나는 가운데 그가 궁극적으로 염원하는 것은 아마도 자유일 것이다. 자유는 그러나 작가 자신에게도 그렇지만, 그 이상으로 이런 작가를 읽는 독자에게도 절실한 무엇이다. 그래서 그는 쓴다. "나는 내 독자들이 자유를 얻기를 원한다."* 그러니 작가가 생각하는 '요리책과 같은 문학'은 곰곰이 생각해 봄 직하다.

* 장정일, 「개인기록」, 143쪽.

자유와 구속, 선의와 악의, 진실과 거짓, 희망과 절망은 그리 배타적이지 않다. 오히려 그것은 서로 몹시 친숙하다고 할 수 있다. 그러나 그렇다 해도 자유와 선의 그리고 진실로 이루어지는 희망의 세계가 희구되지 않을 수는 없다. 이 세계는 아마도, 가장 작게 그리고 가장 구체적으로는, 자신 안에 금기를 허용하지 않을 때, 허용하지 않으려 할 때, 생겨나기 시작할 것이다. 글은 이런 겹겹의 장애와 기만 그리고 결핍을 넘어 자신의 자유를 재구성하려는 열망의 표현이다. 그것은 타성을 반복함으로써가 아니라 전혀 새로운 탐사를 통해 자유를 실험함으로써 실행된다.

우리가 앞으로 선택하게 될 장정일 문학의 이해 방법은 지금까지의 논의에서 자연스럽게 나오지 않았는가 여겨진다. 그것은 한마디로 말하여 '비체계적' 방법이다.

'비체계적 체계'의 방법

권력과 폭력의 배치 관계

위에서 썼듯이, 장정일의 『중국에서 온 편지』를 우리 사회의 문화 갈등 양상에 비추어 무엇보다 권력 성찰적·반권위적 진술로 이해하고자 한다. 한 번 더 말하거니와, 주의할 것은 권력 성찰적이라는 말에서 '권력'의 의미를 다양한 차원에서 이해할 필요가 있다는 사실이다.

　　권력은 정치 지배자가 피지배자에게 행사하는 데에서만 나타나지 않는다. 그것은 가령 정신 분석이 보여 주듯 아버지와 아들의 관계에서도 나타나고, 페미니즘 비평이 보여 주듯 남성과 여성 사이나 사회적 소수에게서도 나타나며, 탈식민지 이론이나 문화 연구가 보여 주듯, 국가와 국가, 서구와 동양 사이에서도 어떤 차별적 힘으로 나타난다. 그것은 개인과 개인의 불평등한 관계에서도 보이고, 심지어 한 개인의 내부, 즉 감성과 이성이나 본능과 이성, 충동과 도덕의 대립에서도 나타난다. 그러면서 그것은 좀 더 거시적인 차원, 그러니까 인간과 현실, 자아와 사회, 정치와 윤리를 구성하는 문화 영역에서도 나타나며, 이 문화와 역사를 다루는 문학과 서사 활동에서도 나타난다. 권력 또는 더 정확하게 표현하여 권력적 양상은 인간의 육체적·내면적·심리적·정신적·문화적 활동이 일어나는 곳이면 어디에서나 삶의 모든 차원에 스며들어 작용하는 것이다.

　　그러므로 이 글의 초안 제목으로 삼은 '권력 성찰의 소설 언어'에서 권력이란 보이거나 보이지 않는 것들 가운데 우리에게 작용하는 '무형·유형의 온갖 지배적인 또는 지배하고자 하는 힘들'을 지칭한다고 할 수 있다. 그래서 우리의 맥락에서는 정치적 함의를 갖는 '권력'이라는 개념보다는 '힘'이라는 좀 더 일반적인 단어가 더 어울리지 않나 여겨진다. 하여간 이 힘들은 느낌이나 사고, 언어와 행위, 성과 지식, 충동과 이성 등 삶을 구성하는 개인적이고 사회적인, 정치적이고 경제적인, 문화적이고 역사적인 그물망의 전체 속에서 두루 나타난다. 이때 인간의 삶은 그것에 억압되면서 방면되기도 하고, 규정되면서 보장되기도 한다. 그것은 단순히 정치적 차원에서만이 아니라 개인과 개인, 개인과 사회, 가족과 국가 사이에 좀 더 내밀하게, 거시적으로 뿐만 아니라 미시적으로, 분산되고 편재한다. 권력의 관계와 양상은 도처에, 곳곳어, 실현되거나 잠재된 형태로 살아 있는 것이다. 여기에 푸코M. Fcucault의 권력 이해는 도움을 줄 수 있을 것이다.

중요한 것은 지배나 억압, 진실교 허위가 무엇인가 하는 문제만이 아니다. 더 큰 문제는 진실과 허위, 사물과 의식, 사실과 기술, 대상과 언어, 의미와 무의미, 주체와 객체 등등이 서로 어떻게 관계하는가, 라는 물음을 던지고 그 나름으로 답변해 보는 일일 것이다.

푸코가 뛰어난 것은, 단순히 참과 거짓, 권력과 지식, 이성과 광기가 무엇인가를 밝힌 데에 있지 않다. 이 철학자의 권력 분석은 이런 문제들을 향해 가지만, 그 전에 우리가 고려해야 할 사실은 그가 이런 물음에 의지하여 걷는 경로—문제의식의 경로가 아닌가 한다. 그의 성취는 이들 의미의 관계항들이 어떻게 서로를 통제하고 규율하면서 때로는 참으로, 때로는 거짓으로 조작되는가 하는 경로를, 이런 '경로 속에서의 배제적 논리와 그 조건'을 보여 준다는 데에 있기 때문이다. 전체 국면/관계망/배치 관계conjoncture/configuration라는 개념이 그의 사상에서 핵심 술어가 되는 것은 이런 이유에서이다(사실 이것은 다른 후기구조주의 사상가에게도 정도의 차이가 있는 채로 대체로 적용된다고 볼 수 있다). 사회정치적 문제, 권력과 이데올로기, 이데올로기와 폭력, 폭력과 지식, 인간과 그 현실의 문제는 단순 인과론 차원에서 설명될 수 없다. 인간은 이런 조건들에 제약받으면서도 이 조건들을 갱신하는 자유롭고도 창조적인 존재이다.

푸코는 담론의 역사적 구성 방식을 드러냄으로써 권력과 지식, 이성과 광기의 뒤얽힘을 누구보다 창조적인 방법으로 해명한 철학자이지만, 우리가 그의 해석 관점을 시종일관 따를 필요는 없다. 필자가 그의 권력 개념을 '폭력'으로 변주하고, 이에 대항하는 소설 언어의 성격을 '권력 성찰'에서 '비지배'non-domination와 '상호문화적 탈경계화' 그리고 '대안 역사' 나아가 '화해'Versöhnung로 옮겨 가는 것은 이런 까닭에서이다. 절실한 것은 참 또는 거짓 자체가 아니다. 문제는 이것이 성립되는 조건들, 그 관계망에 대한 지속적인 탐구이다. 의미의 여러 관계항들이 조직되고 성립되는 부당한 과정을 제대로 추적할 수 있다면, 우리는 '진실을 정당화하는 규칙들의 재검토'를 정당하게 요구할 수 있을 것이다. 진실 또는 진실성의 가능성은 이다음에야 올 터이다.

장정일의 문제의식이 반드시 이 점에까지 닿아 있다고 확언하기는 어렵다. 그러나 그의 소설은 적어도 권력의 작동과 담론 구성에서의 폭력성을 문제시하고 그에 대한 반성을 지속적으로 촉구하고 있지 않나 생각한다. 그는 이것을 이야기 속에서 역사를 해부하고 분석하며 묘사하고 질타하는 서사적 방식을 통해 드러내 보인다. 그렇다는 것은 작가의 이런 서술 전략에 그를 읽는 우리의 해석 방식도 상응해야 한다는 것을 보여 준다. 그 해석 방식이란 각각의 항목을 필요한 경우 세분하여 진단, 분석하면서도 이때의 분석이 '분해'가 되지 않도록 하는 것, 다시 말해 그 전체 맥락을 잊지 않는 것이다. 분석과 통합 사이의 긴장이 필요한 것이다.

사회 형식에 대한 비판은 말할 것도 없이 규범적 토대를 요구한다. 예술 작품은 이런 토대를 직접 만들고자 하지 않는다. 문학 예술의 언어는 간단히 말하여 지시적이지 않기 때문이다. 예술의 진실성은 '토론'하기 어려우며, 그것이 참인지 거짓인지 논증을 통해 '결정'하기는 더더욱 어렵다. 그렇다 해도 예술에 진실성이 없는 것은 아니다. 이 진실성을 예술은 상징과 비유를 통해 간접적으로 제시한다. 이것을 읽어 내야 할 사람은 평자이고 독자이며, 이 암시를 체계화해야 하는 것은 철학자이고(논리적), 그것을 현실에서 입안하는 것은 정책 입안자일 것이며(행정적), 실제로 사람들 사이에서 구현하고자 하는 이는 시민운동가쯤 될 것이다(실생활적). 결정적인 것은 물질(하부구조)이고, 이 물질만큼이나 정치(상부구조)이며, 더하게는 이것들을 그 일부로 하는 문화적 상부구조일 것이다. 그리고 이 문화는 다시 인간의 주체적 개입에 의해 사회역사적 조건(하부구조) 안에서 결정된다.

　　장정일의 문제의식은 포괄적이고 전면적이다. 그것을 비평 관점에서 해석하자면 이렇다. 그의 문제의식은 기존의 관념 체계에 대한 검토라는 점에서 이데올로기 비판으로서의 기호학적 관점에 의존하지만, 모든 담론의 역사성과 작위성에 대한 생각을 버리지 않는다는 점에서 담론 분석적 관점에도 의지하며, 여하한 개념적 확정과 완결성을 거부하면서도 의미의 유보에도 귀 기울이려 한다는 점에서 해체주의적 시각도 없지 않다. 그러면서 그의 작품은 농담과 진담을 혼용시키고, 이런 혼용 속에서도 이야기에 대한 이야기 자체의 반성 역시 담고 있다. 그 점에서 그것은 현대의 서사 이론에도 열려 있지 않나 여겨진다.

작가는 서술의 관점과 방법에 있어 그 어떤 것도 가리지 않으며, 대상의 이해와 평가에 있어 그 어떤 선입견도 불허한다. 이런 이유에서 이 글의 전개 방식도 어느 하나의 방법론이나 비평 이론에 의존하지 않으려 한다. 그것은 불가능할 뿐만 아니라, 설령 가능하다고 해도, 그리 바람직하지 않기 때문이다. 어떤 방법론의 선택은 시간과 논리의 경제에 따른 필연성의 결과일 뿐이다. 우리는 그것의 폐단을 잘 의식한다. 그러므로 우리의 접근 방식은 특정하게 선택된 방법론보다는 더 다층적이고 더 탄력적이어야 한다. 글의 의도적 비체계성은 이때 필요하다.

필자가 선택한 독해법은 논리 속에서의 논리 비판이다. 우선은 문학 텍스트의 형식적 요소들에 주의하면서도(텍스트 분석), 이 요소들의 사회정치적 연관항을 헤아릴 것이며(서사 이론, 마르크스주의와 담론 분석 이론), 여기에서 텍스트 내부와 사회 외부를 잇는 작가 자신의 고민과 자의식 그리고 현실 인식도 아울러 언급할 것이다(실존주의와 정신분석). 이런 생각들이 제대로 펼쳐질 수 있다면, 그것은 여러 이론적 틀이 상호 배제적이 아니라 상호 보완적이며, 따라서 그렇게 큰 편차 없이 공존할 수 있다는 증거가 될 것이다. 각각의 맥락은 서로를 보완하고, 또 보완할 수 있어야 한다.

이런 목표에 도달하기 위해 필자는 무엇보다 일정한 논리 속에서도 이 논리가 지닌 한계에도 눈을 밝히고자 한다. 그러면서도 이때의 한계 의식은 한계 자체에 머무는 것이 아니라 그 너머로 나아갈 수 있어야 한다. 하나의 선택은 언제나 이 선택마저 넘어서려는 초월적 의지를 스스로 내장할 때에 그나마 납득할 만한 것이 되기 때문이다. 이 글은 논리의 한계를 지적하는 논리가 되고자 한다.

해석 관점이 다층적이고 비체계적이어야 하는 이유는 우선 우리가 읽는 작가의 작품이 그 같은 성격을 띠고 있기 때문이다. 그러나 그것뿐인가? 좀 더 근본적인 이유는 없는가? 비평적 관점이 다층적이고 비체계적이어야 하는 것은 비평 작품이 그래서이겠지만, 더 근본적으로는 작품이 묘사하는 인간과 삶이 그러하기 때문이다. 인간과 그 삶, 사물과 현실은 일의적으로 나타나지 않는다. 그것은 우리 눈앞에 나타나는 모습이면서 이 모습은 어떤 배후—전체 지평을 언제나 지닌다. 그리고 이 지평은 모호하고 불투명하기에 그 자체로 변화한다. 이런 배후를 고려하는 것은 주체의 의식이고 사고이다. 이 주체의 사고와 감각 역시 유동적 현실의 일부를 이룬다.

여기에서 대상 그 자체의 객관성만을 중시한다면, 그것은 실재론realism이 될 것이다. 이와는 달리 대상을 인식하는 주체의 의식만을 강조한다면, 그것은 관념론idealism이 된다. 현대 철학에서 관념론과 실재론, 주체와 대상은 더 이상 분리되지 않는다. 적어도 그렇게 될 수 있을 때에 우리는 시간을 견딜 만한 글을 쓸 수 있다.

사물은 그 자체로 중요하면서 이 중요성은 주체인 '나' 또는 '나의 의식'과의 교류를 통해 감지되고, 이러한 나의 의식은 나 밖의 주변 세계가 조건 짓는다. 그러면서 이 교류는 지금 여기에 있음, 다시 말하여 나의 실존적 현존성을 전제하지 않으면 안 된다. 실존적 현존, 그것은 무엇보다 부단히 살아 움직인다. 움직임이란 무엇인가? 그것은 활기이고 생기이며, 교정이고 쇄신이다. 또 그것은 초월이자 벗어남이고 또한 지향성이기도 하다. 왜 이것이 필요한

가? 그것은 무엇을 향하는가?

모든 조건들은 정체되어 있는 것이 아니라 부단히 출렁대며 움직이고, 움직이면서 나아가며, 나아가면서 솟구치고 또 가라앉는다. 그리고 가라앉았다가 다시 약동하듯 뛰어오른다. 삶은 부단히 넘실대는 그 자체의 빛과 움직임 속에 있을 때에 비로소 살아지며, 주체는 이 삶 속에서 참으로 실존할 수 있게 된다.

삶은 나와 사물, 주체와 객체, 인간과 자연, 안과 밖, 내부과 외부 사이의 부단한 움직임으로 구성된다. 이 움직임은 하나의 파장이 아니라 수많은 파장으로 이루어져 있다. 삶은 수많은 파장—끝도 시작도 없이 이어지는 겹겹의 무늬와 주름으로 구성된다. 이 무늬와 주름은 해방을 겨냥하고, 이 해방의 움직임은 그 자체로 자유의 증거가 된다. 주체는 이 자유의 몸짓으로 하여 늘 지금 여기에서 지금의 여기를 벗어나고 또 넘어서고자 한다. 이 벗어남과 넘어섬, 그것은 초월적 지향이다. 그래서 주체는 늘 '도망 중'에 있다(장정일의 시에 「도망 중」, 「도망」, 「도망 중인 사나이」 등 도망에 관한 시가 많은 것은 이와 무관하지 않을 것이다. 이것은 이미 이 글의 1장에서 인용했다). 인간의 감각과 사고, 언어와 의식, 주체와 몸 그리고 현실은 이 모든 움직임과 지향을 보인다고 할 것이다. 인간은 정지된 존재, 즉 사물이 아니기 때문이다. 그러므로 자유의 움직임은 정태화된, 고여 있는, 정지된 모든 실체에 대한 저항이다.

따라서 감각과 사고 그리고 언어는, 적어도 그것이 의미 있는 것이 되고자 한다면, 이 모든 유동적 현실에 대응하는 움직임을 보여야 한다. 움직이면서 삶의 관계 양상 전체를 현상적으로, 사회정치적으로 그리고 실존적으로, 무엇보다 지금 여기의 관점에서, 재구성할 수 있어야 한다. 비평의 언어가, 또 그 관점이 개방적이고 탄력적이며 파편적이고 비체계적이어야 하는 궁극적 이유는 바로 이 때문이다.* 글의 파편성은, 적어도 '의식된 파편성'은, 벤야민 W. Benjamin이 모범적으로 보여 주었듯이, 나태보다는 지혜와 연관될 것이다. 그리하여 유동성 또는 단순 복합성은 작품 자체가 아니라 작품이 다루는 인간과 그 삶의 본성에 닿아 있는 것이다.

열린 관점과 비체계적 방법론은 결국 삶의 자유로 나아간다. 그렇다면 이 자유의 경험, 자유의 실천은 무엇으로부터 시작하는가? 그 전제 조건은 무엇인가? 자유가 방종되지 않으려면 어떤 제한─자기 제약을 필요로 한다. 이 제약이란 사회적으로 보면 규범적 가치이다. 자유를 향유하기 위해서는 어떤 규범적 토대─가치론적 상수가 요구된다. 삶을 규제하는 납득할 만한 원리─목적─척도 없이는 아무것도 시도할 수 없는 까닭이다.

우리 사회를 좀 더 화해로운, 그리하여 갈등이 적고 강제가 없는 공간으로 만들기 위해 이 사회가 어떻게 제도화되어야 하고, 이 제도화 속에서 각 개인은 어떻게 사고하고 행동하여야 하는가? 여기에서 또 문학의 기능은 무엇인가? 이 물음에 응답하기 위해서는 서술 형식 자체가 '자유로워야' 한다. 자유로운 서술 형식, 그것은 에세이이다. 이것으로 우리는 다음 항목으로 넘어간다.

* 이런 문제를 필자는 삶─주체─몸─사유─언어의 관련성 속에서 이미 지적한 바 있다. 「삶의 일체성과 비평의 예술성」, 『시의 희생자, 김수영』(생각의 나무, 2002), 181~329쪽 참고.

에세이의 형식

그러므로 비평 관점은 수평과 수직, 내면과 외부, 구심과 원심, 확대와 축소 사이를 왕래해야 한다. 그것은 수평으로 확산되면서(감각적 확대) 수직으로 상승해야 하고(사고적 심화), 내부적으로 침잠하면서(내면적 성찰) 외부와 교류해야 한다(사회적 진단). 그렇듯이 한편으로는 대상에 공감할 수 있어야 하고(감정이입적 동일화), 다른 한편으로는 이 감정이입으로부터 거리를 유지할 수 있어야 한다(낯설게 하기).

　　수평과 수직, 내면과 외부의 동일적이고도 이질적인 공감화는 무엇보다 지금 여기 삶의 충일성을 배반하지 않도록 해야 한다(실존적 현존성의 중시). 그렇다는 것은 오늘의 시점에서 각 개인이 경험하는 구체적 감각이 모든 비평적 시작의, 또 모든 일반성으로의 움직임에 있어 그 근본 토대가 되어야 한다는 뜻이다. 문학이 그러하듯, 문학 작품을 다루는 비평 역시 구체성의 감각을 생명으로 하기 때문이다. 그러면서 비평은 작품을 독해하는 하나의 관점으로서, 작품과는 달리, 논리적 체계의 형식을 띤다. 이 점으로 하여 비평은 사회과학의 여타 방법론과 분명한 변별성을 지닌다. 좀 더 자세히 말해 보자.

　　한 사회의 문화 갈등을 서술하는 데에는 물론 여러 가지 방법이 있다. 대개의 글은 사회과학적 방법론이 보여 주듯 사안의 원인을 분석하고 설명하며 검증하고 진단한다. 그러나 이 글은 문학 텍스트를 다룬다는 점에서, 학문의 객관성 또는 과학성에 유의하면서 다른 한편으로는 객관성을 지향하는 분석과 설명이 가질 수 있는 오류 역시 문제시하려 한다. 그렇다는 것은 언어의 분석적 기능을 대상에 대해서만 적용하는 것이 아니라 분석하는 언어 자체에도 적용한다는 뜻이다. 즉 대상을 향해서든 대상을 다루는 주체에 대해서든, 필자는 언어와 사고의 비판적 자의식을 최대한 전방위적으로 작동시킬 것이다. 이것은 작가가 자기 언어에 적용하는 이중적 자의식—대상을 묘사하면서도 이렇게 묘사하는 자신의 언어로부터 거리를 두고자 하는 비판 의식과도 크게 다를 바가 없다.

작가의 언어가 대상의 권력적 속성을 권력 성찰적 묘사를 통해 보여 주듯, 이 글 역시 작가의 권력 성찰적 담론을 단순히 분석하고 설명하는 데에 그치는 것이 아니라 그렇게 설명하는 필자 자신의 글 또한 반성하는 데로 나아갈 것이다. 그럼으로써 이해하려는 글쓰기 행위도 넓은 의미의 문학적 반성 대상으로 삼고, 이런 반성을 통해 작가의 반성을 단지 '관찰'하는 데에 만족하는 것이 아니라 나의 문제 그리고 우리의 문제로 받아들여 스스로 '실행'하고자 한다. 그렇다면 이런 실행을 위한 적절한 글의 형식은 무엇일까?

여기에서 선택한 서술 형식은 에세이이다. 그러나 이때의 에세이 개념은, 흔히 그러하듯, 단순히 '붓 가는 대로 쓰는 일'을 뜻하지 않는다. 처음부터 정해진 어떤 규율을 전제하지 않는다는 점에서 '자유롭고', 이때의 자유는 일정한 논리 속에서 일관되게 진행되어야 한다는 요구를 따른다는 점에서 '체계적'이다. 그러나 다시 한번 더 말하건대, 이 체계는 어떤 논리의 강제여서는 곤란하다. 그 점에서 그것은 때로 '비체계적일' 필요도 있다. 그러나 다시 한 번 더 말하거니와 이 비체계성은 논리를 벗어나는 불합리와 부조리를 배제하는 것이 아니라 수렴, 포용한다는 입장에서 비체계적이지, 논리의 부재나 그 무시를 옹호하다는 의미는 결코 아니다. 삶의 불합리는 합리적 질서 안으로 부단히 해석되고 번역되어야 한다.

논리의 체계가 필요한 것은, 그것이 없다면 경험이 혼돈으로 어지럽게 분산될 것이기 때문이고, 그럼에도 이 혼돈이 체계 안으로 수렴되어야 하는 것은, 그렇게 되어야 그 혼돈이 이해되고, 제어될 수 있기 때문이다.

삶의 전체 지평은 논리와 비논리, 혼돈과 체계, 의미와 무의미의 긴장 사이에서, 글쓰기의 주체가 이 긴장을 감각과 사고의 긍정적 에너지로 삼을 때에, 그리하여 결국 삶의 유동적 현실에 감각과 사고가 탄력적으로 대응하게 될 때에, 비로소 그 일부를 드러낸다. 물론 이때의 긴장이 손쉬울 리는 없다. 그것은 성공하기보다는 실패할 때가 더 많다. 그 점에서 긴장을 단순한 타협쯤으로 생각하는 것은 허황하다. 그것은 흔히 생각하는 이상으로 충돌과 갈등, 균열과 이반을 예비한다. 좌절과 무력감은 이때 생겨난다. 적어도 이 점까지 생각하며 삶의 균열적 계기에 그때그때 경계하고 주목할 수 있다면, 모순과 패배는 어떤 명석성을 계발하는 계기가 될 수 있을 것이다. 에세이란 이런 식으로 체계적 강제성을 문제시하는 글의 내재적 논리를 지닌다고 할 수 있다.

요약하건대 우리는 다원적 시각에서 다층적이고도 비체계적인 에세이 형식으로 작품에 접근할 것이다. 이 점은 분명 여타의 정치학이나 사회학에서 흔히 쓰이는 논문과는 조금 다른, 어쩌면 문화적 갈등의 양상을 좀 더 입체적이고 다면적으로 드러내는 데에 약간의 도움이 될는지도 모른다. 이 문화학적 거시 접근은, 작게는 이즈음 자주 언급되는 문학의 위기와 관련하여(오늘날 문학의 위기를 둘러싼 담론은 너무 자주 논의되었고, 이때의 논의가 커다란 위기감 속에서 진행되었음에도 불구하고 그것을 실제로 해소시켜 보이는 예는 그리 많아 보이지 않는다. 그 때문에 위기의 담론 자체가 제도화되어 버리지 않았나 여겨질 정도이다. '위기의 주제화'가 아니라 '위기의 제도화'가 위태로운 인문학의 현실을 대체해 버렸는지도 모른다), 크게는 인문학의 의미와 관련하여, 어떤 작은 가능성을 보여 줄 수 있을 것이다. 그러나 이러한 접근법은 다시 말하여 구체적 세부에 대한 진술을 놓치지 않음으로 해서 흔히 있는 문화론적 거시론과는 구분하고자 한다.

그러므로 믿을 만한 원칙이 있다면, 그것은 인간과 세계를 온전하게 이해하는 일이다. 이런 이해를 위해 분석의 틀과 방법론은, 설득력을 지닌다면, 가리지 않고 원용될 것이다. 중요한 것은 방법론 자체가 아니라 방법을 통한 대상의 사실적이고 실제적인 파악이다. 그리하여 이 글에서 시도될 비체계적 접근은 '삶의 시민적 문화 가능성'이라는 궁극적 소실점으로 모아지도록 할 것이다.

결국 이 글의 목표는 단순히 텍스트 분석이 아니라 텍스트 분석 이상의 작가론을 지향하고, 작가른 이상의 문학론 나아가 문화론을 내포하고자 한다. 그리고 이 모든 것은 지금 여기 현실의 문제, 곧 우리 모두의 삶의 문제로 귀결될 것이다. 필자는 지금 이 모든 것을 의식하고 있다. 나는 문학예술비평이 단순히 해석과 분석의 이론이 아니라 삶의 응전법이 되어야 한다고 생각한다.

5장 문학: 비지배의 언어

우리는 4장에서 "텅 빈 껍질의 노래"라는 제목 아래 장정일 문학
의 두 가지 대략적 성격—"좌초한 천진성, 그 다음"과 "거짓말 집필
실"을 스케치해 보았다. 그리고 이 스케치 방식으로 에세이가 갖는
'비체계적 체계'의 의미를 알아보았다. 그것이 몸 풀기에 해당한
다면, 이제는 본격적으로 『중국에서 온 편지』를 해석해야 할 지점
에 이르렀다. 그러나 아직은 그 중심부로 들어가기가 저어된다. 그
러니 이 작품의 첫인상 몇 가지를 먼저 얘기히 보는 것이 어떨까.

가면의 망상

서사적 거리

『중국에서 온 편지』를 읽고 난 뒤 처음 떠올랐던 단어는 '가면의 망
상'이었다. 이 가면의 망상은 작품을 관통하는 주된 이미지이자 핵
심 의미가 아닌가 한다. 가면에 대해 간단히 알아보자. 소설은 다
음의 구절로 시작한다.

> 들어 보십시오. 나는 부소扶蘇입니다. 나는 부소이자, 나는 부소입
> 니다라고 말하는 사람의 가면입니다. 그러니 이건 소설도 아니고
> 평전도 아니고 역사는 더욱 아닐 겁니다. 되기로 한다면 이건 겨
> 우 읽을거리나 될까요. 그러나 뭐니뭐니해도 이건 읽을거리 이전
> 에 무대 위에 혼자 출연해서 지껄이는 일인극의 독백이거나, 정신

과 의원의 치료실 의자에 드러누워 내뱉는 자기 고백이거나 할 겁
니다. 이것도 저것도 아니면 그냥 편지라고 하지요.(11)

이 대목에서 우선 느껴지는 것은 이른바 '서사적 거리'이다. 이
소설의 주인공은 일단 부소라고 할 수 있다. 그러나 화자로서 그는
이야기를 이끌어 가는 것이 자기 자신이 아니라 자신의 "가면"이라
고 한다. 그래서 이야기는 단순히 "소설"도, "평전"도 아니고 나아
가 "역사"도 아니라고 말한다.

이 작품은 "겨우 읽을거리"이든지 아니면, 화자가 말하는 대로
"무대 위에 혼자 출연해서 지껄이는 일인극의 독백이거나, 정신과
의원의 치료실 의자에 드러누워 내뱉는 자기 고백"일 뿐이다. 그것
도 아니라면 "편지"일 수도 있다. 이 대목에서 어떤 독자는 작가의
신경증이나 자아의 균열을 읽어 낼 수도 있을 것이다. 아니면 지식
인의 자존심에서 나오는 묘한 이상 심리—자기 파괴적 충동을 독해
해 낼 것인가. 모두 가능하다.

말할 것도 없이 화자와 작가, 소설 속의 이야기꾼과 인간 장정
일이 같을 수는 없다. 그러나 작가의 현실 역시 인간 일반의 삶의
하나를 이룬다면, 이 삶을 표현하는 것은 소설 속의 삶이다. 그 점
에서 소설의 화자와 현실의 작가는 서로 만난다. 작가는 창조의 연
금술을 통해 현실의 인간을 허구의 인간으로 변용시킨다. 그러나
허구의 인간은, 그가 사실성만이 아니라 가능성 위에, 현실만이 아
니라 상상력 위에 자리한다는 점에서, 모든 현실적 인간보다 더욱
현실적이다. 여기에서 화자의 서사적 거리는 이야기되는 글의 성

격을 한편으로는 모호하게 하면서 다른 한편으로는 의미의 차원을 다층적이게 한다.

　작가는 왜 그렇게 할까? 그것은 간단히 말하여 자신이 묘사하고 있는 역사-사실-인간-사건이 제대로 전달되기 어려워서일 것이다. 서사적 거리를 통해 진술되는 사건의 성격을 계속 바꾸는 것은 이런 묘사의 어려움 때문일 것이고, 이런 다층적 의미를 부여함으로써 서술의 어떤 객관성이, 객관적 성격이 획득되리라고 여기기 때문일 것이다. 이와 비슷한 고백은 30쪽 이후에서도 보인다.

> 하지만 숱한 공자들 가운데서 가장 무용이 뛰어났고 어질었으며 아버지께 직언할 줄 아는 용기를 가졌던 내가 그렇게 빈약한 기술로 처리될 수는 없습니다. 들어 보십시오. 나는 부소입니다. 이제야 나는 내 입으로 부소를 말합니다. 그렇다고 해서 이건 소설도 아니고 평전도 아니며 역사는 더욱 아닙니다. 이 언설은 다만 내 가면을 뒤집어쓴 자의 망상일 뿐입니다.(41)

　작가는 다시 한 번 부소의 입을 빌려 이 글이 "소설도 아니고 평전도 아니며 역사는 더욱 아"니라고 강조한다. 이 대목에서 그는 좀 더 구체적으로 이 글의 성격을 말하고 있다. 그 성격이란 "내 가면을 뒤집어쓴 자의 망상일 뿐"이다. 다시 달하여 이야기되는 내용은 부소가 '사실'로서 하는 말이 아니라 "망상"이며, 이때의 망상은 제정신의 자아가 아닌 "가면을 뒤집어쓴 자"가 내뱉는 것이다. 왜 가면을 쓴 자의 망상인가? 그것은 부소 같은 역사 속의 인물이 "빈약한 기술로 처리될 수는 없"기 때문이다. 그러나 대상을 기술記述하는 어려움은 화자에게만 해당하는 것이 아니다. 그것은 인간 일반에도 적용된다. 인간과 그 삶, 개인과 사회, 자아와 자연, 역사와 현실, 이 모든 것도 언어의 묘사 능력을 넘어선다. 불충분과 모순, 왜곡과 과장, 역설과 아이러니는 여기에서 생겨난다.

서사의 가면적·망상적 성격은 권력의 폭력성과 역사의 잔혹함, 인간의 변덕과 언어의 무기력 등에서 온다고 할 것이다. 이 빼곡한 부정不正의 현실에서 서사가, 이야기가 그리고 문학이 할 수 있는 일은 별로 없어 보인다. 투명한 사회? 인간성의 구원? 세계 평화? 그 무엇도 손쉬운 것은 없다.

문학은 이 편만한 현실의 부정에 대하여 승리하는 것으로서가 아니라 차라리 패배하는 것으로 자리하는 것처럼 보인다. 그리하여 작가는 긍정자로서가 아니라 부정자否定者로서 자신의 존재 근거를 갖는다. 실패를 의도하지 않은 건지는 모르지만 그는 이 실패를 어느 정도 예감하며, 사실은 그것을 충분히 겪은 존재이기도 하다. 그러나 이런 부정 의식에도 불구하고 그는 어떤 다른 것을 끊임없이 기획한다. 소설 안에서 이 기획은 "망상"으로 나타난다. 바로 이 점이 중요하다. 즉 이러한 이야기가 "가면"과 "망상"일 수 있다는 화자의 지적에도 불구하고 그것은 여전히 '화자에 의해' '소설의 틀 안에서' '서사적으로' 행해지고 있는 것이다. 이것은 무엇을 뜻하는가? 좀 더 구체적으로 규정할 수는 없는가?

패배와 부정의 경험은 화자가 가면을 쓰게 하고, 쉼 없이 망상을 중얼거리게 한다. 가면 속의 망상은 화자의 서술 측면에서도(형식적) 나타나고, 서술되는 대상, 즉 역사의 사건 측면에서도(내용적) 나타난다. 그리고 역사의 이야기는 이렇게 나타나는 것으로 구성된다. 그렇다는 것은 가면이 언제나 가면일 수는 없고, 망상이 언제나 망상일 수는 없음을 암시한다. 묘사할 수 없는 현실 앞에서 화자의 무기력은 참담함으로 변하지만 이 참담함은, 가면과 망상이라는 어휘를 통해, 다시 말하여 그것에 대한 지금의 서술이 허위일 수 있다는 가능성을 의식함으로써, 역설적으로 참담함이 아닐 수 있게 된다. 참담함은 오히려 화자의 깨인 의식으로 어느 정도 완화된다고 할 것이다. 왜냐하면 이때의 한겨 의식은 대상과의 거리를 제공하기 때문이다.

서사적 거리로 비판 의식이 생겨나고 서술의 객관성이 발생한다. 다시 말해 서술의 불충분성이 서사적 거리감의 도움으로 자각되면서 '동시에' 대상에 대한 또 다른 서술이 시도되는 것이다. 만T. Mann의 서사 정신인 '거리감의 파토스'Pathos der Distanz는 이런 서술적 거리를 이해하는 데에 도움을 줄 수 있을 것이다. 그것은 간단하게 말하여 '열정과 이 열정으로부터의 (역설적) 간격'으로 이루어진다. 그래서 그것은 반어적이다. 감정과 거리 의식을 하나로 융합시킴으로써 대상에 대한 어떤 객관적 정신을 유지하고자 하는 서술 전략인 것이다. 결국 건강한 서술은 대상에 대한 감정이입과 이 감정이입의 단절, 다시 말하여 열정과 거리감 사이의 균형이 된다.

그러나 한 가지 주의하자. 이때의 균형이란 단순한 조화가 아니다. 그저 있는 안이한 조화라면, 그것은 주어진 것이고, 이렇게 주어진 각각은 동질적으로 여겨진다. 그러나 현실 요소 가운데 동질적인 것은 거의 없다. 그것은 이질적이고, 따라서 서로 끊임없이 상충한다. 우리가 '움직이는 균형'을 말하고, 이 균형 속의 반성을 강조하는 것도 이런 맥락에서이다. 감정이입과 거리 의식은 서로에게 속한다. 망상이 거리감 속에서 서술되고 있다면, 그것은 그러므로 더 이상 망상이 아니다. 이 거리감에는 서술의 객관성과 반성적 비판 의식이 내재하기 때문이다.

우리는 서사적 거리감의 의미를 좀 더 넓은 맥락—이를테면 정상과 비정상, 권력과 지식의 형성 과정을 역사적 맥락에서 추적한 푸코의 계보학적 관점에서 이해할 수도 있을 것이다. 그에 따르면 비정상/광기란 '정상적/이성적이라고 자부하는 이들이 그렇지 않는 사람들에 대해 한 말'일 뿐이다. 따라서 거기에는 강제와 금지, 억압과 규율을 실현하고자 하는 권력의 숨은 전략이 들어 있다. 그런 점에서 광인과 정신병자 그리고 수감자의 말이란 언제나 '아무것도 아닌 것은 아닌 무엇'이 된다. 그러나 이 말은 정상과 비정상, 이성과 광기의 구분이 무의미하다거나 그것이 없다는 뜻이 아니다. 따라서 필요한 것은 '비정상 또는 광기라고 하는 것들'에 대해 도덕적으로 분개하거나 어떤 손쉬운 가치 평가를 내리는 것을 가능한 한 삼가는 일일 것이다.

위에서 말한 것은 푸코의 통찰을 단순화한 것에 지나지 않지만, 우리의 논의에서 중요한 것은 도덕적 분개와 가치 평가 이전에 비정상과 광기에 대해 일반적으로 통용되는 기준들이 형성된 조건들—다시 푸코적으로 말하여 '담론 형성의 역사적 성립 조건'을 재검토하는 일이다.

장정일의 묘사에 나타나는 가면의 망상은 분명 서사적 거리감을 담고 있고, 이 거리감은 담론의 역사적 성립 조건을 재검토할 수 있는 반성의 계기를 제공해 주는 듯하다. 그는 이런 재검토를 '쓰면서 행한다'. 달리 말하여 묘사 불가능성 또는 서사적 진술의 허위성에 대한 비판에도 불구하고 서사성과 그 가능성 자체는 포기되지 않고 다시 시도되는 것이다. 가면과 망상은 『중국에서 온 편지』를 이해하는 핵심 어휘이면서 어쩌면 텍스트 전체를 관통하는 가장 중요한 문제의식이 아닌가 생각한다.

서사적인 것의 가면적·망상적 성격에는 역설과 모순의 의식이 담겨 있다. 장정일은 무엇보다 삶의 역설과 모순에 대한 문제의식이 참으로 첨예한 작가이지 않나 여겨진다. 더 이상 얻을 것도 없듯이 더 이상 잃을 것도 없다는 것, 이런 상실감은 가 버린 과거의 시간뿐만 아니라 다가올 미래의 시간에도 해당된다는 도저한 환멸감은 이런 의식에서 연유했을 것이다. 문학 언어가 지닌 한계와 이 한계로 인한 겸손 또한 이 같은 의식—반성적 자의식에서 오는 것으로 보인다. 역설과 모순의 이 아이러니 정신은 역사와 현실 그리고 인간의 허위성에 녹아 있다. 이 허위성은 작품 안에서는 크게 보아 일단 두 가지로, 다시 말해 부소의 가문과 관련하여, 또 역사의 진행과 관련하여 나온다. 우선 부소의 가문과 관련하여 허위성을 알아보자.

부소는 40여 명이나 되는 진시황秦始皇의 자식들 가운데 첫 번째 공자公子이다. 그러나 그는 아버지에 뒤이어 황제가 되지 못한다. 오히려 그는 변방으로 추방되는 운명에 처한다. 이런 운명을 한탄하면서 그는 가문의 "비밀"을 들추어낸다.(12 이하) 그에 따르면, 그의 할아버지 이인異人은 왕손이긴 하지만 안국군安國君의 숱한 처첩들 중 가장 힘없는 첩이었던 하희夏姬의 아들로 태어나 어릴 때 이미 조趙나라의 인질로 보내진다. 그는 "바둑판의 버린 돌과 같은 신세"로 "부도수표나 같은 아무런 가치가 없는 인질"이었다.(12~13) 이런 이인을 무역상이었던 여불위呂不韋가 찾아간다. 그는 왕권을 손에 넣기 위해 자기 재산의 반을 이인에게 주었고, 안국군의 정부인正夫人이면서 아들 없이 지내던 화양華陽 부인에게 찾아가 이인을 양자로 삼게 한다. 화양 부인의 양자가 된 이인은 안국군이 죽고 나서 장양왕莊襄王이 되는데, 이 장양왕의 후세後世라고 하는 진시황이 사실은 장양왕의 아들이 아니라 동거하던 첩이 낳은 여불위의 아들이라는 것이다. 그래서 이인이 왕위에 올랐을 때, 여불위는 최고 자리인 승상丞相이 되고, 진시황이 왕이 되었을 때는 승상보다 더 높다는 상국相國이 된다.

이인-여불위-화양 부인-첩-진시황을 둘러싼 비밀과 치욕은, 이 가문이 한 나라의 왕족이라는 점에서, 역사의 비밀이자 치욕이 된다. 그때는 왕족사王族史가 곧 역사이지 않았던가. 하여튼 이 비밀을 해석하는 작가의 시선은 남다르다. 그는 역사의 비밀과 치욕이 단순히 권력욕이나 간계 또는 음행淫行에 있다고 보지 않는다. 오히려 그것은 자기 아버지를 죽이는 "패덕"悖德에 있다고 해석한다.

이윽고 왕위에 오른 지 10여 년 만에 여불위를 상국에서 파면시키고, 그 1년 후에는 여불위에게 이런 서신을 띄워 보냅니다. 그대가 진나라와 무슨 친족 관계에 있기에 중부仲父라고 불리는가? 아버지께서는 여불위에게, 너는 임마 내 작은아버지가 아냐, 라고 말씀하신 거지요. 젊은 왕이 점점 압박해 음을 느끼고 참수당할까 두려워 여불위는 스스로 독주를 마시고 죽습니다. 만약 사마천이 쓴 것처럼, 여불위가 나의 아버지셨던 시황의 진짜 아버지라면 나의 아버지 시황은 자신의 아버지를 죽인 패덕자가 됩니다. 장이모우 감독의 〈국두〉는 바로 여불위와 진시황의 모티프를 현대 중국사에 변용한 것이지요. 그러하니 가문의 비밀과 치욕은 내 아버지 시황이 진나라의 왕손이 아니라 저잣거리의 장사꾼 여불위의 씨앗에 불과하다는 데 있는 게 아니지요. 아들이 아버지를 죽임. 가문에 비밀이 있고 치욕이 있다면 바로 이것일 테지요. 하지만 무릇 가문의 치욕은 가문의 영광으로 화하고 가문의 영광은 쉽게 가문의 치욕이 되기도 합니다.(19~20)

가문의 치욕은 단순히 방종한 성性이나 탐욕에 있는 것이 아닌, 그보다 더 근본적인 데에 있다. 그 근본이란 아버지를 죽이는 것과 같은, 차마 할 수 없는, 해서는 안 되는 것이 행해지는 데에 있다. "그러하니 가문의 비밀과 치욕은 내 아버지 시황이 진나라의 왕손이 아니라 저잣거리의 장사꾼 여불위의 씨앗에 불과하다는 데에 있는 게 아니지요. 아들이 아버지를 죽임. 가문에 비밀이 있고 치욕이 있다면 바로 이것일 테지요." 패덕이란 덕을 어그러뜨리는 것, 그래서 덕에서 벗어나는 것이다. 탈선은 여기에서 온다.

삶의 탈선은 그러나 일회적으로 끝나는 것이 아니다. 그것은, 화자가 언급하는 장이모우 감독의 〈국두〉에서 보여 주듯, 과거 역사에서뿐 아니라 현대 역사에서도 반복된다. 이 역사에서 패덕은 미덕으로 칭송된다. "무릇 가문의 치욕은 가문의 영광으로 화하고 가문의 영광은 쉽게 가문의 치욕이 되기도" 하는 것이다. 패덕의 역사에서 치욕과 영광은 구분될 줄 모른다.

부소의 가문에서 삶의 아이러니는 1차적으로 보여진다. 그리고 이러한 역설은, 이 가문이 왕족이라는 점에서, 전근대적 사관은 왕족 중심으로 서술되기에, 역사 자체의 역설을 이룬다. 이 역설은 수긍하기 어렵고 불합리하다. 그것은 사실을 왜곡하고 위증한다. 수긍하기 어려운 불합리성과 왜곡 그리고 위증, 이 모두가 역사의 삶을 규정한다. 이것은 아들이 아버지를 죽이는 패덕에서, 이 패덕이 영광으로 변모할 때, 정점에 이른다. 이 패덕의 역사 현실에서 거짓은 참이 되고 참은 거짓이 된다.

거짓과 참, 허위와 진실이 뒤섞이는 삶의 요지경 속에서 허용되지 않는 것은 없어 보인다. 모든 것은, 적어도 권력과 지배의 관점에서 보면, 행사될 수 있는 것이다. 가치의 이런 전도 또는 이념의 파행은 정치체제 차원에서도 나타난다. 가문의 역설이 첫 번째 허위성이라면, 정치체제의 역설은 두 번째 허위성이다. 앞의 것이 개별적 예라고 한다면, 뒤의 것은 구조적 예라고나 할까. 아래의 구절을 읽어 보자.

유가의 순기능과 유교적 가치를 통치 기구 국가의 원리로 빌려 온

것은 진제국 이후에 들어선 한漢제국이지요. 아니, 한제국 이후의 모든 중국의 제국은 백성을 조지는 방법으로 두 번째 방법(법 : 인용자 주)을 택했고 유교는 중국의 통치 이념이 되었습니다. 그러니 중국 역사 속에서 진시황-이사 시스템의 역사적 아이러니는 바로 이 부분에 있는 거지요. 천하통일을 위해서 유가는 적절치 않았고 법가에 의해서만 통일이 가능했다는 것, 그리고 진제국이 마련해 놓은 강력한 법 전통과 안정된 전제 정치를 기반으로 유가의 문화 정책이 꽃피었던 거지요.(38)

부소의 아버지 정政은 왕이 된 다음 승상 이사李斯를 등용하고 법가法家를 국가의 통치 원리로 삼는다. 그리고 대대적인 나라 정비에 나선다. 스스로 왕의 왕, 즉 시황제始皇帝로 칭한 후 그는 중국을 통일하고, 이 통일로 진제국은 강력한 중앙집권 국가로 재탄생한다.

법률과 제도가 정비되고, 도로가 건설되며, 화폐와 도량형 그리고 문자가 하나로 표준화된다. 더 이상 세습 귀족의 봉건제에 의한 국가가 아니라 관료들의 중앙집권에 의한 군현제가 도입, 실시되는 것이다. 그러니 통일성에 어긋나는 생각이나 이런 생각을 담은 책은 가차 없이 금지되고 적대시된다. 이른바 분서갱유 사건은 국가가 지식을 독점하고, 사상을 하나로 통제하려는 정책의 결과이다. 여기에서 권력은 곧 지식이고, 이 권력을 행사하는 국가는 곧 가치 자체가 된다. 어떤 성문화된 규범이 아닌 국가, 더 정확히 말하여 왕의 생각이, 또는 그 변덕이 규범이 된다. 권력을 등에 업은 변덕이 제국 곳곳에 침투한다.

힘은 눈에 보이는, 드러나는, 행사되고 과시되는 공식적인 것만이 아니다. 그것은 점점이 흩어져 보이게 보이지 않게 억압과 금지와 배제와 생산의 원리로 작동한다. 이런 진제국에서 학문과 예술 그리고 문화가 질식되는 것은 자명해 보인다. 그래서 이 압제적 체제는 나중에 제국을 멸망시키는 원인이 된다. 의무의 준수가 자발적 동의에 기초하지 않는다면, 그리하여 국민의 복종이 형벌과 강제 속에서만 이루어진다면, 그것은 오래갈 리 없다. 진제국의 멸망 원인에 좀 더 구체적으로 접근해 보자.

폭력의 메커니즘과 자기 경계

우리는 폭력의 요인을 화자의 언급과 관련하여 '예와 법, 자발성과 의무 사이의 균형 상실'이라고 일단 정의할 수 있을 것이다. 인의예지仁義禮智라는 덕목은 이런 균형을 장려하는 유교적 가치의 통칭이다. 작품 안에서 보자면 진제국은 통일적 국가 이념을 추구했지만, 법가만을 통치 원리로 삼음으로써 문화의 균형에 결국 실패하고 만다. 이 문화는 진제국 멸망 후에 흥융興隆하기 시작한다. 이것이 정치체제에 나타나는 이념적 역설이라면, 이사에 의한 한비의 숙청은 좀 더 작은 규모의, 그러니까 개인과 개인 사이에 또는 지배 계급 안에서 일어난 역설이라 할 수 있다. 진제국이 법가 이론을 정책적으로 실행할 때, 그것의 담당자는 한비와 같은 출중한 이론가가 아니었다. 그는 아류이던 이사의 농간에 죽게 되고, 이사는 정책의 실행을 떠맡아 유가 탄압을 자행하는 것이다.

아류가 득세하는 데에 과거와 현재의 구분은 없다. 우리 사회에 횡행하는 온갖 사이비似而非—'그럴 듯하지만 사실은 아닌' 것들의 무수한 예를 보라. 사회와 정치, 경제와 학문, 철학, 예술, 문화, 역사……. 그 어디 온전한 곳은 드물어 보인다. 자격 있는 주류가 현실의 전면에 나서는 것은 역사에서 예외일 뿐이다. 역설과 아이러니는 가문의 차원에서처럼, 정치 체제나 이념 차원에서도 나타나고, 이 체제 속의 인간과 인간의 관계에서도 나타난다. 아래의 글은 역사의 이런 해묵은 파행을 좀 더 넓은 맥락—신화적·종교적 차원에서 보여 준다고 할 수 있다.

옛날 숲의 복판은 불가사의한 그리고 반복되는 비극의 무대였다. 이 성스러운 숲 속에는 한 그루의 수목이 있는데 그 주위에는 밤낮을 가리지 않고 장엄한 사람의 배회하는 모습을 볼 수 있다. 손에는 검을 들고 있었으며 어느 때 기습을 받을지 모른다는 듯 부단히 주변을 지켜보고 있었다. 그는 사제였던 것인데 동시에 왕이며 살인자였다. 지금 누군가가 머지않아 그를 죽이고 대신 숲을 차지할 것이었다. 그것이 이 성소의 법칙이었다. 사제의 후보자는 사제를 죽임으로써만 그 직책을 계승할 수 있었고 그를 죽이고 사제가 된 다음은 보다 강하고 더욱 교활한 자에 의해서 죽음을 당할 때까지만 자기 자리를 보전할 수 있었다. 이 부정기적인 수권에 의해 얻은 지위는 왕의 칭호마저 가지고 있었다. 그러나 그는 불안스런 밤을 지새워야 하며 혹은 무서운 악몽 때문에 괴로워하지 않으면 안 된다. 왕이 된 그날부터 이 왕은 자기를 지키지 않으면 안 되며 잘못하다가는 잠자리에서 목숨을 빼앗기는 수도 있다. 흠, 왠지 으시시해지는데. 더 써내려 가는 것이 두렵군, 그러니 한 문장만 더 쓰자. 경계를 태만히 하거나 힘이 약해지거나 검술이 쇠퇴하게 되는 날이면 그는 곧 위험에 빠지게 된다. 백발은 그에 대한 사형 집행이다. 아아, 잔인하다!(77~78)

프레이저J. Frazer의 『황금 가지』 *The Golden Bough*(1890) 중 제1장 「숲의 왕」의 주제를 변주하고 있는 이 대목은 성스러움과 폭력, 권력과 교활, 지배와 불안, 영광과 살인 사이의 교차, 그 착종된 관계망이 지닌 비극적 성격을 보여 준다. 그 성격이란 바로 이것이다. "사제의 후보자는 사제를 죽임으로써만 그 직책을 계승할 수 있었고 그를 죽이고 사제가 된 다음은 보다 강하고 더욱 교활한 자에 의해서 죽음을 당할 때까지만 자기 자리를 보전할 수 있었다." 살해와 같은 폭력은 일회적으로만 나타나지 않는다. 그것은 반복적으로 순환된다. 세대에서 세대로 이어지면서 그것은 끊임없이 등장한다. 삶이란 폭력과 불안, 죽음과 악몽의 악순환인 것이다.

하나의 폭력이 또 다른 폭력을 부르듯이, 하나의 죽음은 또 하나의 죽음을 부른다. 폭력을 부르는 것은 다름 아닌 폭력이고, 이렇게 승리한 폭력은 그러나 미래의 폭력에 굴복한다. 그리하여 폭력의 재발을 막기 위해 등장하는 것 역시 다름 아닌 폭력이다. 그렇다는 것은 폭력이 단지 무질서로서만 출현하는 것이 아니라 때로는 질서로서 기능하기도 함을 보여 준다. 폭력의 역기능만이 아니라 순기능에 대한 사회적 동의가 '체제 내적으로' 항존하는 것이다. 그것이 바로 성스럽고 장엄한 역사이고, 이 역사의 그늘이다. 여기에서 왕은 기껏해야 "보다 강하고 더욱 교활한 자"일 뿐이다. 우리 모두는 이 왕의 운명을 나누어 가진다. 규모와 분야 그리고 차원에서 조금의 편차가 있을 뿐, 우리는 죽이면서 죽어 가는 불안한 왕이거나 불경한 사제 또는 서성대는 배우이다.

　　폭력은 인간 삶의 사회적·문화적 기초로 보인다. 그것은 인간 현실의 조건이자 이 조건을 유지하고 지속하기 위한 수단이기도 하다. 그러므로 이 폭력의 악순환으로부터 벗어날 수 있는 사람은 없다. 이것은 사제도 예외는 아니다. 사제는 단순히 사제에 그치는 것이 아니라 사제이면서 동시에 왕이고 또 살인자이다. 그는 지금 칼을 들고 숲을 지키지만, 작가가 쓰고 있듯이, 그러나 "누군가가 머지않아 그를 죽이고 대신 숲을 차지할 것'이다. 이것이 화자가 말하는바 "성소의 법칙"이다. 이 법칙을 위반하는 자는 죽게 된다(예수가 죽은 것은, 그가 폭력의 법칙을 거부했기 때문일 것이다. 폭력의 '성스러운' 법칙에 굴복했던 것이 아니라, 굴복하여 그 폭력을 같이 행사한 것이 아니라 그 악순환의 구조를 거부했다는 점에서, 예수는 대부분의 인간과는 구분된다).

　　죄 없는 희생에 대한 거부, 그것은 단순히 부정이 아니다. 그것은 사랑이다. 그렇다면 사랑은 죽음의 희생을 각오해야 한다는 것인가? 사랑은 금지의 원리가 아니라 선의의 실천이고, 나아가 희생의 감수이다. 그래서 수난과 박해 그리고 추방은 의로운 자의 운명이 된다. 우리가 사랑의 말을 주저하게 되는 것은, 그것이 좋지 않아서가 아니라 그 실행의 어려움—비난 없는 순응, 이 순응 속의 항거, 이 항거의 가혹한 어려움 때문이다.

사랑은 몸서리칠 만큼 끔찍한 의지 없이는 불가능하다. 도대체 사랑을 그 누가 감히 또 기꺼이 거절하겠는가? 사랑을 외면하는 것은 오로지 헌신의 무자비한 어려움 때문이다. 그러므로 끔찍함 없이는 사랑을 말하기 어려운 지도 모른다. 마치 아름다움이 끔찍함 없이는 상상하기 어렵듯이. 의로운 자의 사랑만이 죄가 없다. 그러나 사랑하는 이에게 나는 이 끔찍함만이 아니라 웃음과 행복의 시간도 주어졌으면, 하고 부질없이 바란다.

폭력이 삶의 사회문화적 기초가 되는 곳에서 시인은 어떻게 될까? 시인을 무엇보다 '표현하는 자'라고 한다면, 그에게 폭력이란 표현의 구속과 탄압에서 가장 잘 나타난다고 볼 수 있다. 표현의 자유와 의사 개진의 권리가 보장되지 못할 때, 작가의 운명은 어떠한가? 나는 다시 장정일을 떠올린다. 장정일은 소설 『내게 거짓말을 해봐』(1996)와 관련하여 유죄판결을 받지 않았던가? 그때 변론을 맡았던 강금실 변호사의 아래 문장들은 유죄판결을 받은 시인의 어떤 모습을 생생하게 기록하고 있다는 점에서 인상적이다.

1심 재판의 최후진술 과정에서도 그는 한마디도 하지 않았고, 그렇다고 법원을 멸시하거나 저항하는 것도 아니며, 법원은 그럴 수밖에 없고, 그 또한 그럴 수밖에 없음의 병존적 상황이었다. …… 그는 법률적인 절차에 의하여 진행되는 과정이나 재판 방식에 대하여서도 매우 예의 바르고 존중하는 태도를 보였다. …… 증거조사를 위하여 문학평론가들을 찾아야 하였을 때, 다른 사건의 선례와 비교 검토가 필요하였을 때에도 그 사람들에게 어떠한 불편함이나 피해가 없도록 세심하게 배려하고 보호하려는 마음 씀을 보여 주었다.

어느 날 항소심 재판을 마치고 법정 밖으로 막 나왔을 때, 대학생들로 보이는 청년들이 모여들었고, 그에게 사인을 부탁하였다. 그는 쳐다보지도 않고 거절하였다. 이 짧은 장면의 체험이 내게는 두고두고 기억에 남는다. 사회 전체가 주목하는 사건의 당사자인 작가로서 좀 어깨에 힘을 주거나, 자신이 당하고 있는 부당함에 대하여 큰 목소리로 항변하는 것이 보통의 사례들일 터인데, 그는 그렇지 않았다.[*]

인간은 권력 추구에 눈멀고 그 욕망에 짓눌리며, 이 때문에 그의 언어는 진실보단 거짓으로 더 자주 치장된다. 이때의 현실은 불투명성을 더해 가면서 많은 경우 내리막길로 치닫는다. 아니면 이미 있어 왔던 그대로의 관성으로 앞으로도 반복적으로 유지되거나 할 것이다. 이런 사회에서 그 법률이 제대로 작동하고, 그 국가 기구가, 정치경제적 체계가 합리적으로 운용될 수 있을까?

권력과 욕망과 거짓의 사회에서 작가가, 잃어버릴 수 있는 것은 모두 잃어버렸다고 생각하는 한 시인이, 사회의 인습과 규범의 타성에 대항하여 보여 줄 수 있는 것은 과연 무엇일까? 아마도 거의 없을 것이다. 세상과의 싸움에 있을 패배는 싸움을 시작하기 전에 이미 결정 났기 때문이다. 어떤 것이어도, 어떤 것을 행해도, 불

---

[*] 강금실, 「장정일을 위한 변론」, 『장정일 화두, 혹은 코드』, 196쪽.

모의 삶은 피하기 어렵다. 이 헛된 시도에서 그의 도전은 마치 유령과의 승부를 닮아 있다. 그러니 그가 하는 일은 단 한 가지. 입을 다물고 침묵하며, 고개를 떨어뜨린 채 제자리에 서 있는 일 이외에는 아무것도 할 수 없다.

나는 장정일의 언어가 탈법이 아니라거나 위법이 아니라는 사실을 강변하려는 것이 아니다. 그것은 탈법이고 위법일 수도 있고, 그 외에 오만 가지 반법反法이나 비법非法 아니면 불법不法일 수도 있다. 문학 언어는, 그것이 흔히 있는 느낌과 상식적 견해를 공유하지 않는다는 점에서, 교육학적으로 무가치하게 보일 수도 있다. 어디 그뿐인가? 그것은 경제적으로 효율적이지도 않으며 민주적으로 토론되기 어려운 측면도 분명 가진다. 그것은 무엇보다 통분通分하거나 공약公約할 수 없는 고유한 영역을 탐사하는 까닭이다.

한 시대의 전위를 이루는 감각과 사고의 첨예한 산물이 어떻게 쉽게 토의될 수 있으며, 어떻게 그것이 즉각적 효과로 귀결될 수 있을 것인가? 또 그것이 어떻게 기성의 실정법 체계 안에서 온전히 이해될 수 있겠는가? 오히려 그것은 대개 불가해한 것으로 여겨지고, 쓸모없는 것으로 치부되며, 나아가 위험하게 간주되기도 한다. 문학이 젊은 영혼의 순결성을 '오염'시킨다는 플라톤의 오래 묵은 테제는 진정 옳은 말씀이다. 옳을 뿐만 아니라 그것은 문학의 가장 중대한 핵심 하나를 간파한 통찰이라고 생각한다. 그 점에서 시인은 '공화국 밖으로' 추방될 만하다. 추방과 망명, 이주와 실향은 시인의 생애사를 늘 동반한다. 나는 그 점을 잘 이해할 수는 있다. 그러나 문제는 여기에 있지 않다.

　법률 판단과 문학 이해는 일정하게 관계하면서도 전혀 다른 차원에서 이루어지기도 한다. 전제의 설정이, 그 존립의 조건이 틀린 것이다. 법원이 현실의 법정이라면, 문학은 이 현실 속에서 그 밖을 지향하는 인간성의 법정이다. 그것은 세상의 법 안에서 이 법의 정당성을 문제시하는 상상의 법정인 까닭이다. 좀 더 나은 인간성과 인권의 실현을 위해 문학은 상상에 기대어 기존의 질서를 위반하고 그것에 항거한다. 이 점에서도 '외설인가 아니면 예술인가' 하는 논쟁은 지루하다.

　문제의 핵심은 의미 지평을 창조적으로 개시할 수 있는가 혹은 없는가의 여부이다. 작가의 문제의식은 오로지 이 점을 의식하고 이 점에 집중할 뿐이다. 거꾸로 또 이렇게 집중할 수 있어야 그는 말의 바른 의미에서 작가가 된다. 습관적으로 거론되는, 그리하여 상투적이고 진부한 것들의 반복은 예술의 악이다. 정열을 신선하게 유지하는 일은 모든 살아 있는 자의 즐거움이자 의무이다. 감각과 인식이 타성과 관습을 더해 갈수록 그것은 현실로부터 멀어지고 만다. 즉 추상화되는 것이다. 작가의 언어, 그의 감각과 사고는 바로 이 점을 경계한다. 그 외의 것은? 이것은 대체로 홀로, 고통 속에서, 말없이, 감당될 뿐이다. 그래서 나의 눈에 띄는 것은 위의 글에서 보이는 작가의 대응 방식, 그 태도이다.

　장정일은 법원의 판결을 거부하지 않았고, 언론의 보도를 힐난하지도 않는다. 그러나 그에 대한 유죄 선고는 그 선고를 내린 심판자가, 그리고 그 심판을 말없이 수긍한 우리 자신이 정녕 무죄인가를 묻게 한다. 그는 위반으로 우리를 고발하고, 자신의 과오로

나를 부끄럽게 한다. 결함과 추악, 허위와 편견은 그의 것이기 이전에 무엇보다 우리 자신의 것, 하여 인간 일반의 것이기 때문이다. 인간은 이 눈먼 감각과 경색된 사고를 부서지기 쉬운 육체에 지탱하며 나날을 살아간다.

문학의 제도는 실정적 율법 밖에 있다. 그것은 여하한 출신성분과 계급, 재산과 지위 그리고 규율을 뛰어넘는다. 그것은 철저하게 '뿌리 없이 사는 것'이다. 다시 한 번 주의하자. 이때의 탈계급성은 그러나 강제된 것이 아니라 작가 스스로 원한 것이다. 의로움은, 그것을 주체가 준비하고, 또 그것을 받아들일 때, 스스로 자라난다. 작가란 자기 계급과의 단절을 자발적으로 시도한 사람이다. 그리고 이 자발적 단절을 흔쾌히 수용하는 가운데 그는 비로소 자유로워진다. 이것은 내면적 기율 없이는 획득되기 어렵다. 이때의 기율은 무보상일 수 있다. 아무런 보상이 없이도 태생적으로 주어지는 계급의 한계와 단절할 수 있어야 하는 것이다. 이 역설의 모순을 시인은 그러나 자기 행동의 원칙으로 기꺼이 받아들인다.

사제司祭가 왕이자 살인자이듯, 종교(신앙)와 정치(권력) 그리고 폭력(살해)은 서로 무관하지 않다. 그것은 오히려 서로를 규정하면서 나란히 존재한다. 인간 삶에 있어 폭력은 단순히 사라지는 것이 아니다. 그것은 또 다른 것에 의해 다른 형식과 이름으로 무한히 대체될 뿐이다. 폭력의 재발을 막기 위해 폭력이 행해지고, 사회의 희생을 예방하기 위해 개인이 희생되는 것이다. 폭력과 희생의 이런 구조화는 크게 두 가지 기능을 지닌다고 볼 수 있다.

첫째, 그것은 한 사회에서 이루어지는 폭력이 마치 폭력이 아닌 것처럼, 즉 정당한 것으로 여겨지게 하고, 그리하여 폭력의 배후가, 이 배후의 진실이 무엇인가를 묻지 않게 한다. 둘째, 폭력의 메커니즘을 통해 사회는 하나로 결속되고 통합된다. 이른바 '폭력의 성스러움'은, 지라르R. Girard가 지적했듯이, 바로 이 점에 있다. 폭력은 단순히 부정적인 것이 아니라 긍정적인 것으로, 그리하여 성스럽게 간주되고, 그 희생자 또한 신성시된다(지라르가 정립한 희생의 메커니즘은 원시사회와 그 종교를 대상으로 삼고 있지만, 이 메커니즘이 강조하는 '사회적·종교적·문화적 기초로서의 폭력'은 우리의 논의에서도 유효한 것으로 보인다).

가면의 망상을 다룰 때처럼 우리는 폭력의 메커니즘에서도 역설과 아이러니를 느낀다. 폭력의 재발을 막고 혼란을 예방하기 위해 행해지는 것이 살해라니. 마치 자유로워지기를 갈망하지만 그 책임으로 하여 불안해하고, 이 불안의 고역으로부터 벗어나기 위해 차라리 자유를 버리려는 실존의 양태樣態처럼, 인간은 역사 안에서 이 모순된 두 축—지배와 죽음, 폭력과 성스러움 사이에서 표류하는 듯하다. 모든 사회질서는 죄 없는 희생자의 죽음 위에, 그 소리 없는 아우성 위에 기초해 있는지도 모른다. 그렇다면 역사란 기껏해야 폭력의 무한한 연속이자 그 갱신에 불과할지도 모른다. 단지 이 폭력은 자주 문화의 이름으로 위장되고 미화된다. 그렇다면 평화나 화해는 폭력과 폭력, 그 막간에 끼어드는 잠시 동안의 우연한 휴지기일 뿐인가? 그럴지도 모른다. 폭력-배제-지배-억압의 논리도 제도 자체 안에 내재하는 것이다. 희생과 폭력에 기초하지 않은 인간의 질서는 없어 보인다. 역사 현실의 이 섬뜩한 이행은 작가의 서정적 묘사로 오히려 그 열도가 강조되는 듯하다.

사회 또는 국가의 탄생에 폭력이 있다는 지적은 사실 새삼스러운 것이 아니다. 그렇다고 해도 이때의 의미론적 외연은 너무 넓어 그 내용이 공허하게 여겨지기도 한다. 그러나 폭력의 사회정치적·역사적·문화적 기초를 말하는 것은 노동 착취나 성적 억압 아니면 자본주의적 폐해 등 지금의 문제를 무시하는 것이 아니다. 이 뒤의 관점 역시, 그것이 현재적 삶을 규정한다는 점에서, 긴급하고 필요하다. 그와 마찬가지로 폭력의 사회문화적 기초를 생각하는 것도 중요하다. 살인과 복수, 희생과 수난은 인간이 깨어 있다고 하여, 또 물질적 희소성이 해결된다고 하여, 반드시 지양되지 않는 것일지도 모른다. 그것은 마치 시련의 경험이 인간을 지혜롭게 만드는 것 이상으로 영악하게 할 수 있는 것과도 같다.

그러므로 폭력은 정치경제적 문제이면서 인류사와 문명의 문제이기도 하고, 종교와 심리의 문제인 것만큼이나 사회역사적이고 정신적·문화적인 문제이기도 하다. 그것이 해소되려면 무엇이 필요할까. 우리는 여기에서 사회정치적 제도와 더불어 예술문화의 중요성을 다시금 생각하게 된다. 왜냐하면 이것은 무엇보다 감각과 영육의 쇄신에 관계하기 때문이다. 그것은 개인을 자유롭게 만드는 가운데 심미적 성찰을 통해 자율과 자발의 덕성을 키우는 데에 관여하기 때문이다.

역사의 파행이라는 주제는 화자/작가의 개입에 의해 일반적 차원으로 번역된다. 물론 화자가 곧 작가인 것은 아니다. 그러나 그는 대체로 작가의 분신으로서 이야기를 이끌어 나가고, 이때의 주도적 역할은 작가에 의해 중단되기도 한다. 그래서 작가는 이렇게 적고 있다. "흠, 왠지 으시시해지는데. 더 써내려 가는 것이 두렵군, 그러니 한 문장만 더 쓰자." 작가의 이런 개입으로 등장인물과 화자, 화자와 작가 사이의 경계는 지워진다. 그럼으로써 살인의 연속은 이야기되는 역사의 특징으로서만 등장하는 것이 아니라 좀 더 미시적으로, 그러니까 이 글을 읽는 독자의 현실 안으로 편재화된다. 즉 이 역사를 서술하는 나와, 내가 살아가는 현재의 생생한 사건이 되는 것이다.

불안과 악몽, 고통과 교활은 단순히 권력자 또는 지배자만의 일이 아니라 살아가는 누구에게나 언제든 나타나는 잔혹한 힘이다. 그래서 작가는 이렇게 쓴다. "경계를 태만히 하거나 힘이 약해지거나 검술이 쇠퇴하게 되는 날이면 그는 곧 위험에 빠지게 된다. 백발은 그에 대한 사형 집행이다. 아아, 잔인하다!" 그러므로 폭력에 대항하는 하나의 길은 그것을 시시각각 경계하고 이런 경계를 생활에서 반성적으로 의식하는 일일 것이다. 깨어 있는 의식, 비판적 사고, 나아가 '순수성의 환상'에 대한 거리감 유지는 이런 반성적 활동의 내용일 것이다. 자기 경계란 스스로 깨닫는, 깨달으려는 일이겠지만, 서술 차원에서 그것은 서사적 거리를 유지하는 데에서 나온다.

여기에서 이 장의 논의를 시작한 가면적 망상을 다시 한번 떠올릴 필요가 있다. 가면적 망상으로서의 이야기는 여러 가지 기능을 한다고 말할 수 있다. 그것은 간단히 두 가지 측면에서, 즉 화자(작가)와 독자의 측면에서 살펴볼 수 있다.

　　첫 번째, 그것은 작가에게 서술의 가능성—가치와 판단, 진단과 평가에 있어 좀 더 많은 자유의 여지를 보장한다. 서술된 어떤 것도 망상이나 고백일 수 있으므로, 심지어 그 아무것도 아닐 수 있으므로 화자는 평가에 괘념치 않아도 좋을 근거를 가지게 된다. 적극적으로 말하면, 서사적 자유는 언급되어야 할 많은 것—타자성의 전체에 좀 더 쉽게 다가가도록 해 준다. 두 번째, 그것은 작품에 대한 독자의 이해를 한편으로는 어렵게 하면서 다른 한편으로는 그의 관점을 다층적으로 만든다. 그 어느 것이든 서술된 것으로부터의 상대화 또는 객관적 거리감이 요구된다. 그렇다면 이 두 가지 기능으로부터 무엇이 도출되는가?

　　화자와 작가는 서술되는 대상에 직접 개입하거나 설명하고 묘사하거나 평가하며 또 진단한다. 이런 개입으로 역사의 폭력성은 단순히 서술 대상으로 그치지 않는다. 그것은 서술 주체인 자신과 관련을 맺게 되고, 이 같은 관련성을 통해 자신에게도 영향을 주는, 아니 적극적으로 표현하여 자기 자신마저도 빠져나올 수 없는 부정의 현실이라는 사실을 강조한다. 이것은 한편으로 화자의 전지적 시점을 깨뜨리면서, 다른 한편으로 '작가라는 신화'를 무너뜨리는 데에 기여한다.

　　글쓰기의 주체는 더 이상 모든 것을 알고 통제하는 신적·올림푸스적 존재가 아니다. 그 역시 매일매일 밥을 먹고 잠을 자며 일하고 쉬는 다른 여느 사람들과 똑같은 존재 중 하나이다. 그래서 그의 감정은 그들처럼 때로는 변덕스럽고, 그 사고는 깊이가 없어 상투적이 될 수도 있다. 그러면서도 작가는 여느 사람과는 달리 단어 하나하나, 문장 하나하나 그리고 단락 하나하나에 목숨을 거는 존재이기도 하다. 작가는 표현에 전 생애를 투신하는 형상적 인간이다.

그러나 이런 예술적 노력에도 불구하고 역사의 많은 것은 표현되기를 거부한다. 아니면 인간은 숱한 오류의 경험에도 불구하고 여전히 게으르고 어리석은 것인가? 역사는 누락 또는 결핍의 집적체로 보인다. 1980년 광주의 죽음을 생각해 보라. 수백 명의 사람이 죄 없이 죽었고, 그만큼의 사람들이 행방불명됐으며, 또 그보다 더 많은 사람들이 지금 이 순간에도 어디선가 앓고 있다. 어떤 이는 이미 죽었고, 어떤 이는 정신 병동에 있으며, 또 어떤 이는 거리를 헤매고 있다. 고통의 공유는 동시대적 과제이지만 우리는 그렇게 하고 있는가? 그러기는커녕 발포를 명령했던 정치군인들이 자기끼리 나누어 가진 훈장도 아직 치탈하지 못하였다(이것은 관련 법이 만들어졌으니 조만간 해결될 것 같다. 2006년 3월 21일에 국무회의를 통해 176명의 서훈 취소가 마침내 결정되었다. 얼토당토않은 역사의 사건이 무려 26년 만에 제자리를 잡은 것이다).

우리 시대 어리석음의 끝은 어디인가? 역사학이나 사회학 안에서조차 그 성격이, 사건 해명이 아직 이루어지지 않은 현대사의 상처들은 많다. 제주 4·3사건, 거창양민학살사건, 노근리양민학살사건 등등. 그렇다면 이 사건들의 예술적 표현은? 이것은 아직도 요원하게 여겨진다. 역사 이전에, 이 역사를 서술하는 주체의 어떤 것들—아집과 악덕, 피로와 무감각 또한 쉽게 개선되지 못할지도 모른다.

서사적 진술은 기존의 역사서가 담지 못하는 바를 역사의 틀

'안에서', 그러나 이 틀을 '깨뜨리며' 표현하고자 한다. 그 점에서 그것은 기성의 담론 질서—지배 이데올로기에 항거한다. 서사 내용이 근원적으로 타자 지향적인 것은 이 때문이다. 이야기는 역사의 동일성 현상에 저항하는 타자의 이질적 목소리이다. 이 목소리는 작가가 수행한다. 역사를 온전히 묘사할 수 없음에도 불구하고 사실과 서술, 묘사 가능성과 불가능성 사이의 편차를 작가는 묵인하지 않는다. 묵인하는 것이 아니라 그는 다시 이것을 표현의 대상으로 삼음으로써 그 이상의 것—서술 불가능 속에서의 새로운 서술적·표현적 가능성을 탐사하는 것이다. 또 다른 역사의 기획은 이렇게 이루어진다.

삶의 진실성은 묘사할 수 없음의 인정에 있는 것이 아니라 이 인정에도 불구하고 행해지는 묘사의 새로운 시도에 있다. 모든 의미 있는 것은 '그럼에도 불구하고' 행해지는 눈먼 시도의 비의도적 결과이다. 단순히 삶의 조화를 주창하는 데에 있는 것이 아니라 이 조화를 방해하는 모순들을 다층적으로 드러내는 데에 문학 서술의 진정성은 있다. 그러므로 모순과 균열은 부단히 주제화되어야 한다. 한계의 의식적 현재화 속에 삶의 어떤 가능성은 숨어 있기 때문이다.

이렇듯 역설과 아이러니는 삶의 여러 차원에서, 다시 말하여 개인사적 가문에서나 정치체제의 조직에서 또 역사의 진행 과정에서 두루 나타난다. 그리고 이 모두는 대상에 대한 서사적 거리를 통해 다시 상대화된다. 대상의 객관화 또는 그에 대한 비판은 이런 상대화로 가능하다. 장정일의 의식은 이렇듯 다차원적으로 작동하는 것으로 보인다. 그는 자기 밖에서 자신을 살피고, 이렇게 살펴진 자기 서술의 내용을 '망상'이나 '가면'이라 말함으로써 또다시 그 내용으로부터 벗어난다. 그러나 이때의 관점이, 이 관점 속의 운동이 가치의 무정부주의나 결정의 유예로 귀결되지는 않아 보인다. 서술되는 대상에는, 그 대상이 무엇이든, 서사적 자아의 깨어 있는 정신, 다시 말해 현재적 의식präsentisches Bewusstsein이 항존하고 있는 것으로 보이기 때문이다. 여하한 인습과 관행에 대한 거부, 이 거부를 통한 인간다운 세계의 염원, 그리고 이런 염원 속에서 스스로 자유로워지고자 하는 것, 이것이 현재하는 작가 의식의 주된 내용이라 할 것이다.

현재하는 의식으로 장정일은 그 도저한 자패감과 환멸에도 불구하고 어떤 허무주의나 신비주의 또는 과도한 주관주의에 함몰되지 않는 듯하다. 그의 열정은 '낭만적'일 수는 있어도 '낭만주의적'이지는 않다. 오히려 그것은 일상-생활-구체-체험-현실-경험의 내부에 잇닿아 있고, 이렇게 잇닿아 경험의 내용을 부단히 기록하고 반성하고 비판하며 검토한다. 이 점에서 그는 깊은 의미의 현실주의자로 여겨진다. 그렇다면 이런 성찰을 통해 나타나는 것은 무엇인가? 그것은 역사의 거짓과 진실, 권력의 폭력성과 이 앞에서의 무기력일 것이다. 더하게는 이런 것을 기록할 때 개입하는 문화적 활동의 어떤 편향일 것이다. 문학의 서사적 상징 활동 역시 역사의 필연적 한계 조건 안에 있다.

그러므로 장정일은 이야기하는 가운데 이야기 자체의 반성을 잊지 않는다. 의미와 무의미, 논리와 비논리, 가능성과 한계는 상호 구성적이기 때문이다. 그것은 절대적으로 분리된 것이 아니라 서로가 서로에 관여하고 상대를 구성하며 그와 또 교류한다. 흔히 개인적인 것으로 치부되는 감정과 욕망에 있어서도 인간은 깊은 의미에서 이미 타자와의 관계 속에 있다. 그렇듯이 의미'와' 무의미가 있는 것이 아니라 의미 '속의' 무의미, 무의미의 의미가 있다고 우리는 말해야 한다.

이러한 사실은, 다시 강조하거니와, 대상에 대한 이해가 한두 가지의 관점이나 비평 술어로 해소될 수 없음을 보여 준다. 그렇게 하고자 하는 시도는 무모할 뿐만 아니라 별 의미도 없을 터이다. 지금까지의 논의로 우리의 해석 시각은 어느 정도 유연하게 되었다고 나는 생각한다. 자, 이제 본격적으로 작가 장정일과 만나자.

정사正史에 대한 항소

제기랄, 고작 천민들 사이에서 으뜸을 말하다니!
오, 역겹다! 역겹다! 역겹다! 우리들 왕이란 도대체 무엇이란 말인가?
—니체, 『차라투스트라는 이렇게 말했다』 Also sprach Zarathustra(1883)

역사: "개죽음의 퍼레이드"

역사는 어떻게 구성되는가? 역사의 사건들은 기록되는 과정에서 무수한 추상화 단계를 거친다. 이 단계에서 어떤 것은 가려지고(선택), 어떤 것은 버려진다(배제). 이렇게 선택된 것들은 이야기/서사를 통해 그 의미가 축소되거나 강화되기도 한다. 현실에서 우리가 이해하는 역사는 이런 축소와 강화, 선택과 배제를 경험한 결과로 나타난다. 그래서 지금 수용된, 따라서 해석되고 있는 과거의 역사 '안'에서는 감당하지 못할 정도의 큰 충격은 흔히 일어나지 않는다. 그것은 이미 있던 시각으로 '정리되었고' '이해되어 왔기' 때문이다.

역사적으로 정리된 것은, 그것이 혁명이라 할지라도, 내부적으로 어느 정도 '안정된' 의미 구조를 갖는다. 그리하여 그것은 '공식화'된다. 이 공식화된 의미 구조들 가운데 당대 현실에서 위력을 발휘하는 관념 체계는 이데올로기일 것이다. 공식 이데올로기는 한 시대의 지배 담론으로서 현실 파급력을 실제로 증거한다. 그것은 권력의 메커니즘을 작동시키면서 흔히 신성불가침의 평안과 호사를 누린다.

역사학이 일정하게 정리된 의미 결과를 일목요연하게 드러내 보인다면, 문학/소설은 이렇게 정리되기 전의 상태로, 다시 말해 생경하고 날것 상태로 대상을 재현한다고 할 수 있다. 물론 역사학 안에서도 의미의 발굴과 해석이 전혀 없는 것은 아니다. 그러나 대체로 보아 문학의 서사적 재구성에 비한다면, 역사에서의 새로운 관점은 분명 주류가 아니거나 좀 더 소극적으로 나타난다고 볼 수 있다. 문학은 논증과 개념, 사료 수집과 그 분석의 결과로서가 아니라 체험의 구체성과 그 직접성 속에서 기존의 가치를 문제시하면서 표현된다. 그래서 그것은 그만큼 생생하고 역동적이며 살아 있는 것으로 느껴진다.

이런 이유에서 역사 밖으로 배제된 의미는 역사학에 의해서보다는 문학적 서사에 의해, 다시 말하여 시적 상상력의 힘을 빌려,

현실 안으로 편입될 가능성이 더 크지 않나 여겨진다. 문학예술의 의미론적 다가성 또는 복합성은 여기에 있다고 할 것이다. 이것은 아리스토텔레스Aristoteles의 『시학』Poetica에 나타나는, 문학과 역사의 관계에 대한 잘 알려진 서술에서 이미 언급된 바 있다.

아리스토텔레스는 역사를 가리켜 '이미 일어났던 것'을 다루는 일인 반면 문학은 '일어날 수 있는 것'을 다루는 일이라고 적은 바 있다. 이러한 성찰은 역사와 문학 또는 이야기의 관계에 관한 논의에 있어 적어도 그 기본 틀만은 아직도 유효한 것이라고 할 수 있다. 인간은 자신이 경험한 것을 언어로 기록하고 번역함으로써 현재의 위치를 규정하고 앞으로의 방향을 바로잡고자 한다. 이때의 기록과 번역은, 그것이 이야기의 형태를 갖는다는 점에서 다 같이 '서사적'narrative이다. 이 이야기가 처음부터 일어난 사실에 밀착하면서 객관성을 지향할 때 그것은 역사가 되고, 일어날 수 있는 가능성에 집중할 때 그것은 문학이 된다.

그러나 역사와 서사의 관계에 대한 이 같은 일반론은 역사에 대비되는 문학의 어떤 본성을 규정하는 것이면서 다른 한편으로는 여전히 진부하게 들린다. 왜냐하면 객관적 사실 위에 '서 있다고 하는' 역사의 기술 역시 인간이 행하는 한, 주관적일 수밖에 없으며, 그것은 개인의 감성과 경험으로부터 완전히 자유로울 수 없기 때문이다. 또 과거의 사건을 현재에서 반성한다면, 미래에 대한 전망 또한 염두에 두지 않는다고 할 수도 없다. 그런 점에서 그것은 '문학적'이기도 하다. 역사의 과학적 자료 역시 넓은 의미에서의 허구 요소에 의존하는 것이다.

그렇듯이 거꾸로 말하자면 문학은 주관적·구체적 느낌을 중시
하지만, 여기에 객관성에 대한 지향이 없다고 말할 수는 없다. 오히
려 그것은 사실의 구체성에 밀착하면서도 사실 그 이상으로 나아
가고자 한다. 그래서 문학은 구체적이고 경험적이며 사실적인 동
시에 이 구체적 경험의 사실성을 초과하는 것이기도 하다. 이러한
논의들은 역사와 문학, 기록과 이야기의 관계가 우리가 흔히 생각
하는 것보다 훨씬 더 복잡하고 미묘한 문제임을 알려 준다. 이 글에
서 우리의 논의는 문학에 집중한다.

　　역사나 이야기는 도덕 규범과 가치를 형성하는 데에 수동적이
지 않다. 그것은 기존의 질서를 보존하는 데에만 골몰하지 않는다.
오히려 그것은 반성을 통해 '정상'이라고 여겨지는 것을 의문시하
고 그 정당성을 문제시한다. 그럼으로써 행동 방식은 새롭게 상상
되고 이렇게 상상된 것을 바탕으로 이전과는 다르게 재구성된다.
이것이 역사/이야기에게 공통으로 들어 있는 성찰적 잠재력이다.

　　주의할 것은 이야기(서사적인 것)가 역사 이상으로 구체적인 것
과 개별적인 것을 중시한다는 사실이다. 개념의 논리나 윤리 지침
이 일반적 정식을 중시한다면, 이야기는 구체적 개별성과 이 개별
적인 것의 일회성을 존중한다. 따라서 이야기는 자료의 분석과 진
단에 만족하는 개념적 작업보다 복잡한 상황의 특수한 얼개를 더
생생하고 적절하게 드러낼 수 있다. 이야기는 '학문적 체계'가 아
닌 것이다. 이 점에서 서사는 역사학과 구분된다. 그것은 논리적 체
계가 놓쳐 버린 논리 밖의 것—파편과 폐허, 상실과 망각에 주목한
다. 『중국에서 온 편지』에 나타난 역사 이해를 우리는 이러한 관점

에서 시작할 수 있을 것이다. 아래의 글을 읽어 보자.

『사기』를 읽어 보시면 아시게 되겠지만 이 책의 특징은 끝없이 나
열되는 누구는 누구를 죽이고 또 누구는 누구에게 죽음을 당하고
로 계속 이어집니다. 왕정하에 살았던 많은 신하들은 군주의 변덕
과 동료들의 음모로 개죽음을 당했습니다. 역사란 그런 개죽음의
퍼레이드지요. …… 지금까지 들으셨던 구라는 부소의 초상도 아
니고 진제국의 역사도 아니었습니다. 애초에 역사가 아니었기 때
문에 이 이야기는 역사 뒤집기와 같은 천박한 시도로는 성립할 수
없습니다.(89~90)

작가는 많은 사람들이 "군주의 변덕과 동료들의 음모로 개죽
음을 당"하는 일로 역사가 이루어져 있다고 말한다. 그래서 역사
는, 그의 표현을 빌리면, "개죽음의 퍼레이드"가 된다. 그러나 이것
뿐인가? 그렇지는 않다. 역사에 대한 이러한 규정은 의미론적으로
갱신된다. 어떻게, 무엇에 의해 그러한가? 그것은, 앞서도 언급하
였듯이, 작가의 서사 개입으로 가능하다. 화자는 '개죽음의 퍼레이
드'라는 역사에 대한 자기규정을 "구라"라고 다시 상대화시켜 말한
다. 그래서 그 규정은 '진정'이 아니라 '헛소리'가 되는 것이다.
　사마천이 서술했듯이, 역사는 부당한 죽음의 연쇄 고리이다.
그리고 이 고리는 어떤 필연성이나 정당성으로 이어지는 것이 아
니다. 그것은 단지 군주 한 사람의 "변덕"과 "음모"의 결과일 뿐이
다. 그러나 이런 역사학적 적시摘示에도 어떤 결핍은 있다. 그것은

무엇인가? 『사기』는 부소의 삶을 단 두 군데에서 서술하는 것으로 만족한다. 결핍 또는 누락의 증거는 이 인색한 기록에서도 드러난 다. 『중국에서 온 편지』는 이처럼 역사의 파행뿐만 아니라 이런 파행을 서술하는 역사학적 관점의 파행성에 대한 서사적 안티테제라고 볼 수 있다.

그러므로 '누락된 역사'에 대한 불만이 곧 '역사' 자체의 바른 정립일 수는 없다. 출발(테제)이 이미 결함 많은 것이었기 때문에 이 출발에 대한 부정(안티테제)은 단순히 부정의 수행만이 아니라 대상 전체에 대한 포괄적 검토를 요구한다. 이런 포괄적 검토를 통해서만 이 역사의 드러난 모습은 그런대로 납득할 만한 것이 된다. 그렇지 않다면? 그것은 "천박한 시도"가 될 뿐이다. 그래서 작가는 쓴다. "지금까지 들으셨던 구라는 부소의 초상도 아니고 진제국의 역사도 아니었습니다. 애초에 역사가 아니었기 때문에 이 이야기는 역사 뒤집기와 같은 천박한 시도로는 성립할 수 없습니다."

역사는 분석과 인식의 대상이면서 주체의 인식을 구성하는 현실의 조건이기도 하다. 우리는 역사'에 대해' 말하지만, 이때의 말은 역사'에 의하여' 조건 지어진다. 역사에 대한 인간의 관계는 이처럼 이중적이다. 따라서 역사의 고찰 또한 이중적으로—이중적 반성 속에서 시도되지 않으면 안 된다.

기존의 역사에 대한 비판적 재구성은 『중국에서 온 편지』에서 이미 잘 나타나지만, 그것이 본격적으로 드러난 것은 아무래도 최근에 간행된 『장정일 삼국지』(모두 10권, 2004)가 아닌가 한다. 작가는 지금까지의 『삼국지』와 관련하여 첫째, 나관중羅貫中 본이나 모

종강毛宗崗 본을 비롯하여 『삼국지』 소설에는 흔히 알려진 것과는
달리 정본正本이 없다는 것, 둘째, 그럼에도 마치 정본이 있는 것처
럼 번역하고 평역해 온 기존의 작업에서는 역사 인식이나 비판 의
식에 있어 심각한 결손이 있음을 지적한다. 그는 황석영의 『삼국
지』에 나타난 번역의 미비와, 이문열의 『삼국지』에 잠재된 정치적
보수성과 관련하여 각각 다음과 같이 적고 있다.

> 모두들 텍스트를 정역했다고 말하지만 실은, 앞선 번역자의 몇몇
> 오역을 시정하면서 새로운 오역을 더하거나 고작해야 자신이 살
> 고 있는 시대의 현대적 어투로 문체를 갈아입혀 왔던 게 고전 번
> 역의 실주소일 수도 있는 것이다. 그러니 이제 정역 타령은 그만
> 하자. 문제는 해석이다.

> 작가가 인간사人間事의 현상과 본질을 가려 바른 이름을 붙여 주
> 기 위해 애쓰지 않을 때, 동학농민혁명은 동학난이 되고 5·18광
> 주민주화운동은 광주 폭동이 된다.*

『삼국지』를 중국 문화의 변함없는 일부로 보는 것이 아니라
동아시아 모든 민족이 공유하는 문학 유산으로 삼자는, 그리하여
이제는 우리 자신의 고유한 시각과 문제의식을 담은 '우리의 『삼국
지』'를 써야 한다는 장정일의 요구는 예술적 정체성이나 문화적 주

---

* 장정일, 『생각』, 265쪽과 267쪽 이하.

체성과 관련하여 상당히 설득력 있어 보인다. 이러한 작가의 문제 의식은 그의 『삼국지』가 『장정일 삼국지』로 되어 있는 데에서 단초 적으로 드러나지만, 좀 더 구체적으로는 변방인인 동탁이나 여포 에 대한 관심이나, 영웅 이상으로 조명되는 일반 민중에 대한 서술, 나아가 여성 인물에 대한 복권적復權的 해석에서 좀 더 적극적이고 구체적으로 나타난다. 이 모두는, 그것이 지배 체제적 이데올로기 나 남성적 서사가 지닌 여하한 미신고 독선의 오류를 가차 없이 적 시摘示한다는 점에서, 하나같이 '계몽적'이다

장정일의 서사 정신은 정본 또는 원본의 신앙이 야기하는 정 형화된 인간 이해나 판에 박힌 현실 인식, 예를 들면 군왕君王 중심 의 가부장적 유교 이데올로기나 한족漢族 중심의 중화사관과 분명 한 거리를 유지한다. 이것이 얼마나 균형 잡힌 논리 속에서 의미 있 는 성취로 연결되는지는, 나아가 단순히 선언적 자구로서가 아니 라 무엇보다 작품 안에서, 다시 말해 내용 전개나 형식 구성에 있어 얼마나 내면화되고 있는지는 좀 더 면밀하게 검토되어야 할 것이 다. 그것이 어떠하건, 기존의 해석에 안주하거나 그 관점을 반복하 는 것이 아니라 자기 시각 위에 근거한 기존 역사의 비판적 재구성 과, 이런 재구성을 통한 '역사의 역사' 또는 대안 역사의 본격적 탐 구는 이미 『중국에서 온 편지』에서 시작된 것으로 보인다.

문학의 이야기는 역사 밖에 놓여 있는 이름 없는 무수한 것들— 역사가 되지 못해 파편으로만 남은 의미의 폐허를 발굴한다. 의미 의 폐허, 그것은 무의미이다. 이 무의미는 의미의 영역과 경계를 이 룬다. 이 경계 안에는 지배자와 그의 담론—지배 담론이 있다.

의미는 주로 지배 담론이 공식화한다. 지배자에 저항하거나 지배 담론으로 수용되지 못한 것은 대개 '역사'가 아닌 것처럼 보인다. 그래서 그것은 자주 하잘것없는 야사野史—떠도는 이야기로 치부된다. 야사는 세월과 더불어 대체로 잊히지만, 운이 좋으면 민간이 입으로 전승하기도 한다. 그러나 이것이 전승된다고 해도, 또 전설이나 야사의 형태를 띤다고 해도, 그 의미가 온전하게 살아 있거나 일관되기는 어렵다. 그것은 조각조각 해체되어 지엽적 형태로만 남는다. 이렇게 누락된 부분을 메우고 이어 가야 하는 것은 수용자, 즉 독자이다. 작가는 이 수용자들 가운데 누락 부분을 좀 더 적극적으로 채우는 '구제적 해석자'의 역할을 떠맡는다.

독자 역시 넓은 의미에서 역사를 만드는 데에 참가한다. 작품을 읽고 느낌으로써 그 역시 역사를 만드는 일에 동참한다. 단지 작가는, 그의 작업이 형상화, 즉 적극적인 의미 부여라는 점에서, 수용에 한정되는 일반 독자의 활동보다 더 적극적으로 역사에 참여한다. 그는 창조적 해석자로서 가장 적극적인 역사의 형성자이다. 작품은 이런 참여의 결과로 나타난 형상물이다.

역사가 확대된 의미에서 하나의 소설이듯이, 소설은 역사의 일부이면서 더 나아가, 궁극적으로는 또 다른 하나의 역사—대안 역사이기도 하다. 그런 점에서 역사와 소설은 상충적인 것이 아니라 상호 보완적이다. 여기에서 기준은 물론 작품이 아니라 역사, 즉 현실이다. 역사는 그 자체의 충일성과 온전성으로 드러나지 않으며(역사의 서술적·형식적 차원), 더하게는 부당한 사건과 행위로, 모순과 균열로 가득 차 있다(역사의 과정적·내용적 차원). 소설이 주목해야

할 점은 인간과 현실의 이런 이지러짐—이율배반이고, 더하게는
이율배반의 전체 맥락이다.

다시 문제는 참 또는 거짓이 무엇인가가 아니다. 더 중요한 것
은 진실과 거짓, 사물과 의식, 대상과 언어가 어떻게 서로 관계하
며, 이런 관계에서 정당성이라고 불리는 것들이 어떻게 성립하는
가를 다시 묻는 데에 있다. 권력이나 지식 그리고 역사의 진실이
란, 그리고 이 진실에 대한 이해란 이런 정당성의 규칙을 이해하고
묻는 가운데 획득되기 때문이다. 역사와 문학(또는 서사)의 문제를
'역사 전복'이라는 그럴듯한 술어로 해소시키는 비평 담론에, 이런
담론들의 안이함에 작가가 일침을 가한 것도 이런 맥락에서 이해
될 수 있다.

사실 여기에는 여러 가지 문제항들—'역사로 알려진' 과거와
과거 자체, 현실과 서술, 사실과 허구 사이의 관계 등 여러 중대한
주제들이 얽혀 있다. 이제 우리는 좀 더 복잡한 논의로 들어간다.

역사와 이야기

얽혀 있는 문제의 연관항 전체를 제시하는 일, 이것이 역사에 대해
갖는 역사의 이야기, 즉 소설의 의미이기도 하다. 그래서 젊은 철학
자 모이터N. Meuter는 이렇게 적고 있다. "현재성/잠재성, 가역성/
불가역성, 과정/구조 그리고 시작/끝의 차이에서 이야기들Geschichten
이란 무엇인가 하는 것이 보여질 수 있다. 즉 이야기들이란 **의미와
시간의 자기 조직적 체계 연관항** sich selbstorganisierende systemische

Zusammenhänge von Sinn und Zeit 이다."•

역사의 자기 조직적 체계는 그러나 저절로 경험되지 않는다. 그것은 알 수 있거나 알 수 없는, 의식적이고 무의식적인 그리고 개인적이고 사회적인 무수한 왜곡 과정을 거친다. 역사 속의 얽힘은, 이것이 어떤 식으로 정식화되든, 이런 정식과는 상관없이, 어느 정도 불투명한 채로 여전히 있고, 이 '여전히 있음', 이 모호함의 잔재는 무한대로 열려 있다. 이렇게 열린 무한성 가운데 우리는 그 일부만을 기록된 자료를 통해, 이해의 질서 속에서, 더듬을 수 있을 뿐이다. 그러므로 역사는 쉽게 말할 수 있는 것이 아니다. '역사 뒤집기'라는 말이 허황되어 보이는 것은 이 때문일 것이다.

삶의 과정에서 사건들은 대체로 예기치 않게 일어난다. 그래서 그것은 놀랍고 곤혹스러우며 어지럽고 낯설다. 이렇게 반응하는 가운데 하나의 이야기는 또 다른 이야기로 옮아가고, 이렇게 옮겨진 이야기는 그 끝을 알지 못한다. 그러므로 하나의 서사 체계는, 그 이전 이야기를 역동적으로 재생할 수 있어야 하고, 미래의 서사 체계는 이렇게 재생산된 지금의 이야기를 또다시 다르게 변주할 수 있어야 한다. 그러기 위해 그것은 서술과 관점의 탄력성을 자기 안에 내장해야 한다. 경직되고 정지된 것이라면, 이야기의 구성에도, 이런 구성을 통한 역사의 이해에도, 그리고 이렇게 이해하며 현실을 살아가는 우리의 삶에도 도움이 되지 않는다. 무한한 가능성에

• Norbert Meuter, "Geschichten erzählen, Geschichten analysieren", in *Handbuch der Kulturwissenschaften*, Bd. 2, hrsg., v. F. Jaeger u. J. Straub(Stuttgart, 2004), S. 152. 강조는 원저자.

열려 있을 때, 우발적 계기는 이야기의 현실 안으로 수렴될 수 있다. 기존의 시각이나 관점이 반성되는 것은 이 지점이다.

의미의 구성에서 어떤 틀과 논리, 이 논리를 위한 일정한 환원/도식은 불가피한 것이지만, 역사의 의미는 그리고 이야기의 의미 또한 이런 도식을 넘어선 낯선 가능성에 열려 있어야 한다('역사' Geschichte란 간단히 말하여 사건의 '층위' Schichte 그것의 '축적된 덩어리' Ge 이기 때문이다. 역사는 무수한 이야기들Geschichten로써 만들어진다). 이때의 열림은 사실의 구체성에 밀착함으로써 가능하다.

그러므로 역사 이해에서 필요한 것은 단순히 하나의 동질적 관점이 아니다. 그것은 차라리 파편적이고, 더하게는 편재되어 있으며, 때로는 이질적이기조차 한, 그러나 이 모든 것이 하나의 일관성 속에서 꿰어지는 관점이다. 즉 그것은 다면체적이어야 한다. 왜냐하면 다면체적 유동성의 관점 속에서 우리는 비로소 기존의 시각이 정태적으로 굳어지는 것을 막을 수 있기 때문이다. 이것은 우리가 '비체계적 서술 형식'으로서의 에세이를 선택한 이유와도 연관된다. 그러나 다시 한번 더 유의하자. 비체계적이란 '아무래도 상관없는'이란 뜻이 아니다. 하나의 관점이 무작위의 자의성에 빠지면 곤란하다. 임의적인 것은 사견私見이지 관점이 될 수 없다. 하나의 관점 또는 입장은 어떤 일관된 논리를 내장하여야 하고, 이렇게 내장된 논리는 삶의 유동성에 상응하는 유연성을 구비해야 한다. 삶의 미세한 차이는 이런 유연한 관점으로 포용될 수 있다.

그러므로 건강한 서사에는 유동적 관점의 일관성 있는 논리가 요구된다. 이 유동적 일관성 속에서 이야기는 삶의 의미를 비로소 다양하게, 그리하여 납득할 만한 정도로 조직할 수 있다. 우리는 이것을 '상징적 표현형식의 변증법'이라고 말할 수 있을까? 서사성의 윤리적 면모는 이 점에 있다고 할 것이다. 장정일의 글은 여기에 닿아 있는 것으로 여겨진다. 그러나 그는 역사의 의미 자체가 아니라 그 의미 구성의 어려움, 즉 불가능성을 먼저 고백한다. 아래의 시를 읽어 보자.

우리들은 그 무엇의 해답을 찾고 있는 사람
우리들은 아직 그 무엇의 해답을 찾지 못한 사람
아아 우리들은 죽은 사람들!(굵은 활자로 베껴 쓰기: **아아 우리들은 죽은 사람들!!**)
그날, 그곳에서 있었던 당신과 나 사이의 그 행위에 대한 해답을
회색의 대리석 위에 또박또박 파 새기지 못한다면
우리들은 이미 죽은 사람들의 무덤 앞에 죽은 사람들
내리는 눈발 속에 차츰차츰 지워져 갈 눈송장

—「pp. 13~35」 중에서(강조는 작가의 것)

우리는 삶의 해답을 찾고자 한다. 그러나 그 해답을 얻기는 어렵다. 이 간극—해답을 찾고자 하는 희망적 추구와 해답을 찾을 수 없는 사실적 낙담 사이에서 글쓰기는 행해진다. 그래서 글쓰기는 순정한 열망이 아니라 환멸의 행위가 된다.

베껴 쓰기, 이것은 순정성을 상실해 버린 글쓰기의 이름이다. 시인은 이미 쓰인 것을 다시 베껴 쓰고, 이렇게 베껴 쓴 것을 또다

시 베껴 쓴다. 베껴 쓰기—또 베껴 쓰기—또다시 베껴 쓰기가 거듭 그리고 무한히 행해지는 것이다. 그러나 이런 베껴 쓰기가 원작보다 더 나은 것이 되지 못한다면, 그래서 이미 있는 작품에 대한 단순한 차용과 표절에 그친다면, 그것은 작가적 양심의 방기이고 타락의 시작이지 않을 수 없다.* 원작보다 더 나은 것, 그것은 작가 고유의 시각과 현실 이해 그리고 그 표현에서 나온다고 할 것이다.

그러나 그렇게 한다고 해도 글 쓰는 일에, 적어도 궁극적 의미에서의 해답은 있기 어렵다. 그런 이유로 우리는 이미 "죽은 사람들"—"산 송장"이 되는 것이다(이것은 1차적 죽음이다). 그러나 기록되지 않는다면, 그것은 눈발에 눈발을 더하고 죽음에 죽음을 더할 뿐이다(이것은 2차적 죽음이다). "회색의 대리석 위에 또박또박 파 새기지 못한다면/우리들은 이미 죽은 사람들의 무덤 앞에 죽은 사람들." 이미 이루어진 죽음에 더해지는 죽음, 그래서 그것은 눈과 같은 송장이 된다. 그러므로 관건은 이미 있는 죽음에 또 한 번의 헛된 죽음을 더하지 않는, 더하지 않으려 하는 것이다. 이것은 어떻게 가능한가? 그것은 "회색의 대리석 위에" 삶을, 삶의 패배와 불운을 기록할 때 가능하다.

역사 그 자체는 별다른 의미를 가지지 않을 것이다. 그것에 의미를 부여하는 것은 인간이고 그 의지이다. 문학의 상상력과 예술의 재현 그리고 문화의 상징적 형식은 삶을 이렇게 기록하는 일에

* 작가가 「베끼기의 세 가지 층위」, 『문학정신』, 7~8월호(1992)에서 지적한 것은 바로 이 점이었다.

관계한다. 그것은 현존하는 것의 관점에서 부재하는 것을 드러내고 비추며, 부재하는 것의 현존적 기미를 투시하고 또 증언한다. 모든 표현과 증언은 불투명하고 비규정적인 세계를 배제하지 않는다. 오히려 그것은 이 세계를 허용하고 여기에 주목한다. 세계를 주목하는 가운데 문학은 그 변두리, 이 변두리의 소외와 망각을 형상의 형식 안으로 흡수한다. 그래서 그것은 합리적 의미화 작용에 앞선 합리화—의미의 근원적 창출이자 발견이 된다. 예술의 상상력은 부재하는 것을 허용하고 구성하며 창출한다. 그러므로 상상적인 것-상징적인 것-예술적인 것-문화적인 것의 장려 없이 사회는 성숙할 수 없다.

글은 현존하는 것에서 부재하는 것의 기미를 읽어 내고, 부재하는 것에서 현존하는 것의 자취를 발굴해 낸다. 환멸 속에서 환멸에 의한, 환멸을 통한 글쓰기, 그것은 발악이자 절규가 아닐 수 없다. 그것은 아우성 속의 항소이다. 그리하여 글은 삶의 출구가 되고 나아가 삶 자체가 된다. 아니 이것도 너무 고상하게 들린다. 진리, 희망, 실천, 계몽……. 이런 무거운 말들은 지금은, 적어도 지금만은, 삼가자. 편재화된 불모의 생애에서 자행되는 환멸에의 복수이다, 글은. 시인은 위반하는 사제, 패배하는 전사戰士 그리고 창출하는 왕이다.

이미 있는 것에 대한 염증과 앞으로 올 것에 대한 열망, 그것이 시적 불만과 동시에 시적 초월을 이룬다. 이 불만과 초월 속에서 작가는 세상에 대한 복수를 자행한다. 그러나 스스로를 과장하지는 말자. 이렇게 절실한 복수도 어떤 이들에게는, 또 어떤 시대에서는 나쁠 것 없는 농담이나 삼류 멜로드라마로 치부될 수도 있다. 아니면 수감收監의 원인이 되거나.

아무리 절실한 것도 시시껄렁한 푸념이거나 순결한 영혼의 마취제로 힐난받을 수 있다. 그래서 작가는 적는다. "삶은 수치로 저울질되지 않는 것, 왜냐하면 나의 수치는 그 적정량을 넘었도다, 영광!"(「pp. 13~35」) 수치가 견딜 수 있는 한계를 넘어선다 해도 이 수치스러운 삶은 그러나 추적되어야 한다. 그리하여 "회벽 위에 꽃물처럼 말라붙은 파리의 죽음, 온몸으로 쓴 묘비석"(46)에 대한 열망은 계속된다.

대안 역사 또는 '역사의 역사'

역사적 사건은 단순히 직선적으로 일어나지 않는다. 그것은 시간의 순차 속에서 차례차례 일어나는 것이 아니라 뒤엉킨 채, 예기치 못할 우발성과 급작성 속에서, 비체계적으로, 일어난다. 따라서 그 의미는, 사건이 어느 한곳에 위치 지어짐으로써, 추출될 수는 없다. 오히려 우발성과 잠재성까지 고려할 때, 하나의 사건은 전체 맥락에서 조금씩 윤곽을 얻기 시작한다. 이런 성찰 속에서 독자는 역사적 과정의 직선성, 그 너머를 헤아릴 수가 있다. 역사는 닫힌 체계가 아니라 열린 가능성인 까닭이다.

하나의 역사를 어떻게 받아들이고, 역사 일반은 무엇이며, 개별 역사의 사건들은 어떻게 전체 연관항에 귀속되는가를 해석하고 이해하는 방식에 따라 이들 사건의 의미는 제각각 다르게 나타난다. 역사에 대한 이야기—소설의 의미도 이 점에서 찾을 수 있다. 그것은 역사라고 불리는 사건의 전체 고리를, 그 현실성과 잠재성을 고려할 수 있어야 하고, 이런 맥락에서 규정된 모든 의미를 다시 한 번 의문시할 수 있어야 한다.

하나의 사건은, 서술된 사건을 포함하여, 여러 실현된 사항들이나 요소들 가운데 '선택된' 것이다. 그렇다는 것은 많은 다른 요소들 역시 선택될 수 있었고, 그것이 설령 선택되지 않았다고 하여 없었던 것은 아니었음을 뜻한다. 역사란 모름지기 모든 실현된 것과 실현되지 않은 것, 현실성과 가능성의 전체 맥락이다. 그러므로 건강한 역사란 이렇듯 현실의 수면 위로 떠오른 것과 더불어 그 아래 가라앉은 부분, 이 모두를 함께 고려할 수 있어야 한다. 역사의 전체 연관항이란 실현된 것과 아울러 실현되지 않은 다른 모든 가능성의 총합과 다르지 않다. 그것은 역사의 현상과 그 배후, 현실의 양지와 그늘을 포괄한다. 서사적 의미의 역사는 이렇게 역사의 역사—역사의 다른 가능성을 성찰하고자 한다. 이 다른 가능성을 고려하는 가운데 밝혀지는 사실은, 우리가 다루려는 이야기 역시 '하나의 가능성'으로서, 그리하여 앞으로 있게 될 '여러 가능성들의 하나'로서 존재할 뿐이라는 점이다. 서사—이야기 역시 그 자체로 역사의 일부를 이룬다.

우리는 이야기에 의해 살아가고 또 살아진다. 이야기의 삶 속에서, 이 이야기를 통해 우리는 역사의 역사, 역사의 역사의 역사를 중첩적으로 성찰하게 된다. 삶의 시작과 끝에 이야기가 있는 것이다. 이야기는 삶의 처음과 경과 그리고 그 끝을 잇는다. 삶은 이야기로 시작하여 이야기로 끝난다. 그것은 크고 작은 추억과 무수한 상실을 만들면서 이야기를 이루고, 우리는 이 이야기 속의 어떤 배역을 맡아 웃고 울다가 일하고 자며, 그리고 춤추다가 이윽고 죽는다. 그 사이에 간혹 바람이 창문을 뒤흔들 것이고, 둔덕의 할미꽃이 피었다 질 것이며, 때로는 눈발이 날려 창밖으로 누군가를 그리워하기도 할 것이다. 이들 각각의 삽화들은 역사의 사소하고도 중대한 맥락을 이루며 또 스러져 갈 것이다.

다시 『중국에서 온 편지』를 살펴보자. 이 작품에서 작가는 이 같은 점을 의식하고 있을 뿐만 아니라 서사를 통해 다각도로 역사에 개입하고 있는 것으로 보인다. 위에서 인용한 구절이나 앞으로 해석할 구절들이 다 그러하지만, 화자에 대한 작가의 태도에서 이런 서사적 개입은 이미 드러난다. 좀 더 구체적으로 말하자.

작가가 지적하듯, 부소에 대해서는 '어질고 무용에 뛰어났다'는 사마천의 기록 이외에는 별다른 언급이 없다. 그는 단지 두 군데에서만 묘사된다. 하나는 그가 유가 탄압을 멈추어 달라고 왕에게 간청하자 유배형이 선고되었다는 것과, 다른 하나는 진시황의 죽음 이후 아버지의 가짜 유서를 받고 자결한다는 대목이다(41 이하). 작가의 개입이 시작되는 곳은 이 지점이다. 그는 이 두 군데 언급을 바탕으로 진시황과 부소 그리그 몽염을 둘러싼 역사적 사건을 서사적으로 재구성한다. 우리가 지금 읽는 『중국에서 온 편지』라는 하나의 문학작품은 그 재구성의 결과이다. 역사 서술의 무미건조한 접근이 아니라, 사건과 그 인물을 서술하고 논평하며 동정하고 연민하면서 이들의 삶을 추체험하고, 이 추체험 속의 생생한 교류를 그는 작품으로 형상화한 것이다.

작가는 단순히 부소를 둘러싼 역사적 사건이나 이들 사건에 대한 역사가의 서술에서 누락된 부분을 지적하는 데에 그치지 않는다. 그는 서사적 재구성을 통해 역사적 사실을 벌충할 뿐만 아니라 더하게는 그것을 좀 더 풍요로운 해석의 가능성으로 옮겨 놓는다. 역사가가 역사를 기록한다면, 문학가는 역사를, 이 역사와 더불어 느끼고 웃으며 함께 반성하면서, 나와 우리 모두의 것으로 변형시킨다. 우리가 대안 현실─역사의 역사를 가늠하게 되는 것은 이런 추체험의 반성적 서술을 통해서이다.

그러므로 작가적 서술은, 역사학적 기술이 그러하듯, 사료의 수집이나 그 객관적 분석에 만족하지 않는다. 그는 서술하는 대상에 자신의 감정을 이입하며, 이런 이입을 통해 숨겨진 의미를 암시하고 빛 속으로 드러내는 것이다. 그러면서 이때의 묘사는 가면 또는 망상이라고 고백됨으로써 다시 상대화된다. 알려지지 않은 가능성이 탐색되면서도 이때의 가능성이 마냥 고수되는 것이 아니라 서사적 거리를 통해 그 한계가 지적되는 것이다. 서사적 객관성은 이런 서술의 작동 방식에서 얻어진다. 그러니까 문학에는 단순히 객관성이 없는 것이 아니라 '역사와는 다른 의미의 객관성'이 있는 것이다. 참된 객관성이란 객관성의 선언이 아니라 객관화하려는 의지에 있다(이 점에서 문학의 객관성은 역사의 객관성보다 더 포괄적인지도 모른다. 그러나 객관화된 문학의 가치는 종국적으로는 다시 역사의 한 요소가 된다).

역사의 문학적 서사 또는 역사의 이야기는 단순히 담론적·논증적 상징화가 아니다(이 점에서 그것은 과학 이론이나 개념의 논리와는 구분된다). 그것은 구체적 사실과 이 사실에 대한 감각적 경험에 바탕을 둔다. 그래서 수용자의 정서적·도덕적 기준에 호소한다. 이야기는 무엇보다도 감정의 경험이자 그 생산이고, 이런 생산을 통한 도덕적 의미의 신장이다(이 점에서 역사의 이야기는 역사학과도 구분된다). 그리하여 문학의 이야기는 개인과 사회의 정체성을 형성한다. 문학은 삶의 의미를 서사적 구조에 재조직함으로써 과거의 개인이 어떻게 살아왔고, 이 개인들로 이루어지는 사회는 어떠하였으며, 지금 여기 나와 우리는 이들 지난 사건을 어떻게 수용하고 해석하며 이해할 것인가, 하는 문제를 제기한다. 그것은 개인행동과 책임의 문제를 반성적으로 포함함으로써 개인과 집단의 정체성을 변화시키고 교정하는 데에로 나아간다.

문학은 역사의 법정을 보완하고 교정하는 또 하나의 법정—상상의 시적·서사적 법정이다. 그것은 상상적 허구화를 통해 기존 현실을 탐구하고, 이런 탐구 속에서 현실과는 다른 현실을 재조직한다. 현실이 실제의 역사와 그 해석 사이에서 늘 왜곡되는 것이라면, 서사적 재조직화는 이렇게 왜곡된 현실을 좀 더 온전한 모습으로 복원시킨다. 이 복원 작업에서 정체성의 문제는 그 중심에 놓여 있다.

역사 이야기를 통한 정체성의 형성은 어떻게 이루어지는가? 그것은 간단히 줄이자면 정전에 대한 다른 해석을 통해 일어난다. 정전은 분과 학문적으로 보면 역사학에도 있고 문학에도 있으며, 일반적으로 보면 모든 관념과 이념, 가치나 이데올로기에서도 작용한다. 그것이 어떠하건 정전에 대한 이의 제기는 작게는 기존 관습에 대한 부정, 크게는 삶의 관계의 위악적 현실에 대한 고발이 된다. 이런 문제 제기를 통해 과연 무엇이 실제로 얻어질 수 있는지는 쉽게 확정하기 어렵다. 그것은 어쩌면 부차적일 수도 있다. 중요한 것은, 다시 강조하거니와, 참과 거짓, 선과 악, 권력과 지식, 정상성과 비정상성을 가능하게 하는 조건들이 어떻게 성립되고, 이런 성립의 과정에서 허위가 어떻게 진실로 둔갑하는가를 추적하는 일이다. 이것을 제대로 추적할 수 있다면, 우리가 옹호하고자 하는 삶의 진리는, 가치의 정당성과 정상성은 좀 더 균형 잡힌 모습을 할 수 있을 것이다. 그리고 이것은 지금 여기 나와 우리 모두의 삶을 정향하는 데에 어떤 의미 있는 참조 틀이 될 수 있을 것이다. 문학적 서사는 이 같은 일을 한다.

바리케이드 앞에서 화염병을 던지는 것만이 역사적 사건은 아니다. 그렇듯이 붉은 띠를 이마에 동여매고 구호를 외치는 것만이 현실 참여는 아니다. 그러나 이렇게 말하는 것은 역사적 현장성을 폄하하기 위해서, 그럼으로써 참여의 순수주의—심미주의의 정치적 가능성을 변호하기 위해서가 아니다. 현장의 긴박성과 그 용기는 아무리 강조되어도 지나침이 없다. 지난 1960년대에서 1980년대 말에 이르기까지 우리의 현실은 안타깝게도 이런 참여 이외의 방식은 '불순하다'고 생각할 정도로 경색되고 위압적인 것이었다. 우리 논의의 초점은 지금 이후의 현실 대응 방식이다. 여기에서 중요한 것은 열려 있음이고, 이 열려 있음 속의 움직임이다.

열림이란 헤겔적으로 말하여 '대자적'für sich seiend으로 되는 것이고, 현상학적으로 말하여 '지향적'intentional인 것이다. 자체의 즉물성에 머물러 있는 것이 아니라 그 이상으로 나아가는 것, 그래서 나 이외의 어떤 다른 것을 지향하는 것, 그것은 이미 움직임이다. 스스로 움직여 열려 있을 때, 이렇게 열려 감각과 사고를 부단히 작동시켜 갈 때, 주체는 자기 쇄신을 계속할 수 있다. 열린 감각과 사고를 통해서만이 우리는 열린사회를 그 적들로부터 보호할 수 있다. 열려 있지 않다면 모든 것은 사물화verdinglichen된다. 사고가 사물화될 때, 그것은 거짓 객관성이 되고, 국가가 사물화될 때, 그것은 전체주의화한다.

열려 있어 스스로를 반성할 때, 그리하여 '연대성의 (있을 수 있는) 강제'마저 문제시할 수 있을 때, 참여는 사회적 결속성 속에서도 자유로울 수 있다. 그렇지 않다면? 그것은 허위의 참여는 아닐지라도 '불편한 참여'가 될 것이고, 따라서 지속되기는 어려울 것이다. 그렇다면 그것은 참여의 기만일 수도 있다. 감각적·의식적 개방성을 스스로 체현한다면, 우리는 이론에서건 실천에서건 하나로 만날 수 있다. 문학적 서사는 바로 이런 일을 한다. 그것은 현장의 사건을 해명하며 기억하고 표현한다는 점에서 의미 있는 참여 방식이다.

근본적인 것은 살아가는 한, 다시 말하여 '죽기 전에는' 인간은 모두 깊은 의미에서 역사의 현장에 참여하고 있고, 이 참여를 실행한다는 점이다. 참여는 단순히 선택이나 거부의 사안이 아니라 삶 자체의 조건인 것이다. 단지 우리는 이 조건을 좀 더 다양하고 정치하게, 섬세하고도 탄력적으로 만들 필요가 있다. 우리는 살아 있

는 한 현실 속에 있고, 이 현실의 역사에 연루되어 있으며, 이 근본
적 연루 속에서 이 세계에 참여한다. 예술은 형상화에서 이 참여를
더 의식적이고 적극적으로 주제화한다.

문학적 서사는 역사의 새로운 지도를 역사학과는 다른 방식으
로 그려 보인다. 관찰과 서술, 해명과 표현, 명상과 내성內省은 서
사적 참여의 몇 가지 방식이다. 작가 장정일은 역사적 인물의 패러
디를 통해 이 같은 문제들—잊어버린 것, 사라진 것, 죽어 버린 것
그리고 상실되고 패배한 것을 기억의 대리석 위에 또박또박 파 새
긴다. 이때의 역사는 중대한 그러나 물음을 위한 하나의 주제에 지
나지 않는다. 그 물음이 궁극적으로 지향하는 것은, 나는 무엇보다
이렇게 해석하고자 하는데, 삶의 올바른 가능성일 것이다.

문학: 비대칭의 감수성

우리의 삶은 어떻게 이루어지는가? 이것은 사실 복잡한 문제이다.
4장에서 역사에 대한 논의로 시작하였으니 다시 역사를 생각해 보
자. 우리는 일단 역사란 개연성과 비개연성으로 이루어진다고 말
할 수 있다. 왜 역사의 어떤 사건은 일어나고, 어떤 다른 사건은 일
어나지 않는가?

만약 역사의 사건들이 서로 격리된 개별 요소로 간주된다면,
이러한 질문은 답변될 수 없다. 하나의 구체적 사건은 다른 한 사
건과 연결되어 있고, 이 다른 사건은 또다시 그를 둘러싼 여러 주

변 사건들의 환경에 있다. 과정은 하나의 우발적 사건으로부터 시작될 수 있지만, 이때 일어난 사건은 그 다음 사건의 요인이 되는 인과적 연쇄 속에 있는 것이다. 그러나 이때의 연쇄는 반드시 단순 인과적이지는 않다. 그것이 단순 인과적이라면, 그 표면적 또는 지배적 외양이 그렇게 보이는 것일 뿐이다.

하나의 인과성 속에도 인과성에 거스르는 또는 드러나지 않는 우발성이 잠재되어 있다. 하나의 인과성이란 선택된 지배적 요소일 뿐 그 이상 아무것도 아니다. 여러 요소들 가운데 하나의 요소가 선택되고, 이렇게 선택된 요소는 다른 여러 조건에 규정되면서 스스로 실현된다. 기술된 역사란 이렇게 '실현된 하나의 중대한 면모'일 것이다. 역사가 개별 생애의 집단적 축적이라면, 삶이 역사의 축소판이 되는 것은 이런 이유에서 자명해 보인다.

삶의 사건들 가운데 어떤 것은 일회적으로 일어나 사라지고 만다. 그것은 결코 거꾸로 돌아갈 수 없다. 즉 비가역적인irreversible 것이다. 또 어떤 다른 것은 끝없이 반복하는 것처럼 보인다. 그것이 어떠하건 이러한 사건에 인간의 의지와 욕구가 개입한다. 개입하여 그것을 고치거나 개선시키거나 악화시키기도 한다. 현실의 변화는 이런 개입의 결과로 일어날 터이다. 결국 삶의 사건은 변할 수 있는 것과 변할 수 없는 것, 돌이킬 수 있는 것과 돌이킬 수 없는 것, 규정적인 것과 비규정적인 것이 복잡하게 얽혀 이루어진다. 그래서 현실의 성분들은 살모사의 무리처럼 뒤엉켜 있다. 여기에서 하나는 다른 하나를 규정하면서 생겨나고 사라지고 다시 생겨난다. 이런 상호 규정 관계의 연쇄로서 삶의 과정이 구성된다. 구조란 이런 구성 체계를 일컫는다.

삶의 구조는 규정성과 비규정성, 가역성과 불가역성의 관계 속에서 하나의 복합 과정, 즉 구조화된 또는 구조화하는 움직임을 이룬다. 이때의 과정은 그 움직임으로 하여 어떤 비규정적 역동성을 지닌다. 문제는 과정성의 구조 또는 구조성의 과정이다. 이 과정성에서 사건이 변화한다면, 구조 속에서 그것은 일정한 질서를 띠게 된다. 이렇듯 사건과 그 요소들은 역사의 현실 안에서 돌이킬 수 없는 형태로 생겨나고, 이렇게 생겨난 것은 일회적 가역성(변화 가능성)과 불가역성(결정성), 동질성과 이질성, 현실성과 개연성 사이를 왕래하면서 이런저런 변화를 겪는다. 이 복합 과정에 대한 서사적 대응은 『중국에서 온 편지』에서 여러 차원으로 나타나는 것처럼 보인다. 예를 들어 다양한 언어와 서술의 실험적 성격은 기본적인 차원에서 이런 대응 방식을 보여 준다고 할 수 있다. 하나하나씩 살펴보자.

가장 간단한 방법으로는 평소 꺼리거나 금기시하는 은어와 비속어, 욕설의 사용을 들 수 있겠다. 작가는 "썼더군요."(11)와 같은 구어체나 "게임오버"와 같은 컴퓨터 오락 용어는 말할 것도 없고, "오케바리"(45)나 "데끼리"(34)와 같은 은어나 속어도 자주 사용한다. 나아가 "헤드뱅잉"(66)과 같은 외래어나 "원형 감시적 통치술"(38)과 같은 학술어도 가리지 않는다. 여기에 "씹새끼"(66)나 "좆"과 같은 욕은 물론이고 "밥버러지스키"와 같은 조어造語도 두루 사용하고 있다. 71쪽에 있는 "독구다이 원맨 플레이"는 아마도 조폭들이 쓰는 말일 것이다. 이러한 거침없는 어휘 사용은 문장에서도 마찬가지이다. 다음 두 단락을 읽어 보자.

동서고금을 통틀어 아들이라는 존재는 아버지가 손쉬운 희생양으로 쓰기 위해 간직해 둔 히든카드, 언제든지 따먹을 수 있는 처녀막이요, 후장 당번, 다시 말해 밥이었던 겁니다. 인류사를 통틀어 근친상간이 금기시된 까닭은 아버지가 자기 딸을 잡아먹는 걸 금지하기 위해서이고 동성애가 금기시되어 온 까닭은 아버지가 아들의 후장을 쑤시지 못하게 하기 위해서입니다. 인류학이니 정신분석이니 중언부언 설명할 필요가 없이 간단합니다. 말 많으면 뭐예요? 빨갱이? 아니죠. 말 많으면 자유총연맹이랍니다.(49~50)

그래서 나는 이름도 없이 삭막한 땅, 동에서 서로 길게 드러누워 있는 만리장성의 북쪽 변방으로 가야 했습니다. 아무리 적절히 골라진 희생양이라지만 분한 마음이 없지는 않았을 겁니다. 그래, 가마! 씹새꺄! 니 혼자서 오천 궁녀 따먹으며 아방궁에서 잘 먹고 잘살아라! 아니, 매독에 걸려 좆대 가리나 푹푹 썩어라! 아무도 듣지 않게 속으로만 했지요.(50)

여기에서도 드러나듯이, 화자의 진술은 어휘의 선택에 있어 여하한 장애와 구속도 불허한다. 과거 역사를 해석하면서 현대사의 현재적 폐단이 암시되기도 하고('다른' 의견을 이단시하는 "자유총연맹"의 강고한 반공주의를 생각해 보자), 거두절미의 소략한 언급 속에서 학문 비의성에 대한 비판이 노정되기도 한다(화자는 인류학이나 정신분석에서의 논의를 "중언부언"이라 평한다). 과거와 현재, 공식 담론과 사실적 실상이 서로 뒤섞인 채 나타나고, 이런 뒤섞임에 대응하여 등장인물과 화자(내레이터), 화자와 작가 사이를 부단히 오가는 서술 주체의 자유로운 관점이 나타난다. 그는 서술하면서 평가하고, 추측하고 물으면서 스스로 대답한다("분한 마음이 없지는 않았을 겁니다. 그래, 가마! 썹새갸!" "말 많으면 뭐예요? 빨갱이? 아니죠. 말 많으면 자유총연맹이랍니다"). 그래서 대화체는 묘사체로 이어지고, 사실의 진술은 상상의 토로—독백과 뚜렷이 구분되지 않는다.

　　서술 언어의 혼성성에는 단락과 단락의 구분이 전혀 없다는 형식적 구성도 한몫을 한다. 형식적 무경계성은 말할 것도 없이 진술 대상에 대한 화자 또는 작가 자신의 의식적 개방성에서 오고, 이 의식적 개방성은 사고의 자유로움과 같다. 형식의 자유로움은 곧 자유로움이다. 작가는, 그가 원하면 언제 어디서나 어떤 언어 형식을 빌려서라도, 서술하는 사건에 개입하고 논평하며 질타하고 반성한다. 곧 묘사하는 대상의 현실에 정서적·사고적으로 참여하는 것이다. 이러한 개입 서술은 작중 화자가 사마천의 역사관을 옹호한다는 사실과 연관 있어 보인다. 사마천의 역사관은 어떠했는가? 이것은 아버지 사마담司馬談의 그것과 대비할 때 잘 드러난다.

　　사마천은 잘 알려져 있다시피 '수염 없는 사내'이다. 그는 벗 이릉李陵을 변호하다가 한무제에게 궁형宮刑을 당한다. 궁형, 그것은 거세당하는 형벌이다. 사마천은 이 수모스러운 형벌을 앞두고 죽을 것인가, 아니면 이런 수모를 받고서도 살아남아 "공자의 『춘추』春秋에 버금가는 역사서를 쓰라." 했던 아버지의 유업을 이어 받들 것인가를 고민한다. 결국 그는 살아서 아버지의 염원에 부응한다. 그러나 그의 성취는 다시 말하거니와 욕된 것이었다. 『사기』는 오늘날 흔히 '역사서의 원형'으로 일컫지만, 그것은 단순히 영광과 자부의 산물이 아니다. 그것은 가증스러운 고통과 수모의 산물이다. 수모와 생애, 치욕과 성취 사이의 거리는 그리 멀지 않다(이것이 아무런 관련이 없다고 느낀다면? 그는 무감각하거나 자의식이 없거나 아니면 속 편한 삶을 살았을 것이다. 따라서 그의 성취가 진실할 가능성은 별로 없을 것이다).

이런 사마천에게 역사 서술이 고통과 울분을 적시하는 일로 보였던 것은 자명했던 것인지도 모른다. 작가의 해석을 따르면 사마담은 문학이 "평화롭고 번성했던 시대의 소산이며 그 주요한 목적은 그러한 영광의 시대를 기록함에 있"다고 생각한 반면, 아들 사마천은 아버지와는 달리 "문학이 평화와 번영의 산물이 아니라 고통과 울분의 산물이라는 관점"을 택했다는 것이다.(60)

작가는 사마천의 이러한 관점이 영화감독 조도로프스키A. Jodorowsky의 한 관점, "나는 관객의 가슴에 상처를 내고 싶다."라는 생각과 유사하다고 여긴다. 그리고 이것을 더 나아가 "나는 평화를 주러 온 것이 아니라 가족 간에 불화를 주러 왔다." 하는 예수의 말과도 연결시킨다.(60~61) 문학은, 그리고 크게 말하여 역사 역시 삶의 울분과 고통, 불화와 상처를 기록한다는 것이다. 바로 이 점에 사마천 역사 인식의 의미도 있다.

나의 손은 묶여 있다, 만약 내가 어떻게 생각하는가 알고 싶다면 내가 말하는 것에 극히 세밀한 주의를 기울이지 않으면 안 된다.

다르게 말하자면 사마천의 울분은 아버지 사마담의 유시를 훨씬 상회해 버린 겁니다. 그러나 이런 비판 정신이야말로 그를 오늘날 까지 살아 있는 역사가로 추앙케 하는 요인이지요.(62)

"나의 손은 묶여 있다, 만약 내가 어떻게 생각하는가 알고 싶다면 내가 말하는 것에 극히 세밀한 주의를 기울이지 않으면 안 된다." 이러한 진술은 사마천을 읽을 때에만 요청되는 것은 아니다. 이것은 우리가 작가의 작품을 읽을 때에도 그대로 필요하다. 즉 역사 서술에 대한 이해에서뿐만 아니라 이 역사를 이야기한 문학적 서사 이해에서도 세심한 주의는 동시에 절실하다.

한계는 어디에나 있다. 그리고 이 한계는, 사마천에게 그러했듯이, 정치적 압제와 권력의 지배 아래에서도 있지만, 가령 문학 서술의 매체적 한계—간접적·암시적 서술을 그 본령으로 하는—에서도 나타난다. 그 어디에나 있는 그대로의 대상 속에서 그 이상의 것—배후와 바탕을 추출하고 독해하려는 노력은 예술 이해에 있어 불가결하다. 왜냐하면 이 배후와 바탕이야말로 공식 지배 담론이 가려 버린 역사의 울분과 고통을 구성하기 때문이다. 문학적 서사는 이 점, 드러난 것과 드러나지 않은 것, 바꾸어 말하면 현실태와 실현태 사이의 차이를 상기시킨다. 차이란 달리 말하여 '비대칭'이다.

현재적/잠재적인 것의 차이는 어떤 비대칭을 함의한다. 단지 '하나의' 가능성만이 현실화될 수 있으며, 잠재성의 측면에서는 그와 반대로 하나의 복수성複數性이, 다수의 가능성들이 있다. 순간적으로 현재하는 것보다 더 많은 잠재성이 언제나 있을 수 있다. 그 때문에 의미는 더 많은 가능성에 대한 잉여적 지시들의 형식 속에서 나타난다. 이런 비대칭으로부터 의미의 기능은 복합성을 축소한 특이한 형식으로 결과한다. 사실적으로 드러나는 현재화는 충만한 가능성에서 나온 하나의 선택을 의미한다. 이런 조건 아래에서 의미는 필연적으로 **선택 강제**Selektionszwang로 경험된다.[*]

의미는, 모이터의 통찰이 보여 주듯, 현재성과 잠재성의 차이에서 비로소 경험된다. 드러난 것은 언제나 드러나지 않은 것의 지평 속에서 자신의 의미를 지닌다. 현재성과 잠재성의 차이와 구분은 비대칭적이고 부조화적이다. 그러므로 중요한 것은 차이의 가능성이고, 이 차이의 가능성을 헤아릴 수 있는 열린 감수성이다. 현재적으로 드러나는 것은 여러 가능성들 가운데 하나의 가능성일 뿐이기 때문이다. 이 가능성 속에서 암시되는 것은 여러 가능성이고, 이것은 정확히 말하여 '복수의 가능성들'이다.

삶의 가능성들은 이미 파악된 것의 잉여분 또는 그 잔재로 나타난다. 잠재된 것들은 이런 복수의 가능성을 늘 암시한다. 그러므로 현재화되지 않은 것은 단순히 없는 것이 아니라 단지 비규정적으로 나타날 뿐이다. 그것은 비규정적인 것으로서 현재 전경의 배경을 이룬다.

그러나 비규정적 잠재성이 역사 현실의 배경을 이루는 것이라

---

[*] Meuter, "Geschichten erzählen, Geschichten analysieren", a.a.O., S. 146. 강조는 원저자.

면, 기존 삶의 또 다른 가능성을 열어 주는 것은 이 잠재성이다. 잠재성은 아직 선택되지 않은 의미화 이전의 형태로, 현실의 그늘 아래에 있다. 그것은 개념과 논리, 언어와 정식 이전의 영역에 속한다. 이 타자성의 영역을 포용하는 일이 간단할 수는 없다. 한계를 넘어서는 것에 대한 불안—이질성의 공포가 인간에게는 있지 않은가. 그러나 이 타자성의 낯선 영역 역시 현실적인 것이고, 그러는한 현실적 전체성의 대상이어야 마땅하다. 의미 체계는 궁극적으로 비규정적인 것, 따라서 가능한 것의 전체—타자성의 무한성을 지향해야 하기 때문이다(후기구조주의 사상이 강조하는 이른바 타자성이란 이 전체의 다른 이름이라 할 수 있다). 인간 삶은 그리고 역사는 이렇게 규정할 수 없는 가능성의 전체로 자리한다.

개별 요소들은 차례대로, 시간 순서에 따라, 일어나지 않는다. 그것은 상호 규정적 관계 속에서, 뒤섞여 일어난다. 역사 서술은 비합리적 우발성의 요소를 규율적인, 그리하여 의미 있는 우발성으로 번역하는 일이다(리쾨르P. Ricoeur의 서사 분석은 이 점을 잘 보여 준다). 이런 서술에 힘입어 대상은 '단순 사고事故'에서 '의미 있는 사건'으로 변모한다.

그러므로 역사는 '기록된 우발성'에 다름 아니다. 좀 더 크게 말하여 모든 이야기는, 그것이 역사이든 이야기이든, 현실의 혼돈을 명료한 질서로 번역하려는 노력이자 비개연성 또는 불합리성과의 이성적 싸움이다. 따라서 문학은 역사와 이 역사 서술을 벗어나는 것들에 대한 서사적 형식화의 의지이다. 이때의 포용은 그러나 하나의 시각을 독점하는 데에서 오는 것이 아니라 여러 시각을 탄력적으로 조율하는 데에서 온다. 탄력 있는 조율을 통해 그것은 현재 속에서 현재를 규율하는 과거와 미래를, 앞뒤, 위아래를 동시에 파악하고자 한다.

바른 역사 서술이란 스스로를 독재화하지 않는다. 역사란 '하나의 역사'가 아니라 수많은 '역사들'이기 때문이다. 하나의 절대적·연속적 역사가 아니라 수많은 불연속의 이질적이고 다원적인 역사들이 인간의 현실을 구성하는 것이다. 그러므로 역사에 대한 관점 역시 열려 있는 겹겹의 차원을 가지지 않으면 안 된다. 사고의 개방성이란 관점의 비독재화이다. 사회의 소통은 이런 열린 사고로부터 온다. 열려 있는 소통과 이 소통의 다양화는 세계의 풍요를 느끼게 하고 또 담아낸다.

삶의 세계는 통일적으로 나타나지만 거기에 경계가 있는 것은 아니다. 그것은, 해석학적으로 말하자면, 여러 지평들을 지닌다. 열린 지평 속에서 삶은 수용자가 체험하고 행동하는 가운데 들어온다. 이것이 세계의 모습이다. 이런 세계의 중층적 모습을 담으려면 작가의 이야기는 기존의 세계와 앞으로의 세계, 현실성과 잠재성 사이를 부단히 왕래하지 않으면 안 된다. 만약 이런 움직임을 보여주지 못한다면, 우리는 우리가 비판하는 대상과 별다르지 않게 된다. 우리는 정당하게 질타받는 것이다. 따라서 하나의 이야기는, 적어도 그것이 설득력을 얻으려면, 의례화된 사회 규범과 상투적 문화 관습으로부터 벗어나는 새로움을 보여야 한다. 새로움은 현실성과 잠재성, 전통과 전위성 사이의 긴장에서 온다. 예술적 창조가 긴장의 생산성에서 온다면, 이 생산성은 긍정과 부정, 수용과 비판,

자기 동일성과 거리 두기의 균형 관계에서 역동화한다.

이 같은 역학으로 작가의 서사 기록은 생활 세계에 대한 기존과는 다른 대응 방식임이 드러난다. 이것은 문학에서 전형적으로 나타나지만, 역사 기술이나 심리 분석, 그리고 더 일반적으로는 일상적 언어 행위에서도 정도의 차이를 지닌 채로 나타난다. 전통과 혁신의 관계를 점검하고, 문화적 척도 속에서 이 척도의 좀 더 넓고 바른 맥락을 생각하는 것은 이런 서사적 대응을 통해서이다. 역사에 대한 문학 이야기가 갖는 포괄적 문화론의 의미는 여기에 있다.

그러므로 이야기란 현실의 어떤 면을 전달하는 데에 있지 않다. 오히려 그것은 대상을 기록하면서 이야기함으로써, 이 이야기를 통해, 이야기 속에서, 이야기의 힘으로, 대상을 묘사하는 가운데 서술하는 자기 자신을 드러내고 표현하며 알린다. 이것을 우리는 정신 분석적 임상법에서 잘 확인할 수 있다. 마치 환자와의 대화를 통해 그 증상을 치료해 가는 의사처럼 화자는 이야기를 통해 현실을 진단하고 분석하며 치유하고자 한다. 그는 이야기 속에서 단순히 대상을 진술하는 데에 그치는 것이 아니라 대상과 자신, 주체와 타자의 관계를 드러내고, 이런 관계의 성찰 속에 자신의 현재와 과거를 확인하고 검토한다. 그럼으로써 그는 현실을 주형하고 미래를 예비하는 것이다. 주체의 정체성은 검토와 확인의 이런 성찰 과정에서 마련된다. 결국 이야기의 서사 구조는 타자 해명이자 자기 정체성의 주형 행위가 되는 것이다.

정체성의 확인과 그 교정에서 나는 나 너머의 어떤 것과 만나고, 우리는 우리 이상의 그들에게로 나아간다. 중요한 것은 문학적 서사를 통한 타자와의 만남이다. 타자란 낯선 것, 익숙지 않은 것, 알려지지 않은 것, 그리하여 기이하고 섬뜩하면서도 진실된 것들이다. 이것들은 지금 나의 생각과 판단에, 그리고 사회적 관습과 문화적 규율에 끊임없는 균열을 낸다. 그것은 차이의 영역에 속하기 때문이다. 이 차이는 그러나 회피해야 할 대상이 아니라 부단히 만나 대면하고 교류해야 할, 나/우리의 또 다른 일부이다. 그러므로 필요한 것은 언제나 출발점으로 돌아가 시작하는 것, 다시 시작하여 지금까지와는 좀 더 다른 길을 가고자 하는 것이다. 모든 의미는 가역성—차이의 가능성과 그 비대칭성에 열려 있기 때문이다. 차이를 얕보는 것은 사고의 정지 즉 반성의 중단에 지나지 않는다.

이런 맥락에서 보면 문화란 무엇보다 차이의 체계 또는 이질성의 논리화로 드러난다. 개인의 정체성을 구성하는 것은 단일한 동일성이 아니라 미묘하고 작으며 낯설고 때로는 어긋나 보이는 갖가지 차이들이다. 이 수많은 이질적 요소들이 개인적·사회적 차이의 통일성을 이룬다.

모든 의미는 의미 작용의 어떤 있을 수 있는 가역성에 열려 있어야 한다. 삶의 사건은 직선적으로 또 연속적으로 흐르지는 않는다. 문학은 이 모호한 복합성—이질성의 차이에 주목한다. 주목하여 무엇보다 차이의 감수성을 장려하고 연마시킨다. 이러한 장려는 물론 문학만의 일이 아니다. 그것은 예술 일반에 공통된 것이요, 더 나아가 문화의 과제이자 지향이기도 하다. 따라서 차이의 감수성을 배양하는 일은 개인적이고 사회적인 문화 체험의 주된 목표가 된다. 민주사회의 시민교육은 이 점을 의식하고, 좀 더 적극적으로 주제화할 수 있어야 한다.

그러나 문학 이야기 이전에 어떤 이야기는 삶과 행동의 영위에서 만들어진다고 할 것이다. 이야기는 이야기되기 전에 이미 '살아지는' 것이다. 인간은 살면서 이야기하고, 이 이야기를 통해 다음의 이야기를 만들어 간다. 그리고 이야기의 이 모든 과정은 그 자체로 개인 삶을 이루면서 인류사의 내용을 구성한다. 문화적 의미화의 과정이란 이런 구성 작업의 적극적 형식이라 할 수 있다. 인간이 감각하고 행동하면서 갖게 되는 경험 내용을 의미의 형식으로 번역해 내는 문화적 과정들은 차원만 다를 뿐 그대로 서사적 구성 과정을 닮아 있는 것이다.

6장 서사 능력과 문화적 교양

이 장을 이끌고 갈 핵심 술어는 역사와 현실, 권력, 문학, 서사, 문화 그리고 시민사회 등이다. 이것을 다시 질문의 형식으로 풀어쓰면 이렇게 될 터이다. 폭력의 역사 현실에 대하여, 권력의 지배에 대항하여 문학은 어떻게 역사의 대안—기존 현실과는 다른 현실을 만들어 갈 수 있는가. 문학은 비대칭의 감수성으로써 역사의 역사를 창출하는 데에 기여할 수 있는가? 현실에 대한 다른 이야기 방식을 '서사 능력'이라고 한다면, 이 능력은 인간과 그 삶을 이해하는 데에, 그리고 사회적 차별을 부정하고 문화적 차이를 포용하는 데에 어떤 역할을 할 수 있는가? 만약 그것이 그 나름으로 기능한다면, 그것은 곧 문화적 교양을 배양하는 일이지 않은가?

고향 잃은 "위조지폐범"

세상은 대체로 어딜 가나 악하고, 현실은 합리적이기보다는 부패하며, 인간은 현명하기보다는 어리석은 때가 더 많다. 어리석다? 아니 그보다는 '명민하고 교활하며 잔재주에 능하다.'라고 말하는 편이 더 적절해 보인다. 신물과 구토. 게다가 이 사악함과 부패 그리고 교활성은 삶의 우발성으로 가중되는 경향이 있다.

난데없이 급작스럽고 뜬끔없이 곤혹스러운 면이 나날의 생활에서 얼마나 자주, 또 얼마나 빈번하게 우리를 덮쳐 오는가? 그러나 삶의 우발성, 세계의 이 편만한 어둠에 대해 우리는 비관만 할 필요는 없다. 삶은 무엇보다 살아 내야 하기 때문이다. 숨 쉬는 몸뚱이는 숨을 쉴 권리를 마땅히 누려야 하기 때문이다. 삶은, 우리가 그 모든 것을 포기하고 의식하지 않으며 심지어 외면할 때조차도, '계속 이어진다'. 이것이 인간 생애의 그리고 모든 살아 있는 생명의 필연성일 것이다. 세계의 존속은 이렇듯 우발적으로 여겨지는 필연성 위에 흔들림 없이 서 있다. 삶의 필연성은 냉담하고 두려울 만큼 한결같아 보인다.

그러나 인간은 최악의 상황에서도 스스로 선택하고 결정하며, 이 결정에 책임을 지고자 한다. 아니 책임지려는 태도를 놓쳐서는 아니 될 것이다. 왜 그런가? 최대한의 악 속에서도 최소의 선이 실현될 수 있는 아주 작은, 때로는 그것이 너무도 작아 마치 없는 것처럼 보이기도 하는 미미한 가능성은 바로 이 같은 태도—스스로 책임을 부과하는 태도로 하여 비로소 실현될 수 있을 것이기 때문이다. 참여의 의지는 이런 실존적 책임 의식의 결과이다.

그러므로 현실 참여는 한 가지만이 아닐 것이다. 삶의 현실에는 하나의 현실만이 아니라 '여러 현실들'이 있다. 그러는 한 이 현실들에 대한 개입 방식은 사람 숫자만큼이나 다양할 수 있다. 또한 개인에게도 그것은 생애의 시기에 따라, 그가 지닌 고민과 관심과 문제의식에, 그리고 이 고민의 밀도에 따라 여러 가지일 수가 있다. 예를 들어 참여의 주체가 학자라면, 그 참여는 이론을 통해, 예술가라면 표현을 통해 이루어질 것이다. 그러나 가장 일반적이고 평범한 방식은 개개인의 직업 활동으로부터, 나날의 생활 안에서, 실행된다고 할 것이다. 그리고 이런 논의 자체가, 다시 말해 참여의 다양한 방식을 생각하고 그 가능성을 허용하는 태도가 넓은 의미에서는 중대한 참여의 한 방식으로 간주될 수도 있다. 삶과 문학의 관계를 이런 맥락에서 다시 한 번 생각해 보자.

리비도와 충동, 물질과 사회정치적 여건은 모두 삶의 중요한 요소이다. 이 요소들은 여러 다른 요소와 더불어 삶의 역사적·문화적 맥락으로 편입된다. 이 문화적 토대를 주변 세계가 감싸고 있고, 이들 토대와 주변은 다시 개인의 내밀한 욕망을 지탱하며 그 의지에 작용한다. 언어-개념-사고-이론-철학은 간단히 말하여 이런 상호 작용을 '납득할 만한 방식으로' 다루는 논리 체계라고 말할 수 있다. 그러므로 인간의 의지와 작용, 의식과 몸의 활동에 삼투되지 않은 이론은, 그것이 유물론이든 관념론이든, 또 심리학이든 철학이든, 설득력을 갖기 어려울 것이다. 설령 갖는다 해도 그것이 오래갈 성취일 수는 없다. 사물은 사고를 흡수해야 하고, 상상력은 물질을 관통해야 한다. 삶의 모든 맥락은 서로 대립하는 것이 아니라 서로 보완하고 충돌하며 융합한다. 인간의 매 순간이 선택과 결정의 연속이라면, 문학작품은 이런 선택과 결정이 언어 형식의 옷으로 변형된 것이다. 그래서 그것은 삶에 대한 개입의 증거이자 그 언어적 유사물 또는 상상적 비유체analogia가 된다.

인간의 현실은 어둡고, 이 어두운 세계에 악은 자주 출몰한다. 밤의 악한 요괴들은 우리 곁으로 다가와 노여움과 미움을 쉬지 않고 야기할 것이다. 눈이 멀고 귀가 막혀도 그러나 우리는 앞으로 나아갈 것이다. 사랑으로 하여 우리 모두는 죽어 갈 것이니. 예술가 그리고 작가는 이런 눈먼 시도를 이 시도에 모든 것을 걺으로써, 행한다. 이런 의미에서 그는 도박사와 비슷한지도 모른다. 그

러나 그는 계산하거나 눈치 보는 법이 없다. 전신全身을 투여한다
는 점에서 작가는 다른 가능성에도 기웃거리는 도박꾼―야바위꾼
과 뚜렷하게 구분된다. 모든 것을 거는 운명적 투신, 그래서 글은
작가에게 전부가 된다. 글이 신앙과도 같은 지위를 얻는 것은 이런
까닭이다. 그는 글쓰기를 통해 가 버린 시간에만 머물지 않는다.
그는 현재 속에서 과거를 기록하는 동시에 미래로 열려 있다. 참된
작가는 언제나 현재 속의 미래적 존재인 것이다.

　　장정일은 이 점을 잘 보여 주고 있다고 생각한다. 화자인 왕세
자 부소는 아버지 진시황과는 달리 권력의 중앙에 머무르지 않는다.
오히려 그는 아버지의 미움을 받아 변방으로 추방된다. 이 점에서
그는 변방에서 활동하는 몽염 장군과 비슷하다. 그러나 그는 중앙
으로 진입하기 위해 더 이상 권력에 추파를 보내지 않는다는 점에
서 몽염과도 다르다. 그는 아버지처럼 권력과 정복, 명령과 영화榮
華로 자기 욕망을 충족시키지도 않으며, 몽염 장군처럼 그런 영화
로운 자리로 나가기 위해 변방을 정벌하지도 않는다. 오히려 그는
변방의 힘을, 그 진실성을 옹호한다. 그러나 이 진실은 고통과 불
운, 궁핍과 박탈을 견뎌 낼 때 얻어지는 것이기도 하다. 이 부소 뒤
에 작가가 서 있다. 그렇다는 것은 그가 중앙과 권력 그리고 그 지
배로부터 억눌린 변방의 울분을 대변한다는 뜻이기도 하다. 작가
는 불운과 패배와 상실과 고통을 밝혀내는 서사 기술에서, 폭력적
역사의 상징적 탐구로부터 자기 존재의 근거를 찾는다.

　　예술의 품 안에 살도록 운명 지어진 사람에게 귀향은 어리석
은 방식으로만 주어진다. 그는 중심이 아니라 변방에 주목하고, 정

주定住가 아니라 이동을 선호한다. 변방에 주목하는 작가가 무대의 중앙에 서는 것은 드물다. 그는 중심의 안녕安寧을 향유하는 것이 아니라 거부한다. 그는 차라리 변방의 쓸쓸함을 변두리 인간들과 더불어 누리고자 한다. 그래서 작가는 방외인方外人―스스로 고향을 버린 자발적 이국인異國人이 된다. 그러나 그렇다고 해서 그에게 고향이 전혀 없는 것은 아니다. 그는 지리적·물리적 고향을 버림으로써 역설적으로 세상의 모든 곳을 자신의 고향으로 삼을 수 있게 된다. 작가는 고향 잃은 세계시민인 것이다.

작가는 세계시민사회Weltbürgergesellschaft의 선의와 그 지향을 대변할 수 있어야 한다. 그러나 이러한 대변은, 다시 강조하거니와, 불행한 운명을 내세움으로써가 아니라 내면화함으로써, 다시 말해 글로 양식화stylize함으로써 가능하다. 운명을 떠벌린다면 그것은 연민의 대상은 될 수 있어도 존중받을 수는 없다. 내세워진 운명은 또 하나의 영웅화이기 때문이다. 대상의 영웅화는 저열한 열등감의 다른 모습이기 때문이다.

장정일은 자신이 경험한 패배와 절망과 노여움과 분노를 글에 용해시켜, 마치 그것이 살아 있는, 살아가야 할 근거인 듯, 드러내 보인다. 그러니까 희망이나 승리가 아니라 그 패잔감이 그의 삶을 이끄는 동력이 되는 것이다. 이러한 의지는, 화자 부소의 이야기와 그 어조가 보여 주듯, 때로는 너무도 집요하여 편집증으로까지 뻗어 가는 것처럼 보인다. 그는 지나칠 정도로 자신을 준엄하게 경계하고, 이런 자기 경계에 드물지 않게 희생되며, 나아가 이런 희생까지도 그가 희생되기 전에 의식하고 있는 것 같다. 낙오와 추방, 패배와 희생이 인간의 숙명임을 잘 알고 있는 듯, 그는 삶을 규정하는 겹겹의 한계들을, 이 한계의 조건들을, 뢴트겐W. Röentgen처럼 투시한다. 거듭된 패배에도 불구하고 이 패배의 조건들을 응시하고 기록하겠다는 결의, 이것이 장정일 작가 정신의 중핵을 이룬다.

삶에서의 좌초가 필연적이라면, 그 좌초는 단순히 거부되어야 할 것이 아니라 수락되어야 하는지도 모른다. 그러나 패배의 수락이 곧 실패는 아니다. 삶에 대한 항구적 순응은 더더욱 아니다. 좌초 이후에도 삶과의 대결은 계속될 수 있고, 또 계속되어야 한다. 모순과 균열은 회피되어야 할 것이 아니라 살아져야 하며, 이렇게 사는 가운데 관통되어야 한다. 이것이 패배 이후에 더 이상 실패를 반복하지 않을, 또는 이 패배를 줄일 수 있는 어떤 길인지도 모른다. 글은 이런 패배를 관통하는 신생新生의 매체일 것이다.

위에서 잠시 언급했던 장정일의 법정 구속 사건도 이와 무관한 것일 수가 없다. 그것은 우리 사회에 일반화된 여러 관행들과 이런 관행들이 가진 모순, 바로 이 모순의 수락과 이런 수락으로 인한 양심의 시련을 보여 주기 때문이다. 그 당시 그는 법원의 판결에 대해서도, 변호사의 면담이나 최후진술 과정에서도 항변하지 않았다. 변명도 물론 없었다. 오히려 스스로 유죄판결의 대상이 됨으로써 심판자들의 유죄성을 보여 주었다고나 할까. 판결의 부당성을 마다하지 않고 수용, 인정한다는 바로 그 사실로 그는 그 심판의 과오를 입증해 보였는지도 모른다. 고통은 궁극적인 의미에서, 마치 죽음처럼, 오로지 홀로 감당할 수 있을 뿐이다. 시인의 운명은, 그 삶이 이 점을 보여 준다는 점에서, 개인의 차원을 떠나 인간 일반의 운명이 된다. 나아가 그것은 부당하게 희생된 이들을 대변하는 역사의 상징적 인물이 된다.

1997년의 수난이 지난 후 장정일은 표현의 자유를 제도로 보장할 민주사회를 직간접적으로 이전보다 더 자주 언급한다. 이와 연관된 직접적인 언급은 이현세에게 보낸 편지에서 잘 나타난다(이 유명한 만화가는 2002년 대통령 선거를 앞두고 '이회창의 아름다운 인생'이라는 대선 후보 홍보용 만화를 그렸다). 다음은 그 한 구절이다.

선생님의 『천국의 신화』가 수난을 당하고 있을 때 가차 없이 돌을 던진 세력이 바로 누구이겠습니까? 서초동의 언덕을 오르내리며 선생님의 실존적 산물이자 경제적 권리인 작품을 판금시키고 인신마저 구속하려 드는 검찰 권력의 배후(보수주의, 권위주의, 문화적 엘리티즘 등등)에 대해 생각해 보지 않았다던, 선생님에게 1997년의 여름은 없는 것이나 마찬가지입니다.[*]

모자람, 그것은 타인의 것이 아니라 나의 것이다. 그 누구에게나 회피하고 숨기고 싶은 영혼의 응달 부분이 있지 않은가? 미묘하고도 비밀스러운 삶과 세계의 자취들은 곳곳에, 점점이, 널려 있다. 모순과 배반, 불투명과 모호함, 질투와 배신…… 이런 것들은 사고와 존재 속에 그리고 인간에게, 그 삶의 뿌리로 닿아 있다.

작가의 촉수는 배반과 위선의 어두운 뿌리에 닿아 있고자 하

[*] 장정일, 『생각』, 130쪽.

고, 그의 언어는 이 뿌리를 포착하여 뒤흔들고, 뒤흔들어 뽑아내고
자 한다. 그래서 그는 악행과 범죄를 일삼는다(그는 "작심하고 한국 사
회의 얼굴에 낙서를 해 보고 싶은 마음에서" 문제가 된 작품—『내게 거짓말을 해
봐』를 썼노라고 토로한 적이 있다).* 마치 스스로 악덕에 탐닉함으로써
사람들의 조롱거리가 즐겨 되었던, 그럼으로써 세상 밖을 늘 기웃
거렸던 보들레르처럼, 또 쥬네J. Genet처럼 부득불 법을 위반하고,
상식을 거스르며, 타성을 뒤흔드는 것이다. 자신을 "위조지폐범"으
로 간주하는 생각은 그래서 자연스럽게 들린다.

통상 작가의 인세는 책값의 10퍼센트다. 다시 말해 8,900원의 정
가가 매겨진 『생각』이 한 부씩 팔릴 때마다 나는 890원씩을 챙긴
다. 이것이 의미하는 바는 명백하다. 나는 한국은행의 허락 없이
890원짜리 지폐를 공공연히 제작하고 통용시켰으므로, 가련한 위
조지폐범에 불과하다. 아아, 장안의 지가紙價를 올린다는 말이 무
슨 뜻이드뇨? 감쪽같은 위조에 성공했다는 말이 아니던가? …… 이
당당한 위조지폐범들은, 한국은행에서 지폐를 찍듯이 만들어 놓
은 통상적인 의미나 규범적인 가치가 아닌, 독자적인 의미와 가치
를 통용시키려고 한다는 점에서, 당당한 위조지폐범들이다. 작가
란 자본주의가 만들어 놓은 화폐 질서와, 화폐 질서만큼 공고한
체제 의식을 조롱하고 전복하는 위조지폐범이다.**

* 장정일, 『생각』, 127쪽.
** 같은 책, 138~139쪽.

어떤 원칙이 내 스스로 만든 것이 아니라면, 가치와 규범이 자신의 참여 없이 그저 주어진 것이라면, 그 원칙과 가치는 대개 공허하다. 그러면서도 그것은 일상을 지배한다. 유령을 닮아 있는 것인가. 사실 한 사회의 인습과 개인의 편견은 많은 부분 유령을 닮아 있다.

장정일은 유령과의 이 헛된 싸움을 포기하지 않는다는 점에서 오만하고, 이 싸움을 즐긴다는 점에서 가차 없이 쓸쓸하다. 쓸쓸하고 완강하며 또한 엄혹하다. 그렇다는 것은 자기 성찰, 자기비판 또는 자기 경계의 수위가 매우 높다는 것을 뜻한다. 그는 늘 인간과 그 현실을 생각하면서 이렇게 생각하는 자기 자신 또한 생각한다. 이것은 자기의 타자화이고, 타자의 자기화이다. 여기에서 반성하는 의식과 반성되는 의식은 분리되지 않는다. 이 비분리 속에서 그는 나와 타인, 수치와 자부, 선과 악을, 그리고 세상에 대한 불만과 그 기쁨을 동시에 지닌다.

그리하여 작가는, 그가 890원짜리 책의 지폐를 제작하고 통용시킨다는 점에서 위조지폐범이 되지만, 스스로 '가련하다'고 생각한다는 점에서 이 범죄와 거리를 둔다. 글쓰기는 통상적 의미의 범죄가 아니다. 오히려 그것은 의미의 통상성과 규범성, 그 상투성과 진부성을 문제시하는 범죄이다. 그러므로 그것은 범죄가 아니다. 차라리 그것은 경화된 의식—허위의식의 유사 범죄성을 뒤흔드는 의미 창출의 표현적 실험이다. 이 이중성, 이중성 속의 반성적 움직임, 이런 움직임을 통한 의미의 창출 속에서 그는 자신의 문학적 정체성을 축조하고 유지한다. 작가가 '자기의 생애를 산다'는 것은, 그리하여 자기 생애를 증거한다 함은 바로 이런 뜻일 것이다. 바로 이런 뜻일 것이라고 적어도 나는 그렇게 이해한다.

그 어디에서도 의식은 살아 있고 사고는 꿈틀거리며 그 감각은 열려 있다. 이 열린 감각과 의식 그리고 사고 속에 사람이 진실로 살아 있다고 할 수 있을 것이다. 왜냐하면 오로지 이 살아 있는 반성의 상태 속에서 우리는 기존의 권력에, 무지에 그리고 편견과 단죄에 저항할 수 있을 것이기 때문이다. 모든 고정된 견해는 그 자체로 무지이고 아집이며 편견이다. 이것들은, 그것이 그 어떤 다른 것의 가능성도 불허하고 압살한다는 점에서 권력적이다. 열린 감각과 사고는 이 편만한 권력적 현상에 항거한다. 이것을 문제적 실존의 현존성, 이 실존적 현존의 충일성이라고 부르자. 예술가는 이런 삶을 표본으로 구현하는 인물들이다. 예술 주체는 감각과 사고의 반성성 속에서 자신의 현존성을 입증한다. 자기 자신이 여기 살아 있다는 것을 지금 이 자리에서, 글의 문장과 문장, 단락과 단락의 약동하는 꿈틀거림 속에서, 그 주권적 관점과 목소리 속에서 장정일은 입증하고 있다.

사물은 새롭게 배치되어야 하고, 세계는 다시 시작되어야 한다. 장정일에게 문학은 자부라기보다는 수치에 가깝고, 수치 자체라기보다는 수치와 수모에 대한 쉼 없는 반란이다. 그러나 이런 반란으로 그의 작품은 거꾸로 금지된 시편이나 이교도의 활자본과 같은 것이 된다. 언어적 범법으로 그는 타성의 반란과 그 전복을 일으키는 것이다. 문학의 도발성 또는 불순성이란 이런 것이 아닐까? 그의 죄의식은 수치와 모멸의 정서 속에 있고, 이런 자괴감으로 말미암아 그는 역설적으로 무죄로 여겨진다.

수치와 자부, 이 사이의 왕래는 작가에게 한편으로는 내적 균열을 야기하지만, 다른 한편으로는 그 삶의 투명성 또는 에너지가 되기도 한다. 문학이 목적이 아니라 구실에 불과하다는 것, 그 점에서 그는 외롭고 가엾으며, 그 구실에 그러나 모든 것을 걸었다는 점에서, 그는 행복해 보인다. 배반하는 현실과 그 자신을 성찰할 수 있는 한, 우리는 용서될 수 있을지도 모른다. 시인은 창조적 죄인이다. 문학은 모멸이자 자유이고, 과오이자 창조이다. 문학에서 모멸은 곧 자유이고, 과오는 곧 창조가 된다.

그러므로 작가는 어떤 것도 숭배하거나 추종하지 않는다. 그 대신 스스로 설정한 자기 신념에 따라 자신만의 길을 가고자 한다. 경계 밖에 머물며, 밖을 돌보면서 그는 자기를 찾고자 하고, 이런 자기 추구가 현실과 역사의 규명으로 나아가도록 하며, 이러한 규명 속에서 인간 삶의 일반과 만난다. 그러므로 예술적 정열은, 적어도 그것이 진실된 것이라면, 가장 내밀한 추구 속에서 이미 삶의 보편성과 만난다. 갈등 없는 세계의 어떤 상태, 어떤 화해는 이런 만남 속에서 암시될 것이다. 그러나 이런 꿈꿈이 곧바로 실현될 리는 없다. 국가와 권력 그리고 제도 아래에서의 통합이란 늘 '얼마만큼의 통합'이기 때문이다. 현실의 통합은 늘 갖가지 제약과 유보 조항을 지니지 않은가. 많은 경우 그것은 굳어진 관습의 표현이거나 누더기가 된 타협의 결과물일 수 있다. 그래서 전체의 통합은 대체로 갈등을 은폐하고 고통을 축소하는 경향을 갖는다.

그러나 예술의 규명은, 그것이 부정성 속에서 행해지기에, 어떤 의미 있는 개입일 수 있다. 이 표현적 참여에서 자기 추구와 현실 규명, 개인의 진실과 역사의 진실은 하나로 이어진다. 이때 삶의 선의는 부분적이나마 구현되기 시작한다. 꿈꿈은, 이 꿈꿈 속의 서사적 개입은 선의의 징표이다. 선의는 이야기를 전달하는 부소의 진술에서도 나타나고, 부소의 진술을 서사적으로 기록하는 작가의 묘사에서도 나타난다. 기록이든 진술이든, 서사적인 것은 폭력의 역사 현실에 대응하는 문학적·문화적 대응법인 것이다.

삶의 개선에도 물론 여러 방식이 있을 수 있다. 그러나 그 바탕은 말할 것도 없이 사회정치적·경제적 조건의 개선이고, 이 개선은 제도의 도입과 그 합리적 운행으로 가능할 것이다. 그러나 제도가 구비되었다고 하여 그것이 저절로 작동되는 것은 아니다. 그것은 무엇보다 각성된 의식을 전제로 하고, 이때의 의식은 열린 감각으로 뒷받침되지 않으면 안 된다. 논리와 사고를 키우는 것이 수학과 철학의 일이라면, 이 논리 이전에 필요한 감각과 감수성을 계발하는 것은 문학과 예술이다.

문학예술은 차이의 감수성을 장려한다. 새로운 사고와 이런 사고가 만드는 의미 지평은 이런 차이의 감성으로부터 시작된다. 감각의 개방성과 감수성의 불편부당不偏不黨은 예술 교육으로부터 오고, 이런 예술 교육을 통한 교양 형성은 그 자체로 문화의 기나긴 훈육 과정을 이룬다. 결국 사회정치적 제도는, 물질적 토대의 충족과 개방적 시민 의식 그리고 여기에 예술문화적 세련이 더해질 때, 비로소 부단히 개량될 수 있다. 그렇다면 문화적 세련의 좀더 구체적인 방법은, 이 소설 읽기와 관련하여 말한다면, 무엇일 수 있을까? 여기에서 우리는 서사적 진술의 교양적·문화적 성격을 떠올리게 된다.

상호 문화적 탈경계화

모이터는 문화심리학자 브루너J. Bruner를 원용하면서 '서사 능력'이라는 개념을 만든다. 서사 능력이란, 그에 따르면, "시간적으로 이질적인 일련의 사건들을 의미로 연관되는 하나의 연속적 사건들로 파악하고 이 사건들을 다시 스스로 생산하는, 즉 능동적으로 이야기할 수 있는 능력"을 말한다.[*] 이것을 그는 서사 이론의 맥락에서 말하고 있지만, 우리의 논의와 관련하여 재해석하자면, 서사 능력이란 문학 언어에 있어 고유한 비유metaphor의 특성을 말한다.

　비유란 무엇인가? 넓은 의미의 비유에는 은유와 환유, 풍자와 아이러니, 익살과 골계 등 여러 가지가 속한다. 그러나 그것의 공통된 특성은, 간략하게 정식화하면, '이질적으로 보이는 것 사이에서 동질성을 추출, 표현해 내는 능력'이라고 말할 수 있다. 이것은 모이터가 말하는 "시간적으로 이질적인 일련의 사건들을 의미상으로 연관되는 하나의 연속적 사건들로 파악"하는 능력과 본질적으로 다르지 않다. 이 서사적·비유적 능력을 구비하기 위해서는 무엇이 필요한가? 그 중요한 하나는 무엇보다도 주체의 관점이 대상

* Meuter, "Geschichten erzählen, Geschichten analysieren", a.a.O., S. 141.

의 이질성을 포용할 만큼 개방적이어야 한다는 점일 것이다.

관점이 개방적이어서 탄력적일 때 대상의 이질성도 이해할 수 있고, 이런 이해를 통해 이질적 요소는 어떤 통일적 원리로 포용될 수 있다. 이것은 관점의 개방성이자 개방적 관점의 포용력이다. 그런 점에서 포용력이란 서사적·비유적 능력과 어느 정도 유사하다. 이질성을 포용하는 개방적 관점은 서사적·비유적 능력에 결정적인 것이다. 열린 관점을 통해 우리는 자아와 현실을, 인간과 사회를 그리고 역사와 문화를 그 온전한 모습 속에서, 즉 그것의 드러난 부분과 드러나지 않는 부분, 현상적인 것과 잠재적인 것 모두를 이해할 수 있다.

이때 드러나지 않은 잠재 요소들은 한 사회와 문화 안에 있으면서도 다른 사회와 문화의 일부를 구성한다. 이 잠재 요소에 닿아 있는 또는 열려 있는 탄력적 관점은 다름 아닌 문화적 능력이다. 좀 더 정확히 말하여 상호 문화적intercultural 능력이다.

상호 문화적 능력은 어디에서 오는가? 그것은 아마도 차이의 감수성에서 올 것이다. 상호 문화적 능력은 대상 사이의 미세한 차이를 판별해 내고 그 차이와 이질성을 존중하며, 이 이질성을 때로는 동질성의 이해 틀 안으로 수렴하고자 하는 능력이다. 차이의 감수성은 좁게는 비유를 그 생명으로 하는 문학 언어에서, 즉 서사 능력의 계발을 통해 길러지고, 크게는 서로 다른 언어와 양식, 관습과 전통을 이해하는 데에 작동하는 상호 문화적 능력으로 배양된다. 서사적·비유적 능력은 근본적으로 차이 인식적differenzerkennend 이며 의미 창조적sinnerschaffend이다.

서사적·비유적 능력은 큰 맥락에서 보면, 카시러E. Cassirer적 의미에서, '상징 형식'으로 구성되는 문화에서 길러진다고 할 수 있다. 그러므로 이질성/차이의 판별력은 작게는 비유적·서사적·문학적 능력이고, 크게는 문화적 능력이 된다. 그것은 차이에서 드러나는 미묘한 동질을 포착해 내고, 이렇게 포착된 동질성 속에 그럼에도 불구하고 배어 있는 어떤 이질성을 무시하지 않는 태도를 갖는 데에 도움을 준다. 이때 개방적이고도 탄력적인 관점은 이런 차이의 감수성을 키워 주면서 동시에 이 차이의 감수성으로 얻을 수 있는 결과이기도 하다. 그것이 어찌되었건, 이 모두는 말의 바른 의미의 시민사회적 품성과 문화적 교양을 형성하는 데에 중대한 의미를 지닌다. 차이 인식적이며 의미 창조적인 서사 능력은 자아와 현실, 인간과 역사 그리고 자연을 이해하는 데에 꼭 필요한 문화적 교양 능력이다.

이 같은 점을 장정일은 권력과 추방, 지배와 억압, 역사와 서사, 현실과 꿈, 실체와 가면, 문화의 중심과 그 변방, 역사의 과거와 현실, 중국사와 한국사 등의 여러 문제항 속에서 다양한 서술 방식(대화와 묘사, 주관적 개입과 객관적 평가, 인용과 주석, 독백과 자기 질의 등)으로 입체감 있게 드러낸다.

그의 글에서는 권력과 폭력, 성性과 욕망, 정복과 좌절, 추방과 희생, 허위와 망상 등 삶을 구성하는 많은 요소들이 어떤 단일하고 특정한 의미로 환원되지 않고, 다성적으로 주제화되고 있다. 이들 하나하나는 나름의 고유한 의미를 지니면서도 전체 의미로 조합된다. 역사와 그 속의 인간 현실, 역사 자체의 무자비함과 권력적 속성, 인간의 변덕과 맹목성, 폭력의 악순환, 여기에서 갖는 문학적 서사의 어떤 효용성, 꿈과 서정, 현실의 서정주의, 무기력한 사랑의 전언……. 이런 것들은 이렇게 조합된 전체 의미들 가운데 몇 가지 예가 될 것이다. 수많은 색점들이 어울려 하나의 풍경을 만들어 나가듯, 각각 서사의 파편은 서로 겹치고 어긋나면서 하나로 녹아 지금의 현실을 비추는 반성적 모자이크로 보인다.

장정일은 결코 정형화된 서술 형태나 평면적 묘사법을 따르지 않는다. 그의 글에서 정해진 분석 틀이나 선험적 도식은 그리 중요하지 않다. 문제는 역사와 인간이, 권력과 죽음이 어떻게 관계하고, 여기에서 서사는 어떻게 폭력의 역사를 기록하며, 글쓰기는 무엇을 지향하고, 인간의 삶은 어디로 나아가고 있는지, 어디로 나아가야 하는지를 묻는 일이다. 이런 작가의 물음에 그의 글을 성찰하는 이 글 역시 상응해야 할 것이다. 관행의 상투적 답습이 아니라 새로운 시도―이미 가져 온 생각의 지루한 반복이 아니라 기존과는 다른 탐구가 아니라면, 글은 무슨 소용일 것인가. 이 새로운 시도를 통해 글쓰기의 의미와 문학예술의 지향 그리고 삶의 의의를 한번 생각해 보고자 하는 것이 이 글의 목표이다.

이 글이 어떤 일관된 논리 속에서도 그 논리가 개념적 논증의 차원에 머무는 것이 아니라 개념 너머의 밝혀지지 않은 부분으로 나아가고, 그리하여 스스로의 한계를 직시하면서도 이때의 직시가 시적 암시와 비유, 표현의 생략과 절제까지 포함한다면, 더 좋을 것이다. 문학적 철학 또는 시적 산문의 가능성은 이즈음에서 열릴지도 모른다. 그러나 그것은 가능한 일인가?

정리하자.

개인과 역사, 인간과 세계는 상호 삼투적이다. 인간의 삶이 '세계 안에서' 이루어진다면, 이 현실의 삶에서는 그 어떤 유아론唯我論도 있을 수 없다. 나는 오로지 나로 있고, 나로부터 시작하여 나로 끝난다고 하는 생각 역시 세계의 산물이기 때문이다. 모든 언어와 의식, 사고와 행동 그리고 몸은 세계 속에서, 세계를 따라 규정되면서 이 세계를 다시 규정한다. 인간은 세계 안에 있지만, 그 관심은 밖에까지 걸쳐 있다. 그는 세계의 안과 밖 사이에서, 물질의 압력에 짓눌리는 몸으로, 그러나 이 물질의 질서에 맞서, 이 질서를 바꾸면서, 스스로를 바꾸어 간다. 인간은 세계의 조건에 물질적으로 제약받으면서 이 조건을 인간화해 가는 것이다.

연민, 배려, 동정, 관용은 이렇게 인간화된 정서의 몇몇 내용일 것이다. 그것은 동류 인간적 의식, 즉 유대감 없이는 생겨나지 않는다. 사랑은 이 우애의 연대에서 오고, 이 연대로부터 사랑의 조합이 만들어진다. 그렇다면 사랑의 조합을 지탱하는 것은 무엇인가? 그것은 믿음이다. 눈먼 믿음. 그러나 맹목성을 의식하는 믿음은 맹목성 자체와는 다르지 않은가? 맹목적일 수 있는 믿음을 반성할 수 있다면, 이 믿음은 허용될 수 있지 않은가? 사랑은 이렇게 반성하는 믿음으로부터 온다. 이 믿음으로 우리는 세계와 이전보다 좀 더 적극적으로 친교할 수 있다.

인간의 현실이 '아직도' 계몽되지 않은 것은 의지가 없어서가 아니다. 또 그에 대한 이론이나 철학이 없어서도 아니다. 무엇보다 큰 요인은 대개의 관점이 편향되고 불충분했기 때문이다. 현실과 인간, 세계와 역사, 자아와 사회, 모순과 차이를 보는 눈이 정밀하고 섬세하지 못했기 때문이다. 또는 이 정밀한 시각을 제대로 번역해 내지 못했기 때문이고, 더하게는 그런 문제의식을 각각의 개개인이 육화하지 못했기 때문이다. 여기에서 핵심은 다시 관점의 유연성과 포괄성이다.

우리는 인간과 그 삶에 대해 좀 더 다채롭고 부드러운 관점을 부단히 정련해야 한다. 그것은 어떻게 가능한가? 관점의 정련은, 간단히 말하여 느낌과 생각에 있어서의 움직임—여기 이곳이 아닌, 여기를 넘어 저기 저곳으로 부단히 나아가는 데에 있다. 저곳으로의 움직임 속에서 지금 여기의 현실은 다시 고쳐지고 더 나아질 수 있다.

저기 저곳으로 나아감 또는 나아가려는 움직임, 그것은 초월의 충동이고 쇄신에 대한 욕구이다. 그러나 이 움직임마저도 때로는 망상일 수 있다. 초월은 어쩌면 늘 한계 속의 초월이고, 초월의 가면인지도 모른다. 초월 자체가 아니라 초월을 향한 의지—초월을 위한 선택과 결정만이 인간의 삶에 허락될 뿐인지도 모른다.

그러나 설령 그렇다 해도, 움직임의 지향은 여전히 필요하다. 움직임 또는 움직이려는 의지와 충동, 그것은 모험을 감행하는 것이다. 감각과 사고에 있어서의 모험. 이 모험에서 새로운 것 또는 낯선 것은 회피되거나 거부되지 않아야 한다. 그리하여 모험은 '불쾌와 불편을 감당하는' 모순의 일이 된다. 이 모순의 모험을 통해 지금 여기는 타자성의 시선 속에서 점검되고, 이런 점검 속에서 우리는 좀 더 온전한 삶의 방식으로, 그 새로운 가능성으로 조금씩 조금씩 나아간다. 문학적 서사는 이런 삶의 가능성을 탐사한다. 단순히 참과 거짓, 선과 악이 무엇인가가 아니라 이들이 어떻게 구성되며, 이들을 가능하게 하는 기준과 원칙들이 어떻게 마련되었는지, 이때의 의도와 숨겨진 전략은 없는지를 문학의 이야기는 보여 준다.

여기에서 차이의 감수성은 결정적이다. 그리고 그 옆에, 이미 여러 번 지적하였듯이, 견해와 사고의 차이 그리고 행동의 차이가 있다. 미묘한 차이에 대한 감각과 이해의 마음은 단순히 차이의 확인에 그치는 것이 아니라 이 차이의 억압이 나 자신의 삶과 그 현존적 충일성을 얼마나 훼손시키는가를 깨닫게 한다. 그러므로 모순의 서사적 모험은 균열의 포용처럼 부단히 행해져야 한다.

이 점에서 관점의 움직임—감각과 사고의 유연성은 타자를 지향하는 인간 존재의 움직임과 다르지 않다. 이 움직임은 움직이는 언어, 언어의 탄력적 표현으로 지탱된다. 감각과 사고, 표현과 언어 그리고 관점의 유동성은 삶 자체의 유동성에 상응하는 것이다. 결국 문학의 언어적·사고적 지향은 주체의 실존적 지향과 구조적으로 동일한 것이 된다. 저기 저 다른 곳으로의 움직임은 문학의 운동이고 삶의 의지이며 표현의 충동이고 인간의 본성이기도 하다. 그 점에서 문학과 삶과 인간과 언어는 깊은 의미에서 서로 만나 연대한다.

문학예술가는 우애의 연대감 속에서, 이 연대성의 조합원이 되어, 사랑의 형식을 땅 위에 확산시키고자 한다. 그 때문에 그것은 인간성을 지향하는 문화의 길에서 벗어나지 않는다. 아니 벗어날 수가 없다. 문학예술의 '신앙성'은 이 점에 있다 할 것이다. 관점의 다양화와 탄력화란 삶의 맥락화이다. 그것은 어떤 특정 요소에 스스로를 고립시키거나 함몰시키지 않고 한 요소와 다른 요소와의 관계, 이 관계의 맥락 전체를 살핀다. 반성을 통해 현재의 관점을 맥락화하는 일, 그것은 서사적·문학적 활동에만 해당되지 않는다. 그것은 개인과 자아의 성장에도 관계되고, 공동체의 성숙에도 필요하다.

그러므로 관점의 맥락화는 시민 덕성의 중대한 요소이다. 폭력과 강제로부터 자유로운 삶의 공동체는 아마도 이런 덕성을 개인들이 구비하고 사회제도적으로 장려할 때, 실현될 수 있을 것이다. 인권의 보편적 요구가 충족되고 인정認定의 정치가 구현되며, 문화적 차이가 허용될 이 억압 없는 공동체 속에서 우리는 실존하기를 더 이상 꿈꾸는 것이 아니라 '스스로 실존하게' 될 것이다. 그러나 그곳은 여기에서 얼마나 아득한 곳인가?

그렇다 해도 시민의 덕성에서 차이의 감각은 핵심 요소일 것이다. 대립과 배제의 배타 관계는 어떤 식으로든 바람직하지 않다. 심지어 악의 배제도 고려해야 할 때가 있다. 왜냐하면 그것은 거꾸로 선善의 가능성을 더 폭넓게 생각하는 데에 도움이 되기 때문이다. 그러나 차이의 감수성이 절실한 좀 더 근본적인 이유는 의미 형성 과정 자체가 배제와 추출의 과정이기 때문이다. 의미란 실제로 일어난 여러 사건들 가운데 '의미 있다'고 하여 선택의 망 속으로 통합된, 그럼으로써 '단순한 우발성이 의미 있는 우발성으로 변형된 것'일 뿐이다. 우리는 필연적인 것의 우발적 토대와 이 우발적인 것의 필연적 지속성을 고려할 수 있어야 한다.

현대 세계, 특히 21세기를 시작한 지금의 시점(2006년)에서 단절과 비약, 균열과 모순을 수렴하고 이해하며 인정하고 포용하는 일은 더욱 절실해 보인다. 이 점에서 차이의 감수성은 어떤 일정한 역할을 할 수 있을 것이다. 그리고 그것은, 지금 여기 나와 우리의 정체성을 좀 더 납득할 만한 균형을 이루게 하는 데에 관계한다는 점에서, 문화적 능력이 된다. 사회적 인성 또는 교양의 덕목이 형성되는 대목도 이즈음일 것이다.

인간의 정신과 영혼은 그가 속한 문화의 특유한 문학과 신화, 환상과 이미지, 관념 등으로 깊게 각인된다. 그러므로 우리는 문화의 이해를 통해 그 유래와 마찬가지로 그 경계선을 이해하게 된다. 정상적인 것의 범주가 점차 상대화도는 것은 이런 이해를 통해서이다. 차이에 대한 감수성 혹은 적극적으로 표현하여 이질성에 대한 포용 정신이야말로 인간과 삶, 현실과 역사를 포괄적으로 이해하고, 그에 접근하며 궁극적으로 그것을 인간화할 수 있는 하나의 길로 보인다. 그 점에서 그것은 좀 더 바람직한 공동체를 위해 요구되는 덕성이기도 하다.

시민의 덕성은 스스로의 동일성을 지키면서도 단순히 이 동일성을 불변의 것으로 고집하는 것이 아니라 타자와의 관계 속에서, 이 관계의 개방적 교류를 통해 스스로를 교정하고 확대시켜 감으로써 함양된다. 타자와의 관계와 이 관계를 통한 교류란 하나의 관점으로부터 다른 관점으로 이동하는 것, 이런 이동을 통해 관점의 확장을 도모하는 것이다. 비유적으로 말하여 그것은 텍스트에서 컨텍스트로 나아가는, 언어 횡단적인transsprachlich 사고 실험이고 분과 횡단적인transdisziplinär 시각 교정이다. 이것은 그 자체로 상호 문화적 실천이 된다.

관점의 지속적 교정과 갱신 그리고 확산은 결국 위에서 말한 관점의 입체화, 맥락화와 같다. 우리의 느낌과 생각을 부단히 고치고 달리 보충하지 않는다면, 우리의 자아가 어떻게 성숙할 것이며, 우리의 정신은 어떻게 심화될 것인가? 그것은 내면의 외면적 확장이자 세계의 인간화 과정과 다르지 않다. 관점의 반성과 이런 반성을 통한 쇄신 없이 삶은 온전하게 만들어지지 않는다. 형성의 지체는 삶의 경직화이고 화석화이다. 그것은 삶의 중지, 즉 죽음이다. 더 나아지기를 멈추는 것, 그것은 이미 죽음의 수락이고 그 시작이다. 쇄신의 중단은 성찰의 결핍으로부터 온다. 결핍이란 영육의 성장을 막고 그 운동을 저지시킨다. 맥박의 정지가 아니라 반성의 중단이 죽음인 것이다. 여기에서 인간은 '종국적으로 패배한다'. 그러나 인간은 나무처럼, 꽃처럼, 나날이 커 갈 수 있어야 한다.

우리는 서사 능력 또는 비유의 방법을 통해 사회적 상호 관계에 좀 더 적절하게 대응할 수 있고, 세계의 충일성에 좀 더 적극적으로 열려 있을 수 있다. 그리고 이 열림의 상태는 그 자체로 문화적 교양의 일부를 이룬다. 그러는 한 이 열림—감각과 사고의 개방성은 삶의 심미적 태도로, 실천적·윤리적 자세로 교육될 수 있다. 상호 문화적 탈경계화를 통해, 이 탈경계화의 포용력을 통해 우리는 서로 다른 감각과 감각, 언어와 언어, 개인과 개인, 문화와 문화, 역사와 역사 사이의 이미 있는 또는 앞으로 있을 충돌을 교류로, 그 갈등을 화해로 전환시킬 수도 있을 것이다.

한 공동체에서 사회정치적 불평등을 교정하고, 이념 분화를 동

의할 만한 틀 안으로 수렴하며, 불합리한 제도를 점차 철폐시켜 가
는 일도 가장 근본적으로는 이런 예술적·문화적 능력으로부터 배
양될 것이다. 문학작품의 의미가 반드시 교육적·사회정치적·문화
적 차원에서 완전히 해소될 수는 없는 일이다. 그러나 이러한 면모
는 현대의 서사적 의미를 재검토하는 데에 도움을 주는 것으로 보
인다.

증오하기 위해서가 아니라 서로 사랑하기 위해 나는 여기에 왔네.
— 소포클레스Sophokles, 『안티고네』 *Antigone*(BC 441)

3부

변방의 고통과 기억

^{7장} "오, 둥글고, 부드럽고, 은은하고, 여린 것들이여!"

"만리장성 밖으로"

역사의 정전에 대한 부정, 서술 방식의 이질성, 역사와 서사의 관계 등 지금까지의 논의와 관련하여 우리는 이즈음 논의되는 여러 비평 술어를 잠시 끌어들일 수 있겠다. 가령 정전에 대한 부정은 직선적 발전을 옹호하는 역사 낙관주의에 대한 비판으로 읽을 수 있을 것이고, 다양한 서술 방식에서는 작가나 그의 의도를 부정하는 푸코식의 담론 비판적 단초를 읽어 낼 수 있을 것이다. 마찬가지로 역사와 서사의 관계에서는 거대 이념의 부정이나 거꾸로 구체성과 일상성의 존중을 읽을 수도 있겠다. 이것은 더 나아가 로고스 중심주의나 남성 우월주의 신화에 대한 비판적 거리로 해석될 수도 있을 것이고, 소수자에 대한 관심에서는 페미니즘 문학 이론이나 후기식민주의 문예론을 끌어들일 수도 있을 것이다. 바야흐로 지금은 여러 패러다임 사이의 이론적 경합과 방법론적 갈등이 급격하게 일어나고 있다.

이 글의 논의와 관련해서는 여러 가지 문제의식과 주제가 있겠지만, 간단히 말하면 역사의 직선성에 대한 회의, 가치와 규범의 다원주의, 이질적 차이에 대한 존중 등이 언급될 수 있을 것이다. 그러나 이렇게 강령과도 같은 단순화된 언급으로 그친다면, 그 평문은 너무 밋밋하게 될 것이다. 이 모든 관점들은 '들여온' 이론이고, 빌려 온 언어와 사고이기 때문이다. 이론과 철학은 우리의 시각에서, 지금 여기의 현실을 담아, 나의 언어로, 늘 새롭게 번역되지 않으면 안 된다.

　　담론 비판적이건 페미니즘 시각이건, 후기식민주의 이론이건 해체 운동이건, 변화된 현실을 읽고 해석하는 비평 방법들은, 그것이 단순 계몽주의 위에 근거한 역사철학적 진단의 결함을 새로운 관점에서 증언한다는 점에서, 서로 일치한다. 이질적 다수성과 탈중심성 그리고 다양성에 대한 주목은 비평 이론에서 보면 후기구조주의적이고 해체론적인 정신을 보여 주면서, 문학-문화학의 관점에서 보면 그보다 좀 더 포괄적인 상호 문화적 문제의식이 문학의 이해에 절실함을 알려 준다. 이것은 다시 강조하거니와 현대사회에 와서 매우 복잡해진 관심과 문제의식의 지형도를 증거한다. 그래서 그것은 몇 가지로 요약되기 어렵다. 그러나 단순화하여 정리하자면, 그것은 '차이에 대한 감수성 또는 구별 능력'으로 귀결될 수 있지 않나 생각한다.

　　차이의 감수성, 이것은 이미 언급하였듯이 그 자체로 문학예술적 능력이자 상호 문화를 이해하는 능력이다. 이런 이해를 통해 주체의 관점은 넓어지고, 이 주체가 바라보는 대상 또한 풍부해지며, 이렇게 대상이 풍부해지는 만큼 다시 주체의 감각과 사고도 유연해진다. 감각과 사고의 풍요로움과 유연함, 이것은 주체가 자유로워진다는 뜻이다. 결국 차이의 감수성과 포용의 의식은 주체의 자유의 방식인 것이다.

　　차이의 감수성은 다르게 표현하면 철학의 제1원인들—진리나 존재, 이념, 신, 무한성, 영원, 근원의 일원성 또는 신화화를 의문시한다. 이 원인들은 하나같이 모두 중심 또는 중앙에 자리한다. 중심부에는 권력과 자본, 영화榮華와 이데올로기가 서식한다. 이것은 모두, 그것이 타자를 지배하고 억누르며 명령하고 배제한다는 점에서, 예외 없이 폐쇄적이고 독점적이다. '공식 문화'란 이들이 꾸린 삶의 물질적·정신적 양식이다. 그러나 이 공식 문화는 많은 것을 억눌린, 은폐된 또는 드러나지 않고 숨죽인 것으로 남겨 놓는다. 차이의 감수성은 이런 숨죽인 것들의 흔적—잊히고 패배하고 억눌린 것들의 기나긴 자취를 발굴하고자 한다. 왜냐하면 숨죽인 이 자취들이야 말로 사회에서 일어나는 도 일어날 모든 것의 배양소이기 때문이다.

숨죽인 것들, 억눌리고 잊힌 것들은 중심이 아니라 변방에, 중앙이 아니라 변두리에 있다. 문학은 이 억눌린 것들의 탈중심성과 변방성 그리고 소수성에 주목한다. 변방성에 대한 장정일의 진술은 『중국에서 온 편지』에서 가장 중요한 문제의식의 하나로서 마치 주도 모티프처럼 반복적으로 등장한다.

중심의 미몽

탈중심성, 차이, 소수성의 모티프가 나타나는 대표적 예는 『중국에서 온 편지』에서 몽염 장군이라 할 수 있다. 그는 변방에 주둔하면서 이 변방을 지리적으로 통합하고자 하는, 그럼으로써 중앙으로 편입되고자 애쓰는 작중 인물이기 때문이다. 여기에서 그의 갈망은 권력 또는 지배에 대한 욕망과 다르지 않다. 중앙의 권력성에 대한 이런 문제 제기는 사실 작가에게 있어 새로운 것이 아니라 오래된 것이다. 거의 20년 전에 나온 『길안에서의 택시잡기』에는 아래의 시가 있다.

> 그는 '중앙'과 가까운 사람
> 항상 그는
> 그것을 '중앙'에 보고하겠소
> 그것을 '중앙'이 주시하고 있소
> 그것은 '중앙'이 금지했소
> 그것은 '중앙'이 좋아하지 않소
> 그것은 '중앙'과 노선이 다르오
> 라고 말한다
>
> '중앙'이 어딘가?
> '중앙'은 무엇이고 누구인가?
> 보이지도 들리지도 않는 '중앙'으로부터
> 임명을 받았다는 이자의 정체는 또 무언가?
> '중앙'을 들먹이는 그 때문에
> 자꾸 '중앙'이 두려워진다

—「'중앙'과 나」 중에서

이 시가 보여 주듯, "중앙"은 나를 "주시"하고, 나를 "금지"시키며, 그래서 내가 "보고"해야 할 대상이다. 중앙 아닌 곳에 있는 나는 "중앙과 가까운 사람"이 되고자 하고, 중앙이 좋아하는 일을 좋아하고자 하며, 중앙이 따르는 "노선"을 뒤따르고자 한다. 그러나 그

정체를 내가 아는 것은 아니다. 그것은 어디에 있는지도, 누구인지
도 알려지지 않았다. 그래서 나는 중앙에 대해 두려워하듯, "중앙
을 들먹이는" 것에 대해서조차 "두려워"하게 된다.

　여기에서 드러나는 것은 중앙이 노선을 통해 명령과 지시를
하는 힘, 즉 권력의 심급이라는 사실이다. 그래서 이 권력의 주체
는 공포의 대상이 된다. 중앙의 권력에 대한 이 같은 다양한 비판
은, 『중국에서 온 편지』에서 보면, 몽염의 꿈에 나타난 어떤 여인의
목소리를 통해 암시된다. 귀기가 서린 그녀가 잠을 깨우자, 몽염은
칼을 빼어 들고 무릎을 꿇으라고 그녀에게 소리친다. 그러자 이 여
인은 이렇게 말한다.

　쇠는 못이 되지 않고 사람은 군인이 되지 않는다고 했거늘 너는
스무 살이 되기 전부터 장수가 되어 삼십 년 넘게 전장으로만 떠
돌았을진대 이젠 칼과 살상이 지겹지도 않으냐? 어찌 맨손의 아
녀자를 보고서 칼부터 빼어 드는 게냐? 명문가의 자손이라더니만
허울뿐이구나. …… 너는 오로지 황제에게 잘 보일 욕심으로 전장
에서 공을 세우고 백성을 채근하여 장성을 쌓는 일에 공력을 쏟았
구나. 그러나 네가 쌓은 만리장성이 너를 욕되게 하고 그것이 너
의 명을 재촉할 것이다.(57)

　현실의 폭력은 많은 경우 악의 그 자체가 아니라 신념으로 행
해진다. 단지 이때의 신념은 '반성되지 않은 신념'일 뿐이다. 반성되
지 않은 신념, 그것은 맹목이고 독단이다. 그러나 악의 주체에게는

이러한 독단성을 생각할 능력이 없다. 그는 확고부동한 신념 속에 행동했기에 자기 행동이 어떤 고통을 야기했는지, 어떤 피의 희생을 초래했는지 알지 못한다. 오히려 그는 선의를 행했다고 여긴다.

반성되지 않는다면 치욕도 치욕으로 생각되지 않는다. 치욕이기는커녕 그것은 오히려 전공戰功이고 위업偉業이다. 그리하여 치욕과 위업, 허울과 명성 사이의 구분은 없다. 그래서 몽염은 자기 공적을 업수이 여기는 여인의 말에 크게 분노한다. 그러면서 이렇게 응수한다. "네가 어찌 나의 위업 가운데 위업인 만리장성을 비난하는 거냐? 내 감히 말한다마는, 진제국은 없어져도 내가 지휘하고 감독한 만리장성은 영원할 것이야!"(58) 여인은 다음과 같이 대답하며 차갑게 웃는다.

이 몽씨야! 만리장성은 너의 자랑이 아니라 네가 갇혀 있는 미몽이야, 미몽! …… 네가 미혹되어 있는 만리장성이 너의 헛된 욕망이라는 것을 대체 어느 때에 가서야 깨닫게 된다는 말이냐? 미욱한 너에게 만리장성 안에서의 꿈이 헛되고 헛된 것임을 어떻게 배워 준다는 말이냐? …… 어리석은 몽염아. 너는 만리장성이 그리도 자랑스러우냐? 그렇다면 네가 죽은 다음, 후세의 역사가들이 너를 어떻게 평하는지 들어 보아라.(58~59)

이렇게 말하고 난 뒤, 여인은 역사가 사마천을 불러들이고, 화자는 무제의 감시 아래 있었던, 말로 표현할 길 없는 여러 제약과 이 제약 아래에서도 버리지 않았던 사마천의 비판 정신을 부각시킨다.

사마천은 알려져 있다시피 '수염이 없는 사가史家'이다. 그는 궁형의 수모를 감내하면서 살아남아 마침내 개인의 불운이 아니라 인간의 불운, 나아가 역사의 치욕을 엄정한 관점으로 증거하였다. 그 관점은 '고통과 불행에 대한 연민'으로 요약된다. 그리고 이 연민을 추동하는 것이 현실에 대한 비판 정신이다. 몽염에게는 이런 자기 비판적 정신이 누락되어 있다. 그는 만리장성이 "헛된 욕망"의 소산임을 깨닫지 못한다. 그래서 그는 사자死者가 자신의 죽음을 재촉할 때 슬피 울면서, 장성이 1만여 리 이어질 즈음 자기 죄는 "지맥地脈을 끊은 것"뿐이라 말한다. 그러나 몽염의 주장과는 달리 사마천은 이렇게 말한다.

> 장성을 쌓고 군로를 내기 위해 산을 끊고 골짜기를 메우었으니 진실로 몽염이 백성의 노고를 가벼이 여겼다는 것을 알겠다. 진나라가 처음에 제후들을 멸망시키면서 천하의 마음이 안정되지 않았으며 전쟁의 상흔이 아직 낫지 않았다. 그런데 몽염은 명장인데도 불구하고 늙은이를 보호하고 고아를 구휼하여 힘써 백성들의 안정을 구하지 않고 도리어 시황에게 충성하고자 하는 일념으로 백성을 혹사시켜 장성을 쌓고 직도를 뚫었으니 그들의 형제가 주살을 당함이 또한 마땅하지 않은가? 무슨 지맥 끊은 것에 죄를 돌리려고 하는가? (62~63)

이 대목에서 우리는 이야기의 세 층위가 겹쳐 있음에 주의할 필요가 있다. 첫째, 상상적 구성의 층위 : 만리장성을 쌓은 몽염의 일이 '공적'功績이 아니라 '죄과'라는 귀녀의 질타는 (작품에서) 사실적으로 일어난 것이 아니다. 그것은 몽염 장군의 꿈에서 상상으로 일어난다. 그리고 이 꿈의 상황은 정체불명의 여인이 사실은 "맹강녀孟姜女의 원혼"이라는 화자의 나중 언급을 통해 현실적 토대를 얻는다.(65) 둘째, 사실적 확인의 층위: 꿈속에서 일어나는 귀녀의 질타는 역사를 기록하는 사가 사마천의 등장으로, 그의 엄정한 관점 속에서 분명한 사후적·객관적 평가를 경험한다. 셋째, 화자/작가의 개입을 통한 분명한 입장 또는 당파성Parteilichkeit이 표명되는 현실적 층위: 이 같은 몽염과 사마천의 의견 대립에 대해 작가는 사마천의 판단에 "매우 엄정한 면"이 있다고 말하면서, 그의 편에 손을 든다.(63) 왜냐하면 몽염의 죄는 "늙은이를 보호하고 고아를 구휼하여 힘써 백성들의 안정을 구하"기는커녕 만리장성 축조로 인한 숱한 고통, 그 "노고를 가벼이 여겼"기 때문이다.

　서술적 층위의 복합화를 통해 행해지는 것은 역사의 의미에 대한 가치 전복만이 아니다. 역사에서 영광은 언제든 치욕이 될 수 있고, 그렇듯이 자랑은 언제든 미몽이 될 수 있다. 나아가 이 모든 치욕과 영광, 명예와 죽음을 구분 짓는 일 자체가 역사의 전횡일 수 있다는 점이다.

　성찰하지 않는다면, 반성 속에서 관점을 맥락화하지 않는다면, 판단력은 순식간에 정지한다. 역사의 현실은, 현실 속에서의 의미 작용은 여하한 중립도 허락하지 않는다. 대개는 옳거나 그른 것, 선하거나 악한 것 중의 하나가 된다. 문제는 이런 구분의 많은 경우가 '만들어지고 꾸며지고 조작된' 것이라는 데에 있다. 그러니 중성의 순수 상태 또는 무색무취의 언어는 예술에도, 문화에도 없다. 벤야민이 말했듯이, 야만이 깃들지 않은 문화의 자료는 없는 것이다. 모든 문화의 역사는 어떤 목적이나 이념으로 어느 정도는 뒤틀리고 훼손된 상태에 있다.

더 중요한 사실은, 이제 형식적 측면이 거론되는데, 화자가 대상에 질문을 제기할 뿐 아니라 이렇게 제기되는 질문의 당사자가 되기도 한다는 점이다. 즉 질문의 대상과 질문의 주체가 합치됨으로써 역사에 대한 이런 이의 제기에서 그 자신 역시 괄호 밖에 있지 않게 된다. 다시 말해 작가는 서사의 다층화로 사마천의 엄정성과 비판성을 자기 자신의 것으로 이어받아 이 부당한 역사에 시정적是正的으로 개입하는 것이다. 사마천에 대한 화자의 지지는 이런 개입의 결과에 해당한다고 할 것이다. 작가의 중첩적이면서도 탄력적인 서술 시각은 방법론적으로 보면 여타의 과학적 해석학이나 분석주의 틀과 분명하게 구분되는 요인이 되고, 의식적 측면에서 보면 그의 글쓰기의 계몽적 면모를 선명하게 보여 준다(우리는 앞에서 그 글쓰기 실천에 녹아 있는 시민사회적 관심을 살펴본 적이 있다).

잠에서 깨어난 몽염 장군은 그 낯선 여자가 만리장성 건설에 징용된 한 남자의 아내임을 알게 된다. 이 남편은 고된 일로 목숨을 잃었는데, 그 시신이 묻혀 있던 성벽은 통곡소리로 무너지고 만다. 그 사이 여인은 이 지역을 순시하던 진시황의 눈에 띄어 후궁이 되라는 명령을 받지만, 남편의 장례가 끝나자마자 남편에 이어 바다에 몸을 던져 죽는다. 그 뒤 몽염 장군은 맹강녀를 위해 사당을 지어 주고, 병사에게 제사를 지내라고 명한다.

작가는 이 모든 서로 다른 이야기의 흐름을 하나의 서사 형식 안으로 통합하면서 어떤 새로운 의미—고통과 울분을 외면하지 않는, 외면하지 않아야 할 이유를 암시한다. 역사는, 정치는 그리고 국가는, 또 권력은 이런 희생을 야기하면서 생겨나고 존속하며 계승되기 때문이다. "대저 국가의 성립이란 어떻게 이루어지는 것입니까? 그것은 무장력을 초석으로 합니다. 폭력의 잉여적 기반이 없이는 권력이 생겨나지 않지요. 그런데 몽염 장군은 진제국의 무장력을 장악하고 있는 폭력의 핵입니다."(70) 그러므로 몽염 장군은, 또 그가 쌓게 한 만리장성은 권력과 이 권력을 지탱하는 폭력을 표상한다. 그래서 부소는 그를 장성 안의 "개구리"라고 말한다.

> 장성 안의 세계보다 더 넓은 바깥 세계를 두고 죽자고 장성이라는 연못 속으로 뛰어들 생각만 하니 개구리지요 개구리! 개골개골 개구리이기는 한데 거세된 개구리란 말입니다. 함양이 아무리 좋고 장성 안의 세계가 아무리 넓다 해도 천지의 크기에 비하면 요강 단지처럼 답답하고 좁은데 거기에 입성하지 못해 안달이니, 참 못난 개구리인가 봐요.(71)

개구리의 초라한 행색은 그러나 몽염에만 해당하지 않는다. 이렇게 몽염의 권력욕을 질타하는 부소 역시 이 몽염을 사랑하고 있고, 이 몽염처럼 만리장성 밖에 있기 때문이다. 그는 무엇보다 그가 사랑하는 아버지로부터 버림을 받았다. 버림받아 장성 밖으로 쫓겨났다. 장성 밖에는 그러나 권력도 지배도 부귀도 영화도 아무엇도 없다. 몽염과 부소는 중앙의 권력으토부터 축출, 배제되었다는 점을 공유한다.

이 추방된 상태를 화자는 "거세"라고 말한다. 거세라는 단어는, 궁형이라는 말에서 이미 보았듯이, 작품 속 인물 몽염과 부소만이 아니라 역사 속의 실제 인물인 사마천을 같은 줄 위에 올려놓는 말이 된다. 이들은 모두 일체의 권력과 호사로부터 소외된 자들이다. 그러므로 우리가 읽고 있는 지금의 이 이야기는 '아무것도 아닌 자'가 진술하는 것이다. 그래서 그것은 몽상이 되고 가면이 된다.

> 아버님께서 만리장성을 쌓으신 이유는 장성을 경계로 중국과 변방을 구분하고 서로 섞이지 않게 하기 위함이었습니다. 다시 말해 중국은 만리장성 안에 존재하는 거지요. 그러니 장성 바깥에 있는 장군과 나는 중국인도 아니고 변방인도 아닙니다. 이것도 저것도 뭣도 아니니 쌍말로 좆도 아닌 거지요. 좆도, 좆도 아니라. 흠, 여기에 진실이 있군요. 몽염 장군과 나는 황제 폐하로부터, 권력의 핵심으로부터, 함양으로부터 다시 말해 장성의 안쪽 세계로부터 철저히 거세당한 겁니다.(69)

장성 안이 아닌 그 바깥에 있다는 것, 다시 말해 권력과 부귀로부터의 소외는 몽염 장군과 부소의 실존적 성격을 친화적으로 만든다. 이들은 삶의 모든 향유 조건으로부터 거세되어 있다. 거세된 장성 밖의 개구리, 그래서 그들은 아무것도 아닌 것이 된다. 아무것도 아닌 것은, 작가의 말을 빌리컨, "좆"도 아닌 것이다. "이것도 저것도 뭣도 아니니 쌍말로 좆도 아닌 거지요. 좆도, 좆도 아니라. 흠, 여기에 진실이 있군요." 이 문장에 나는 웃는다. 그러나 그저 웃어넘길 일은 아니다. 작가는 바로 "좆"에 "진실"이 있다고 적는다. 좆의 진실, 그것은 무엇인가?

좆의 진실을 말하기 전에 이 '불량한' 단어에 벌써 불쾌감부터 느끼는 독자들이 있을 수도 있다. 그래서 그것을 작가의 일회적 흥분이나 주관적 감상주의, 아니면 과도한 변방 의식이 낳은 도덕적 분개쯤으로 치부할 수도 있을 것이다. 그것도 아니라면? 독학자의 상투적 휴머니즘에서 빚어진 중심에 대한 비판인가? 물론 그럴 수도 있겠다. 그러나 더 납득할 만한 것은 다음과 같은 해석일지도 모른다. 좆과 같은 비어卑語, 이 말도 고상하다, 그냥 '욕설'로 하자. 아니 이것도 여전히 우아하게 들린다. '쌍소리'가 더 어울리지 않는가?

다시 쓰자. 좆과 같은 쌍소리에는 어떤 '바닥'의 느낌이 있다. 밑바닥, 무 또는 완벽한 고갈……. 이 모두는 어떤 수사修辭나 과장도 거부한다. 그것이 작위적이기 때문이다. 작위적인 것, 그것은 불필요한 화장化粧이고 미화美化이다. 미화는 신비화이고, 이 신비화는 사실에 대한 무지이며 미몽이다. 글쓰기는, 시를 짓거나 소설을 쓴다는 것은 그 어떤 작위나 과장의 술책에 대한 가차 없는 부정 속에서 행해진다.

삶의 은폐 작용은 대개 언어적 과장으로부터 시작된다. 그렇다는 것은 언어적 수사가 곧 삶 전체의 과장일 수도 있음을 뜻한다. 문학은, 그것이 그저 행해지는 것일 때, 그저 그냥 행해진다고 스스로 말해질 때, 가장 정직해 보인다. 장정일이 적었듯이, 시인은 그냥 시인일 뿐이기 때문이다. 그러나 그저 그냥 이 밑바닥 속에서 그는 자신만의 길을 가고자 한다. 마치 그 어떤 미사여구나 기교도 배제한 채, 오로지 자신만의 독창적 사고와 주제 의식으로 『군주론』 *Il Principe*(1532)을 써내려 간 마키아벨리N. Machiavelli 처럼. 좆의 진실에 대한 장정일의 발언도 이런 맥락에서 이해될 수 있을 것이다.

인간은 변덕스럽고 거짓에 능하며 이득에는 곧 눈 어두워지지 않는가. 마키아벨리는 인간이란 부도의 죽음은 쉽게 잊어도 재산의 상실은 좀처럼 잊지 못한다고 썼다. 도대체 인간은, 인간이 사는 세계의 현실은 어디쯤에 그 진면목이 있는가? 일체의 과장과 허식도 불허하는 어떤 엄격함, 이 엄정함의 정직성, 우리는 이 대목에서 불량한 정신의 진실성을 말할 수 있을지도 모른다.

밑바닥-무-바깥-변두리는 거창하게 말하자면 자유의 조건이다. 인간은 위가 아니라 아래에서, 있음이 아니라 없음에서, 중앙이 아니라 그 주변에서, 안에서가 아니라 밖에서 스스로 자유로움을 느낄 수 있다. 이 자유로움 속에서 그는 자신의 목소리를 자기 생애의 율법으로 삼고, 이 율법에 따라 세계를 창조하고자 한다. 그러므로 자유-자율-창조는 사실 한 줄 위에 나란히 동거하는, 서로 친밀한 정신이자 태도이다. 그러나 이것은, 변방이라는 단어가 함의하듯, 궁핍과 박탈, 헐벗음과 외로움을 동반한다. '좆'이 되는 것이다.

그러나 지배가 폭력을 전제한다면, 변방에서는 이런 폭력이 지양된다. 지배가 없기 때문이다. 정복과 약탈은 일어날 망정 더 이상 추방이나 거세는 존재하지 않는다. 이곳은 살인과 불운이 자리하지 않는 평화로운 그러면서 황량한 불모의 공간이다. 몽염과 부소는 이 불모의 공간에 나란히 기거한다. 이런 친화성은 몽염이 붓의 개량자라는 사실에서 강화되는 듯 보인다. 왜냐하면 부소는 글을 즐겨 쓰기 때문이다.

> 진제국의 군사적 주인공이 붓을 창안했다는 전설은 모순되어 보이지만 어쨌건 그는 장성의 건설을 진두지휘했던 창조적인 사람입니다. 칼과 붓의 조화되지 않는 모순이 오늘까지 몽염을 전설적인 인물이게 하는 거지요. 그런 그와 나는 참 잘 어울리는 한 쌍입니다. 붓을 창안한 장군은 변방에서 싸우고 나는 그것으로 저술을 합니다.(73)

몽염과 부소는, 화자의 언급을 따르면, "참 잘 어울리는 한 쌍"이다. 몽염이 변방에서 만리장성 축조를 지휘한, 그래서 "창조적인 사람"이라면, 부소는 이 변방으로 쫓겨나 저술 작업에 매달리는 창조적 인물이다. 이들은 둘 다 권력과 영화의 밖에서 거세된 채 자기 나름의 영역을 넓혀 간다. "거세된 수말"인 것이다.(71)

그러나 중요한 차이 또한 있다. 몽염의 변방 정벌이 보여 주듯, 그는 이 장성 밖 황야에서 전공戰功을 세우고자 애를 쓴다. 그리고 이런 전공을 통해 그는 다시 함양으로, 권력의 중심으로 불러지길 학수고대하고 있다. 즉 그는 여전히 '지배하는 중심'을 꿈꾸고 있는 것이다. 그에 반해 부소는 이런 일의 부질없음을 잘 안다. 그는 몽염과는 다르게 더 이상 중앙을 열망하지 않는다. 그는 오히려 변방

에 기꺼이 머물고자 한다. 그래서 그는 몽염을 두고 "참 못난 개구리"라고 질타한다.(72)

　　한쪽이 중앙의 권력을 갈망하면서 지리적 영토 확장을 꾀하고 있다면, 다른 한쪽은 권력욕 없이 지적·정신적 영토 확장을 꾀하고 있다고나 할까. 몽염이 스스로 개구리임을 의식하지 못하는 '멍한 변방인'이라고 한다면, 부소는 자신이 개구리임을 의식하는 '불행한 변방인'이라고나 할까. 부소가 불행한 것은 그 초라하고도 궁색한 삶의 조건 때문이고, 그럼에도 그가 행복할 수 있는 것은 이런 초라한 자신의 정체성을 누구보다 꿰뚫고 있기 때문이다. 그런 점에서 부소의 불행한 자의식은 보편적 행복을 지향하는 모든 예술가의 초상이 될 법하다.

　　예술가의 불행 의식을 체현하는 부소는 이야기의 화자로서 서술되는 사건을 관찰하기도 한다. 그는 글을 통해 사건에 대한 객관적 거리를 유지하는 것이다. 그러나 그렇다 해도 그는 중심을 향한 야욕을 가진 몽염의 도움을 받고 있다. 마치 궁형의 수모 속에 『사기』를 저술한 사마천처럼. 아니면 정도의 차이가 있는 채로 허위와 가식을 영양 삼아 살아가는 우리들 자신처럼. 굴욕과 수모가 없다면 의미는 만들어지지 않는가? 모든 문화적 성취에는 수치의 얼룩이 배어 있는가?

붓과 춤

부소는 무엇보다 몽염의 보호를 받고 있고, 심지어 그와 사랑도 나눈다. 더 중요한 것은 몽염이 개량했다고 하는 붓을 사용하여 그가 글을 쓴다는 사실이다. "칼과 붓의 조화되지 않는 모순"을 그가 살고 있는 것이다. 마치 좆에 거짓만 있는 것이 아니듯, 오히려 어떤 진실성이 있듯이, 기록의 작업에는 거짓과 위선이 필연적으로 배어 있다. 허위성은 기록의 생래적 조건이다. 붓은 다른 그 무엇도 아닌 바로 칼—폭력성과 친인척 관계에 있기 때문이다.

진정성을 지탱하는 것은 모순과 역설의 메커니즘이다. 그러므로 중심과 권력으로부터 떨어져 있는 만리장성 밖에서도 진실만이 있는 것은 아니다. 거기에는 어리석음과 무지와 몽매 또한 있다. 그래서 부소는 자신의 『군주론』에 대해 글을 적으면서 마키아벨리의 『군주론』을 빗대어 이렇게 말한다.

사랑받는 것과 두려움을 받는 문제로 되돌아가서 그렇다면, 나는 인간이란 자신의 선택 여하에 따라서 사랑을 하지만 군주의 선택 여하에 따라서 두려움을 품기 때문에 현명한 군주라면 타인의 선택보다 자신의 선택에 더 의존해야 한다고 결론짓겠다. 다만 앞에서도 말한 것처럼 미움을 받는 일만은 피하도록 해야겠다. 에익, 툇! 이게 참된 군주가 지녀야 할 덕이란 말인가? 더럽다! 더럽다! 그럼 저술은 그만두고 어제 하다가 만 실험이나 계속해 보겠습니다. 무슨 실험이냐구요? 선계禪界에 가고 싶은 겁니다. 영생불사를 하고 싶은 거지요. 이 더러운 세상은 왕관을 쓴 개들에게나 주고서 말입니다. 그런데 아버지께서도 영생불사를 꿈꾸신다니 나와 라이벌이 되는 셈이지요.(74)

세상의 군주—지배자들은, 작가의 진술을 빌리자면, "왕관을 쓴 개들"일 뿐이다. 이러한 언급은 독설일 수가 있다. 그러나 그것은 사실에 더 가깝다고 말할 수도 있다. 현왕賢王과 덕장德將을 헤아리는 데에는 두 손가락도 많은 것이 아닌가? 서양 정치사상사에서 '근대/현대'modernity를 열었다고 칭송받는 마키아벨리의 저작에서도 이 점은 예외가 될 수 없다.

마키아벨리는 『군주론』에서 "현명한 군주라면 타인의 선택보다 자신의 선택에 더 의존해야 한다고 결론짓겠다. 다만 앞에서도 말한 것처럼 미움을 받는 일만은 피하도록 해야겠다."라고 적었다 (작가는 이런 식으로 마키아벨리의 이 말을 인용표 없이 그대로 적고 있다). 나아가 그는 "사랑받기보다는 두려움의 대상이 되는 것이 더 안전하다."라고 하였고, "거칠다는 세간의 평가에 괘념하지 마라." 하고 자신의 군주 메디치L. Medici에게 조언하였다. 이런 마키아벨리의 조언에 대해 부소는 "더럽다! 더럽다!" 하고 침을 뱉으며 자기의 저술을 중단한다.

그 대신 부소는 자신의 숨겨진 열망인—영생불사의 선계로 가고 싶다고 고백한다. 그러나 이것은 그를 변방으로 쫓아낸 아버지도 꿈꾸지 않았던가? 잘 알려져 있듯이 진시황도 영생을 꿈꾸며 불로초를 구하고자 애를 썼다. 그래서 부소는 아버지와 "라이벌"이 된다고 말한다. 그는 분명 "아버지의 사랑을 원했"었다.(80) 그러나 그것은 아버지가 했던 방식으로는 아니었다. 그래서 그는 차라리 변방에 머물며 영토를 확장하는 몽염을 그리워한다. "역사에 남을 아버님의 치욕? 황제로서의 위신? 그따위 똥 같은 건 개나 물어 가라지요. 나는 사랑하는 사람 몽염을 두고는 차마 세상을 하직할 수 없어요. 새로 생긴 아버지 몽염을 두고서는 어디로도 갈 수 없어요." (91) 몽염은 부소에게 아버지의 치욕을 대신할 "새로운 아버지"가 되는 것이다. 그러나 그는 이 새 아버지와, 이미 언급하였듯이, 어떤 점에서는 같지만 어떤 점에서는 다르다.

부소에게 중요한 것은 사랑이다. 그러나 이 사랑은 남성이나 여성이라는 의미의 분화된 사랑이 아니다. 굳이 두 성 가운데 하나라고 한다면, 그것은 남성적이라기보다는 여성적이다. 그러나 부소에게 가장 가까운 것은 아무래도 양성적인 사랑이다. 그는 여성과 남성을 포괄하는 삶의 전체, 그 온전성을 꿈꾼다.

양성 의식은 부소가 변방으로 추방됨으로써, 다시 말하여 권력의 중심 밖으로 쫓겨남으로써 얻어진 인식이었다. 작가는 적고 있다. "변방의 힘이 나를 양성에 눈뜨게 해 주었습니다. 오직 주변에 오래 머문 자만이 그 어두운 세계를 이해할 수 있습니다."(80) 이 양성을 인식한 부소는, 왕관을 똥이라 부르듯, 역사를 "개죽음의 퍼레이드"라 부른다.(90) 지금까지의 역사는 어느 한편만의 편향된 추구였고, 그런 이유로 수많은 고통과 불평등을 야기한 허명虛名의 시간이었기 때문이다. 부소는 혈육의 아버지가 아닌 열망의 아버지, 새로 생긴 아버지 몽염을 따른다. 그러니까 몽염은 그에게 현실의 아버지를 대신하는 꿈의 대상이자, 열망의 지향점이 된다. 현실에서 불사의 꿈을 그르친 부소는 갈망을 통해, 꿈꿈의 글쓰기를 통해, 영생을 실현하고자 하는 것이다.

위에서 보듯 부소가 사랑하는 몽염은 아버지의 대체물로 나타난다. 부소는 몽염을 사랑하기에 사랑하는 것이 아니다. 그는 아버지를 사랑할 수 없기 때문에, 사랑하고 싶은 아버지로부터 버림받고 추방되었기 때문에, 몽염을 사랑한다. 다시 말해 부소는 몽염에 대한 사랑을 통해 불가능한 자신의 열망을 상상으로 충족시키고자 한다. 그것은 대리 사랑이자 매개로서의 욕망을 드러낸다. 여기에서 우리는 지라르의 '욕망의 삼각형' 이론에 잠시 기대어 생각해 볼 수 있을 것이다. 사람의 욕망은, 어떤 대상 그 자체가 욕망되는 것이어서 일어나는 것이 아니라 그 대리물로 하여 일어난다. 욕망이 자율적인 것이 아니라 어떤 것의 중개로 생겨나는 것이다.

그러므로 욕망의 자율성이란 환상이다. 욕망의 개념은 마치 주체subject의 개념처럼 실체적이지 않기 때문이다. 주체적subjective이란 '주관적'이라는 뜻과 함께 '어딘가에 사로잡힌' 또는 '종속된'이라는 뜻도 지닌다. 그것은 실존ex-istence이 '있음'istere로부터 끊임없이 '벗어나는'ex 존재인 것과 흡사하다. 욕망 또한 실체가 아니라 유령인 것이다. 우리는 스스로 하나의 유령으로서 이 유령의 흔적을 열망하는지도 모른다.

주체든 욕망이든 실존이든, 이 모두는 자기 속에서 자기 아닌 것을 지니며, 자기 아닌 것으로 나아간다. 나는 '나의 나'이면서 '타인의 나'이기도 한 것이다. 그렇듯이 모든 욕망은 빌린, 매개된 그리고 모방된 욕망이라고 할 수 있다. 우리가 누군가를 욕망하는 것은 그 자체가 좋아서가 아니라 다른 사람이 그것을 욕망하기 때문이다. 사랑과 증오, 절망과 희망, 매혹과 시기는 그 자체로 자연히 발생하지 않는다. 그것은 언제나 무엇인가를 '통해', 어떤 길을 '에둘러' 생겨난다. 이렇게 매개된 욕망이 참된 욕망일 수는 없다. 그래서 하나의 욕망은 또 하나의 욕망을 낳고, 이 욕망은 다시 또 다른 욕망으로 옮겨 간다. 이런 욕망의 전이와 이동이 궁극적으로 향하는 곳은 어디일까?

욕망이 나아가는 곳은 아마도 나를 둘러싼 타자의 전체, 이 세계의 무한성일 것이다. 왜 그러한가? 이 세계는 그 자체로 완전하고 충일하기 때문이다. 욕망은, 꿈은 이 충일한 타자성의 세계를 향해 계속 나아간다. 인간은 이 부단한 나아감 속에 하나의 고리로, 순간의 혈떡임으로, 한숨이자 속삭임으로, 남아 있다. 그래서 부소는 죽은 몽염을 다독여 깨우고, 이렇게 일어난 그와 "변방의 연인들"이 되어(80) 장성 밖 드넓은 자유의 영역으로 가고자 한다. "일어나라, 몽염! 가자, 몽염! …… 어서, 가자, 만리장성 밖으로!"(98)

그렇다면 이 만리장성 밖은 어디인가? 그곳은 무엇을 상징하는가? 부소는 이렇게 말한다. "일단 진나라의 동쪽 끝인 요동반도로 갔다가 다시 요동반도 끝에서 배를 타자. 그 바다 건너에 네 덩어리 섬이 있다는데 거긴 아직 왕이 없다지!"(94) 이렇듯 부소의 염원은 만리장성을 넘어 진나라 동쪽 끝에 닿아 있다. 그리고 이 끝에는 요동반도가 있다. 그는 이곳 반도로 향한다. 이 요동반도에서 배를 타고 가면 "네 덩어리 섬"에 가 닿을 수 있다. 이 섬에는 "왕"이 없다. 왕이 없다는 것은 권력이 없다는 것이고, 이 권력으로 인한 피의 불운이 없다는 것이다. 그래서 그곳은 어떤 침략과 지배로부터 자유로운 섬이다. 권력의 싸움과 피의 희생이 없는 곳, 그리하여 자유로운 자리, 부소는 바로 이런 곳을 꿈꾼다.

우리는 6장에서 문학의 언어가 근본적으로 '비대칭의 감수성'을 장려한다고 말하였다. 이런 비대칭, 즉 차이를 판별하고 존중하는 가운데 중앙의 권력에 저항한다는 것, 그럼으로써 그것은 삶을 비지배적으로 변형시키는 데에 기여한다는 사실을 언급하였다. 우리는 여기에서 문학 언어가 지향하는 비지배의 이 화해 공간이, 부소가 갈망하는 왕이 없는 섬, 다시 말해 권력과 중앙으로부터 자유로운 공간과 일치함을 확인하게 된다.

문학 언어, 나아가 예술 언어는 비대칭의 감수성 속에서 지배 없는 공존의 공동체를 갈망한다. 부소는 이같이 꿈꾸면서 이 드넓은 섬의 자유를 알지 못한 채 변방에 붙박여 살아가는 몽염에게 이렇게 말한다.

대장군이 되고프냐? 대장군을 시켜 주마! 승상이 되고프냐? 승상을 시켜 주마! 황제가 되고프냐? 황제를 시켜 주마! 몽염은 놀라 입을 벌리며, 부소!라고 신음합니다. 나는 앞장서서 걸으며 그를 재촉합니다. 동이 튼다, 몽염! 어서, 가자, 몽염! 그러나 몽염은 몇 발자국 따라오다가 감옥의 창살 너머로 떠오르는 해를 보고 취한 듯이 움직이지 않습니다.(98)

만리장성 밖으로 가자는 부소의 외침에 죽었던 몽염은 깨어난다. 부소가 죽음에서 되살아난 것이 의아스럽듯, 몽염은 자기가 다시 살아난 것에도 당혹해한다. 그는 몸을 움직여 몇 발자국 따라가지만 더 이상 나아가지 못한다. "감옥의 창살 너머로 떠오르는 해를 보고 취한 듯이 움직이지 않"는다. 떠오르는 해는 무엇을 의미할까? 그리고 그에 대립해 나타나는 달은? 이 점에 대해 우리는 비평적 상징어의 도움으로, 특히 신화비평이나 원형비평의 도움으로 접근할 수 있을 것이다. 그러나 텍스트 안에 그 의미는 어느 정도 암시되어 있다고도 볼 수 있다.

부소는 소설 텍스트 안에서 낮에는 마키아벨리처럼, 그러나 마키아벨리와는 다른 문제의식으로 『군주론』을 쓰고, 저녁에는 프레이저처럼, 그러나 역시 프레이저와는 다른 생각으로 『황금 가지』를 쓴다. 『군주론』이 낮의 논평이라면, 『황금 가지』는 밤의 시이다. 그 때문에 『군주론』은 해처럼 뜨겁고 모질며, 『황금 가지』는 달처럼 은은하고 부드럽다. 이 부드럽고 은은한 시적 세계를 부소는 열렬하게 갈망한다. 그는 말한다. "오, 둥글고, 부드럽고, 은은하고, 여린 것들이여!"(68)

부소가 염원하는 둥글고, 부드럽고, 은은하고, 여린 것들은 모든 여성적인 것의 표상이다. 이 표상은 소극적으로는 남성성이 상징하는 권력과 지배, 폭력과 죽음에 대립되면서, 적극적으로는 소수자와 변방의 것들이 지닌 고통과 억압을 함의하는 것으로 보인다. 그리고 이 모두는, 위에서 언급하였듯이, 궁극적으로는 양성적 온전성을 지향한다. 그러나 이런 온전성은 붓으로 전달되기 어렵다.

나는 원래 대낮의 핏빛 태양 아래서 『군주론』을 쓰고 온화한 달빛 아래서는 부드러운 문장으로 후계자의 덕망에 대해 쓰려고 했건만 붓은 어찌 이리도 내 뜻을 몰라준단 말인가! 붓을 꺾어 버리고 창가로 다가서니 온 하늘과 땅엔 달빛이 휘영청 늘어져 있고 멀리 보이는 만리장성의 성루에서 초병들이 피워 놓은 화톳불이 보입니다. 아, 아름다운 밤이다. 아름다운 달과 아스라이 먼 장성의 성루에서 깜빡이는 작은 불빛. 아, 나는 춤을 추렵니다. 그동안 제작해 둔 디스크 더미에서 월광 소나타를 골라 턴테이블 위에 올려놓고 그 음악에 맞추어 스트립을 추렵니다. 아, 아름다운 피아노 선율과 섬세하게 굴곡진 이 몸뚱어리.(78~79)

해와 달은 여기에서 의미론적 차이를 지닌다. 태양이 "대낮의 핏빛"을 지니고 있다면, 달빛은 "온화"하다. 부소는 "부드러운 문장으로" 이 달빛을 기록하고 싶어 한다. 그러나 그 아름다움을 붓으로 담을 수는 없다. 그래서 그는 아름다운 달빛과 달빛 아래 깜빡이는 성루의 작은 불빛을 받으며 차라리 춤을 추기 시작한다.

해가 낮의 현실이라면, 달은 밤의 꿈일 것이다. 해가 역사의 폐허라고 한다면, 달은 이 폐허 위에서 꿈꾸는 부드럽고 은은하며 온전하고 결함 없는 세계를 상징한다 할 것이다. 해가 현실의 원리 realism라면, 달은 서정의 정신lyricism이라고나 할까. 그러나 현실을 서정 속에서 구현하기란 힘들다. 밤의 달빛 어린 세계와 낮의 핏빛 현실 사이, 그 거리는 아득하기 때문이다. 역사는 이 낮과 밤, 현실과 서정, 논리와 시가 하나로 되는 것을 불허하기 때문이다.

역사의 현실은 온갖 모함과 변덕, 기만과 학대로 이루어져 있지 않은가. 그리하여 현실과 꿈, 역사와 서정은 세상 안에서 서로를 밀어낸다. 밀어내어 별개의 영역이 되고 만다.

해와 달이 하나 되는 공간은 지금 여기의 현실이 아니라 저기 저곳이다. 그것은 역사를 넘어가는 역사, 기존 현실과는 다른 현실에서 비로소 이루어진다. 현실의 꿈 또는 꿈의 현실은, 몽염의 수음이 보여 주듯, 또 부소의 나체춤이 보여 주듯, 지금 여기에서는 도달할 수 없다. 그래서 부소는 붓을 꺾어 버린다. 그리고 말없이, 상징 없이, 단지 춤을 출 뿐이다. 몸짓이 언어를 대신하고, 침묵 속의 율동이 서사적 요설을 대체하는 것이다. 우리가 보여 줄 수 있는 것은 오로지 이 말 없음, 이 말 없음 속에서의 율동, 이 율동의 실천뿐인지도 모른다. 시인 김수영은 이 말 없는 실천을 '사랑'이라고 하였다.

자, 이제 마무리할 때가 왔다.

문학적 서사가 역사의 기술을 벌충해 준다고 해도 그것은 문학적 서사가 전능해서가 아니다. 그래서 부소는 글쓰기를 계속하는 대신 붓을 꺾고 춤을 춘다. 그러나 다시 한 번 주의하자. 글의 무력함은 춤의 말 없는 율동으로 전이되고, 이 율동은 다시 서정적 장면으로 전달된다.

그런데 이 전달 매체는 무엇이던가? 그것은 다름 아닌 서사-소설-문학-예술이다. 글의 무기력은 서사적 개입으로 고백되는 동시에 이 고백은 다시 서사적으로, 다시 말하여 이야기의 틀 '안에서' 행해진다. 이것을 가능하게 하는 것은 무엇인가? 그것은 여기 이 자리를 떠나지 않는 화자/작가의 현재하는 의식이다. 이 현재하는 의식으로, 이 의식의 비판 정신으로 장정일은 푸코가 말한 '작가/주체의 죽음'과는 다른 서사적 입장에 놓여 있다고 말할 수 있다. 작가의 현재적 의식은 곳곳에서 깨어 있고, 이 의식은 자기 성찰적이며, 이런 자기 성찰에서 그는 스스로를 갱신해 간다. 글은 이런 성찰을 갱신하는 매체이다.

글-서사-소설-문학-예술은 근본적으로 권력 성찰의 언어이다. 그것은 현실의 무기력 속에서 이 무기력을 넘어 기존의 현실과는 다른 가능성—비지배의 화해적 보편성을 향해 뻗어 나간다. 물론 권력 성찰의 언어도 넓은 의미에서 권력의 표현일 수 있다. 이것을 인정하자. 그러나 이때의 권력이 반드시 부정적이고 억압적이라고 말할 수는 없다. 권력에는 부정성만이 아니라 긍정성과 생산성이 있지 않은가. 계속해서 이어지는 이런 가능성의 탐사에서 서사적 행위는, 이 행위에서 이루어지는 시적 상상과 서정적 표현은 어떤 긍정적 역할을 할 수 있다고 나는 생각한다. 그것은 자기를 넘어 저기 저편의 어떤 다른 곳으로, 다른 공간의 조직 가능성으로 나아간다. 예술은 세계의 재조직화를 상상적으로 시도하는 일 이외에 아무것도 아니다. 그리하여 세계와 인간은 장성 밖의 시선으로 비주류와 타자의 관점으로 부단히 재발견되어야 한다.

문학과 예술은 근본적으로 방외적이고 타자 지향적이다. 타자 지향적이란 내가 나만으로 머무는 것이 아니라 너와 그들로, 그렇듯이 자아가 사회로, 인간이 자연과 우주로 나아가는 것을 일컫는다. 그러므로 타자 지향의 움직임이란 자유의 충동을 표현한다. 그것은 그 자체로 머물지 않기 때문이다. 그 자체로 머무르지 않으려 하기 때문이다. 자유란 말의 엄격한 의미에서 타자 지향적이다. 자유로운 인간은 차이가 의미를, 이질성이 동질성을, 움직임이 삶을 구성함을 안다. 철학한다는 것은 동질성과 이질성, 의미와 그 편차의 관계망을 끈질기게 해명하는 일이다. 그래서 자유로운 인간은 자신 밖으로 쉬지 않고 나아간다. 타자적 지향성 속에서 문학예술은 이질적 차이를 이편의 동질성 안으로 수렴하고 또 포용하고자 한다.

『중국에서 온 편지』는 이 점을 잘 보여 준다. 문학예술의 힘은, 그에 기대어 말하자면, 본질적으로 "변방의 힘"—변방의 시각과 관점인 것이다. 만리장성 밖으로 난 길, 그것은 역사와 문학뿐 아니라 정치와 문화가 지향해야 할 것이기도 하다.

변방의 한 줌 소금

이 무도한 땅에서 다시

문학작품이란 간단히 말하면 서로 맞물려 해석되는 기호의 유기적 체계라 할 수 있다. 여기에서 각각의 기호는 서로 작용하면서, 개인적이고 사회적인 차원에서, 내면의 성찰과 외면의 현실을 오가며, 문학적 술어와 논리적 개념을 교차시키면서, 그리고 정치적 개입과 무의식적 독백으로 긴장 관계를 이루면서 다가적 의미를 산

출해 낸다.

『중국에서 온 편지』는 역사와 서사, 권력과 희생, 지배와 박해, 삶과 죽음 등의 주제를 비정형의 서술 형식에서 드러내고 있다. 여기에서 하나의 소설작품(문학)과 문화적 표현형식은 서로 대조되고 어긋나면서 나타난다. 이런 대조와 상충을 통해 문학적 텍스트는 그 자체로 문화적 징후를 비유한다. 이 비유 속에서 사회와 텍스트, 현실과 글(서사)은 서로 만나고 헤어진다. 물질과 정신, 토대와 상부는 분리된 것이 아니라 분리 불가능할 정도로 긴밀하게 얽혀 있는 것이다. 사회적 현상들은 이런 상징적 표현에 의해 다의미적으로 그러면서 전일적으로 드러난다. 여기에서 차이에 대한 의식은 중요하다.

개인의 자유 문제를 제기하건 공동체의 정치사회적 방향을 논의하건, 아니면 이론적 탐구 의미를 말하거나 시민적 실천 가능성을 토론하건, 오늘날의 다양한 담론에서 그 어느 하나는 다른 여러 사항들을 고려하지 않을 수 없도록 한다. 그것은 크게 보면 저간에 일어났던 여러 학문적·철학적·비평적 성취에 힘입은 것이지만, 작게는 삶이 지닌 복합성과 중층성에 대한 인식의 필요성이 절실하다고 생각할 만큼 우리 사회의 정치체제가 유연하게 되었기 때문일 것이다. 그리고 이렇게 유연화된 민주화 아래의 경제 조건이 적어도 이전보다는 더 나아졌으며, 그로 인해 사람들의 감각과 사고에 한결 여유가 생겼다고 할 수 있다. 사회적 동의와 합의의 수준도 일거에 도달되는 것이 아니라 정치경제 그리고 문화 수준에 상응하여 비로소 얻어지는 것이다.

삶은 비규정적으로 풍요롭고 파편적으로 다양하다. 그러므로 삶의 모든 논의는 문화 활동의 일부로서 지금 여기의 삶과 사회의 건강한 꼴에 직접적이든 간접적이든 기여하지 않으면 안 된다. 적어도 현실에서 정합성 내지 연관성의 맥락을 잃어버린다면, 그것은 시간을 두고 살아남기는 어려울 것이다. 이것은 소설 텍스트를 통해 우리 사회의 문화 갈등 양상을 성찰하고자 하는 이 평문에서도 예외는 아니다.

장정일의 소설『중국에서 온 편지』는 이 이질적이고 파편적인 삶의 복합적 양상을 '역사소설'의 틀을 빌려 문제시한 것으로 보인다. 이러한 문제시는 종횡무진이어서 어느 하나의 개념이나 술어로 환원되기 어렵다. 이 작품은 한편으로 역사의 난폭함 앞에 있는 개인의 무력함을 다루면서도 이 허망함에 수렴되지 않는 어떤 삶에의 의지를 암시하고, 다른 한편으로 이런 암시마저도 때로는 거짓이고 망상인 것으로 고백된다. 욕설과 비속어 가운데서도 성찰의 진지함이 엿보이고, 이런 진지함도 거침없는 고백과 해부를 통해 곧 용해되어 버리기도 한다. 그리하여 많은 것이 얘기되면서도 마치 아무것도 말해지지 않은 것 같은 울림을 준다. 그러나 과연 그것뿐인가?

장정일이 드러내는 것은 단순히 역사의 무자비함과 권력의 폭력성만이 아니다. 그것은 또 진실의 허위성이나 담론의 파편성, 아니면 서술과 관점의 잡종성이나 혼종성을 말하는 데에 그치지 않는다. 그것은 소설의 의미론적 층위가 갖는 여러 양상들 가운데 일부일 것이다. 이것은 그러나 대체로 표면적 인상의 예에 불과할 뿐인지도 모른다. 오히려 그의 언어는 진실을 갈하기 어려움을 암시하고, 이러한 암시가 하나의 망상이나 기만일 수도 있으며, 이런 기만의 가능성 속에서도 그와는 다른 가능성, 다시 말하여 진리의 어떤 끝을, 다르게 꿈꾸기의 어떤 열망을 놓치지 않는다. 그런 점에서 그의 서사적 의지는 잔혹하리 만치 서슴없고 또한 집요하다.

나는 장정일의 소설 언어에서 이른바 '작가의 죽음'이나 '주체의 죽음'이 아니라 오히려 그 재생再生을 읽는다. 이런 재생은 그러나 주체의 절대화는 아닌 것으로 보인다. 서사적 자아가 자신을 전능화한다면, 그것은 적어도 오늘날에는 수긍되기 어렵다.

서사적 자아란 문학적·예술적 주체이다. 그는 글쓰기 속에서 스스로를 정립하고 스스로의 진실을 갈망하는 가운데 자기 밖의 세계—현실 사회로 나아간다. 느끼고 생각하고 말하고 표현하는 방식의 재조직화, 이런 재조직화를 통한 삶과 생애의 갱신, 이것이 예술의 지향 아니던가? 예술적 주체는 이런 실존적 갱신을 위한 시도를 늘 다시 시작하고자 한다. 이 시도는 그것이 부단한 반성 속에서 스스로의 교정을 기꺼이 수용할 수 있는 한 바람직하다. 장정일의 서사적 열의는 전례 없이 강인하고 순결하여 어떤 티끌도 허용하지 않는 것처럼 보인다. 그 점에서 그것은 오히려 불온하게 여겨지기도 한다. 그의 글에 종교적·형이상학적 정결성의 색채가 느껴지는 것도, 그의 언어에서 순교자적·희생 제의적 열도가 느껴지는 것도 아마 이런 까닭에서일 것이다.

문학적 열의의 강인함, 이 강인한 불온성, 이 불온의 전위성은 오로지 글을 통해, 문학을 통해 스스로를 정의하고 세계를 증언하려는 수행 방식에 다름 아닐 것이다. 이 점에서 나는 장정일이 말의 바른 의미에서 작가적 실존의 어떤 독보적 정체성을 보여 준다고 생각한다. 그렇다면 그의 소설 언어가 갖는 의미는 무엇일까? 그 의미의 일부를 우리는 다음의 시에서 추출해 낼 수 있을 것이다.

쏟아지는 햇살 가운데 하얀 십자가 하나
오롯이 세워질 때 나는 생각했다.
신은 하늘에 있고 벽돌이 아무리 높아진들
육체는 지상에서 견디는 것
우리 마음이 성당으로 가든, 불당으로 향하든
굴리는 대로 구르는 흔들바위를 숭배하든
필시 믿음이란 것도 쌓고 쌓아
마지막엔 자기 가슴속에 한 줌 소금을
남기는 일일 것이라고

—「벽돌이 올라가다」 중에서

신앙을 가지건 가지지 않건, 설령 가진다 해도 그것이 어떤 종류이건, 확실한 사실은, 시인이 보여 주듯, "신은 하늘에 있고 벽돌이 아무리 높아진들/육체는 지상에서 견디는 것"이라는 점이다. "새로운 나라는 없다. 그러므로 새로운 세계도 없다. 그렇다…… 우린, 떠나서도, 이 세계로, 다시, 돌아온다…… 돌아…… 온다, 이…… 나라로!"(「pp. 13~35」 중에서) 우리는 늘 떠나려 하지만 두 발이 서 있는 곳은 지금 여기이고, 지금 여기로부터 저기 저곳으로 자꾸만 나아가고자 한다.

그러므로 문제는 이 땅 위의 삶이고, 이 삶이 지닌 지금 여기의 가능성이다. 지금 여기의 삶이 갖는 절대성, 이 현존의 절대성을 대치할 수 있는, 그보다 우월한 가치와 이념은 결단코 없다. 사람은 이렇게 땅 위에서, 제 삶을 견디는 가운데, 어떤 의미 또는 더 나은 것을 만들고자 한다. 그런 점에서 그는 가엾고 숭고하다.

더 나은 것—더 적은 갈등과 더 많은 평화를 이루기 위해 우리는 이 땅으로 오지 않았던가. 더 나은 것을 향한 희망 속에서 우리는 자기의 작은 믿음도 벽돌처럼 하나씩 쌓아 간다. 그래서 작가는 적는다. "필시 믿음이란 것도 쌓고 쌓아/마지막엔 자기 가슴속에 한 줌 소금을/남기는 일일 것이라고." 문학은 이렇게 삶에 끝없이, 부질없이, 어리석게, 그러면서도 집요하게 질의하는 가운데 만들어 가는 "자기 가슴속"의 "한 줌 소금"에 불과하다. 그러나 시인은 이 한 줌 소금이 사랑 노래가 되길 바란다.

> 침묵하는 자는 용서받을 수 없다
> 그래서 나는 질문했다
> 끊임없이 떠벌린 자는 용서받는다
> 끊임없이, 혀가 빠지도록!
> 하지만 핵심은 모호하다
> 이념에 대하여는 너무 많은 책들이 씌어졌다
> 하므로 저술가들은 용서받지 못한다
> 그들은 질문하며 발뺌했기에

하얀 목조 낭하를 따라 나는

올라간다 아무 데나 입당 원서를 내팽개치고

회전반에 판을 건다 그리고

sweet sweet sweet love, 노래를

듣는다 사랑만 유일한 희망

눈물을 나누어 마시며 따라 부르자

sweet sweet, 우리는 baby, 마지막

세대를 sweet, 물려받았다

세계는 텅 빈 껍질에 불과하지 않은가

―「텅 빈 껍질」 중에서(강조는 작가의 것)

　문학은 침묵이 아니라 질의이다. 그것은 말없이 있는 것이 아니라 질문하면서 스스로를 입증하고자 한다. 질의하지 않는다면 세상의 모호함은 가중될 것이다. 모호함의 가중, 이 속에서 삶은 견뎌내기 어렵다. 그것은 용서될 수 없는 일이다. 그렇다 해도 이때의 질의가 논리와 개념으로 이루어져서는 곤란하다. 이념의 저술가는, 시인이 적은 대로, "질문하며 발뺌"하기 때문이다. 시인은 논증하는 것이 아니라 노래하고자 한다. 시는 여기에서 등장한다.

　시인은 모호한 이념을 저술하는 대신 노래를 들으며 슬픔을 나누고, 노래를 부르며 눈물을 마신다. 그것이 "텅 빈 껍질"의 세계에서 그가 행하는 사랑의 방식이다. 결국 문학은 낙원이 몰수된 세상에 뿌려지는 한 줌 소금이고, 이 소금 같은 믿음이며, 이런 믿음으로 부르는 지독한 사랑 노래이다. 텅 빈 껍질의 세상에서 할 수 있는 것은 지독한 사랑의 쓸쓸한 노래뿐이다.

좀 더 구체적으로 말하자. 문학에 대한 이해는 여전히 분명하지 않다. 시의 사랑은 어떤 경계도 넘어서고자 한다. 그것은 일체의 구분과 차이, 제한과 구속 그 너머로 나아가고자 한다. 이때의 경계란 나와 너, 자아와 타자 사이에서도 있을 수 있고, 사실과 허구, 역사와 서사, 과거와 현재 사이에서도 있을 수 있다. 그렇듯이 남성과 여성, 중심과 변방, 지배와 피지배 사이에도 그것은 그어질 수 있다. 그러나 문학은 이 인위적 경계를 허물고자 한다. 다시 주의하자. '허문다'는 것은 아무것이나 무너뜨려 정당성의 준거를 무효화시킨다는 뜻이 아니다. 참과 거짓, 선과 악은 최대한의 명료성에서 우선 구분될 수 있어야 한다. 그러나 이때의 구분은 이미 있어 왔던 기준을 반복 적용해서가 아니라 그 문제시 속에서, 다시 말해 그 기준을 쇄신시키는 가운데 이루어져야 한다.

서정성에만 집착한다면 현실의 흐도糊塗를 벗어날 수 없다. 그렇듯이 리얼리즘만을 고수한다면, 역사를 외면하기 쉽다. 서정성은 단순 서정성을 넘어 사회역사로 나아가야 하고, 리얼리즘은 단순 모사를 넘어 나의 현존의 구체로 다시 돌아와야 한다. 이분법적 인식 틀은 삶에 기여하지 않기 때문이다.

서정성과 현실성은 장정일에게서 배치背馳되지 않는다(사실 이것은 큰 예술가에게는, 그가 작가이건 화가이건 음악가이건, 대체로 해당된다. 괴테J. W. Goethe를 우리는 뛰어난 작가로 읽지 고전주의나 낭만주의의 틀 안에서 해소시키지는 않는다. 그렇듯이 모차르트나 베토벤은 위대한 음악가이지 단순히 한 사조의 구현자는 아니다. 이들을 빈Wien 고전주의 대표자로 해석하는

것은 광대한 그들의 음악 세계를 이해하는 하나의 통로일 뿐이다). 그런 점에
서 장정일 문학은 '서정적 현실주의'로 불릴 만하다.

한 가지 유의할 것이 있다. 장정일은 리얼리즘의 권력성과 독
재성을 문제시한 적이 있다. 그러나 그가 리얼리즘을 문제시했다
고 해서 그의 문학에 현실이 없는 것은 아니다. 오히려 그의 세계
는 현실과, 이 현실의 원리가 금지하는 꿈과 열망으로 점철되어 있
다. 이 점에서 우리는 작가와 더불어, 또 그에 거슬러서 그의 작품
을 읽을 필요가 있다. 즉 그가 혐오하는 '권력으로서의 리얼리즘'이
그의 작품 속에 없을지는 모르나, '구체 현실에 밀착된 정신'으로서
의 현실주의는 그의 문학에 생생하게 살아 있다. '우연의 가공'은 이
런 정신으로 작가가 선택한 구체적 방식이었다.

우연의 가공을 통해 작가는 단순히 조직과 제도 그 자체를 부인
하는 것이 아니라 이것들로 강제되고 야기되는 정형화된 사고와 편
견, 아집과 무지를 비판한 것이다. 기존 현실과는 다른 현실—전적
으로 새로운 대안 현실의 투사와 기획은 이런 식으로 가능할 것이
다. 그러므로 현실성은 장정일에게 누락되어 있는 것이 아니라 확
장되어 있다. 이런 이유에서 장정일의 현실주의는 '확대된 리얼리
즘'이라고 부를 만하다. 그는 여전히 철저한 리얼리스트인 셈이다.

문학은 중앙의 변두리에서, 그러나 이 변두리 안과 밖 모두를
포괄하고자 한다. 그래서 부소는 이렇게 소리친다. "나는 이제서야
고백합니다. 나는 양성兩性입니다. 변방의 힘이 나를 양성에 눈뜨
게 해 주었습니다. 오직 주변부에 오래 머문 자만이 그 어두운 세
계를 이해할 수 있습니다."(80) 문학은 세계의 중심에서보다는 그

주변에 머물고자 한다. 주변-가장자리-변두리에 머물면서 그것은 중심부로부터 억압되고 배제되고 버려지거나 잊혀진 잔해를, 이 잔해의 회한과 울음을 더듬는다. 버려진 폐허의 의미 조각들을 발굴하는 것은 문학, 아니 모든 예술의 지향점이자 존재 이유이기도 하다. 왜냐하면 주변의 잔해를 포용함으로써만이 삶의 세계는 좀 더 온전한 모습으로, 오랜 인류사의 염원대로, 다가갈 수 있기 때문이다. 좀 더 온전한 모습의 세계, 그것은 이것 아니면 저것으로 나누어진 세계가 아니다. 그것은 이것과 저것, 이 모두를 허용하고 껴안는 세계이다. 그것은 여하한 이분법과 차별로 구별되기 이전의 원형적 세계-양성의 전체이다.

변방의 황무지에서 거짓을 직시하고 서술하는 일, 그것은 그 자체로 권력 성찰의 싸움이다. 이러한 싸움은 집단으로서가 아니라 단독으로, 모방으로서가 아니라 그유하게 행해진다. 이것이 중앙과 대결하는 변방 소수 집단의 저항 방식이다. 작가는 이렇게 쓴다. "지배 집단과 달리 소수 언어 집간은 자신의 스타일을 양식화하지 않습니다. 그들은 무수한 개별자의 형태로, 점점이, 고유의, 개성의, 스타일의 단독 비행을 합니다."(46) 이 단독 비행에서 권위는 문제시되고 새로운 것은 창출된다.

문학은 중앙-권력-지배-서열에 대한 이의 제기이다. 문학의 이 변방적 성격은, 넓은 맥락에서 보자면 '상상적인 것'이나 '상징적인 것' 모두에게도 해당한다고 볼 수 있다. 왜냐하면 상상적인 것과 상징적인 것은 늘 사회의 변두리에서, 다시 말해 일체의 권력과 위계질서 밖의 관점으로부터 사회를 투시하고자 하기 때문이다. 그

리하여 이것은 자유와 창조를 가능하게 하는 인간성의 원천으로 자
주 간주된다. 문학-예술-문화의 길은 이 상상적·상징적 창조의 에
너지를 장려하는 방향으로 펼쳐진다.

　　그러나 이 변방의 힘을 옹호하는 일로부터 우리 한 걸음 물러
나기로 하자. 권력에 대한 저항 역시 권력적일 수 있지 않은가? 변
방의 삶이 영원히 변방의 영역에 머무르지는 않기 때문이다. 그것
은 새로운 역사의 주체일 수 있다. 이 점을 나는 작가가 "오래도록
악에 저항하면서 똑같이 악을 닮아 갔던 지난 연대의 운동권과 똑
같은 놈"(45)이라고 적을 때 떠올리게 된다. '진실을 사고한다'는 것
은 진실을 채우는 내용의 목록을 사고할 뿐만 아니라 이 내용을 있
게 하는 조건과 전제를 사고한다는 것이고, 더하게는 이렇게 사고
한다는 것의 가능성과 한계까지도 사고함을 의미한다. 이것이 반성
의 과정이다. 이 과정은 내용과 그 전제 조건, 가능성과 한계를 동시
에 검토하는 것으로 이루어진다. 우리는 겹겹으로, 감각하고 사고
하지 않으면 언제든지 그르칠 수 있다.

　　진리나 정의 또는 양심을 말하는 것도, 반성의 재검토 과정을
거치지 않는다면, 언제든지 환상이 되고, 무례가 될 수도 있다. 지
금의 우리 사회처럼 부패와 불합리가 구조화된 곳에는 더욱 그러
하다. 이런 곳에서 누가 또 어떤 단체와 기관이 나서서 정직을 부르
짖을 수 있고, 설사 부르짖는다 해도 어떻게 동의를 얻을 것인가?
그 지긋지긋한 지역 분열이나 무서운 반공주의, 질식할 만큼 얽혀
있는 온갖 학벌주의과 연고주의, 정경유착과 권언야합은 이런 후
진성의 대표적 징후이다. 그러나 이런 징후는 사회의 항체 구실을

'한다고 하는' 문학계에도 발견되지 않는 것은 아니다. 문단의 파벌주의나 계파주의가 그러하고, 이른바 정실情實 비평이나 주례사 비평은 그 예이다.*

장정일은 파벌주의 문인들을 일컬어 "밥버러지스키들"(46) 또는 "밥버러지 문사들이나 책 나부랭이"(18)라고 부른다. 이들은 자기 스타일이 아닌 '스타일의 제도화'를 통해 중심의 권력을 향유한다. 그들에게는 어조와 어투만 있지 내용은 없다. 그렇다면 이 글을 쓰고 있는 나, 문광훈은 누구인가? 두렵다 나 역시 서툰 내용으로 어조에만 신경 쓰는 밥버러지스키는 아닌가? 두렵고 또 두렵다.

반성되지 않은 사고는 화석화된 사고이다. 그러나 반성된다면, 이 반성 속에서 사고와 행위의 습관을 부단히 고쳐 갈 수 있다면, 그것은 그 나름의 의미를 지닌다. 문학 언어는 체제의 만리장성 그 밖에서, 이 장성 안에서 이루어지는 온갖 억압과 배제를 문제시한다. 이런 문제 제기를 통해 사회적으로 배제되거나 그 변두리에 있는, 그리하여 소외되고 힘없는 사람들을 명명하그 드러낸다. 소년소녀 가장이나 노숙자, 장애인, 이주 노동자 그리고 난민들은 대표적인 약자에 해당한다. 바로 이들에 주목하고 이들의 고통을 공유하려 한다는 점에서 문학은 이미 정치적이다('그린피스'Green Peace나 '국경없는의사회'Medecins Sans Frontieres와 같은 국제적 시민 단체와 연대하는 일은 좀 더 적극적이고 확대된 참여 형태가 될 것이다. 이들의 환경보호나 의료

---

* 작가는 이렇게 적고 있다. "인간 세계에서 이루어지는 모든 비평은 정실비평이다. 하지만 일류의 비평 정신은 정실의 폭을 최소화하려는 노력 가운데 이루어지며 그 노력을 방기하는 자는 언제나 삼류이다"(장정일, 「베끼기의 세 가지 층위」, 214쪽).

구호 활동이 얼핏 보아 나의 현실과 무관하게 비칠 수는 있다. 그러나 그들이 말하는 지구환경에 우리 역시 살고 있고, 이들이 강조하는 인권 역시 우리가 옹호하는 바이다. 결국 헌신적인 이들 시민운동가의 손길을 받는 것은 우리 이웃이고, 그 손길이 되어야 하는 것은 우리 자신인 것이다(국경없는의사회 한국 지부에서 지금 하는 일 중 하나는 탈북자 지원이다)]. 나날의 반성과 시민적 참여, 이 사이의 길은 멀지 않다.

습관화된 타성과 사고 범주에 맞서는 것, 이런 시민적 저항을 인정하고 장려하며, 이렇게 장려하는 가운데 타자를 포용하는 사회란 어떤 사회일까? 그것은 작가의 외설 시비와 관련하여 그를 변론했던 강금실의 글이 누구보다 명료하게 보여 주지 않나 여겨진다. 그녀는 이렇게 적고 있다.

> 나는 모든 사물과 사람을 그의 이름으로 부르고—우리 사회 호칭의 복잡한 권위적 구조, 性器를 공개적으로 그 이름으로 부르지 못하는 은폐성을 생각해 보라—, 가능한 한 육체가 자연스럽게 그 자리에 놓여 원하고 충족하고 사랑하며, 서로가 타인의 육체를 존중하고 배려하는 그런 사회에서 살고 싶다. 아마도 이것은 나만의 꿈이 아니며, 삶에 지친 몸을 달래는 모든 사람이 밤마다 혼자 잠들면서 꿈꾸는 사회일 것이다.(화두, 198) *

* 장정일의 행동을 관찰하는 데에 있어서, 또 그의 작품에서 주제화되고 있는, 몸/육체에 가해지는 국가권력의 부당한 통제에 대한 지적에 있어서, 그리고 "이 세계의 정체를 들여다보는 깨어 있는 정신으로 바로 그 (통제의: 인용자 주) 뇌관을 건드린 우리 시대의 유일한 작가"라고 그를 평가한 점에서(197), 강금실의 글은 '변론기'라는 제한된 형식에도 불구하고 되새김질할 만한 어떤 예각을 선명하게 드러내 보이고 있다.

감각의 자유가 소중하듯 정신의 자유도 중요하다. 영혼의 자유가 보장되어야 하듯, 육체의 자유 또한 존중되어야 한다. 그러나 이 모든 것의 시작은 감각이고 육체이며, 지금 여기 내 몸의 숨결이다. 그리고 현실과 세계는 이 몸뚱이가 움직이는 구체적 공간이다. 구체적 현실에서 육체의 감각은 정신으로 그리고 영혼으로 나아가는 것이어야 한다. 꿈도 피와 살과 뼈의 오장육부로부터 나온다. 물질과 형이상학, 땅과 하늘은 인간의 몸으로 서로 잇닿아 있다. 이 잇닿아 있음, 잇닿아 있으려 함, 잇닿으려는 몸의 충동과 의지, 그것은 그 자체로 자유의 경로 아니던가? 자유는, 그것이 어떤 형태이든, 확대되고 심화되고자 한다. 그러므로 그것은 사회 속의 개개인이 스스로 실행하며 체화하는 것이다.

그러나 다시 말하거니와 자유의 개인적 실행은 그것만으로 있는 것이 아니라 타자와의 관계 속에서, 이 관계의 역동화를 통해 이루어진다. 나의 자유는 타자의 자유를 인정하고 배려함으로써 비로소 실현되기 시작한다. 나의 자유가 나 속에서만 머문다면, 그것은 방종이고 만용이며 치기에 불과하다. 우리는 자유를, 미를 외치던 인간들의 허약한 현실 대응력을, 사회와 정치와 경제와 권력 앞에서의 무참한 패배를, 그 순응을 기억한다. 모든 미학적 순수주의의 허실은 명명백백하다.

나의 참된 자유는 타자의 자유와 만나는 가운데, 이 타자성을 존중하고 보호할 수 있을 때에, 보장된다. 나의 자유와 타인의 자유, 그 사이의 연대는 이쯤에서 생긴다. 참된 자유는 서로 소통하고 대화한다. 자유의 이 반성적 확장 속에서 개인과 현실, 인간과

역사는 서로 만난다. 개인사와 세계사는 그 근본에 있어 별개의 것
이 아니다.

삶과 꿈이 섞인 곳

나는 타자의 자유를 돌보는 가운데 내 스스로 자유로울 수 있다. 우
리 모두의 감각과 정신, 육체와 영혼이 자유롭고 서로가 서로를 사
랑하는 공동체가, 이 공동체의 주춧돌 하나가 세워지기 시작하는
것은 이 점을 고려함으로써일 것이다. 문학은 이 일을 '변방의 힘'으
로 증거하고자 한다.

　문학 언어는 말의 엄격한 의미에서 권력 성찰적·반체제적·반
국가적이다. 그것은 철저히 비지배적 화해와 공존을 지향한다. 문
학이 산업화의 비인간적 속도와 광기, 자본의 상품화에 대항하는
것도 이런 비지배적 속성 때문일 것이다. 이런 저항 속에서 그것은
한편으로는 세계의 어둠을 응시하고 기록하면서 다른 한편으로는,
이것이 더 근본적이라 할 수 있는데, 여기 살아 있음의 아름다움
을, 이 아름다움의 유일무이성을 절감케 한다. 이것을 장정일은 이
미 초기 시에서 다음과 같이 서정적으로 노래하고 있다.

　　난관을 모면하기 위하여 무엇인가 시도한다는 것
　　그것은 얼마나 가슴 벅찬 일인가
　　내일 굶주린다 해도, 겨울에 따뜻해지는 일은
　　꿈꾸는 일보다 중요하다.

처음보다 질긴 채찍으로 바람은 내 등을 후려치지만

난로가 있어 기름통을 가지고

밤늦게 걸을 수 있는 자는 또 얼마나 행복한가?

어느 틈에서인지 한 방울씩의 석유가 새고

몇 개 전주 너머의 너의 방이 별보다 밝게 반짝일 때

그때인가. 나는 끝없이 걷고 싶어졌다.

끝없이 걸어,

동쪽에서 떠오르고 싶었다.

대지를 무르게 녹이는 붉은 해로 솟아나고 싶었다.

그러면 사람들이 뭐라고 할까. 복숭아씨 같은 입을 딱딱 벌리며

무서운 대머리다, 불타는 기름통이다.

아아 매일 아침 내 가슴에 새겨지는 희망의 시간들을

무어라고 부를까.

—「석유를 사러」 중에서

빈 기름통을 채우고, 채워진 기름으로 난로를 피우며, 이 열기로 겨울 방이 따뜻해지는 것, 그것을 시적 화자는 "꿈꾸는 일보다 중요하다."라고 말한다. 나날의 생계는, 이 생계로 몸을 데우는 일은 꿈꾸는 일보다 중대하다. 그러나 그의 행복은 단순히 따뜻한 겨울을 맞이하는 데에 있지 않다. 그의 방은 춥고 난로 불은 꺼져 있으며, 기름통은 비어 있다. 그런데 어떻게 행복할 수 있는가?

시인의 행복은 행복의 요소를 충족하는 데에서 오지 않는다.

오히려 그것은 행복의 결핍, 그 누락의 확인으로부터 온다. 그래서 그는 텅 빈 기름통을 들고 밤늦게 기름을 사러 가는 자신이 스스로 행복하다고 느끼는 것이다. "난로가 있어 기름통을 가지고/밤늦게 걸을 수 있는 자는 또 얼마나 행복한가?" 누락된 행복의 불행한 조건에서 어떤 행복의 가능성을 시도하는 것, 그것이 행복이라고 시인은 생각한다.

난로는 있어도 기름은 없고, 꿈을 꾸어도 그것이 나를 따뜻하게 하지는 않는다. 골목의 바람이 "처음보다 질긴 채찍으로" "내 등을 후려치"는 것이다. 그러나 이 채찍 같은 바람을 맞으면서도 나는 '걸을 수 있다'. 죽지 않고 나는 살아 있는 것이다. 살아 있음 속에서 나는 내 방이 차갑다는 것을 확인하고, 이 방 너머의 별이 반짝이는 것을 보게 된다. 기름통을 든 자아는 자기 방으로 가지 않는다. 그는 그 방 너머로 나아가고자 한다. "어느 틈에서인지 한 방울씩의 석유가 새고/몇 개 전주 너머의 너의 방이 별보다 밝게 반짝일 때/그때인가. 나는 끝없이 걷고 싶어졌다." 그는 계속 걸어 "동쪽에서 떠오르고"자 한다. 동쪽에서 떠올라 "대지를 무르게 녹이는 붉은 해로 솟아나고 싶었다." 바로 이런 열망으로 지금의 어둠은, 매서운 바람과 차가운 방은 그에게 "희망의 시간들"이 된다.

그러나 희망의 시간들은 그저 오지 않는다. 그 앞에는 "무서운 대머리"가 있고, 이 대머리를 거치려면 "불타는 기름통"이 필요하다 (이 "무서운 대머리"는 혹시 전 모씨某 정치군인 아닌가? 사실 1980년대 초반 그의 이름 석 자는 공포의 대상이었다. 꽉 깨문 어금니와 웃지 않는, 엄숙하다 못해 지엄하게 여겨지기조차 하던, 그래서 우스꽝스럽기도 했던 그의 표정은 모든 사람에게 공포요, 악몽이었다). 희망의 시간들은 그저 주어지지 않는다. 그것은 만들어져야 하고 마련되어야 한다. 그 목록들은 밝고 따뜻하며 포근한 것이 아니라 어둡고 차갑고 매서운 것이다.

장정일에게 글을 쓴다는 것은 불 꺼진 난로에 이미 있는 기름을 붓는 일이 아니라 다 써 버린 기름을 사러 가는 일이고, 채워진 기름통을 들고 자기 방으로 가는 것이 아니라 자기 방을 지나, 기름통을 들고 "동쪽에서" "붉은 해로 솟아나"는 일이다. 그것은 참으로 에둘러 행해지는, 불가능한 행복을 시도하는 것이다. 희망으로 가는 노정은 이토록 멀고 더디다. 그리고 이 시도의 끝 역시 쉽게 나타나지 않는다.

시의 노래는 삶의 노래가 될 수 있을까. 시의 노래가 삶의 현실에 이어져 이 삶을 북돋우고 위로하고 데워 주는 난로가 될 수 있을까. 시의 사랑 노래는 정녕 삶의 어둠에, 사회의 고통에 어떤 유효한 대응 방식이 될 수 있을까. 알 수 없는 일이다. 왜냐하면 그것은 삶의 중앙이 아니라 변방에서, 그것도 거대하고 엄청난 것이 아니라 아주 작은 것—소금 한 줌의 희망을 가꾸는 일이기 때문이다. 이것은 무모하고 취약하며 때로는 허황되어 보인다. 그러나 그 시도가 아니 행해질 수는 없다. 작가는 이 산문적 현실의 난폭함에 서사적 방식으로, 서정의 힘을 빌려, 응전한다.

하지만 태양이 수백, 수천, 수만 겹의 비단천에 서서히 휩싸여 갔듯이 내 시력도 그만큼 천천히 회복될 것이었습니다. 그날 저녁, 희미하지만 내가 1여 년 만에 처음 본 사물, 달의 모습은 여인의 엉덩이처럼 달콤한 사과 냄새를 풍겼습니다. 그리고 그 다음날 아침부터 달처럼 뜨겁지 않고, 은은하고 여린 것들의 상부터 내 망막에 어리기 시작했습니다. 오, 둥글고, 부드럽고, 은은하고, 여린 것들이여!(68)

몽염 장군 앞에서 시력을 회복해 가는 부소에게 나타나듯, "둥글고, 부드럽고, 은은하고, 여린 것들"은 만리장성 밖에 있다. 그래서 그것은 권력으로 훼손되거나 지배 담론으로 오염되지 않은 것이다. 즉 어떤 원형적인 것 또는 근원적인 것이다. 이 근원적인 것은 그러나 장성 안의 사람들에겐 나타나지 않는다. 이들은 권력과 지배에 익숙하기 때문이다. 지도자 또는 영도자가 은은하고 부드럽고 여린 것을 즐겨 한 적이 있는가? 권력자는 모름지기 예외 없이 근엄하고 (또는 근엄해 보이고), 강력하며 (또는 강력한 것을 바라며), 위엄 있고 (또는 위엄 있는 체하고), 모난 것을 (어쩔 수 없이) 좋아한다. 둥글고 부드러운 것들은 추방된 자의 몫이다. 그래서 그것은 권력을 박탈당한 부소와 몽염에게, 이 사랑하는 이들이 서로 차를 나누어 마실 때 나타난다.

'변방에 거주한다' 함은 무슨 뜻인가?

첫째, 작가는 출신 성분이 주는 생래적 급부를 포기함으로써 계급과의 단절을 스스로 시도한다. 이것은 정치적 차원이다. 그래서 그는 회색인이 된다. 둘째, 생산과 소비, 투자와 이윤 획득의 순환과정으로부터 거리를 유지한다. 이것이 경제적 차원이다. 그래서 그는 가난을 사양하지 않는다. 셋째, 기존의 규범과 가치의 율법을 거스른다. 이것이 사회적 차원이다. 그래서 그는 사회적 이탈자 또는 국외자가 된다. 넷째, 자아의 쇄신에 골몰하면서도 저기 저 너머로의 형이상학적 갈망을 포기하지 않는다. 이것이 실존적 차원이다. 그래서 그는 우울하고 모순되어 보인다.

작가의 우월성은 소외를 대가로 하고, 이 기생의 운명에서도 자유롭고자 하며, 바로 이 쓸쓸함으로 지금 여기를 초월하고자 한다. 그는 곤경에서 자신을 키우고, 자가당착을 정신의 항구적 긴장으로 삼을 줄 안다. 이 점에서 그는 자율적이그 창조적이다. 결국 작가의 매 순간은 창조적 긴장으로 그 앞과 뒤, 과거와 미래를 구성하는 미지의 것들과 절대적으로 연대한다. 그의 실존은 필연적으로 이율배반적이지만, 이 이중성은 그러나 그의 고귀함과 독자성을 입증한다.

문학은 이렇듯 변방의 숨죽인 모습을 상징적으로 드러낸다. "둥글고, 부드럽고, 은은하고, 여린 것들"은 논리와 개념, 지식과 체계로 수렴되지 않기 때문이다. 그것은 그 자체의 충일성 속에서 양성 또는 다성多性의 전체성을 이루며 지금 여기에 그리고 여기를 넘어 저곳에 자리한다. 작가는 양성의 전체로 열려 있는 이 서사적 상징의 길을 가고자 한다. 그래서 그는 한 시에서 이렇게 쓴다. "물과 물이 섞인 자리같이/꿈과 삶이 섞인 자리는, 표시도 없구나!/나는 계속, 쓸 것이다."(「길안에서의 택시잡기」, 『길안에서의 택시잡기』)

글쓰기 속에서 현실과 꿈이, 역사와 서사가, 삶과 예술이 하나가 될는지도 모른다. 문학은 이 하나됨의 길을, 변방으로부터, 겹겹의 이율배반 속에서, 추구한다. 마치 거세된 변방의 부소가 둥글고 여린 것의 원형을 추구하듯.

　삶의 미몽과 맹목은 곳곳에 있다. 그러나 가장 큰 장애는 시각과 관점의 장애이다. 그리고 이것은 느낌—감각과 정서의 폐쇄성으로부터 온다. 인간 삶의 부조리와 불가해함, 사회의 미숙성, 정치 현실의 낙후성과 문화적 다양성, 역사의 불합리, 자연의 무한함……. 타자의 이 끝없는 전체성은 오로지 열린 주체의 열린 관점으로, 그 사심邪心 없는 감각적 개방성을 통해 비로소 지금 여기에 존재하는 것으로 인지될 수 있을 것이다. 장정일의 서술 전략이 다양하게 구사된 것도 이런 풍요로운 타자성의 다채로움을 잊지 않기 위한, 아니 적극적으로 표현하여 해석하고 이해하며 포용하기 위한 것일 테다. 이 점에서 우리는 문학의 문화적 지평을 떠올린다.

　글을 쓴다는 것은 무엇인가? 그것은 경험의 대상을 지금 여기 삶의 충일성에서 재조명하는 것, 그럼으로써 인간과 사물, 자아와 자연이 맺는 관계를 재조직하는 일이다. 진실이란 대개 ‘진실하다고 여겨지는 것’의 일시적 효과일 뿐이다. 이 진실성을 진실하게 나타나도록 하는 조건들은 따로 있기 때문이다. 지배자의 것이라고 하여 진실된 것으로 간주되고, 이 진실된 것이 모든 이들에게 의심 없이 받아들여질 때, 우리는 어떻게 해야 하는가? 우리는 다시 묻지 않을 수 없다. 글쓰기란 이런 물음의 한 방식이다. 그러나 이때의 물음은 강요도 아니고 주장도 아니다. 그것은 설명이 되어서도 아니되고, 선언의 방식이어도 곤란하다.

　문학은 구체적 경험을 형상화하는 비강제적 표현형식이다. ‘비강제적’이란 ‘일체의 강요와 강압으로부터 벗어나 자유를 허용하고 자율을 권장하는'이라는 뜻이다. 이것은 의미의 새로운 개시 의지, 즉 창조의 정신 없이는 불가능하다. 예술은 이런 창조적 표현 의지 속에서 새로운 삶의 방법과 기술을, 그 가능성을 터득해 내고자 한다.

갈등에 대한 서사적 대응이 간단할 리는 없다. 그것은 시대에 따라 또 작가에 따라 다를 수 있다. 장정일에게 있어 그것은? 각별하고 기묘하게 보인다. 왜? 그에게 문학은 자부라기보다는 수치이고, 진지함의 대상이라기보다는 놀이의 대상이기 때문이다. 그러나 그는 이 수치를 놀이 속에서 단순히 용인하는 것이 아니라 반성한다. 그리고 이 반성이 거부의 형태로 행해진다. 그는 세상의 힐난을 맞받아치지 않는다. 마치 죽어 가는 양처럼. 그것은 고개를 숙인 채 세상의 칼을 받고 말없이 고통을 감내할 뿐이다. 세상에 대한 복수는 모욕을 관통하지 않고는 어려울 것이다. 그리고 이런 모욕 이후에도 그것이 성공하리라는 보장은 없다. 오히려 복수는 더 자주 실패한다.

박찬욱 감독의 영화 〈올드 보이〉에 나오는 오대수처럼, 인간의 복수는 대개 복수하려던 상대의 구두를 핥으며, 그 개가 되어 컹컹 울부짖는 것으로 끝나고 만다. 세상에 대한 복수는 결국 나에 대한 복수일 뿐이다. 모든 복수의 의도는 복수하는 것으로 귀결된다. 작가는 바로 이 점을 드러낸다. 그는 금지된 것을 표상하고, 이 표상을 통해 사회의 불결성을 밝힌다. 시인의 꿈은 인정 없이 메아리 없이 짓밟히고 말지만 그는 이런 냉대에 개의치 않는다. 세상은 원래 그러하였으므로. 문학의 항변은 소명이자 동시에 운명이므로.

아무런 요동도 없이, 마치 그럴 줄 알았다는 듯이, 아니 세상
은 원래 그러한 것 아니었는가라는 듯이, 작가의 입가에는 미소가
숨어 있는 듯하다. 엄격함은 그에게 허술함으로 나타나고, 서투름
속에 어떤 준열성이 배어 있는 듯하다. 나의 현존은 나의 모독일 뿐
인가. 무관심과 자유와 냉정과 무뚝뚝함……. 이것은 역설적으로 삶
에 대한 고도의 열정을 표현하는 건지도 모른다. 온화함과 순종, 차
분함과 헌신 그리고 인내……. 이것이 다 무엇이란 말인가? 그것은
굴욕의 다른 이름이 아니던가? 진실과 선함, 그 너머로 초월할 수
는 없다.

장정일, 그는 낯선 시선을, 세계의 그럴듯함과 현실의 어처구
니없음을 겪고 보고 관찰하고 기록한다. 기록하며 그는 무심하게
견뎌낸다. 이 무심함은, 이 어처구니없음을 그가 때로는 '즐기는 것'
아닌가 여겨질 정도로 침착하고 한결같다는 데에서 온다. 이 즐김
의 내용은 그러나 유쾌한 것이 아니다. 그것은 고통이고 환멸이며
허망함이고 곤궁이다. 이것은 불모不毛의 목록을 이룬다. 글은 이
별 보잘 것 없는 것들의 한없이 늘어지는 자취를 더듬는다. 이 더
듬기를 통해 그는 인간과 사물 그리고 세계를 원래의 자리로 되돌
려 놓고자 한다. 그는 모든 소유가 공허함을, 이 모든 욕망이 결국
은 헛됨을 안다. 그러나 이것도 감각이 열려 있지 않다면, 열린 관
점이 없다면, 깨닫기 어렵다. 장정일은 이 점을 이야기의 형식을 통
해 우리에게 제안하는 듯하다.

장정일은 인간과 그 삶에 대한 여하한 결정론―인습의 경직성
과 사고의 폐쇄성으로부터 벗어나고자 한다. 그것이 유물론적이건

생물학적이건, 아니면 심리적이건 사회적이건, 그는 인간과 삶, 자아와 현실에 대한 상투적 관점과 관용어로부터 거리를 유지한다. 그것은 느낌을 방해하고 생각을 구속시키기 때문이다. 상상을 왜곡하고 자유를 옥죄기 때문이다. 이러한 부정에서 그는 자아와 사회 사이에서, 개인과 집단을 오가며, 이 개인의 자아로 머물면서, 현실과 세계에 대한 반성적 긴장을 유지하고자 한다. 그러면서 그는 자기 자신의, 자기 자신만의 신념을 버리지 않는다(그런 점에서 그는 개인주의자라고 할 수 있다). 그러나 이때의 신념은 그 자체의 테두리 안에, 마치 이 테두리를 난공불락의 성곽처럼 삼는 이들이 흔히 그러하듯, 머물러 있지 않다. 그는 자신의 틀 밖으로, 만리장성 밖의 광활한 세계로 나아간다(그 점에서 그는 해방적·계몽적·사회적 관점을 공유한다). 관점의 개방과 확대는 여기에서 온다.

'관점의 개방성'이란 무엇인가? 그것은 위에서 언급하였듯이 차이에 대한 포용력이다. 사물의 속성이 이질적이고 복합적이라면, 이 사물을 바라보는 관점 역시 개방적이어야 한다. 그리고 이 개방적 관점은 그 자체로 차이를 포용하는 능력이기도 하다. 포용의 능력은 다름 아닌 너그러움이요, 이 너그러움 속에서 인간은 서로 자유롭다. 결국 관용이라는 사회적 가치나 자유라는 정치적 가치도 차이에 대한 이 포용력을 통해 얻어질 것이다. 그것은 개인의 삶에 있어, 또 개인과 개인의 인간적 관계에 있어, 나아가 한 사회의 합리적 구성이나 민주주의의 제도화에 있어 다 같이 요긴하다.

주의할 만한 것은 변방으로의 나아감, 이 나아감 속에서의 반성을 통해 모순적으로 나타나는 여러 축들이 서로 이어지고 하나로 수렴되며, 장정일은 이렇게 수렴된 것을 자신의 서사적 에너지로 삼는다는 사실이다. 정적과 기다림, 망설임과 불안, 신열 그리고 자패감은 이 긴장된 감정의 내용일 것이고, 작품은 이 혼미한 감정을 형식으로 형상화한 에너지의 구체적 결과일 것이다. 그는 역사와 현실, 과거와 현재, 중심과 변방, 업적과 허영을 고도의 서사 능력과 시적 감수성으로 융합시킨다. 그리고 이렇게 융합된 것으로서의 작품은 어떤 전언을 암시해 주는 듯하다.

그렇다면 장정일의 전언이 닿아 있는 곳은 어디일까? 그의 문학 언어는, 위에서 살펴본 대로, 권력과 지배로부터 벗어난 변방—만리장성 밖의 자유로운 삶, 이 삶의 가능성에 닿아 있지 않나 여겨진다. 권력과 지배의 변방, 이곳은 어디인가? 그곳은 어떤 차별과 구분도 넘어서는 탈경계의 공간이다.

여기에서 하나의 관점과 다른 관점, 하나의 화법과 다른 화법은 서로 만난다. 그렇듯이 상상과 논리, 역사와 문학, 하나의 문화와 어떤 다른 문화는 서로 배척하는 것이 아니라 기억과 망각, 삶과 죽음 그리고 좌절과 희망의 어울림 속에서 서로 교차한다. 이질적인 것으로 여겨지는 많은 것들이 이 이질성에도 불구하고, 그것이 중앙의 지배와 공식 규범을 벗어나 있기에, 그 어떤 인위적 서열과 차별을 알지 못한다. 서로 모순되는 것이 어울리는 곳, 거기는 어디인가? 그것은 아마도 자유의 실현, 실현된 자유의 장소 이외에 다른 곳이 아닐 것이다.

그러나 장정일의 전언이 권력과 지배로부터 벗어난 자유의 변방에 닿아 있다고 해도, 이것은 다시 상기하거니와 화자가 망상의 형태로 전달하고, 이 화자는 또 가면을 쓰고 있다. 분명한 주거지와 몸을 가진 주체가 아니라 불투명한 정체성이 이야기를 이끌어 가고 또 끝맺는 것이다. 그 점에서 이 작품은 유령의 넋두리요, 몸 없는 몸의 하소연인지도 모른다. 그러나 그것이 무의미한 것은 아니다. 쓸모없는 것은 더더욱 아니다. 작가의 넋두리는 분명 우리의 현실과는 다른—좀 더 자유롭고 좀 더 평등한 곳을 상상적으로 현재화顯在化하기 때문이다.

삶의 많은 고통은 공유되기 어려운 것이기도 하다. 그것은 차라리 각각의 개인이 홀로, 방 안에서, 또는 닫힌 문 밖에서, 골목길 끝에서, 울음을 삼키며, 감내해야 하는 것이다. 그래서 우리는 약하면서도 자주 강한 체한다. 그러나 우리는 예술가의 작품을 통해 삶의 울음이 숨겨진 개인만의 것이 아님을 깨닫게 된다. 묘사된 부소의 생애를 통해 울어야 할 이는 부소만이 아니라, 부소와 교류하고 그를 아낀 인물들, 또 그를 주제화한 작가, 그리고 우리 모두여야 함을 느끼게 된다. 부소의 삶은 개인의 역사이면서 동시에 인간의 역사—폭력의 파행을 반복하는 인류사를 상징하기 때문이다. 우리는 화자/작가의 이야기를 통해 세계 전체와 이어진다. 문학은 변방의 인류사를 쓴다.

장정일 소설의 의미는 역사의 현실 논리와는 다른 해석을 던지는 데에만 그치지 않는다. 그 중요한 기여는 폭력의 현실에 저항하는 역사의 재구성이 서사적일 뿐만 아니라 시적/서정적으로 이루어진다는 것, 또 이 서사적 저항이 단순히 집단적/추상적 구조에서가 아니라 개인적이고 구체적인 실존 인물(부소라는)을 통해 행해지며, 무엇보다 이 작품이 겨냥하는 변방이 시와 문학의 지향점일 뿐만 아니라 예술과 문화의 지향점이기도 하다는 점에 있지 않나 여겨진다. 그리고 이 세 가지를 하나로 잇는 주제의 실마리는 소극적으로 말하여 인간 삶을 훼손하는 역사의 폭력성과 죽음의 허망함이 될 것이고, 적극적으로 말하면 이런 부당한 죽음과 박해가 지양된 어떤 자유로운 삶에 대한 물음일 것이다. 이런 물음을 통해 그는 결국 문학예술의 현실 개입 가능성을 보여 준다고 할 것이다. 그러니까 가능성의 탐사는 일체의 과장도 불허하는 사실적 언어에 의해 지극히 즉물적으로 행해지고, 이때의 즉물성은 다시 고도의 시적 내용과 서정적 분위기 안에 담겨 있다.

우리가 자주 말하는 국가 체제의 민주화와 시민사회화란 간략화하면 이런 '서사적 탐구의 결과를 사회정치적으로 또 제도적으로 소화시켜 실현한 상태'를 이름할 것이다. 장정일의 서사 전략이 이 점까지 의식했는지 알 수가 없다. 그러나 이러한 사항이, 서사적 구성이란 작가가 의식하든 의식하지 않든 세계의 이해와 현실의 재조직에 실천적으로 관계한다는 점에서, 매우 중요한 요소로 보인다. 예술 작품을 통해 우리가 돌아가는 궁극적인 문제란 자기 자신의 생애를, 현실을, 집단적 삶의 역사를 다른 누군가가 아닌 바로 내가 그리고 우리가 어떻게 영위하고 조형해 나갈 것인가, 하는 점이기 때문이다.

우리 모두는 현실의 공동 형성자로서 이 세계에 존재하고 또한 참여한다. 삶과 세계의 질서에 대해 그의 작품과 더불어 우리가 다시 한 번 성찰할 기회를 갖기를 바란다. 나는 작가 장정일의 수모와 자부를 곁에서, 멀리서 그 일부나마 이해할 것 같고, 또 그럴 자격이 있다면, 그 일부라도 함께 나누고자 한다.

^{8장} 다른 사회와 사랑의 조합원

… 멍청이… 미안한 부분마저 나를 사랑해 줄 수는 없어? … 사랑은 너와 나 사이
에 가로놓인… 미안함을… 미안하다는 뜻의 추악함을… 하나씩 없애 가는 거야…
—「늙은 창녀」, 『길안에서의 택시잡기』

추악함을 줄이는 일

하나의 문장을 쓴다는 것은 단순히 어떤 느낌을 드러내거나 어떤 생각을 전달하는 데에 있지 않다. 그것은 느낌과 느낌, 느낌과 생각, 생각과 생각을 장章과 절節의 책 전체에서, 그리고 이 책이 삶 그 자체와 다르지 않다면, 삶의 장면들 모두에서 재음미하고 재구성하는 일이다. 문장 연습이란 생애의 반성적 재구성이다. 전체 속에서 재성찰할 때, 문장은 비로소 제자리를 찾고, 그는 또다시 태어난다. 글에서 자유를 경험하고 실천하며 창출한다 함은 아마도 이런 뜻일 것이다.

다시 묻자. 왜 우리는 장정일을 읽는가. 그리고 그에 대해 쓰는 것은 무엇을 위해서인가? 그것은 그를 '연구'하기 위해서인가? 아니면 그를 칭송하기 위해서? 아니다. 아무것도 아니다. 중요한 것이 있다면, 그것은 간단히 말하여 그를 읽고 그 느낌과 생각을, 신선하고 바른 것이라면, 더불어 나누기 위해서이다. 이 나눔을 통해 개인의 자유와 역사의 현실, 권력의 무자비함과 죽음의 허황됨을 기억하고 되새기면서 그 불운을 되풀이하지 않기 위해서이다. 아니 그 불운으로부터 온전히 벗어나기 어렵다면, 그것을 좀 더 줄이기 위해서 우리는 그를 읽는다. 결국 작가가 옹호한 것은 인간적 삶과 그 가능성이 실현되는 사회이기 때문이다. 하나의 명제를 주장하기 위해, 또는 진리를 설파하기 위해서가 아니라 수치와 자의식 사이에서, 그 착잡함으로 추악한 현실을 줄이기 위해 우리는 글을 읽는다.

작가는 텍스트에서 어떤 선험적 도식을 투사하거나 논리적 체계를 입안하지 않는다. 오히려 그는 역사의 구체적 사건으로부터 출발하여 이 사건 속의 인물에게서 받은 놀라움으로 지금 여기 우리의 현실을 질문하는 가운데 이 질문이 무엇보다 자기 삶의 질문이 되게 한다. 그는 역사 현실로부터 개인 삶의 불운을 이끌어 내고, 이 개인적 불운과 그에 대한 성찰이 곧 사회와 정치에 대한 재검토가 되도록 만든다. 그를 읽는 우리는 이런 반성적 표현의 움직임—감각과 사고의 운동을 우리 자신의 것으로 만들 필요가 있다. 작가의 질문이 내 생애의 질문으로 이전될 때, 한 책의 의미는 어느 정도 완성된다.

이런 이유에서 필자는 주제의 내용이나 서술 기법, 모티프의 변용과 같은 형식적·외양적 고찰을 의도하지 않았다. 절실한 것은 지금 여기 우리의 현실로부터 그리고 나의 실존적 관심의 지평에서 문학 텍스트를 추체험하는 일일 것이다. 이것의 전제는 정밀한 독해이고 공정한 논평이다.

그러나 정확한 해석과 균형 잡힌 논평은 개념이나 논리만으로 도달되지 않는다. 그것은 논리가 담긴 시 또는 철학으로 무장된 서정이 평자 자신의 언어에 녹아들기를 요구한다. 그럴 때 비로소 비평은 논리의 정밀성 속에서 논리 이상의 충일성을 얼마만큼 구현할 수 있기 때문이다. 이것은 마키아벨리와 프레이저, 낮의 해와 밤의 달, 삶의 리얼리즘과 꿈의 시를 하나로 결합하고자 한 작가의 열망과도 부합한다(나는 이것을 앞에서 '서정적 현실주의'라 이름했다. 그러나 이것은 말할 것도 없이 필요에 따른 지칭일 뿐 그 이상은 아니다). 이 철학적

시 또는 서정적 현실주의의 힘으로 우리는 작가의 반성적 천칭에 자기 사고의 무게를, 그 방향을 재 볼 수 있을지도 모른다. 비평의 언어는 말 속에서 이 말에 거스르는 것—침묵과 부재, 그리하여 존재의 빈자리를 포용할 수 있어야 한다.

그러나 이런 당위적 사실에 대한 지적에도 불구하고 독해의 공정성 문제는 여전히 하나의 과제로 남는다. 나는 장정일을 제대로 읽었는가? 제대로 읽었다고 말할 수 있는가? 그가 꿈꾸었던바, 그의 가장 은밀한, 그리하여 어쩌면 자기 자신도 헤아리지 못할 수도 있는 그 어떤 내부를 내가 들여다볼 수 있었던가. 만약 그 언저리라도 닿을 수 있다면, 우리는 이 희귀한 접촉에서, 그가 우리의 친한 이웃이기라도 한 것처럼, 즐거워할 수도 있을 것이다.

우리는 오해받는 것만큼이나 자주 오해하기도 한다. 누군가로부터 실망받는 것만큼이나 누군가를 실망시키기도 한다. 핍박받는 것을 옹호하고, 이렇게 옹호하면서도 스스로 멸시되며, 이런 멸시를 수치스럽게 여기면서도 또 누군가를 경멸하는 일은 삶에 있어 비일비재한 것이다. 우리는 기껏해야 우리가 믿는 것, 우리가 믿어 행하는 것, 이 행하는 것으로서의 쓰는 일, 그 희생자가 될 뿐인지도 모른다. 아버지 라이오스Laios의 살인자를, 그 살인자가 자기 자신인지도 모른 채 찾아가는 오이디푸스Oedipus처럼, 흰 고래를 쫓는 애꾸눈 선장 에이햅Ahab처럼, 우리는 눈먼 상태로 모래알을 더듬으며 진실의 사금파리를 캐고, 경험의 광활한 물굽이를 넘어선다.

우리는 우리가 경멸하는 것을 때로는 대변하면서 스스로 경멸스러운 것이 되기도 한다. 사람은 기껏해야 오판의 진폭을 줄일 수 있을 뿐인지도 모른다. 저주받은 시인 보들레르처럼, 시인이면서 동시에 죄인임을 자부했던 쥬네처럼. 우리가 자기 열망의 희생자 또는 믿음의 속죄양이길 피하기는 어려울 것이다.

타락 속에서 타락하지 않는 꿈의 상태, 실낙원의 어두운 세계에서도 한 방울 제물의 피를 더 줄이고 상처 난 부위를 말없이 쓰다듬는 일, 그것은 혹독한 수치와 무서운 자의식 사이에서 행하는 수난의 길이다. 그것은 '행한다'는 점에서 적극적이지만, 이 행함에서 현실을 '감내한다'는 점에서 수동적이다. 이 수동적 적극성의 실천에 자유는 있다. 이 자유의 초월 방식이 삶에 없지는 않을 것이다. 이것은 오로지 사랑으로, 눈먼 사랑의 힘으로 할 수 있다. 그런 점에서 우리 모두는 삶의 맹목을 다독이는, 다시 다독이고자 하는 사랑의 조합원이다. 우리는 여러 사람에 속하는 다수의 영혼으로 산다. 우리는 눈먼 사랑의 조합원이어야 한다. 최고의 복수는 더 사랑하는 일이라고 실러F. Schiller는 말하지 않았던가?

그러나 사랑이 무엇인지 말하기는 어렵다. 안다고 해서 사랑하는 것은 아니다. 사랑에 정의定義가 있는가? 정의된 사랑은 사랑이 아니다. 마치 정의된 삶이 삶이 아닌 것처럼. 사랑은 온갖 지식보다 선행하지 않은가? 그래서 사랑의 술어는, 마치 용서나 참회의 말처럼, 쓰기가 두렵다. 사랑이란 말을 두려워하는 것은, 그것이 불필요해서가 아니라 그 실천이 어려운 까닭이다. 그것은 그 자체로 관심과 배려 그리고 헌신을 전제하기 때문이다. 그러나 관심과 배려 그리고 헌신이 있다고 해도 사랑은 의도성 이상으로 비의도성을 요구한다. 사랑은 의도를 거치면서 악의로 변모될 수도 있지 않은가. 드러난 악보다 더 무서운 것은 숨겨진 악이고, 분노보다 더 두려운 것은 사랑의 이름으로 행하는 아집과 증오이다. 나는 아직 사랑의 참된 방법을 잘 알지 못한다.

그러나 사랑이 어렵다고 하여 미움에 익숙해질 수는 없는 일이다. 사랑에 적절한 방법이 있는가? 아니 이런 질문은 틀린 것이다. 사랑에 '적절한' 방법이 있다니? 사랑은 행해질 뿐이다. 말없이, 두 눈 먼 채로, 어리석고도 어찌할 바 없이, 비의도적으로, 무의식적 체화 속에서, 자기 자신과 세계의 전체를 믿으며, 그저 행해질 뿐이다. 마치 늙은 창녀의 그것처럼, 희망 없이, 체념 속에서, 그러나 포기하지 않고 이행될 때, 있을 수 있는 악의를 최소화할 수 있다. 그럴 때 사랑은 적어도 불순하지 않을 수 있다.

사랑은, 그 실천이 체화되어 비의도적으로 행해질 때, 차라리 더 진정하게 여겨진다. 다짐과 결의 뒤에만 올 수 있는 것이라면, 그것은 어딘지 부자연스럽고 미숙해 보인다. 부자연스러운 사랑이 오래갈 것인가? 그것이 어떤 전략과 술수가 되는 것은 당연한 지도 모른다. 그리하여 의도를 넘어, 전략과 술수를 넘어 사랑은 참으로 행해지고, 이 삶의 사랑으로 내 삶은 '살아질 수' 있다. 아니다. 다시 양보해서 쓰자. 그럴 수 있을 때, 역설과 이반離反의 견디기 힘든 상황도 최소한의 고통 속에서 '견딜만한 것'이 된다.

분명한 하나의 사실은 사랑이란 일종의 리듬―움직임이라는 점이다. 리듬-움직임-선율-생기는 곧 사랑이다. 사랑은 리듬이자 선율이다. 이 리듬으로 나는 산다. 우리는 사랑하기 위해서 살고, 살기 위해서 사랑한다. 이 사랑의 움직임으로 나는 내 속의 타자를 보듯, 타자 속의 나를 확인한다. 이것이 삶과 사랑이 지닌 초월의 형이상학이다. 나 속에서 다른 나를 보지 못한다면, 나는 내가 아니다. 즉 나는 사랑하지 않는다.

　　마치 고슴도치의 사랑처럼 상대를 찌르지 않고는 껴안을 수 없는, 오로지 가시를 들이밀고 받아들임으로써만 저편과 내가 하나가 될 수 있는 오, 눈먼 인간의 사랑. 우리는 가시의 고통을 통해서만 서로를 느낄 수 있다. 이 말에 자조自嘲와 비관이 없다고 맹세할 수는 없다. 그래도 이 생각을 없는 듯 덮어 버릴 수는 없다. 다시 쓰자. 무상無償의 기쁨이 되지 못한다면 그 선善은 언제든 위악이 될 수 있다. 그러므로 문제는 솜의 부드러움을 찬미하는 것이 아니라 서로의 가시를 다듬어 주는 일. 가슴을 치는 뿌듯함은 그래서 마흔 이후에는 드물다. 매우 드물다. 그 나이쯤이면 자신이 키운 가시조차 버겁지 않는가?

　　사랑의 이타주의는 인간만의 종적種的 특성은 아니다. 그것은 벌레나 곤충에게도 보인다. 그러나 그것은 인간의 인간다움을 위한 거대한 진보이다. 참된 사랑은 어떤 대가나 보상을 기대하지 않는다. 따라서 '사랑에 적절한 방법은 있는가.'라는 실천 형태에 대한 질문은 '사랑은 어떻게 있는가.'라는 존재 방식에 대한 질문이 되어야 한다. 사랑은 말없이 행해지는 것이지 논리적으로 이해되거나 전략적으로 구상될 것은 아니다. 사랑에 어떤 방법은 없다. 그것은, 만약 있다면, 그냥 행해질 뿐이다. 사랑은 금지와 배제의 원리가 아니라 포용과 화해의 실행이기 때문이다. 그러나 이것은 쉬운 듯하면서도 사실은 지독히도 어렵다.

의도된 사랑과 선의, 나는 그것을 혐오한다. 의도하여 스스로 뽐내는, 교훈적인 그리하여 자기의 우월성을 드러내고자 안간힘을 쓰는 모든 언어와 사고를 나는 경멸한다. 사랑은 맹세의 대상이 아니라 실천의 대상이고, 더하게는 향유의 대상이다. 그것은 무엇보다 그 자체가, 사랑의 실행 자체가 즐겁고 행복하지 않으면 안 된다. 죄가 없는 유일한 사람, 그는 '사랑하는 자'이다. 그러나 그의 귀는 막혀 있고 눈은 멀어 있다. 편견과 편견의 사이에서 행해지는 싸움은 그치지 않을 것이다. 죽음이 우리 몸을 마르게 할 때까지 슬픔은, 삶의 불충분성은, 실존의 결락缺落은 그치지 않을 것이다. 내 눈의 변덕과 내 정신의 오판은 계속될 것이다. 내 숨결을 지탱하는 것은 슬픔에 대한 연민.

그러나 각성된 슬픔은 우리를 자유롭게 할지도 모른다. 한계 자체가 아니라 이 한계의 각성이 삶의 기쁨이기 때문이다. 이것이 내 믿음의 물리적이고 형이상학적인 근거이다. 행동의 가장 큰 준칙은 의식하지 않아도 찾아오고, 심지어 포기하여도 이미 곁에 와 있는 삶—지금 여기 살아 있음의 들숨과 날숨일 것이다. 이 삶의 잔잔하고도 강고한 열기 아래에서라면, 불가해하지 않은 소통의 길이, 어떤 식으로든, 분명, 있을 것이다. 정말 그것은 있을 것인가? 이런 바람마저 내 스스로, 나를 위로하기 위해 만들어 낸 위악은 아닌가?

자유로워지기 위해서는 쓸쓸함을, 이 쓸쓸함의 광막함을 견뎌 내어야 하고 이 광막함 가운데 스스로 책임을 부과할 수 있어야 한다. 자유란 선과 악을 정면으로, 혼자, 고통 속에서, 주시하는 일이

다. 여기에서 실행되는 자유가 창조적이지 않을 수는 없다. 창조는
그 자체로 자유의 실천이다. 이 실천 속에서 인간은 지금 여기 살
아 있음이, 살아감이 그 생애의 근거가 된다. 자신의 문제와 고민
그리고 열망이 자기 생애의 고유한 원인이 되게 하는 것, 실존은
오로지 이런 식으로 정당화될 것이다. 그러므로 글을 쓴다는 것은
이런 정당화의 한 방식이라 할 수 있다.

　　장정일은 글의 인간이다. 그는 활자의 존재—오로지 인쇄의 문
명권 속에서 숨을 쉬는 문학적 자아이다. 그는 문학의 성전에 봉사
하기 위해 자신의 혼신을 온전히 바친다. 그러나 '성전'이란 말은 아
무래도 불편하다. 그리고 자연스럽지도 않다. 사실 그에게 문학이
신성시되거나 신비화되지는 않는다. 차라리 그 성전은 누추하고
보잘 것 없어 보인다. 장정일은 문학이 주는 영예나 그 어떤 반대
급부에도 연연한 적이 없다. 어느 시집의 서문이었던가, 나는 그 책
을 잃어버렸지만, (문학에서 나온 영예를) "말 많은 까마귀에게나 던
져 주라." 하고 그가 쓴 적이 있음을 기억한다. 문학은 장정일에게
금지된 선함과 아름다움에 대한 변변찮은 대용물처럼 보인다. 그
러나 그는 다름 아닌 이 금지된 선과 미를 글로써 추구한다는 점에
서 진실하지 않나 여겨진다.

　　작가 장정일은 사회 안에서 그 변두리를 관찰하고 세계 밖의
관점으로 이 세계를 기록한다. 그를 변호할 수 있다면, 그것은 그
가 천진하기 때문이 아니라 이 천진성이 오늘날에는 더 이상 불가
능하며, 설령 그것이 가능하다 해도 아무런 쓸모가 없음을 의식하
고 있음에도 불구하고 거짓을 거부하겠다는 준열한 그러면서도 무

모하고 허황된 시도를 그가 멈추지 않기 때문일 것이다. 그래서 그의 언어는 수치와 더불어 생겨나고, 그 표현은 분노와 함께 자라난다. 수치와 언어, 분노와 표현의 공존, 이 공존의 무게와 두께, 그것이 그가 지닌 삶의 희망이고 또 사랑의 내용이다.

장정일 문학은 단념인 동시에 고수이고, 긍정인 동시에 부정이며, 수모인 동시에 자부이다. 그것은 절망적 선택이고 자포자기의 긍정이다. 그리하여 불행 의식과 이런 불행 의식 속에 행해지는 글쓰기는 삶과 그 자신을 지키기 위한 불가피한 방책—필연의 선택으로 보인다.

장정일이라는 서사적 자아 안에서는 패배나 절망, 기만과 허상이 낯설어 보이지 않는다. 그는 그것을 처음부터 저편의 사물 또는 인간의 속성만으로 보지 않는다. 그는 이편의 내가 지닌 속성일 수도 있고 또 사실 그 속성이기도 하다. 그것은 경계하고 부단히 각성하지 않는다면, 언제든 주체의 일부가 된다. 그래서 그의 글쓰기는 패배까지도 처음부터 고려한다. 나아가 선택 자체가 어떤 결핍의 증거이기도 하다. 그러나 그 글쓰기 속에서 세계를 열어 가고 있고, 또 열고 있는 그 같은 예는 주목되어 마땅하다.

이 땅에서 시인이나 소설가 또는 작가라고 불리는 이 두려운 이름을 두려움 없이 누리는 또는 두려움 속에 향유하는 많은 이들 가운데 과연 얼마나 그 같은 엄정함을—혹독한 자기 기율과 정체성의 선명한 색채를 가지고 있는지를 속단하기는 어렵다. 그러나 장정일이 보여 주는 지금까지의 노정은, 그 작품의 이력은 작가뿐만 아니라 작가의 작품을 거론하는 연구자들—문학 종사자만이 아니라 예술가 일반에게 어떤 하나의 모델이 됨 직하다고 여겨진다.

타자에의 참여와 시민성

우리가 옹호하고자 하는 이런 견해로부터 다시 한 걸음 거리를 유지하자. 장정일이 『중국에서 온 편지』에서, 또 그의 문학에서 던진 역사의 경과와 그 폭력성, 권력의 부조리, 인간의 욕망과 그 허망함 그리고 여기에 녹아 있는 문학과 예술과 문화의 의미 등은 말할 것도 없이 정답이 아니다. 정답이 될 수도 없거니와 정답이기를 바라지도 않을 것이다. 그것은 하나의 가능성이고 제언이며, 또 하나의 관점일 뿐이다. 그러나 이 관점에 담긴 작가 의식은 누구보다 첨예하고, 그 내용은 부드러우면서도 엄밀하며, 이때의 묘사는 물 흐르듯 자연스럽게 이어진다. 그렇다는 것은 대상에 대한 서술이, 그 대상이 개인이든 역사이든, 현실이든 문화이든, 보편적 공감 속에서 이루어지고 있고, 이런 공감을 바탕으로 대상이 경험되며, 이렇게 경험된 것이 비로소 그의 언어에 담겨 표현되고 있음을 뜻한다.

장정일은 도저한 비관과 환멸의 세계관 속에서도 이 비관이 숙명의 기록물이 아니라 자유의 서사시가 되게 한다. 낙망의 생애에도 절망하지 않으려는 이 같은 정결한 결의를, 이 결의의 불온성을, 이 불온성의 진정성을 우리는 달리 본 적이 있던가? 그가 걸어갔을 이런 길고 혹독했을 문학 수련 과정을 우리는 그 나름의 삶 속에서 '우리 자신의 것'으로 배울 필요가 있다. 왜냐하면 그것은 세계를 이루는 세계의 배후, 나를 이루면서 나로부터 빠져나가는 것들의 추적을 증거하기 때문이다. 이 추적은, 그것이 비공식적인 것, 소외된 것, 변두리의 것의 표현적 발굴이라는 점에서, 그 자체로 타자에 대한 연민이며 사랑의 실천이기 때문이다. 예술은 바로 이런 길을 간다.

존재하는 것에서 부재하는 것을 밝히고, 부재하는 것에서 존재하는 것을 예시하는, 그래서 장정일의 글은 단순한 모방이나 기록 그리고 단순한 의사소통을 넘어선 것처럼 보인다. 개별 존재의 필연성을 보장해 줄 사람은 없다, 자기 자신 이외에는. 이런 탐사의 치열하고도 극진한 경로를 작가는 이른바 '집단적 주체'의 형식 속에서 보여 준다.

중요한 것은 작가의 전언이 그를 읽는 우리에게, 지금 여기의 현실 상황 속에서 무엇을 의미하며, 따라서 우리가 이 전언을 어떻게 받아들이며, 또 그것을 오늘의 삶에 어떻게 적용할 것인가, 하는 문제이다. 많은 것은 이제 우리 자신의 몫으로, 우리 스스로 해소해야 할 과제로 남아 있다. 그렇다면 우리 몫으로 남은 작가의 전언을 한두 마디로 지적한다면, 그 핵심은 어디에 있을까? 나는 그것이 '각성된 시민' 또는 '시민성의 고양'이라고 생각한다. 그 중심에는 주체subject 개념이 있다.

작가와 더불어 우리가 옹호하고자 하는 주체는 자의식이 있는 주체—세계사회의 시민으로 생각하고 행동하는 주체이다. 이런 주체의 윤곽은 『중국에서 온 편지』에 등장하는 여러 인물과 삶 속에 암시적으로 그려져 있다. 이는 추방된 부소의 삶이나 맹강녀의 원혼에 대한 묘사에서 그 한 모서리가 드러나는 것처럼 보인다. 이들은 그 어떤 권력의 시혜를 누리거나 지배 담론의 이데올로기에 안주하지 못한다. 오히려 그 권력의 피해자이고 담론의 배제자이다. 이들은 주어진 부귀의 유혹을 뿌리치고 나와 독자적 삶을 일구거나, 중앙의 부당한 억압에 고통받는 채 유령으로, 억압된 꿈이 되어, 오늘의 삶으로 다시 귀환한다. 이런 면모가 본격적으로 드러나는 것은 『장정일 삼국지』가 될 것이다.

남성적 서사나 공식 이데올로기가 흔히 그러하듯, 장정일은 시대의 지배 담론과 일정한 거리를 유지한다. 온갖 대의명분으로 현실을 오도하는 이런저런 여러 입장과 시각을 그가 늘 경계하는 것도 이런 거리감 속에서이다. 그는 무엇보다 서로를 존중하는 가운데 각자의 개성을 고유하게 실현하려 애쓰는 독립적 인격체를 강조한다. 이것은 역사 속의 인물을 해석하는 작가의 주된 문학적 시각이면서, 동시에 이 인물들의 이야기를 읽는 오늘의 독자들, 즉 우리들에게 그가 요청하는바—사회적 시각이기도 하다.

사회적으로는 가부장적·권위적 국가 이데올로기에 저항하면서, 인간관계에서는 서로 어울리는 가운데 스스로의 행복을 추구하는 인간, 그 바탕에는 각성된 시민으로서의 열린 주체가 있다. 그는 최근에 이렇게 썼다. "21세기를 맞이하여 통일이라는 화두를 피해 갈 수 없는 우리가 똑같은 비극을 피하는 방법은, 먼저 '통일의 대업을 내가 이루겠다!'고 외치는 자를 경계하고 또 경계하는 일이다. 어떤 영웅에게도 맡기지 말고, 우리 스스로가 주체가 되어 통일에 필요한 한 가지씩의 소임을 맡아 행할 때 통일은 온다." *

우리는 어떤 다른 사회, 다른 현실의 모델을 지향한다. 이런 사회를, 그것이 상상적이든 실제적이든, 구성하는 것은 각각의 주체적 시민이고, 이 시민의 성숙된 개인성이 아닐 수 없다. 이때의 개인성은 내적으로 자아에게 열려 있고(이것은 부단한 자기반성을 통해 가능할 것이다), 외적으로 사회에 열려 있다(이것은 현실을 검토하고, 참여함으로써 가능할 것이다). 이런 이중의 개방성 속에서 이루어지는 성찰 활동이 민주 시민사회의 성숙한 정체성을 보장해 줄 것이다. 이 길이 물론 간단할 수는 없다. 그것은 멀고 고단한 일이다. 그러나 그 길이 지금 우리의 시민사회적 발전 단계에서 그 어떤 요소보다도 절실하다는 것, 그 불가피성을 가능한 한 많은 사회 구성원이 확인하고 동의하는 것은 결코 무가치한 것이 아니다.

텍스트와 이 텍스트를 읽는 우리 자신의 삶, 그리고 이 삶의 현실을 강조하는 지금까지의 논의를 통해 우리는 이 글을 시작하면서 말하였던 목표—텍스트 분석과 작가론으로부터 시작하여 문학론과 문화론, 사회 비평과 현실 진단을 지나 마침내 오늘의 삶과 현실의 문제로 돌아온다. 이 삶의 전체 문제항에서 작품–작가–독자–현실–문학–예술–역사–문화는 하나의 공간에서 서로 만나 교차하고 어우러지면서 다시 엇갈린다.

텍스트 이해에서 작가 이해로, 작가 이해로부터 현실 진단으로, 이 현실에서 독자 개인의 삶으로, 나아가 개인의 삶에서 집단·사회의 삶으로, 이 사회의 삶에서 다시 역사 현실로 그리고 종국적

● 장정일, 『생각』, 285쪽.

에는 문화의 지향으로, 그리하여 결국 이런 지향 속의 나와 사회의 모습으로 우리의 문제의식은 점점이, 고리에 고리를 만들면서 계속 옮아간다. 이러한 사고와 방법의 움직임은 궁극적으로 동시대 현실로 나아가고, 지구적 삶의 상황은 이러한 현실을 감싸는 외적 조건이 될 것이다. 거듭 강조하거니와 감각과 정서는 이런 식으로 풍성하게 외부를 향해 열려 있어야 하고, 사고와 방법은 동심원을 그리듯 부단히 움직이며 외부로 나아가야 한다. 그리고 이런 나아감은 최종적으로 자기 자신으로 복귀해야 한다.

움직임이란 갱신이고 변화이며 교정이고 반성이다. 그리고 그것은 결국 삶의 크고 작은 무늬들—무수한 사건과 추억과 일과 기억과 삽화를 이룬다. 감각과 사고의 움직임 속에서 나와 너, 주체와 객체, 역사와 문학, 몸과 형이상학, 심리와 물질, 안과 밖은 각자의 개별성으로부터 떠나 그 아닌 것—타자의 일부와 만나 서로 어울린다. 정지된 삶은 삶이 아니다. 규정과 중단, 결정과 완성 속의 삶이란 제 생애를 누군가에게 저당잡힌, 그래서 마치 살지 않은 것처럼 사는 것과 같다. 그렇잖아도 우리는 다른 사람들이 또 사회가 만들어 주는 역할만을 맡아 살 뿐 아니던가. 움직여야 한다. 부단히 움직이며 출렁거리고 물결치듯 넘쳐나는 것이어야 한다. 나는 매 순간 나로부터 멀어지고, 다시 나를 새롭게 구성해야 한다. 타자성은 이때 나의 일부가 된다.

역사가 역사의 가능성으로부터 단절될 수 없듯이, 서사는, 문학은 사실의 구체와 그 너머를 외면하지 않는다. 오히려 그것은 체험의 직접성 속에서 사실의 전체성을 부단히 탐사한다. 전체성은 구체성 그 너머에 있고, 이 넘어섬의 영역이 타자성 또는 그 무한성이다. 이질적 차원들의 교차에서 타자성은 드러나고, 이렇듯 타자성에 다가가는 가운데 시민의 덕성―관심과 참여, 관용과 배려는 성장한다. 타자와의 내적 교감은 말 없는 가운데 이루어지고, 이런 교감을 통해 우리는 현실에, 그 심부와 배후에 다가선다. 내적 교감을 통한 자발적 참여, 이것은 아마도 가장 바람직한 실천 형식의 하나일 것이다.

문학이 사회의 가장자리에 머물듯, 문화는 변방의 사연에 주목한다. 차이의 감수성으로 변두리의 권리를 복원시키는 일, 그럼으로써 중심의 결핍을, 그 불건전한 보편성을 예술은 치유한다. 이런 치유의 과정을 통해 예술은 더 넓고 깊은 삶과 이어지고, 이 이어짐 속에서 문화는 좀 더 확대된 보편성을 점차로 실현해 간다. 이 점에서 우리는 글―문학―서사―예술의 윤리적·문화정치적 역할을 분명하게 확인한다.

그래서 나는 다시 묻는다. 문학은 무엇인가? 글을 통해 우리는 인간에 대해, 현실에 대해, 그리고 역사와 문화에 대해, 아니 그 이전에 무엇보다도 나 자신에 대해 무엇을 할 수 있는가? 이런 물음이 지금의 이 비시적非詩的·비예술적 시대에도 행해져야 한다면, 그 이유는 과연 무엇인가? 문학, 예술 그리고 문화는 지금 여기 나의 내적 성장에, 우리 모두의 현실을 개선하는 데에, 그리고 사회적 시민성의 확장과 그 성숙에 어떻게 또 두엇을 기여할 수 있는가? 만약 기여할 수 있다면, 우리는, 우리 각자는 이런 참여를 준비하고 있는가? 아니 지금 이 자리에서 그렇게 참여하고 있는가?

　　그러므로 장정일의 물음은 역사의 바른 방향이나 역사 해석에서의 문학적 관여가 어떤 의미를 지니는가에만 해당하지 않는다. 신념을 가진 한 개인의 자유로운 삶이 어떻게 가능하고, 이런 자유의 삶을 위한 사회적 참여가 어떤 형식일 수 있으며, 그리고 이런 가능성을 보장하는 민주 시민사회란 어떤 방향으로 나아가야 할 것인가에 대해, 그 어떤 과장과 수식도 배제한 채, 사실적 구체성과 서정적 울림으로, 보여 주고 있다는 것, 아마도 여기에 장정일이 기여하고 있다 할 것이다. 작가는, 그가 정녕 진실된 '예외적 개인'이라면, 한 사회의 보편적 주체이기 때문이다.

　　우리가 수긍하는 작가는 표현을 통해 미래의 오늘을 현재의 가능성 속에서 열어 보인다. 되어야 할 것으로서의 삶과 역사의 좀 더 나은 모델은 이 가능성에서 조금씩 열린다. 바로 이 점을 장정일과 더불어 다시 한 번 성찰하게 되기를 나는 간절히 바란다. 우리는 현실의 어찌할 수 없는 추악성 속에서, 이 추악함에 맞서, 그 추악함을 다시 줄여 가야 할 사랑의 조합원인 까닭이다. 사랑의 조합원이 되고자 하는 까닭이다. 진실한 것은 어리석고 멍청한 이 선택뿐. 다른 사회에 대한 꿈은 실향失鄕의 환멸 시대에서도 버릴 수 없다. 오직 그것뿐. 그것뿐이다, 의미의 잔해로 남은 것은. 우리는 미워하기 위해서가 아니라 사랑하기 위해서 이 땅에 오지 않았던가.

보론 한국 사회에서 장정일 읽기

사회 갈등과 문학적 대응

우리 사회의 갈등은 크게 보아 이념 갈등(냉전 반공 이데올로기)과 지역 갈등, 세대 갈등(신구 세대의 대립), 노사 갈등(성장/분배 이데올로기) 그리고 문화 갈등(가치관의 갈등) 등으로 나눌 수 있다. 이들 갈등의 종류는 직간접적으로 긴밀하게 얽혀 있어서 서로 엄격하게 분리하기 어렵다. 그러나 단순화해 말하면, 가령 성장/분배 이데올로기가 이윤 획득을 겨냥하는 경제 차원에서 진행되고, 지역 갈등은 학연과 지연 그리고 혈연에 바탕을 두고 이루어진다면, 냉전 반공 이데올로기는 사회와 정치, 통일과 교육 그리고 이념 등 삶의 전체 차원에서 파급력을 행사한다고 할 수 있다. 그러면서 이 모든 것은 가치관의 충돌과 대립이라는 문화 갈등의 틀 안으로 수렴된다.

그러므로 문화 갈등은 우리 사회 갈등의 한 축을 이루면서 동시에 다른 모든 갈등을 발생케 하는 요인이 되는 '원인과 토대'의 갈등이 된다. 물론 이런 시각에는 문화 갈등을 여타의 갈등과 견주어 상대적으로 특권화하는 폐단이 없지 않다. 그러나 문화가 간단히 정의하여 '삶의 질적 형식'이라고 할 때, 문화의 결핍은 한 사회 안에서 일어나는 모든 결락의 핵심 요인이 된다. 바로 이런 이유에서 문화 문제는 한 사회의 정신적 양상이자 개인 삶의 체질과 관련된 문제이다. 문화가 오랜 시간에 걸친 성숙의 과정을 필요로 하는 것도 이 때문이다. 공공성公共性, Öffentlichkeit/publicity이 사회정치적 개념이면서 무엇보다 문화적 개념이기도 하다면, 우리 사회의 다양한 갈등은 문화적 공공성의 위기와 다름없다. 이 위기의 핵심에는 가치와 세계관의 균열이 있다. 나는 이 글에서 무엇보다 '민주주의 사회의 문화적 의미' 또는 '문학예술의 공공재적 성격'에 대해 생각해 보고자 한다.

문화적 가치의 대립은 모든 갈등의 원인이면서 이런 원인으로 하여 다른 갈등의 형식—사회적·정치적·경제적·군사적 갈등이 심화되는 결과이기도 하다. 그것은 예를 들어 냉전 반공의 이데올로기에서는 독재나 수구守舊의 이념과 맞물리면서 더욱 첨예해지고, 세대 갈등이나 노사 갈등에서는 이런 충돌을 야기하는 행위의 동인動因이 된다. 냉전–반공–수구–지역주의–성장 이데올로기는 가치의 일방주의를 강요하고 정당성의 독점을 관철하려 함으로써 궁극적으로 기존의 가치와 기득권적 질서를 옹호한다. 그 점에서 가치관의 대립은 우리 사회 갈등의 가장 근본이자 핵심 요인이라고 할 수 있다. 그것은 삶의 다양한 영역 전체에 영향을 끼치는 전방위적인 것이다. 문화적 가치의 갈등을 우리 사회 갈등의 핵심으로 보는 것은 이런 이유에서이다.

여기에서 폐쇄성과 일원성 그리고 권위주의는 우리 사회의 문화적 가치 갈등을 야기하는 주된 이데올로기적 속성이다. 이 일원성의 중심주의는 자기와는 다른 것—다른 가치와 그 이질적 가능성을 허용하지 않는다. 그것은, 서문에서 필자가 지적했듯이 '순수성의 환상' 위에 놓여 있기 때문이다. 순수성의 환상이란, 타자의 정당한 가능성을 고려하지 않는다는 점에서, 사고의 근본주의의 한 형태이다. 그것은 이미 있는 것, 알려진 것 그리고 공식화된 것만을 옹호하지 새로운 것, 낯선 것 그리고 미지의 것에 주의하지 않는

다. 그렇듯이 타인이 아니라 나, 그들이 아니라 우리를 편애한다. 그
것은 '중앙'의 권력을 추종하면서 개체들 사이의 고유성을 무시할
뿐만 아니라 변두리의 소수자를 억압하는 데에로 나아간다.

　아래의 글에서 필자는 작가 장정일의 소설 『중국에서 온 편지』
에 주제화된 여러 문제들 가운데 역사와 서사, 권력 그리고 문화의
의미를, 현 단계 우리 문화의 갈등과 그 해소 가능성을 염두에 두면
서, 다루어 보고자 한다. 좋은 사회란 '갈등 없는' 곳이 아니라 이런
갈등을 '합리적으로 제어할 수 있는 제도적 틀'을 마련한 곳이라고
한다면, 소설 언어는 어떻게 기존 권력의 반성적 담론으로 역할을
하는가, 그럼으로써 좋은 사회의 제도 가능성을 탐색하는 데에 어
떻게 기여하는가라는 점을 이 글에서 성찰할 것이다.

　1987년 시집 『햄버거에 대한 명상』 발간 이후 장정일은 비단
시뿐만 아니라 희곡과 소설 등 문학의 다양한 장르를 넘나들면서
많은 문제작을 발표해 왔다. 그는 지금 활동하는 작가 가운데 아마
도 가장 개성 있고 치열한 사고와 언어로, 기존의 가치와 규범을
문제시해 온 또는 문제시하고 있는 우리 시대의 문학 정신을 대변
한다고 말할 수 있을 것이다. 그의 작가 정신은 그만큼 다른 작가
들과는 사뭇 다르고 철저해 보인다. 그래서 내용적으로나 형식적
으로 흔히 있는 비평적 관점과 시각을 앞서 가거나 뛰어넘는 것으
로 여겨진다. 그에 대한 적잖은 평문이 어느 편에서 빗나가거나 그
의 생각에 못 미치게 나타나 보이는 것은 이런 까닭에서인지도 모
른다.

　　장정일 문학에 대한 논의의 불충분에는 여러 요인이 있을 것
이다. 여기에는 평자들의 비평적 미숙도 있겠지만, 더하게는 원래
문학작품이라는 것이, 적어도 그것이 뛰어난 것이라면, 손쉬운 규
정과 일원화된 관점을 벗어나기 때문에 그렇기도 하다. 그렇다는
것은 작품에의 접근이 설득력을 지니기 위해서는 처음부터 자기
한계―관점적·언어적·실존적·역사적 한계를 분명하게 의식하는
것이 필요하다는 말이 된다.

　　장정일이 다루는 주제가 아버지와 아들 사이의 세대 갈등이
건, 여성과 남성 사이의 갈등이건 또는 역사와 문학, 권력과 서사,
유한성과 무한성 사이의 대립이건, 그 비판 시각은 전면적이고 무
차별적이다. 그래서 그것은 세대 사이의 불협화음을 다룬다고 볼
수도 있고, 사회의 이념 갈등을 표출한다고도 볼 수 있으며, 역사
의 무자비함이나 권력의 폭력성을 다룬다고도 할 수 있다. 그것이
어떠하건 그의 문학은, 삶의 갈등에 대해 그가 주제적·방법적 차
원에서 종횡무진으로 접근하고, 이때의 비판이 가치 전복적이며
우상 파괴적으로 작동한다는 점에서, 예외를 불허하는 것으로 여
겨진다. 그 점에서 그의 작품은 그 자체로 문화 갈등의 징후이자 이
런 갈등에 대한 서사적·문학적 대응이라고 할 것이다.

　　예를 들어 『내게 거짓말을 해봐』를 둘러싼 필화 사건도 이런 관
점에서 이해할 수도 있다. 이 사건은 우리 사회의 이념 갈등과 가치
관의 대립을 매우 구체적이고도 극적인 형태로 보여준다. 잘 알려
져 있듯이, 작가는 이 작품으로 법정 구속되었다. 그것은 간단히 말
해 한 '불경한' 예술 의식에 대한 '신성한' 국가권력의 단죄였다.

　　필자는 무엇보다도 권력 비판을 그 일부로 하는 현실을 성찰하는 시각에서 장정일의 텍스트를 해석하고자 한다. 그의 작품은, 특히 최근에 이루어지는 역사 재구성 작업과 관련하여, 일종의 권력 성찰적, 문학문화적 성찰 담론으로 이해하면 어떨까 여겨진다. 그러나 주의해야 할 두 가지가 있다.

　　첫째, '권력'이란 용어를 단순히 정치 현상에만 국한시킬 필요는 없다는 점이다. 권력이란 말할 것도 없이 정치적 함의를 주로 갖는 것이지만, 그것은 현실의 성격이나 그 작동 방식, 역사 기록이나 이념 경쟁에서도 나타나고, 작게는 인간과 인간의 관계에서도 나타나며, 더 미묘하게는 감각과 사고의 차원 그리고 언어의 표현에서도 보인다. 사실상 정치적 억압이나 사회적 불평등 그리고 문화적 차별의 모든 현상에는 권력이 거시적이고도 미시적으로 작동한다. 삶은 이런 부당한 권력의 보편적 준횡으로 파행에 파행을 거듭하며 이어지는 듯하다.

　　둘째, 그렇다고 해서 모든 권력을 부정해서는 안 된다. 이것은 강조되어야 한다. 문제의 핵심은 권력을 전적으로 부정하는 데에 있는 것이 아니라 어떻게 부당한 권력과 정당한 권력을 구분하고, 이런 구분을 통해 이 정당한 권력을 어떻게 합리적으로 구성하고 제도적으로 통제하여 부당한 권력에 대항하는 힘으로 행사되게 하는가에 있다. 예를 들어 민주적 정책 정당은 이렇게 구성되고 위임된 권력의 제도적 표현이 될 것이다. 또 이른바 비판적 공론장이란 것이 개인의 의견이 타인과의 관계를 통해 납득할 만한 절차 속에서 사회적으로 확산, 동의되는 합리성의 마당이라고 한다면, 이 마당을 보장하는 것도 정당한 권력의 기능이 될 것이다.

그러므로 부당한 권력은 '비구속적 삶의 가능성을 가로막는 일체의 물리적·언어적 이데올로기적 작동과 그 개입'으로 일단 이해할 만하다. 그러나 이것은 권력의 부정성에 대한 소극적 이해라고 할 수 있다. 부당한 권력이 '자유의 가능성을 가로막는다.'라고 말하는 것은 현실 경험에 견주어 볼 때 너무 안이한 서술로 보인다. 부당한 권력은 무엇을 가로막기 이전에 스스로 횡포와 전제를 일삼지 않는가. 여기에서 비구속의 삶─강제 없고 자유로운 삶의 지평은 얻어지기 어렵다. 만약 이 지평이 획득된다면, 그것은 어떻게 가능한가? 그것은 두 가지─일반적 방식과 구체적 방식으로 나누어 언급될 수 있겠다.

자유로운 삶은, 일반적으로 말하자면, 삶의 주체가 드러난 것뿐만 아니라 드러나지 않는 것, 현실태만으로서가 아니라 잠재태로도 존재하는 가능성까지 고려하고 허용하며 인정하고 포용하려 할 때, 획득될 수 있을 것이다. 이 잠재태란 기존 현실과 어떤 점에서는 동질적이지만, 어떤 점에서는 이질적이다. 그것은 타자이고 이 타자의 차이이다. 고려하고 허용하며 인정하고 포용한다는 것은 열려 있음을 뜻한다. 즉 타자에 대한 자기 개방이다. 결국 자유의 가능성이란 타자 또는 차이에 대한 자기 개방과 같다. 이렇게 타자에 열려 있을 때, 권력은 스스로 반성한다. 권력을 인민의 동의 아래 발생케 하고, 이 발생 과정을 절차적으로 합리화하는 것, 그리하여 권력의 반성성을 제도적으로 강제하는 것은 자유로운 삶 그리고 정당한 권력의 구성에 대한 구체적 이해이다.

　　건강한 공공성이란 사회와 그 구성원이 타자에 열려 있어 차이를 인정하고 포용할 때, 비로소 생겨난다(위에서 말한 '공공성'의 독일어 "Öffentlichkeit"는 이것을 이미 암시한다. 공공성이란 가장 단순하게 말하면 '열려 있는' 상태이기 때문이다). 타자를 이해하고 포용할 때, 자유는 마침내 우리의 것이 된다. 이것은 정치적·사회적으로도 그렇고, 가치론적·문화론적으로도 그러하다. 이러한 요구는 현실 이해에서나 역사 진술에서, 또 감각과 사고의 문제나 언어와 표현의 문제에서 두루 행해질 수 있다. 차이에 대한 포용의 요구가 충족될 수 있다면, 우리는 자율적 개인과 이 개인들로 이루어진 강제 없는 공동체를 실현할 수도 있을 것이다. 또 이런 공동체들이 모여 하나가 된다면, 우리는 전 지구적 연대 속에서 국가와 국가를 넘어서는 어떤 사회—시민적 세계사회도 조직할 수 있을 것이다. 이것은 다소 유토피아적이지만, 권력의 정치적·문화적 연관항을 이 같은 내포와 외연에서 우리는 분명히 의식하고자 한다.

　　전 지구적 공공성을 실현하는 시민적 세계사회를 직접 다루지는 않는다 해도 그러나 우리는 이 같은 포괄적 관점을 잊지 않을 것이다. 바로 이런 이유에서 이 글은 단순히 현상을 설명하거나 작품을 분석하는 측면에만 그치지 않을 것이다. 그것은 관련되는 작가의 텍스트 모두를 한편으로는 역사 이해와 형식 실험, 감각과 사고의 갱신, 관습과 이데올로기에 대한 저항 등의 차원에서 가능한 한 다양하게 다룰 것이다. 그러면서 다른 한편으로는 작가 의식이 지향하는 우리 사회의 건강한 방식—자유로운 시민사회의 가능성을 성찰하는 데로 이어질 것이다. 자유로운 시민사회의 실현은 물론

사회정치적·경제적 제도의 시급한 개선을 요구한다. 그러나 이것
이상으로 절실한 것은 예술적 섬세화이고 문화적 정련이다. 심미
적 감수성의 문제는 여기에서 핵심으로 보인다. 이 글에서 우리의
논의 초점은 앞의 것(사회정치적 차원)을 의식하는 채로 이 뒤의 것—
문학적·서사적·예술문화적 측면에 집중된다.

열린 감성 : 민주주의의 내면적 근거

문학은 민주주의를 실현할 수 있는 최고의 공간이라고 나는 생각한다.
—— 세풀베다 L. Sepúlveda

사회과학 분야의 여느 학술 논문처럼 이 글의 활용 방안을 직접적
으로 적시하기는 어렵다. 그렇다고 그것의 효용이나 영향력이 없
는 것은 아니다. 인문학, 특히 문학예술과 관련되는 작업은 간단히
말하여 '무용성無用性의 효용'을 지향하기 때문이다. 그러나 이러한
원론적 언급은 어떤 납득할 만한 대답이 되기보다는 문학의 현실
대응 또는 그 사회적 연관성이 그만큼 복합적이고 간접적이라는
사실을 알려준다. 그것은 더 자상한 설명을 요구한다. 장정일에게
있어 그것은 어떠한가.

　　우리는 이 장에서 현 단계 한국 민주주의의 성격과 문학의 관
계, 좀 더 구체적으로 말하여 우리 민주주의의 허약한 사회경제
적·문화적 토대와 문학적 감수성이 어떻게 서로 관련되는지를 간
략히 알아보고자 한다. 이것을 하나의 질문으로 만들면 결국에는

이렇게 한 문장으로 요약될 것이다. 감성의 훈련은 민주주의의 내실화에 왜 필요 불가결한가?

불평등 현실과 비판적 공론장

이런 문제에 그 나름으로 대답하기 위해서 우리 사회의 정치경제 현실이, 이 현실의 지금 상태가 언급되지 않으면 안 된다. 이 땅의 정치 지형은 2004년에 있었던 4·15총선 이후에 이전과는 판이하게 달라졌다. 그것은 국회의 정당 분포에서 잘 나타난다. 중도 개혁을 표방하는 열린우리당이 과반수 의석을 점하였고, 거기에다 무엇보다도 노동자와 농민 그리고 서민을 대변하는 민주노동당이 제2야당의 진보 세력으로서 국회에 진입하게 되었다. 이것은 그 이후 실시된 지방 보궐선거에서 여당이 연이어 참패함으로써 지금은(2006년 11월) 여소야대의 정국이 되어 있다. 그러나 이것도 이제 차기 대선을 앞두고, 늘 그러하듯, 정당 사이의 합종연횡 또는 이합집산이 이루어질 전망이다.

이런 정치 상황 아래에서 삶의 양극화는 보편적으로 실현되고 있다. 즉 국내 차원에서 그것은 경제 구조(중소기업과 대기업, 하청 기업과 재벌 본사의 대립)와 정치 현실(보수 우익과 중도 진보 사이의 충돌, 아니면 퇴행적 극보수와 보수 우익의 좌충우돌? 여기에 '진보'는, 사실 우리 사회에는, 아직도, 잘 보이지 않는 것 같다), 지역사회(중앙과 지방의 소득 격차)와 노동시장(정규직과 비정규직, 그리고 노동 계층 내부의 균열) 등 여러 수준과 층위에서 더욱 심화되고 있다. 국제 차원에서 그것은 신자유주의 세계화 경향과 더불어 미국과 중국, 미국과 유럽, 서구와 아랍, 다국적 재벌과 개별 민족국가 사이의 갈등 형태로 나타나고 있다.

여기에서 핵심은 시장의 유례없는 전권全權 지배—재벌 대기업의 헤게모니 강화이다. 그리하여 시장의 논리가 정부의 역할을 대신하고, 자본의 원리가 공동체적 윤리보다 우선시된다. 이제 세상은, 나라의 안과 밖을 불문하고, 돈과 수익, 효용과 이윤을 절대시하게 되었다. 경제 주체는 수익과 이윤을 위해서는 그 어떤 것도 불사할 준비가 되어 있고, 상품과 소비, 효율과 경쟁을 최고의 덕목으로 꼽고 있다. 이윤을 낼 수 있다면, 모든 것은 '윤리적'으로 간주된다. 이런 상황에서 사회정치적·경제적 갈등이 심화되는 것은 불 보듯 뻔하다. 한창 일할 나이의 사람들이 강제 퇴출되는 것은 말할 것도 없고, 언제 내쫓길지도 모를 비정규직 노동자가 정규직 노동자를 넘어선 지는 이 땅에서 오래되었다.

어디 그뿐인가. 고용 연령의 대다수가 신용 불량자나 저임금에 시달리고 있고, 이미 많은 사람들이 실업으로 이혼을 했거나 하려 하고 있다. 노숙자들은 줄어들지 않고 있고, 아이들은 가출하고 있다. 범죄나 자살은 이 옆에 있다. 이런 편재화된 갈등, 이 갈등의 악순환에 대한 정부 정책은 여전히 미비해 보이고, 정책 입안자는 믿음을 주지 못하며, 이에 대한 시민사회의 개입도 허약하게 보인다. 이 모든 것은 결국 우리 사회의 민주주의 기반이 그만큼 취약하다는 것을 반증한다고 할 것이다. 좀 더 자세히 들여다보자.

우리나라의 삶의 질이 낙후되어 있다는 것은 잘 알려져 있다. 경제 규모는 세계 11위인 반면 삶의 질적 수준은 OECD 회원국 가운데 최하위 수준이라는 사실은 자주 보도된다. 2005년 초 국제투명성기구에서 국가 청렴도를 조사한 결과, 한국은 146개국 가운데 47위였다. 이것은 그 전 해의 50위보다는 높은 것이지만 여전히 부끄러운 순위가 아닐 수 없다. 앞으로의 민주주의는 정치적·제도적 차원에서의 실현 이상으로 사회경제적 차원에서의 수준에 좀 더 많은 심혈을 기울여야 하고, 더 중요하게는 이 민주적 원리를 하나의 실제 규범이자 가치로서, 나아가 생활양식의 원리로서 작동시키는 일일 것이다. 그리고 그 능력을 각 개개인이 키우면서 사회적으로도 장려하는 일이다. 사실 20세기 후반기 한국 사회가 내걸었던 삶의 목표는 규모나 양적 팽창이지 않았던가.

지금까지 우리의 근대화가 '수치와 외양과 규모와 기술의 근대화'였다면, 앞으로 힘써야 할 것은 '내용과 실질 그리고 질에 있어서의 근대화'이다. 규모의 경제 그리고 양적 근대화를 위해 우리는 지난 30년, 40년을 숨 가쁘게 달려 왔다. 성장지상주의 일변도의 이 같은 정책 속에서 삶의 많은 증대한 요소들—인권과 정직, 상호 신뢰와 존중, 배려와 양보 등의 시민적 덕성은 크게 훼손되거나 억압되었다. 그 폐단은 오늘날 우리 사회 곳곳에서 사고事故와 부작용, 비리와 추문의 형태로 쉼 없이 되풀이되어 나타나고 있다. 수년 전부터 말하는 인문학의 위기, 크게 보아 대학의 위기도 이것과 무관하지 않다.

인구 2억 8,000만인 미국의 최상위 사립대학교의 1년 졸업생 수가 1만 명인데 반해, 인구 4,700만인 한국의 세 개 대학(서울대, 고려대, 연세대) 신입생 수가 무려 1만 5,000명인 기현상은 흔히 대조된

다. 대학 규모의 축소와 그 내실화 그리고 기초 교육의 강화 필요
성은 여기에 곁들여 역설된다. 이것 역시 결국 하나의 것—우리 사
회의 하부구조적 내실화 문제로 귀결된다고 말할 수 있다. 문제는
이제 삶의 질적 성숙이고 이 성숙의 내실화가 있어야 한다. 그리고
이것은 곧 집단 차원에서는 문화의 문제가 되고, 개인 차원에서 보
면 교양의 문제 또는 시민교육의 문제가 된다.

　　우리 사회가 지향해야 할 미래적 목표를 '합리화'라고 요약할
수 있다면, 흔히 지적되는 비민주성과 부패, 냉전 수구의 반공주의
와 지역주의, 온갖 학연과 연고주의 그리고 정치권력과 재벌과 언
론과 검찰의 유착 관계는 이런 합리화를 가로막는 장애들 가운데
대표 목록일 것이다. 이것은 어떻게 개선될 수 있는가? 민주화 이
후의 실천이 민주화 이전의 그것과 같을 수는 없다. 그것은 어떤
점에서는 같고 어떤 점에서 분명히 달라야 할 것이다. 그리하여 다
양한 부문에서의 여러 활동과, 이런 활동을 위한 다각도의 이론적
탐색을 통해 개선의 노력은 점차적으로 이루어질 것이다.

　　그러나 무엇보다 중요한 것 중 하나는 사회 구성원 모두가 동
의할 수 있는 '비판적 공론의 장'을 어떻게 형성할 것인가 하는 문
제로 수렴될 것이다. 이 신뢰할 수 있는 공적 영역으로부터 마련된
동의와 합의의 내용이 사회정치적·경제적 불평등을 해소시키는 구
체적 정책으로 실현될 것이기 때문이다. 이때 구성원 상호의 신뢰
와 협동은 이 공적 영역의 바탕이다. 이 영역은 사회 전체 차원에
서 조직되는 것이면서 무엇보다 개별적 개인에 의해, 다시 말하여
상호 인간적 관계 속에서 구성되고 유지된다. 그렇다는 것은 개인

의 행동이 바른 것이어야 하고, 이 바른 행동을 위해 양식良識과 양심이 있어야 하며, 이런 양식과 양심 아래에서 사고와 판단력도 올바르게 행해져야 함을 뜻한다.

위에서 보듯이 사회의 낙후성을 교정하는 방식에는 여러 가지가 있다. 가령 공공선을 위한 국가의 개입과 시민사회 운동이 사회적 노력을 의미한다면, 개인적 노력이란 편견 없는 사고와 행동의 자율성을 의미한다고 볼 수 있다. 어떤 방향으로 나아가건, 그것은 사회의 계몽적 합리화로 수렴될 수 있을 것이다. 그러나 이때의 합리화는, 시장 자유주의에서 강조되듯, 어떤 규칙의 효율이나 성과주의를 의미하지 않는다. 그것은 차라리 내적 소신과 외적 행동 사이의 일치, 즉 투명함이다. 그리고 더하게는 이 투명한 원칙 속의 어떤 부드러움이다. 이 부드러움 속에서 자율적 사고와 자발적 행동의 시민 덕목도 꽃필 수 있다.

'원칙 속의 부드러움'이란 이전보다 더 정밀하고 섬세한 주의와 차분하고 가라앉은 태도를 뜻한다. 이것은 현 단계의 우리 현실에서 어떤 핵심 덕성이 될지도 모른다. 크게 보아(민주주의의 외적 차원에서) 사회의 불평등 구조에 대한 개혁 의지도, 시민적 자율성과 타자에 대한 배려도(민주주의의 내실화 차원에서) 이런 덕성의 체질화 없이는, 적어도 종국적 의미에서는, 시행되기 어렵기 때문이다. 물론 이러한 시행은 사회의 여러 부문에서, 즉 정부와 기업, 개인과 국가 그리고 시민사회가 각자 또 서로 어우러지는 가운데 이루어질 것이다. 어떻건 간에 자발성과 자율성은 이런 내실화를 추동할 핵심 계기가 아닐 수 없다. 그것은 이제 더 이상 구호화되고 선언

되는 것이 아니라 나날의 생활 속에서, 매일의 규칙으로, 또 나와 너 사이에서 내재화되지 않으면 안 된다. 그것은 슬로건이 아니라 말없는 생활의 원리로서 실행되어야 한다.

우리 사회의 가장 낙후된 분야 중의 하나가 정치 영역이라면, 이 낙후성은 무엇보다 투명한 법률과 합리적 제도를 통해 현실을 개선하지 못하는 정치력 자체의 무능에서 온다고 할 것이다. 그리고 이 무능은 정치력의 무능이면서 이 정치사회에 대안을 제공하는 시민사회와의 소통의 무능이기도 하다. 그리하여 낙후된 정치성이 결국 '정치사회와 시민사회의 분리'에 있다고 한다면, 앞으로의 우리 현실은 이 두 영역의 원활하고 생산적인 소통과 이 소통의 진정성에 따라 점차 개선될 수 있을지도 모른다. 이런 개선에 있어 열린 감각과 사고는 결정적이고 핵심적인 역할을 하리라 나는 생각한다. 그것은 모든 종류의 참여에서, 이 참여의 실천을 위해 각 개인에게 요구되는 근본 조건이기 때문이다. 감각과 정서의 개방성은 사고와 판단의 바탕이 아닐 수 없다. 느낌이 폐쇄적이거나 편향된 것이라면, 사고는 물론이거니와 사고로부터 시작되는 판단도 제대로 하기 어렵다. 제한된 느낌에 바탕한 생각에는 얼마나 많은 편견이 이미 담겨 있을 것인가? 그러므로 바른 정치문화 그리고 이 문화를 위한 건전한 공론장에는, 궁극적으로 보아, 개인의 감각과 사고의 개방성 문제가 놓여 있는 것이다.

민주주의의 질적 고양이 국가와 시민, 정치사회와 시민사회의 상호 자극에 달려 있고, 이때의 시민사회란 무엇보다 '이성적 다원주의'(롤스 J. Rawls)를 추구하는 데에 있는 것이라면, 이 다원주의의 실현은 한 사회의 구성원이 부당한 권력과 편견에 대한 저항으로 부터(부정적으로), 또 공적 가치를 위한 자발적 참여에 의해(긍정적으로) 가능할 것이다. 이런 저항과 참여를 통해 사회는 '좀 더 이성적이' 되고, 그 구성원은 말의 바른 의미에서 '시민적으로' 될 것이다. 여기에서 다시 핵심은 시민적 덕성으로 무장된 개인이고, 이 개인의 현실 참여이다. 그것은 그 자체로 민주주의의 내실화를 증거하는 것이면서 그 토대를 굳건하게 하는 것이기 때문이다. 한 사회 공동체의 민주화 수위는 시민성의 요구를 제도에서 구현하고 개인들이 육화하는 정도에 따라 결정될 것이다. 이때 시민적 저항과 참여의 방식은 물론 개인과 그 활동 영역에 따라, 그리고 상황의 조건에 따라 다르게 나타날 것이다. 그렇다 해도 그것은 결국 현실의 개선과 교정으로 이어질 것이다.

규범적 논거의 필요와 미비

더 구체적으로 얘기해 보자. 정치 이념에 대한 논리적 이해가 어떠하건, 그것이 공화주의이건 자유주의이건 아니면 현대의 민주주의 담론이건 간에, 여기에서 핵심은 일반 시민의 자발적 참여이다. 물론 이 내용 역시 공화주의와 자유주의, 국가와 시민 그리고 민주적 절차주의와 공화주의 등이 어떻게 서로 관계하느냐에 따라 달라진다. 그러나 이런 차이에도 불구하고 여전히 결정적인 사실은 민주적 공론장에서 일어나는 집단적 결정에 대한 시민의 동등한 권리이고, 이런 권리 속에서의 참여 여부이다.

개인이 모여 의견을 교환하고, 이런 자유로운 의견 교환을 통해 사회적 공론은 만들어진다. 공적 결정에 개인은 이처럼 자유의사로 참여하고 또 참여할 수 있어야 한다. 이것이 민주적 정치 공동체가 스스로의 정체성을 보존하는 길이고, 이 보존을 통해 정치 문화는 그 건전성을 달성한다.

예를 들어 독일의 사회철학자 호네트A. Honneth는, 듀이J. Dewey의 민주주의론과 관련하여, 민주주의가 "사회적 협력의 성찰 형식"으로서 존재하며 듀이는 "합리적 심의와 민주적 공동체라는 두 가지 요소를 함께 사고"하고 있다고, 그리하여 결국 "지나치게 윤리적인 공화주의와 공허한 절차주의라는 잘못된 대안들 사이에서 어떤 제3의 길을 열고 있다."라고 이해한다.* '확대된 민주주의'의 규범적 토대를 생각함에 있어 우리는 이런 식으로 여러 이론적 구상을 생각해 볼 수 있다.

의사소통의 상호 이해 모델이건(하버마스J. Habermas), 사회적 공동 작업의 모델이건(듀이), 아니면 민주적 정당성의 심의 모델이나(벤하비브S. Benhabib) 토의민주주의deliberative democracy의 개념(코엔J. Cohen)이나 또는 공화주의적 모델(아렌트H. Arendt)이건 간에, 그 핵심은 하나에서 만난다. 즉 민주적 의사 결정의 절차는 어떻게 합리적으로 조직되고, 개개인이 억압과 지배 없는 상태에서 어떻게 자율적으로 참여할 수 있는가에 민주적 담론의 관건이 놓여 있

---

* Axel Honneth, "Demokratie als reflexive Kooperation: John Dewey und die Demokratietheorie der Gegenwart", in *Das Andere der Gerechtigkeit*(Frankfurt/M., 2000), S. 282ff. u. 309.

다. 이때의 참여는 시민적 개인의 자발적 의지로부터 오는 것이어
야 하며, 정치체제는 이러한 참여를 외적 규율을 통해 강제하는 것
이 아니라 내부로부터 장려할 수 있어야 한다. 이것은 그러나 동의
할 만한 진술이지만 너무 추상적이지 않은가?

좀 더 논쟁적으로 논의를 진행시켜 보자. 필자의 관심은 이들
민주주의 담론에서 하나의 입장이 기존의 것과 어떻게 대결하고,
어떤 것을 내세우면서 이전과는 다른 입장을 개진하는가에 있지
않다. 오히려 나의 초점은 각각의 진술이 지닌 핵심이 무엇이고, 이
핵심은 어떤 방향으로 흘러가는지, 즉 그 지향을 더듬는 일이다. 그
리고 그 지향은 우리가 느낄 만큼 생생한 것인가? 우리는 이렇게
물어볼 수 있다. 위에서 언급한 논자들은 '법적으로 보장된 자율성'
이나 '정치적 공론장의 합리적 구성' '공동 의사 결정에 대한 동등
한 권리 아래의 참여' 등을 거의 예외 없이 강조하고 있다. 그렇다
는 것은 그들이 '상호 주관적 실천 영역이 시작되는' 지점을 바로 민
주주의의 출발점으로 보고 있음을 뜻한다.

그러나 우리는 이렇게 묻지 않을 수 없다. 합리적 공론장은 어
떻게 구성되며, 이 공론장에서의 보편 가치는 어떻게 입안되는가?
또 공론장을 위한 견해 수렴은 어떻게 이루어지고, 이를 위해 개인
에게는 어떤 원칙 아래 동등한 권리가 부여될 수 있는가? 나아가
이런 권리를 통해 개인은 어떻게 '지배와 억압 없이' 서로 교류하며,
이를 위한 개인의 능력은, 다시 말하여 생각과 행동의 자율 능력은
어떻게 체화될 수 있는가? 사실 여기에 대해서는 세심한 설명이 없
다. 이들 논의는 1급의 정밀성과 정치함으로 무장되어 있지만, 그

것은 비판적으로 보면 개념적 진술 속에서의 추상적 동의 반복으로 비치기도 한다. 결론의 이런 취약함은 현대 사회과학 쟁점 중의 하나인 시민사회론이나 세계사회론 아니면 시민권 운동 논의에서도 크게 다르지 않다.

이러한 사실은 사회학자 다렌도르프R. Dahrendorf의 논지에서도 드러난다. 즉 자본주의 안에서도, 그에 의하면, 여러 형식들이, 그것이 아시아적 자본주의이건('좀 더 적은 민주주의적 틀 아래서 이루어지는 경제 성장과 사회 결속'으로 특징되는), 독일적 자본주의이건('경제 성장 없는 연대성과 민주주의'로 특징되는) 아니면 영미식 자본주의이건 간에('연대 없는 경제 성장과 자본주의'로 특징되는), 가능하다. 그 때문에 세계화 역시, "미래 사회와 경제에서 반드시 유일하고도 필요한 요소는 아니다."라는 것, 그래서 우리는 지금의 세계 질서 아래에서 다수가 소수의 권리를 침해하고 공공 질서를 억압하는 한계를 보아야 한다.[*] 이러한 논지는 한편으로는 인류 사회의 미래 모델에 대한 방향 제시적 통찰을 담고 있으면서도, 다른 한편으로는 여전히 규범적 진술에 머무르고 있다. 그리고 이것은 세계화 시대에 즈음한 사회나 국가, 정치와 민주주의 그리고 정의의 문제를 묻고 있는, 그럼으로써 세계사회Weltgesellschaft의 가능성을 타진하고 있는, 벡U. Beck이 편집한 이 책의 대부분 필자들에게도 해당된다.

과학기술과 전자 통신의 발달로 말미암아 지구 현실은 그 어느 때보다도 탈공간화되고 탈국경화되고 있다. 그래서 지리적 공간

---

[*] Ralf Dahrendorf, "Anmerkungen zur Globalisierung", in Ullrich Beck, hrsg., *Perspektiven der Weltgesellschaft*(Frankfurt/M., 1998), 45ff.

은 점점 그 의미를 상실하고 있다. 사회와 국가에 대한 영토적 이해
가 한계에 부딪치기 때문이다. 그러나 이런 공간적 관계의 긴밀화
에도 불구하고 역설적이게도 지역적 고립과 빈곤은 증폭되고 있
고, 이에 따른 폭력과 테러리즘 역시 그 어느 때보다도 심화되고
있다. 아마도 2006년 오늘의 현실처럼 규모 축소와 비용 절감down-
sizing의 압력이 전 사회적으로 또 전 지구적으로 가중된 시절은 아
마도 인류사에 없었을 것이다.

　　전화에서 컴퓨터를 거쳐 인터넷과 DMB(디지털 이동방송)로 이
르는 동안에 우리는 이전보다 더 행복해졌는가? 그런 기술 발전이
문화 성숙의 척도가 될 수 있는가? 그렇게 보이지는 않는다. 이런
현실에서 소통 가능한 삶의 형식은 대단히 부족해 보인다. 좀 더
폭넓게 이해하고 관용하는 생활공간의 구성 가능성은, 그리고 이
런 가능성에 대한 탐구는, 그것이 개인적이든 사회적이든 아니면
개별 국가적이든 전 지구적이든 간에, 턱없이 부족하거나 미약해
보인다. 우리는 '인간학적으로 수긍할 수 있는 행복의 경로'를 보편
적으로 마련할 수 있는가? 사실 이 같은 문제는 더 이상 논리적으
로 나아가기가 불가능하거나(왜냐하던 사회과학 언어의 진술 성격 자체가
설명적·진단적 특성을 띠므로), 가능하다고 해도 그것이 사실의 세부에
포박되어 전체를 관망하기는 참으로 어렵다(왜냐하면 경험과학이라는
토대를 벗어나기 어렵기 때문에). 그런 점에서 그것은 이해될 수 있다.
이런 글에서 우리가 만나는 것은 일반적 이념이나 원리에 대한, 이
이념이 민주주의이건 좋은 삶이건 아니면 이성적 사회건 간에, 규
범적인 그리하여 건조하고 당위적인 진술뿐이다.

좀 더 나은 삶의 형식을 논의할 때, 이 형식의 가능성에 대한 규범적 진술은 불가피하다. 그것은 모든 학문 작업이 근본적으로 추상적 기호 활동이기에 그러하다. 삶의 이상적 공동체는 오로지 가설적 토대 위에서만 대상적으로 투사投射될 수 있다. 이런 규범적 진술은 법률적·행정적·형식적 정비를 거쳐 비로소 제도화된다. 사실 이 규범적 진술과 제도적 실현 사이에는 무수히 복잡한 절차와 이해의 상충 과정이 놓여 있다. 그것이 어떠하건 이 제도적 형식의 마련은 참으로 중요하다. 특히 우리 사회처럼 민주적 제도의 기본 틀조차 여전히 허약한, 그리하여 '제대로 작동된다.'라고 말하기 어려운 곳에서는 더더욱 그러하다.

우리의 현실, 그것은 어떠한가? 다시 돌아보자. 두셋 되는 주류 언론이 우리 사회의 공적 견해를 주도하고 있고, 변두리 지역으로 몰린 약자들은 많은 경우 사회보장 차원에서 조세로는 아무런 도움을 받지 못하고 있다. 전체 노동 계층의 비정규직 비율은 무려 절반을 넘는다. 이들은 단지 '정규직'이 아니라는 이유로 임금이나 근로조건, 사회보험 그리고 기업 복지 등에서 엄청난 차별을 받고 있다. 멀리 갈 필요도 없다. 통계적으로 우리나라가 '세계 최고' 수준에 있는 항목은 아직 많다. 항생제 처방률이 그렇고(2005년 현재 그것은 59.2퍼센트이고, 예를 들어 네덜란드는 5년 전에 16퍼센트였다), 교통사고 발생률도 OECD 회원국 중 최고다(도로 1킬로미터당 교통사고는 2.5건이나 발생한다고 한다). 감기가 걸렸어도 대여섯 알의 약을, 한 움큼씩, 그것도 사나흘씩 아니 1주일도 더 먹어 본 기억이 우리 모두에게는 있다. 그렇듯이 높은 사고율로 인해 우리는 이 땅에 살아가는 한 언제 어디서건 비명悲鳴에 횡사할 수도 있다.

우리의 현실이 이런 불합리와 몽매주의obscurantism에 빠져들게 된 데에는 여러 가지 요인이 있다. 가장 중요한 요인의 하나는 말할 것도 없이 법률·제도·행정 시스템의 미비일 것이다. 그러나 이런 가장 기초적인 체계를 정비하려는 뜻있는 노력마저도 보이지 않는 이해관계에 부딪쳐 저지되곤 한다. 얼마 전 1심 법원이 항생제를 과다 사용하는 의료 기관 명단을 공개해야 한다고 판결 내렸을 때, 대한의사협회 등이 반발한 것은 그 단적인 예이다. 납득하기 힘든 이런 반발의 또 다른 현저한 예는 지금도(2006년 1월 초순) 계속되고 있는 사립학교법 논쟁일 것이다. 이를 둘러싸고 정부/여당과 한나라당/사학법인/종교계는 공허한 대치를 멈추지 않고 있다.

사학법 통과 이후, 이 법도 '개방형 이사회' 등 몇 차례 손질되어 완화된 것임에도 불구하고, 사학재단은 학생들의 입학을 거부하고 있고, 한나라당은 국회에서의 현안을 모두 제쳐 둔 채 이것의 재개정을 위해 장외 투쟁을 계속하고 있다. 그러나 사실을 말하자면 이렇다. 대부분의 사학은 정부 보조금을 받아 운영되기에, 다시 말하여 국민의 세금으로 운영되기에 사학에 대한 공적 통제는 지극히 당연하다고 볼 수 있다. 즉 사학은 마음대로 문을 열고 닫는 구멍가게가 아니다. 그것은 사기업이 아니라 공적 기관으로서 사회의 공동체로서 기능을 다해야 한다. 그럼에도 사학재단 측은 '재산권과 교육의 자주성'을 내세워 반대하고 있다. 그렇다면 우리는 이렇게 물어볼 수 있다. 이들을 대변하는 한나라당은 과연 공당公黨으로서 정녕 일반 이익을 '대표'하고 있는가, 아니면 부자와 권력자의 편에 서 있는가. 어느 한 신문의 만화에 풍자되었듯이, 학교 앞 문방구 주인도 '그렇게 장사하지는 않는다'. 국민 세금으로 운영되는 학교가 신입생 배정을 거부하고 학교를 폐쇄하다니.

우리나라 사학 운영자들에게는 과연 학교가 왜 있고, 교육의 본분이 무엇인지에 대한 양식이 있는지, 사회적 선의에 대한 상식이 있는지 의문이지 않을 수 없다. 사학법의 쇄신이나 노동기본권의 신장, 국가보안법의 철폐, 집회 시위의 규제 완화, 공무원 참정권 확대, 비정규직 임금 차별 폐지……. 이 모든 것은 법률적·제도적 자정自淨 체계를 구비할 수 있는가 없는가에 달려 있다. 이것은 사회 하부구조의 문제이고, 법치주의나 시민사회 협약은 이런 체계 중 핵심 틀이 되는 한두 예에 해당한다. 우리가 여전히 정치의 가장 기본적 요소—규범적·형식적 요소의 합리적 운용에, 그 틀의 제도 마련에 부심腐心할 수밖에 없고, 또 그렇게 집중해야만 하는 이유는 바로 이 때문이다.

그러나 규범적 논의의 정당성은 다시 구체적으로 검증되어야 하고, 이 검증의 근거는 다름 아닌 현실이다. 이 현실 안에 생활이 있고, 육체와 정서, 인간관계 그리고 가치와 문화가 있다. 우리는 보편주의를 옹호하지만, 이러한 옹호는, 단지 그것이 특수한 것의 고유성을 훼손하지 않는다는 조건 아래에서만, 견지될 수 있다. 보편주의와 맥락주의, 일반성의 추구와 구체성에 대한 주목은 서로 이반하지 않기 때문이다.* 적어도 그것이 개념적으로는 대립할 망정 우리 삶의 지금 여기—이 실존적 현존성과 현존성 속의 반성 의식에서는 쉼 없이 갱신되고 있는 까닭이다. 이것은 나에 대한 다른 나(즉 너)의 관계에서나 우리에 대한 그들의 관계에 대해서 타당하고, 다른 언어와 문화, 종교와 인종의 사람들에 대해서도 마찬가지로 적용될 수 있다.

보편주의와 맥락주의의 융합—구체적 보편성의 원리는 상호주체적으로나 상호 문화적으로 타당하다. 그런 점에서 이것은 보편적 삶의 한 심층 문법이라 할 수 있다. 이른바 '차이의 정치' 또는 '포용의 민주주의'는 이런 규범적 지평을 사유적으로 소화하고 제도적으로 입안할 수 있어야 한다. 이질적 요소의 포용 여부에서 이론은 스스로의 추상성을 지양하면서 삶의 실재에 좀 더 접근하게 된다.

여기에서 고민의 초점은 힘없고 무기력한 사회 구성원들—어린이로부터 여성과 노인, 노숙자와 실업자, 장애인과 소년소녀 가장 그리고 문화적 소수 등 변두리 계층에 놓여 있다. 난민이나 탈북자, 중국 연변의 동포나 사할린 동포는 이 옆에 자리할 것이다. 어쨌건 규범적 논의는 이들 변두리 계층을 인간관계적으로 포용하고, 그 고통을 제도적으로 완화할 수 있는 방향으로(가령 재활과 재교육의 프로그램을 통해) 향할 수밖에 없다. 우리 모두는 한 사회의 동등한 구성원으로서 이 땅 위에서 같이, 같은 이웃들 중의 한 명으로 살아가기 때문이다. 한편으로는 인간 본성의 어리석음을 인정하면

---

* 자유주의자와 공동체주의자 사이의 논쟁을 중심으로 현대사회의 민주적 문화와 문화적 다원주의의 가능성을 탐색하는 벨머A. Wellmer 논지의 핵심 또한 이 점에 이어져 있다. Albrecht Wellmer, "Bedingungen einer demokratischen Kultur: Zur Debatte zwischen 'Liberalen' und 'Kommunitaristen'", in *Endspiele: Die unversöhnliche Moderne*(Frankfurt/M., 1993), S. 78.

서도, 다른 한편으로는 이런 한계 속에서도 어떤 보편적 가치들—인간의 권리를 보장하고 품위를 훼손하지 않기 위한 기초 토대를 마련하는 것은 불가피하다. 다른 사회의 다른 문화와 다른 인종에 대한 고려는 이런 사회적 소수자에 대한 우리 내부의 이해가 상호 문화적으로 확대된 형식일 것이다.

중요한 것은 사회적 불리에 대항하는 저항권과 표현의 기회를 당사자들 자신에게 법적으로 보장하는 일이다. 그 외의 사람들에게 필요한 것은 이들 주변인에 대한 동의와 이해, 느낌과 공감이다. 이때 무게중심은 아무래도 상호 주체적 감각의 자극과 그 갱신이라 할 수 있다. 왜냐하면 이런 자극과 갱신의 과정에서 비로소 개개인은 공적 사안에 참여할 수 있는 계기와 동기를 갖게 되기 때문이다. 주변/이웃에 대한 시선과 참여를 통해 개인은 마침내 공적 시민-건전한 공민公民으로 성숙한다. 여기에서 우리는 이성적 질서의 감성적 단초를 본다. 좀 더 자세히 아래에서 적어 보자.

참여: 감성의 상호 주체적 갱신

사회경제적 불평등은 무엇보다 개개인이 '느껴야' 한다. 사회적 공동 작업의 필요성도 개인적으로 의식되고 공유되는 까닭이다. 궁극적 의미에서 내가 대리할 수 있는 것은 오로지 하나—나 자신뿐이다. 이런 개인적 감각의 내용은 '공정해야' 하며, 나아가 '논리 체계' 아래 성찰되어야 한다. 그럴 수 있을 때 서로의 기본 신뢰도 생겨난다.[*] 그러기 위해 사회 구성원은 공적 사안에 대한 동일한 참여 권리를 지니면서 자신의 목소리를 낼 수 있어야 하고, 이런 개별 목소리는 다른 목소리와의 교류를 통해 '좀 더 높은 타당성'을 얻을 수 있어야 한다.[**] 개인의 자유는 소통의 형식을 통해 비로소 정당성을 확인받기 때문이다. 나아가 이 모든 것은 제도적 틀이 법률적으로 보장할 수 있어야 한다. 이때 민주적 공론장은 어느 정도 기능한다고 할 것이고, 이런 기능의 합리적 작동에서 사회적 약자는 정치체제(정당이나 국회)나 시민 단체 등을 통해 적절하게 대변될 수 있을 것이다. 보편주의의 규범적 토대가 이런 여러 겹의 굴곡을 고려하지 않는다면, 그것은 언제든지 왜곡되거나 무너질 수 있다.

세계화가 근본적으로 '경쟁의 확대이자 연대성의 축소'라고 한다면, 그리하여 그것이 중간 계층을 소멸시키고 새로운 하층을 양산하는 데에 그치는 것이라면, 우리는 자본주의 체계의 대안 가능성을 사고 실험으로 모색할 수 있어야 한다. 건전한 정치 공동체 그

---

[*] 오페C. Offe는 민주주의가 제대로 작동하기 위해서는 시민 상호의 '신뢰' Vertrauen/trust 가 우선되어야 한다고 말한 바 있다. 신뢰가 판단과 행동의 근거라면, 이 '근거의 근거'는 느낌이다. 따라서 필자가 강조하는 감성은 이성적 질서를 성찰하는 데에 신뢰보다 더 근원적인 요소가 된다.

[**] 이것은 위에서 언급했던, 벡이 편집한 책의 한 필자인 영국 정치학자 쇼M. Shaw의 글에서도 나타난다. 그는 전 지구적 시민사회의 관건은 세상의 이 힘없는 자들이 "적절하게 대변될 수 있도록" 하는 것, 그러기 위해서는 공공 매체나 인도주의 기관이 이들을 단순히 "희생자"가 아닌 "행위자"로 묘사해야 한다고 말한다(Martin Shaw, "Die Repräsentation ferner Konflikte und die globale Zivilgesellschaft", in Ullrich Beck, hrsg., a. a. O., S. 254). 그러나 우리는 다음과 같은 물음으로 이런 논의를 좀 더 진척시킬 수 있을 것이다. 즉 책임 있게 행동하는 전 지구적 시민 공동체 모델과 자기표현의 능력, 그 사이의 경로는 어떻게 설명될 수 있는가. 많은 정치학자와 사회학자의 논지는 이 대목에서 정지하는 것으로 보인다. 필자가 감성이나 개인성, 개인의 자기규정 능력에 주목하는 것은 이런 이유에서이다.

리고 비판적 공론장은 이런 고민에서 귀결한 여러 가능한 삶의 형식들 가운데 중요한 주제들이다. 이것은 무엇보다 성찰/사유되어야 하고, 이런 사유는 다시 절실한 것으로 느껴져야 한다. 그렇다는 것은, 거듭 강조하거니와, 민주주의 이론이나 시민사회 모델을 구상하는 데에 있어 감각과 성찰이 지닌 토대적 의미에 대한 논의가 필수 불가결하다는 사실을 보여준다. 그 가운데 열린 감각 또는 풍요로운 감수성의 문제는, 그것이 균형 잡힌 사고의 전제라는 점에서, 참으로 근본적이지 않을 수 없다. 비동일적인 것의 배제가 아닌 그 포용을 통해 시민적 덕성이 구비될 수 있다면, 이런 덕성은 바로 열린 감수력으로부터 시작될 것이기 때문이다.

열린 감수성을 통한 타자의 포용을 우리는 우리 사회 안의 소수자에 대해 지녀야 하는 것과 마찬가지로 다른 사회 그리고 다른 문화 안의 소수자에 대해서도 견지할 수 있어야 한다. 상상력과 감성, 직관 그리고 영감의 훈련은 공감, 즉 '더불어 느끼기'를 위한 절대적 토대이다. 이른바 '타자의 수용'이라는 현대 철학의 가장 큰 테제를 생활 차원에 적용하면 이렇게 될 것이다. 공감을 통해 나는 나 아닌 것과의 공통분모를 찾을 수 있고, 이런 공통분모를 토대로 타인을 조금씩 이해하기 시작한다. 이때 자아의 정체성은 타자의 정체성과 겹쳐진다. 우리의 덕성이 세계시민화되는 것이다. 이것은 좀 더 자세히 보면 두 가지 차원으로 나눌 수 있다. 그것은 한편으로 주체가 자기 자신을 실현해 가는 길이고(이것은 개인적 정체성의 확립 과정이다), 다른 한편으로 이런 주체들로 이루어진 사회가 자신의 정치문화적 가치를 만들어 가는 길이기도 하다(이것은 집합적 정체성의 확립 과정이다).

세계시민화에서 일어나는 개인적·사회적 정체성의 확립 과정은 반드시 서로 분리되거나 무관한 것이 아니다. 오히려 그것은 중첩되어 동시에 일어난다고 말할 수 있다. 인간의 삶은 이상적 상태에서, 또 근원적 차원에서 개인적이고 사회적이며 내면적이고 외향적으로 형성되지 않는가. 개인성의 훈련과 공론장의 형성은 상호 의존적 지시 관계 속에 있다. 그리하여 그것은, 이 둘이 동시적 형성의 복합 역사를 이룬다는 점에서, 하나의 통일된 흐름으로 자리한다. 이것은 소극적으로는 개별 관점의 교정이 필요하다는 점을 말하고, 적극적으로는 개별 관점과 관점 사이의 교차가 불가피함을 말해 준다. 그러나 크게는 분고 학문으로 매몰된 각 분야의 문제의식이 원래의 모습대로, 그러니까 근대 이후 학문의 분화가 있기 전의 방식으로 통합되어야 함을 말하기도 한다. 그러나 이런 통합성은, 개인적·사회적 정체성의 교차가 궁극적으로는 삶의 근본적 유기성을 환기한다는 뜻에서 불가결하게 보인다.

지금까지의 맥락에서 보면 보편주의는 특수하고 고유한 것을 훼손하지 않을 때 비로소 옹호될 수 있다. 거꾸로 말하여 특수성은 보편주의 틀 안에서 그 정당성을 확인받는다. 그러나 주의해야 할 것이 있다. 이때 보편주의의 틀이란 단순히 평균 관점으로의 환원이 아니다. 그것은 대상의 특수성을 자기 동질성 안으로 수렴하는 것이 아니라 그 특수성 속에서 어떤 설명 가능하고 이해 가능한 지점의 객관적 현현이다. 공동 이해, 관점의 중층화, 삶의 긍정은 이렇게 일어난다. 나는 이즈음 흔히 말하는 '차이의 정치사상'이나

'포용의 보편 문화'를 이런 식으로 이해한다.

그러나 포용과 평화의 문화에 이르는 길이 손쉬울 수는 없다. 그것은 지극히 힘겹고 까다롭다. 그 길을 여러 방향에서 모색할 수 있지만, 우리가 선택한 것은 주체/개인성을 통한 길이다. 주체가 그 무엇도 아닌 바로 자기 자신이고자 할 때, 그리고 이 자기 윤리 란 타자와의 관계 속에서 비로소 검증된다고 할 때, 주체의 자유는 타자적 확대 속에 있다고 할 것이다. 타자적 확대 속에 있고 이 확 대를 도모하려 할 때, 개인의 자유는 공적 책임과 하나로 만난다. 타자적 갱신을 통해 주체는 자신의 협소함을 넘어 공적으로 일반 화되는 것이다. 여기에서 개인은 보편 문화의 시민이 된다. 그런 점 에서 주체의 자기 갱신―타자화는 행동의 보편 방향이라 할 수 있 다. 인간은 이런 식으로 자신에게 주어진 저열하고 굴종적인 삶의 조건을 조금씩 철폐해 갈 수 있을지도 모른다. 현실에 대한 납득할 만한 대응은 자유와 책임에 얽힌 이런 여러 겹의 조건을 주체가 개 인적으로 소화하고, 사회가 제도적으로 구비할 수 있을 때 가능할 것이다.

우리의 논지에서 한 걸음 물러나 보자. 지금까지 우리는 민주 사회의 질서를 구성하기 위한 규범적 토대의 불가피성을 논의하면 서 그것이 '정치도덕적 최소성의 원리'임을 말하였다. 이성적 사회 의 가능성을 구상하는 데에 우선 고려해야 할 것은 말할 것도 없이 정치체제나 정당 조직, 선거법 등의 합리적 제도의 형식이다. 그것 은 민주적 공동체에 가장 긴급하고도 핵심인 사항이 아닐 수 없다. 그러나 이러한 논의는 어떤 정책의 고안과 실행을 위한 검토 그 이상이어야 한다. 왜냐하면 민주주의는 삶의 모든 영역을 포괄하는 구체적이고 내밀한 원리로서 무엇보다 생활 속에 뿌리내리지 않으면 안 되기 때문이다. 집안에서, 사무실에서, 일터와 학교에서, 그리고 놀이터와 내무반에서 비폭력과 양해 그리고 상호 인정이 행해지지 않는다면, 민주주의란, 관용이란, 또 도덕이란 얼마나 공소空疎한 것인가?

민주주의 제도 아래에서 정의의 기준이 온전히 충족된다고 말하기는 어렵다. 그렇듯이 민주주의 사회에서 모든 구성원이 각성된 의식과 적극적 정치 참여를 행하는 것도 아니다. 개개인의 성숙한 판단 능력은? 이것은 더더욱 어렵다. 민주주의의 문제는 이익집단과 이익집단이, 정당과 헌법기관, 국회와 행정부가 서로 어떻게 관계하는가라는 문제만이 아니라, 또 정치자금이나 선거법 개정이 얼마나 투명한가라는 문제만이 아니라, 이런 문제들과 마찬가지로 사람과 사람의 상호 주체적 관계까지 고려해야 한다. 그리고 이것은 개인성의 내밀한 역학까지 고려할 수 있어야 하고, 그러면서도 이런 개인들의 경험을 넘어서는 공동체의 이념적 형식도 성찰할 수 있어야 한다. 나아가 이 모든 것은 궁극적으로 지금 여기의 단순 복잡한 생활, 이 생활 속의 생생한 사실을 존중하는 가운데 서 있어야 한다.

이렇게 적고 있는 나에게 브레히트B. Brecht의 "서정시를 쓰기 힘든 시절"이란 시구가 떠오르는 것은 웬일일까? 세계화 시대 우리 사회의 다수는 여전히 그 그늘 속에, 빈곤과 양극화의 고통 속에 들어 있어서인가? 낭랑하고 서정적인 시가 현실의 어둠을 기만하듯,

개인과 생활과 문화에 대한 나의 강조는 민주주의 제도가 기본적 차원에서조차 엉성하게 작동되는 우리 현실에서 거짓일 가능성이 더 크기 때문인지도 모른다.

그러나 나는 이렇게 다시 쓰지 않을 수 없다. 다른 한편으로 더 나은 삶을 꿈꿀 때, 우리는 개인의 자아실현과 교양 형성, 주체와 주체의 관계, 이런 관계의 모순과 갈등, 상호 주체 형성과 오해의 문제, 타자의 무한성, 보편 가치의 지향을 무시하거나 간과하기 일쑤이다. 인간 욕구와 충동, 본능과 욕망의 어두운 대륙은 어떠한가? 우리는 아무것도 제대로 하지 못한 채 짧고 부박한 생애의 무대를 어느 날 황망히 떠나야 할지도 모른다. 폭력이 없는 '사회적 지구' '지구의 사회화'는 너무 멀리 있어 보인다.

인간 삶이 유기적 관계망을 이루고, 그 때문에 그것이 전체 맥락에서 파악되어야 하며, 이때의 관점은 가능한 한 탄력적이어야 한다는 당위에 수긍하면서도 우리는 이러한 요구를 한 편의 글에서, 또 하나의 시도에서 늘 충족시킬 수는 없다. 글의 형식적 제한 때문에 그렇기도 하지만, 시각적 맹목성 때문에 그렇기도 하고, 결정의 연쇄로 이루어진 실존적 상황 때문에 그럴 수도 있다. 이것뿐인가? 그렇지는 않다. 헤아려지지 않은 것이 더 많을 수도 있다. 그것이 어찌되었건, 이런 여러 겹의 한계를 상기하는 것은 삶의 자리를 온전히 둘러보는 데에, 그리하여 자기 관점으로부터 거리를 유지하는 데에 도움이 된다.

의미 있는 성찰은 개념을 조직하는 한 수준에서 다른 수준으로 자유롭게 이동할 때 비로소 얻어진다. 가령 인간의 감성과 인지를 지탱하는 것은 신이 아니라 신경세포의 상호 작용이라는 생물학 논의는, 우리가 그것에 동의하건 하지 않건 간에, 인간과 사회를 이해하는 데에 중대한 틀이 될 수 있다. 우리가 범죄의 사회 원인을 생각하게 되는 것도, 인간 행동의 비합리성을 마냥 비웃을 수만은 없는 이유도 이와 같다.

인간 영육의 제약과 운명의 눈먼 힘은 실로 크다. 그러나 우리는 선택의 자유를 믿고 이 자유의 자기 향상적 경로를 신뢰한다. 아니 신뢰하고자 한다. 악의와 술수가 득세하는 세상에서 우리는 염세주의자가 될 수는 있어도 결코 숙명론자로 머물 수는 없지 않은가? 불가피한 제약 아래서도 이 모든 삶의 요소가 가능한 한 '더불어' 논의될 때, 이성적 질서의 구상도 좀 더 납득할 만한 꼴에 다가서게 될 것이다. 필자가 민주주의에 열린 감성을 연관 지은 것은 바로 이런 이유에서이다. 상상력과 직관, 영감, 정서, 본능 그리고 욕망은 사회적 결정에서 간과되어서는 안 될 중대한 정치적 차원이기 때문이다. 그러므로 나는 다시 말한다. 민주주의의 문제는 정치와 경제에만 일원적으로 적용되어서는 안 된다. 정치는 민주주의의 핵심 요체이지만, 그것은 노동이나 사회와 같은 하나의 영역일 뿐이다.

필자는 지금까지 좀 더 나은 삶의 형식적 가능성을 사회제도적·정치적 차원만이 아니라 의식과 사고의 측면을 함께 고려함으로써 논의하고자 했고, 여기에서 무엇보다 이런 의식과 사고의 바탕을 이루는 감성의 토대에 주목하고자 했다. 감수성의 토대는 공감과 이해, 관용과 배려로 확대되어야 한다. 삶의 질서는 사회 속에서 바라보아야 하고, 이 사회는 사회 자체가 아니라 그 속의 개인을 통해 검토되어야 하며, 나아가 이런 개인의 검토는 다시 생활 세계의 맥락으로 규정될 수 있어야 한다. 개인성의 가치는 시민성의 에토스 안에서 잠시 완성된다. 호네트는 민주주의의 규범적 이념이 단순히 정치 이상으로서가 아니라 '사회 이상'으로 고찰되어야 한다고 적은 바 있지만, 그리고 이를 통해 그는 '인정 이론'Anerkennungstheorie을 규범적 차원에서 전개하고자 했지만, 나는 민주적 의사 결정의 토대는 무엇보다 '생활'이어야 한다고 생각한다. 생활의 차원에서 많은 다양한 문제 영역은 하나로 엮일 수 있기 때문이다.

하나의 영역이 다른 하나를 무시하면, 각각은 자기 자신마저 잃고 만다. 정치적 의견 형성의 과정은 삶의 나날 속에서 개인 자아 형성의 과정이 되고, 사회 공론장의 합리적 구성 과정은 이런 개인성의 형성 과정과 겹쳐 있거나 일치한다. 따라서 이 둘은 별개의 것일 수가 없다. 이것은 그 자체로 민주주의의 내실화 과정이자 사회정치적 현실의 문화화 과정이기도 하다. 민주주의가 다양한 요소의 합리적 디자인 작업이라고 한다면, 정치적 민주주의는 사회경제적 민주주의에 의해 '내실화'되어야 하고, 이 정치사회적 민주주의는 문화 민주주의에 의해 '보완'되어야 한다. 정치와 사회경제 그리고 문화는 서로 얽혀 있지만, 다른 관점에서 보자면, 정치에서 사회경제로 확대되고, 이렇게 확대된 사회경제가 문화에 의해 풍요로워지는 인간 사회의 성숙 과정인지도 모른다. 그리고 이 모두는 보편 인권의 실현이라는 목표를 향해 나아간다고 할 수 있다. 세계시민적 문화의 다원화된 자유공간, 이 공간에서의 평화로운 삶은 그런 다음에야 만들어질 수 있지 않을까?

인간은, 현실의 인간은 과연 그 정도로 지혜롭다고 말할 수 있는가? 그 비전의 실현은 차라리 아득한 미래의 것으로 여겨지기도 한다. 이런 의미에서라도 우리는 민주주의 개념을 탈신비화할 필요가 있다. 민주주의의 탈신화화란 두슨 뜻인가? 그것을 실체주의적으로 절대화하는 것이 아니라 상대주의적으로 이해하며(첫째), 이런 거리감 속에서도 모든 것을 단순히 상대화하는 것이 아니라 어떤 보편적 상수의 가능성을 상정하고 또 구상해 볼 수도 있을 것이다(둘째). 이런 구상을 위한 하나의 방법은 민주주의를 '과정의 사건'으로 이해하는 것일 테다(셋째). 그러나 더 구체적인 방법은 좀더 내밀하게, 즉 생활의 차원에서, 그리하여 주관적 인성과 이 인성이 갖는 다른 인성과의 관계 속에서 파악하는 일일 것이다(넷째). 여기에서 과정의 생활 사건―'생활 속 형성 과정으로서의 민주주의'라는 개념이 나온다. 이것은 간단히 생각할 수 있는 하나의 예일 뿐이다. 이런 식으로 우리는 절차적으로 사고할 수 있어야 한다.

그래서 필자는 다시 이렇게 묻는다. 사람은 어떻게 스스로 사고하며, 이런 자기 사고의 능력을 위해서는 어떻게 느껴야 하며, 이런 느낌과 사고로 어떤 판단 아래 행동해야 좋은가? 이것은 자유나 행복추구권, 연대 그리고 인권의 보편 실현과는 어떻게 이어지는가? 이 모든 것이 충족될 때, 이른바 적극적 시민도, 이런 시민들로 구성되는 합리적 공동체도 가능한 까닭이다. 이 공동체의 토대는 다시금 확인하거니와 감성-감각이라고 우리는 말할 수 있다.

감성의 문제는 민주적 공론장의 구체적 기능 조건인 것이다. 사실 이것은 우리의 정치철학적·사회사상적 전통에서 취약했던 보편 이념의 구성 문제와 더불어 생각해야 한다.

감수성의 문제, 다시 말하여 지각의 갱신과 교정 그리고 그 확대 문제에서 핵심은 무엇인가? 그것은 개인이고 개인의 자율성이며 자유이다. 개인은 스스로 사고할 수 있는 자기규정력을 지녀야 하고, 이런 이성적 사고를 바탕으로 자율적이고도 자유롭게 행동할 수 있어야 한다(이 점에서 나는 고전적 자유주의의 덕목에 기댄다). 그러면서 이때의 사적 자유와 권리는 사회적 공공선에 대한 의식과 책임으로 연결될 수 있어야 한다(이 점에서 나는 공동체에 대한 헌신을 강조하는 공화주의적 미덕을 중시한다). 이런 요소들이 절차적으로 충족될 때, 정치 공론장에서의 민주적 의사 결정이 마침내 활성화될 것이다. 그렇다는 것은, 적극적으로 표현하여, 전통적 자유주의의 사익적 의지는 비판되어야 하는 것과 마찬가지로 공화주의 안에 있는 어떤 집단주의적이고, 애국주의적인 충동이 제어되어야 한다는 뜻이다. 감성–개인–주관성–인성은 중요하지만, 그것만의 강조는 불충분하기 때문이다.

좀 더 나은 사회의 문제는 단순한 대립이나 이분화가 아니라 어떤 균형이고, 이 균형에 도달하려는 의지가 아닐 수 없다. 어떤 균형인가? 그것은 국가와 시장, 공적 조직과 사적 기관, 사회성과 개인성, 정치사회와 시민사회 사이의 균형이다. 이렇게 되어야 개인은 자신의 권리를 주장하고 보장받는 가운데(제도적으로) 주체로서 자기 생각과 의견을 스스로 구성할 수 있게(개인적으로) 된다. 문화 차이와 사회 결속이 서로를 이반하지 않는 어떤 가능성이 모색되는 것이다. 폭력이나 특권의 철폐, 관용이나 평화의 덕목도 이런 균형 잡힌 길 위에서 얻어질 것이다(필자가 열린 감수성을 민주주의의 내면적 근거로 끌어들인 이유도, 단순히 이런 감성의 필요성을 말하기 위해서가 아니라 감성으로 대변되는 개인성의 차원이 민주주의에 대한 지금까지의 논의에서 광범위하게 누락되었거나, 적어도 형식적·제도적 측면과 동등한 비중으로 취급되지 않았기 때문이다).

어떤 사회가 인간다운 모델이며, 이 모델 속에서 그 구성원은 어떻게 서로 공정하게 교류할 수 있으며, 이런 공정한 교류의 민주 사회란 어떤 꼴인가라는 물음에 대한 답이 간단할 리는 없다. 설령 답변이 주어진다고 하더라도 그것은 정책 거발이나 대안 마련 그리고 실제 실행 방식으로 이어져야 한다. 그렇듯이 민주 공동체의 합리적 구성과 시민적 주체의 감성 문제에서도 여러 요소가 지적될 수 있다. 그러나 자유와 평등, 그 가운데 어느 것이 중요하고 어느 것이 덜 중요하다는 식의 이분법은 너무 상투적이다. 그것은 마치 시장이냐 정치냐, 자본이냐 권력이냐 하는 진부한 논의와 같다. 공화주의와 자유주의의 대립이나 국가와 시민사회의 상충 관계가 아닌 이런 상호 관계 속에서는 무엇보다 이 관계의 주체로서 개인이 어떻게 자기실현을 통해 사회적 선의에 참여할 수 있는가 하는 물음이 더 자주 제기되어야 할 것이다. 그러나 이 복잡한 문제에서 거두절미하고 하나만을 지적한다면, 그것은 '개방성'이 될 것이라고 나는 생각한다. 개방성은 감각에서뿐만 아니라 사고에서도 필요하고, 개인 차원에서만큼이나 사회·집단 차원에서도 요구되는, 그리하여 하나의 일관된 덕목이자 원리인 까닭이다.

개인과 개인이 평등하게 교류하기 위해서는 서로 열려 있어야 하고, 이런 열림에 기대어 서로의 교정과 갱신도 가능하다. 개인의 자율성도 다른 개인과의 자유로운 교류와 결사結社 없이는 온전한 의미를 갖기 어렵다. 교정과 갱신의 성찰 과정이 주체적으로 또 상호 주체적으로 경험된다면, 인간 관계나 사회적 소통에서 억압과 지배가 자리하기 어려울 것이다. 공동체는 스스로 열려 있어 공적 토론을 장려할 터이고, 이런 장려 속에서 개인의 자유는 획득되고 보호될 수 있을 것이다. 이때 개인의 자유는 사적 소유욕에 포박된 것이 아니라 공적 선의에 닿아 있는, 그리하여 거친 이기주의로서가 아니라 사회적 이타주의로서 자리하게 된다. 그러나 열린 감수성에 대한 이 같은 요구는, 다시금 강조하거니와, 정치체제나 정당 구조와 같은 형식 측면의 합리적 혁신과 아울러 제기되어야 한다.

그러므로 우리는 다음과 같이 말할 수 있다. 편향되지 않은 감각과 사고는 합리적 사회와 민주화를 위한 시민적 덕성이다. 감각이 열려 있어야 대상을 풍성하게 느낄 수 있고, 이 풍요로운 감각 위에 사고도 바른 균형을 잡을 수 있으며, 이런 사고를 통해 주체의 판단력은 비로소 설득력을 얻어 갈 수 있다. 결정과 선택 그리고 행동의 가능성은 이런 설득력 있는 판단력으로부터 마련될 것이다. 감각과 사고, 판단력 그리고 행동의 과정은 자유로운 언어 속에서 비로소 제대로 표현된다. 자유롭고 책임 있는 언어는 곧 자유롭고 책임 있는 사고의 표현이고, 이 사고는 열린 감각 없이는 획득될 수 없다. 장정일의 문학 언어가, 그의 사고와 고민이 우리에게 필요한 것은 바로 이 대목에서이다. 우리는 '비지배의 문학 언어'를 통해 감수성을 훈련하고 지각을 확장하며, 이런 확장을 통해 시민성의 민주적 덕성을 성찰하고 연마할 수 있을 것이다.

결론적으로 필자가 말하고자 하는 것은 다음과 같다(감각의 갱신과 교류 그리고 확대의 과정에 민주적 공론장을 활성화할 수 있는 어떤 계기가 이미 있다는 것, 적어도 공적 장의 논의시 이런 '미시적이고 정치 이전적인' 영역에 우리가 주목하고 이를 존중할 때, 민주주의는 제도적이고 사회경제적인 차원을 넘어 생활 차원에서, 좀 더 높은 수준의 균형을 유지하면서, 더욱 튼튼하게 내실화될 것이다). 민주적 사회질서는 위로부터가 아니라 아래로부터, 강제가 아니라 스스로, 외부로부터가 아니라 내부로부터, 엘리트 중심의 협소한 정치 행위로서가 아니라 시민 중심의 광범한 참여로부터, 불신과 배제의 원리가 아니라 인정과 포용의 원리로부터 시작되어야 한다(이것이 정치가 실종되고 사회 결속력이 와해되는 지금의 세계화 시대에서 우리가 견지해야 할 하나의 실천 원리가 아닌가 싶다).

그러므로 사회철학, 정치 이론, 윤리론은 행위의 규범적 틀을 정식화하는 데에 자족해서는 결코 안 된다. 마찬가지로 학문은 세계 해명의 인과율적 체계 그 이상이어야 한다. 그것은 단순히 논리의 형식 규합에 만족하는 것이 아니라, 또 거꾸로 주관적 감성의 발산에 매몰되는 것이 아니라 이 둘 사이를 중재하는, 그럼으로써 삶과 현실에 더 다가서는 부단한 갱신—자기변형self-transformation의 시도여야 한다. 도덕을 내세우는 도덕주의의 설파가 아니라 생활 속에, 지금 여기의 현실 안으로 이런 시도는 체화되어야 한다. 그럴 때 학문은 비로소 개념적 추상성을 넘어 오늘의 현실에 거짓되지 않게 복무할 수 있게 된다.

　여기에서 핵심은 감각과 경험의 구체성으로의 반성적 삼투이다. 정치적 실천도 이것과 무관할 수 없다. 그리고 이때의 실천은 크게 보아 삶의 윤리이기도 하다. 학문은 이런 에토스적 열정의 성찰적 표현이다. 문학-예술-인문학-문화는 바로 이런 일—'상호 주체적 의견이 형성될 수 있는 개인적이고 사회적인, 인성적이고 제도적인 형식의 가능성'을 성찰하는 데에 결정적인 도움을 준다. 상호 주체적 의견 형성은 개인 차원에서나 사회 차원에서 단순한 수단이나 도구가 아니라 자기 목적이어야 한다(우리는 감성의 상호 주체적 교정을 통해 그 자체로 공적 토론의 마당에, 또 이 마당의 합리적 형성에 참여한다. 공론장의 형성 과정은 곧 인간의 자기 형성 과정이고 삶의 민주화 과정이기 때문이다).

　장정일의 작품 읽기를 통해 우리가 이 글에서 시도한 감수성의 확대 또는 지각 갱신 과정은 그 자체로 예술철학의 핵심 문제이면서 교육론이나 심학心學, 수기치인학修己治人學, 마음과 태도 그리고 행동의 문제에 직결된 사회적·정치적 문제이기도 하다. 인문학은 문화론의 핵심이다. 이 같은 논의는 우리 사회의 민주주의를 논하는 데에 있어 좀 더 내밀한 일상의 세부에 주의하는 계기가 된다. 더하게는 이런 사회과학적 논의가 여타의 학문적 논의와 별개의 것이 아니라는, 별개의 것이 될 수도 없고 되어서도 안 된다는 지극히 당연한, 그럼에도 오랫동안 잊힌 사실을 상기하기 위한 작은 계기가 되기를 나는 바란다.

작가: 집단적 주체

우리는 이 글에서 장정일의 『중국에서 온 편지』를 역사-서사-권력-문화의 문제 연관항 속에서 파악하고자 한다. 여기에서 그 중심은 권력 비판적 또는 권력 성찰적 문학 언어이다. '권력 비판적'이란 무슨 뜻인가? 이를 위해서는 먼저 권력의 부정적 함의를 살펴볼 필요가 있다. 권력이란 말할 것도 없이 주로 정치적으로 채색된 개념이지만, 우리의 맥락에서는 간단히 말하여 '삶의 화해와 공존을 가능하게 하거나 불가능하게 만드는 유형무형의 힘'으로 이해하려 한다. 여기에서 권력의 부정성은 공존을 불가능하게 하는 일체의 폭력적 힘을 의미한다. 그것은 소극적으로 토아 위협이나 강제, 구속을 의미하지만, 적극적으로는 죽음과 추방, 살인과 이를 야기하는 전쟁과 테러를 의미하기도 한다. 이런 이유에서 권력 비판적이란 폭력 저항적이고 반지배적이다.

그러므로 권력 성찰의 소설 언어란 비지배의 화해를 지향한다. 우리는 작가가 주제화한 삶의 여러 갈등 요소들—역사와 권력, 개인과 집단, 중앙과 변방, 향유와 추방 등에 얽힌 기이하고 불합리하며 모순되고 광기 어린 양상들을 지나간 역사의 문제로서가 아니라 지금 여기 현실의, 아직 해소되지 못한 문제로서 성찰할 필요가 있다. 작가의 고민은 독자의 검토와 반성 속에서 그 목적을 다한다고 볼 수 있기 때문이다. 작가는 어떤 존재이기에 그러한가? 여기에 대해서는 작가의 성격에 대한 설명이 어느 정도 필요하다.

작가는 일정한 이념이나 강령의 입안자가 아니다. 그는 도덕의 설교자일 수도 없다. 작가의 인간 이해 방식이나 현실 표현 방식은 자연과학자나 철학자의 그것과 같을 수 없기 때문이다. 자연과학자처럼 그가 법칙을 탐구할 수는 있어도 이때의 탐구가 실험과 검증을 통해 이루어지지는 않으며, 철학자처럼 진선미를 규명하지만 개념이나 논리를 통해 이루어지는 것은 아니다. 또 그의 말이 도덕적이고 교훈적일 수는 있어도 이때의 깨침이 훈시나 지시로 일어나지는 않는다. 그 점에서 작가의 언어는 목사나 신부 또는 승려의 그것과 다르다. 차이는 표현 매체와 그 성격에서 잘 나타나지만, 가장 간단하게는 '무엇인가를 느끼게' 하는 데에 있다. 무엇으로? 작품을 통해서이다. 사고와 행동, 참여와 실천도 느낌으로부터, 이 느낌의 다양한 진폭을 체험함으로써 시작되는 것이 아닌가? 치우침 없이 열린 느낌, 이것은 너그러움을 존중하고 거짓을 거부하며 편견으로부터 거리를 두고자 하는 시민적 덕성의 출발점이다. 거짓되지 않는다면, 적어도 거짓되지 않으려 한다면, 우리는 이미 어느 정도는 민주 시민이다. 이런 덕성을 위한 감각적 갱신을 문학작품은 도모한다.

문학이 보편 가치와 이념을 직접 입안할 수는 없는 일이다. 수긍할 만한 가치 척도를 제시하지도 않는다. 문학은 단순히 지시나 설명의 언어가 아닌 까닭이다. 논증과 분석이 그 주된 사안인 것도 아니다. 그것은 묘사하고 암시하며 비유하고 성찰한다. 그리고 이런 암시의 묘사와 비유의 성찰 속에서 얼마간의 지시와 분석과 진단과 해명도 행한다. 정치가 갈등의 중재와 조정을 통한 동의 절차와 그 조직화 방식이라면, 문학은 이런 의견의 조직화를 위해 요구되는 사고의 균형과 이 사고를 지탱하는 감각의 갱신을 돕는다. 문학예술은 근본적으로 감각적 경험의 표현적 객관화이다. 이런 객관화를 통해 그것은 자율을 장려하고 자유를 촉진한다. 감각의 갱신을 겨냥하는 서사예술적 반성은 이 점에서 시민사회를 지향하는 정치적 의지에 닿아 있다.

물론 자유와 자율이 문학예술의 독점 사항이라고 말할 수는 없다. 그러나 이것은 철학이나 민주주의 그리고 무엇보다 인간존재 자체가 지향하는 근본 가치이기도 하다. 프랑스의 철학자 카스토리아디스C. Castoriadis는 자율과 창조를 허용하는 서구의 세 가지 가치로 '아름다움' '사고' 그리고 '민주주의'를 거론한 적이 있다. 그는 현대사회가 합리적 가치에 비중을 둔 나머지 상상적인 것이 가진 엄청난 가능성을 축소시키고 말았다고 말한다. 관료제와 권위주의가 야기한 폐단에는 여러 가지가 있지만, 그 중대한 하나는, 그의 지적을 따르면, 바로 이 상상력의 억압이다. 그것은 일체의 변화도 불허하는 필연성의 체계이기 때문이다.

그러나 인간이, 그리고 이 인간들로 이루어지는 사회가 도식화된 법칙이나 체계로 포괄될 수는 없다. 인간은 매 순간 불확정성과 만나고 이런 만남에서 어떻게 대응하느냐에 따라, 또 이때의 감각과 사고 그리고 언어가 얼마나 모순의 역동성을 포용하고 재조직하느냐에 따라 창조와 자유의 가능성은 자라난다. 그러나 철학과 민주주의에서의 자율은 논증적이거나 제도적인 차원에서 일어나지 문학예술에서처럼 감각과 지각의 갱신을 통해, 그리하여 경험의 직접성 속에서 일어나지 않는다. 예술에서의 감성 훈련을 필자가 강조하는 것은 이런 까닭에서이다.

좀 더 나은 인간의 사회, 다시 말하여 시민사회의 가능성은 말할 것도 없이 민주적 절차에 의해, 그리고 이런 절차에 의한 제도 정비와 보완에 의해 탐구되고 조직될 것이다. 민주주의가 보편적 규범과 그 이행 방식에 관계한다면, 그것이 그 자체로 삶 전체를 총괄할 수는 없다. 민주주의는 좁은 의미에서 정치적·제도적·법률적 틀의 입안과 실행에 관계한다. 그러나 이 틀 안으로 많은 것은, 예를 들어 묘사 불가능하고 본능적이며 욕망적이고 형이상학적인 것들은 포괄되지 않는다. 민주주의와 현실 사이에 간극과 균열이 생기는 것은 이 때문이다. '정치 이전적이고 언어 이전적인 것들'은 정치 과정에서 누락되거나 그 안으로 수렴되지 않는 것이다. 그것은 개념과 논리의 일반화 작용을 넘어서 존재한다.

우리는 이성을 믿는다. 그러나 이성에 앞서 가는 진리에 대해서도 눈을 감지 않고자 한다. 세계는 이름 없는 무형태의 것들로 넘쳐 나지 않는가. 종교나 신화는, 마치 존재나 근원이란 말처럼 삶의 모호성을 구성하는 술어들이다. 그러나 이 술어들을 언제나 형이상학적 혐의 아래 두는 것은 바람직하지 않다. 적어도 이 술어 속에서 우리가 그 바탕—사실의 구체를 확인하려 하고 이 확인으로 현실의 지평을 확대하려 하는 한, 무형의 전체는 이미 현실에 내재한다.

삶 전체는 무형의 타자로서 우리 삶을 에워싸고 있다. 그것은 단지 우리의 언어로, 개념과 논리로 아직 번역되지 않았을 뿐 삶의 보이는 보이지 않는 토대를 이루고 있다. 그리하여 우리는 자유나 민주주의, 평등과 정의 그리고 법에 미움을 가지지 않듯, 존재와 근원 그리고 침묵에서 양심의 가식 없는 소리를 듣고자 한다. 이런 경청의 태도 역시 이성적 자세이고 윤리적 의지가 아닐 수 없다(우리가 아는 것은 세계의 파악 불가능성이지만 그러나 이 불가능성을 거듭 상기하는 것은 세계로부터 등을 돌리기 위해서가 아니라 그것을 더 깊게 이해하기 위해서이다. 예술이 도움을 주는 것은 이 지점에서이다).

예술은 논리와 개념으로 삶이 비틀어지기 전의 정치 이전적 세계—원형적이고 근원적 진리가 비유적으로 현현하는 장소이다. 예술 작품을 이해하고 해석하는 심미적 경험의 순간에 우리는 현존의 모습을 이미 경험하며, 이 경험 속에서 그 변형에 참여한다. 그리고 이 참여에 의지하여 자아와 사회를 그 나름의 방식으로 재생한다. 그러므로 문제는 거리감 속의 현실 개입이고, 다시 이 현실 참여 속의 거리 유지이다. 이것은 그 자체로 민주주의를 내실화하는 일이기도 하다. 민주주의가 제대로 작동하기 위해서는 이것이 지지하는 평등, 자유, 박애, 인권, 생명, 평화와 같은 보편 가치들이 나날의 생활 안으로, 개개인의 습관과 사고, 행동과 양식 안으로 육화되어야 한다. 작가는 바로 이런 일에 자신의 표현을 통해 참여하는 대표적 존재이다. 그는 집단적 고통과 행복의 기쁨을 개인의 가장 사적이고 실존적인 절실성 속에서 '대변한다'represent. 그래서 작가는 집단적 주체—일반화된 자아가 된다.

문학예술은 민주적 가치를 생활에서 육화하기 위한 상상력의 의미화이다. 그것은 현실의 결핍과 모순을 창조적 가능성 속에서, 이 가능성의 역동성 속에서 재조직함으로써 기존의 현실을 새롭게

보고자 한다. 이 점에서 예술의 인식과 창조는 신적 계시Offenbarung
와 얼마만큼 닮아 있다. 다른 사람이 생각하는 것과 다르게 생각하
고 다른 사람이 지각하는 것과 다르게 지각할 때, 우리는 그리고 나
는 생생하게 깨어 있다. 이 다른 지각 속에서 우리는 '피와 살을 가
진 몸의 인간'으로 살고 있다고 느낀다. 그리고 이 느낌을 통해 자
기 생애를 거듭, 또다시, 살아간다고, 살아가야 한다고 문득 여기
지 않는가? 이러한 느낌과 생각은 그 자체로 재생과 창조의 경험이
자 자유의 체험이기도 하다. 그것은 무어라고 이름 하기 전의, 그리
하여 분석과 설명 이전에 있는 말할 수 없는 생명의 기쁨, 삶의 환희
인 것이다.

　　탐구의 열정은 단순히 인식의 획득이나 지식의 확장에 있지 않
다. 인식과 지식이 삶의 재생이자 그 전환으로 이어질 때, 앎은 비
로소 진실된 것이 된다. 학문적 탐구가 이러할진대 문학의 경험은,
그것이 개별적 경험으로부터 출발하여 보편성으로 나아가기에, 더
구체적이고 생활적이라 아니할 수 없다. 삶은 작가의 감각과 사고
로 감지되고 그 언어로 표현되며, 이렇게 표현된 것은 다시 독자의
감수성 안으로 소화된다. 미래의 작가는 이 독자들 가운데서 자라
나온다. 삶이 감각과 사고, 언어와 표현을 거치는 동안 좀 더 정확
하게 이해되듯, 작품은 현재의 작가와 독자 그리고 미래의 작가를
거치는 동안 그 나름의 역사—문학 이해의 수용사를 만든다. 그것
은 이미 있어 온 가치와는 다른 가치의 가능성을 표현하고 권장한
다. 그것은 공식 역사에 대항하는 대안 역사의 투시이기 때문이다.
문화사란 이 문학사를 그 일부로 하여 구성되는 더 큰 의미론의 역

사이다.

그러므로 인간과 그 삶의 이해는 언제나 '좀 더 넓은 맥락에서의, 이런 맥락을 통한 잠정적이고 유보적인 이해'여야 한다. 그것이 바른 의미의 문학적 능력이고 문화 이해의 능력이며, 더하게는 갈등에 대응하는 민주 시민의 역량이다. 예술의 경험이 일반적으로 다 그러하다고 말할 수 있지만, 언어의 훈련은 이 문학적·문화적 능력의 중심에 있다고 할 것이다. 그것은 가장 작게는 시를 읽고 느끼며 즐기는 데에서 길러질 수 있다. 그것은 사고를 탁마하는 근본이자 핵심이기 때문이다. 말과 글 가운데 특히 글은, 그것이 말보다 더 개념적이고 논리적이라는 점에서, 사고-이성-정신의 작용에 가깝다. 영상적 이미지로 가득 찬 오늘날의 세계에서 글을 통한 표현 능력은 독자적 사고의 배양을 위해, 또 자율적 인간으로 성장하기 위해 반드시 장려되어야 한다.

그러나 글을 통한 사고적·문화적 훈련 과정은 그렇게 간단하지 않다. 정직이나 믿음 그리고 사랑과 같은 시민적 덕성을 체현하는 일은 더더욱 어렵다. 사랑의 말을 우리가 주저하는 것은, 그것이 불필요해서가 아니라 그 실천이 지극히 어렵기 때문이다. 오늘날 사랑의 실천은 타락한 인간이, 폭력의 역사 현실 안에서, 애매한 언어로, 야수 같은 자신의 본성을 다독이며 실행해 가야 할 백지 위의 사안이지 않은가. 그렇다면 과연 몇 겹의 장애가 이 삶을 에워싸고 있는 것인가?

문학적 물음의 정치 윤리성

오늘날은 규범의 보편성이 해체되고 성스러움이 소멸되어 버린 시대이다. 이같이 파편화된 사회에서 역사와 현실, 인간 그리고 진리에 대해 말한다는 것은 무모한 것처럼 보인다. 그러나 주체가 거부되고 실존이 모순된다고 해서 삶이 아무렇게나 되어도 좋은 것은 아니다. 진리가 파악하기 어렵다고 해서 인간의 관계가 늑대와 늑대의 것을 닮을 수는 없는 일이다. 그러나 삶을 규율할 수 있는 납득할 만한 원리나 목적이 아직도 입안될 수 있다고 우리는 믿어도 좋은가? 이 물음은 이전처럼 지금도 어렵다. 그렇다 해도 이 어려움이 진리의 무효성을 입증하지는 않을 것이다. 인간은 스스로 반성하며 더 나아져야 하고, 삶은 불운과 고통, 불평등과 비참을 더 많이 걷어 낼 수 있어야 한다. 그럴 수 있을 때, 아름다움은 저기 저편이 아닌 여기 이편으로 와서 우리의 것이 된다.

세상을 좀 더 낫게 만들지 못한다면, 그리하여 예술의 힘에 대한 신뢰가 없다면 어떻게 글을 쓸 것이고, 이렇게 쓰인 글을 어떤 믿음으로 읽을 것이며, 또 이렇게 읽은 것이 어떻게 나날의 자양이 될 수 있겠는가? 그러므로 예술-아름다움-반성과 자유-평등의 세계공화국, 이 둘 사이의 거리는 그다지 멀어 보이지 않는다. 적어도 그리 멀지 않다고 (맹목적으로) 여길 때, 우리는 비로소 글을 쓸 수 있다.

장정일의 소설 『중국에서 온 편지』가 보여 주는 문제의식도, 그 문학적·문화적 의미도 이 점에 닿아 있지 않나 여겨진다. 그것은 문화 갈등의 여러 양상들을 현실의 무대 위로 드러내 보임으로써 좀 더 개방적이고 다원적이어야 할 사회의 어떤 이상적 모델을 투사하는 것으로 보인다. 물론 이것은 직접적으로가 아니라 암시적으로, 지시적으로가 아니라 비유적으로 묘사된다. 그것이 어떻건, 이러한 모델 성찰은 '사회구조의 이성화와 그 구성원의 시민화'로 요약될 수 있을는지도 모른다. 좀 더 구체적으로 말하자. 이것은 크게 두 가지 측면—문학 내적 측면과 문학 외적 측면으로 나누어 진술될 수 있겠다.

첫째, 문학 내적으로 보면 권력 비판적 예술 정신은 도처에서 나타나지만 작품의 언어와 형식에서 가장 잘 나타나지 않은가 한다. 장정일의 언어는 이른바 교양어나 비속어, 육두문자나 은어를 별로 구분하지 않는다. 사건의 묘사에 적절하다고 판단되면 그 대상이 무엇이든, 그는 여러 종류의 언어를 꺼림 없이 자연스럽게 쓴다. '밥버러지스키'나 '새꺄' '데끼리'는 그 예이다. 그의 묘사 방식은 형식 파괴적이지만, 이때의 형식 파괴는 실험적이라기보다는 어떤 인습에 대한 저항을 내포한다. 그래서 그것은 가치 전복에 가깝다. 이런 가치 전복적 글쓰기를 통해 그는 이전부터 이어진 그리고 지금도 잔존하고 있는 일체의 권위주의에 대한 가치 저항을 포괄적으로 시도한다. 그러나 이것은, 19세기 말의 유미주의자들처럼 예술을 위한 예술을 하는 것도 아니고 그렇다고 20세기 초의 아방가르드주의자들처럼 삶과 예술의 경계 철폐를 위한 것도 아니다. 오히려 그것은 오늘날 삶의 본래적 모습을 사회제도적 측면의 중대성을 간과하지 않은 채 삶 속에서 복원하기 위한 것으로 보인다.

삶의 바른 모습은 어떠한가? 그것은 간단히 말하여 각각의 개인이 자유로운 가운데 서로 어울리는 삶일 것이다. 구체적으로 말하자면, 장정일의 권력 성찰적 언어는 민주화 이후의 우리 사회에서 개인이 어떻게 탈권위적으로, 그러니까 자유롭고 개방적이며 다원적으로 살아갈 수 있는가라는 문제를 역사적 인물의 비극적 삶이라는 모델을 통해 성찰하도록 한다. 이것은 작게는 낙후된 사회·정치의식으로부터 벗어나 우리가 자율적 시민으로 살아가는 데에 도움을 줄 것이고, 크게는 자유나 진보에 대한 사회적 포용력이나 사회정치적 갈등에 대한 문화적 조정력을 키워 줄는지도 모른다. 자주 언급되는 이 땅의 남성 가부장적 구조 체계나 망국적 지역주의 청산 그리고 이런 청산을 통한 새로운 정치 질서 형성도 자유와 개방성 그리고 가치의 다원성을 훈련하는 것에서 시작될 것이기 때문이다.

자유와 개방성 그리고 가치의 다원성을 위한 출발은 물론 여러 가지 방식으로 가능할 것이다. 우리의 맥락에서 권장할 수 있는 하나의 방법은 작가의 소설 언어에 내재하는 권력 비판적·비지배적 속성을(형식적 측면에서), 그리고 이 언어가 주제화하는 변방적·해방적 지향을(내용적 측면에서) 각 개인이 또 우리 사회가 그 나름으로 소화하는 일일 것이다. 작가의 문제의식을 독자 자신의 생활 속에서—나날의 일과와 사람과의 관계 속에서 체현하지 못한다면, 그리하여 이 사회가 예술가의 문제의식을 포용하고 공유하려 하지 않는다면, 이 사회는 합리적이고 성숙된 공존의 공동체가 되기 어려울 것이다. 이것은 자연스럽게 두 번째 차원—작가 정신의 문학 외적·일반적 지향으로 이어진다.

둘째, 장정일의 문학이 일반적 관점에서 보아 무엇을 지향한다고 할 수 있는가? 그것은 인간적 또는 시민적 삶의 가능성을 검토하는 데에로, 적어도 궁극적으로는, 나아가지 않나 여겨진다. 소설을 포함한 예술 언어는, 그 작품이 뛰어난 것이라면, 어떤 특정 시기에만 해당하는 것이 아니다. 그것은 마땅히 시대를 초월해서 번역될 수 있다. 즉 보편성을 지닌다. 장정일이 다루는 역사 왜곡과 권력의 횡포 그리고 개인의 수난 등의 문제는 이런 이유에서 지금 사회의 갈등과 무관하지 않으면서도 그보다는 넓은 스펙트럼을 지닌다. 다시 말해 그 갈등들은 민주화 이후에서와 마찬가지로 민주화 이전에도 있었고, 더하게는 인류사의 전개 이래 줄곧 반복되어 왔던 것이기도 하다. 다양성과 개방성의 가치는 특히 1990년대 이후 절실한 것으로 요구되어 온 사회문화적 이슈이지만, 작가는 권력에 대한 기왕의 비판을 역사 현실의 틀 속에서, 그러나 단순히 사회정치적 차원에서만이 아니라 이를 포함하는 좀 더 넓은 차원에서 다룬다. 더 넓은 차원이란 정치와 역사를 그 일부로 하는 문화 현실의 공간이다.

위에서 논의하였듯이 삶의 고양은 정치만의 문제도 아니고 제도와 법률만의 문제도 아니다. 그렇듯 개인과 집단, 인간과 사회, 그 어느 한편만의 문제로 환원되기 어렵다. 그것은 이 모든 차원에 두루 걸려 있다. 이 때문에 삶의 변화는 각성된 시민과 이 시민들로 구성되는 사회 공동체 전체의 노력을 필요로 한다.

이 글에서 우리 논의의 무게중심은 현실의 사회정치적 조건을 도외시하지 않은 채로 무엇보다 주체의 태도에, 그 열린 감성에 놓인 것이었다. 열린 감성과 사고로 무장된 주체와 이런 주체의 자발적 참여 속에서 사회의 이성적 구성 가능성은 부단히 타진되고 검토되어야 한다. 이런 시도를 규율하는 보편 가치는 준법과 합리성, 동의와 합의, 절차의 투명성, 갈등의 조정, 공공선의 실현, 건강한 공론의 장, 연대 정신, 자유와 평등, 화해와 평화, 너그러움과 배려 등이 될 것이다. 이 인간성의 이념들은 이제 단순히 주장되거나 설명되는 데에 그쳐서는 곤란하다. 절실한 것은, 한편으로 그것의 현실적 의미와 그 당위성을 이론적으로 천착해 가면서, 다른 한편으로 무엇보다 지금 여기의 생활 속으로, 나와 우리 모두의 행동 준칙으로 육화시켜야 한다. 생활 세계의 구조는 이런 참여를 통해서 질적으로 차츰 전환될 것이다.

다시 한 번 강조하자. 우리에게 절실한 것은 민주주의적 가치를 위한 슬로건이 아니라 지금 여기에서의 그 실행—보편적 가치의 생활 세계적 내면화이다. 이 내면화로부터 민주주의도 이념적 당위로서가 아니라 실제 토대로 기능할 것이기 때문이다. 내실화될 때, 민주주의는 수입된 관념으로서가 아니라 '우리의 보편 규범'으로서, 또 명제적 선언의 대상으로서가 아니라 '전통 가치의 일부'로서 '존속'될 수 있다. 여기에는 물론 많은 노력이 필요하다. 정치경제적 자본만이 아니라 믿음과 신뢰, 준법정신과 관용과 같은 사회적 자본도 필요하다. 이 글의 논의와 관련해서는 특히 문화적 자본의 중대성이 언급될 만하다.

문화적 자본이란 무엇인가? 문학과 예술을 통해 국민 의식 수준을 높이고 가치 체계를 합리화하며, 사회 규범을 개방적으로 만

드는 일은 건전한 문화적 자본의 형성에서 핵심 문제가 된다. 이 일
에 있어 최종 원천은, 다시 한 번 강조하거니와, 열린 감성이고, 문
학예술은 이 감성을 훈련시킨다고 할 수 있다(감성의 이런 훈련은 그 자
체로 사회를 합리적으로 구성하는 시민 교양의 형성 과정이기도 하다. 그리하여
열린 감성의 교육은 궁극적으로 민주주의의 내면적 근거가 된다).

그러나 개방적 감수성은 어디까지나 법률 제도와 공공 질서의
보완 기능을 할 것이다. 그러니까 감수성의 문제는 정치의 일반 절
차에서 간과되기 쉬운 개별적인 것의 특수성을 구제하고 복원하는
역할에 한정된다. 그러나 그것은 단순히 보완 요소가 아니라, 지금
까지 강조한 대로, 삶의 질적 고양에 매우 중요한 핵심의 하나이다.
감각과 지각, 상상, 공감, 감정이입은 건전한 일반성 또는 이성적
질서의 좀 더 높은 이성화를 위한 불가결한 통로이다. 합리화의 교
정 과정을 두 가지—사회 차원과 개인 차원으로 나누어 좀 더 구체
화하여 보자.

사회 차원에서 삶의 합리화는 무엇보다 제도로 구비되고 정책
으로 실행되어야 한다. 이 제도 구현은, 공적 선의를 각각의 개개인
이 생활 차원에서 자율적으로 육화할 때, 뿌리내리기 시작한다. 그
러니 만큼 그것은 사회정치적 현실의 개혁 문제이면서 동시에 개인
실천의 문제이기도 하다. 그러면서 이 모두는 삶의 질적 갱신, 즉
문화의 내실화 문제가 된다.

제도적으로 구비되고 개인적으로 육화될 때, 합리성은 비로소
삶의 이성적 문화 규범으로 자리한다. 다른 생각과 존재의 가능성
을 인정하고 이것과 나란히 공존할 수 있는 사회의 인간화도, 인간

화된 사회의 구조도 이때 구현될 것이다. 이 점에서 장정일 서사 언어의 권력 성찰적 시도는 삶의 문화 갈등에 대한 문학적 대응 방식의 한 전례를 제공한다고 할 것이다. 그것은 다른 시각으로 역사를 다르게 독해하는 노력이 삶의 더 나은 가능성을 성찰하고 진단하는 데에 불가결함을 말해 준다. 여기에서 관건은, 하나로 요약하자면, 주체의 타자화이다.

'주체를 타자화한다'는 것은 대상을 비판하면서 이렇게 비판하는 자기 자신 역시 비판함을 말한다. 그것은 대상 비판과 주체 비판을 동시에 행한다는 것을 뜻한다. 이것은 극단적인 경우 자기 논리의 허위성까지도 인정하고 지적하는 일을 회피하지 않아야 가능하다.

그러나 주의할 것은, 이런 이중 성찰 운동이 논리나 비판의 의미 자체를 포기하는 것으로 귀결되어선 안 된다는 사실이다. 그렇다는 것은 어떤 관점과 입장은 하나의 있을 수 있는 척도로서 일관되게 견지되어야 한다는 말이다. 이런 이유에서 필자의 입장은 이른바 포스트모더니즘이나 일부 해체론자들이 언급하는 무목적성―'무한한 차연differánce 속의 무결정적 입장'과는 분명 구분된다고 할 수 있다. 마치 정사正史의 왜곡 가능성이나 이런 왜곡을 지적하는 언어 자체의 허위 가능성에도 불구하고 문학에 대한 믿음이 고수되듯이, 또 이런 믿음 속에서 문학과 역사에 대한 또 하나의 다른 관점을 장정일이 제공하고 있듯이, 우리의 관점 역시 그의 소설이 갖는 어떤 성취와 더불어 그 한계를 지적하는 가운데 또 다른 가능성을, 그것이 미미한 것이라 할지라도, 제시하도록 노력할 것이다.

우리의 비판 정신은 객체와 이 객체를 향한 나(주체)에게 동시에, 즉 이중으로 그리고 변증법적으로 겨냥되어야 한다. 이런 의미에서 이 글은 사회과학 논문의 진술 방식과는 어떤 면에서 분명히 다른 점을 갖게 될 것이다. 이 점은 우리가 다루는 대상이 소설에 나타난 문화 갈등이기에 더 그러하다. 문화 활동이 간단히 말하여 통일성 가운데 다양성을 허용하고 장려하는 방향으로 진행되어야 한다면, 이 문화를 다루는 관점은 탄력적이어야 하고, 그 언어는 유연해야 하기 때문이다. 문학의 언어와 사고, 감성과 그 논리가 굳어 있다면, 그것은 더 이상 문학일 수 없다.

문화 갈등 양상은 여러 다양한 사회현상들의 일부로 작동한다. 그러므로 비판 또는 반성적 사고의 이중화는, 이런 문화 갈등이 대상적으로 진단될 뿐만 아니라 사회의 한 구성원으로 살아가는 진단 주체 자신에게도 해당된다는 사실로부터 절실하게 요구된다. 우리는 갈등에 대해 집단적·제도적·정치적·법률적 차원에서만이 아니라 개인적·개별적·실천적·실제적 차원에서, 지금 여기 나와 너 사이에서, 우리와 그들 사이의 관계 속에서 더 미묘하고 구체적으로 대응할 수 있어야 한다. 좀 더 전면적으로―점점이, 분산의 형태로, 미세하고 세밀하게 우리는 문화 문제에 대응할 필요가 있는 것이다. 이러한 생각은 분명 갈등의 미화도 아니고, 갈등의 해소를 제도에 의존하려는 것도 아니다. 그렇다고 갈등의 사회경제적 측면을 무시한 채 개인의 의무나 책임만을 강조하려는 것은 더더욱 아니다. 갈등이나 투쟁은 대타 관계의 근본 양상이다. 삶의 조화란 소망적 차원에서의 현실이지 실제 현실의 진면목은 결코 아니다. 그러므로 그것은 세부적으로 대응되어야 한다.

우리는 사회정치적 갈등을 한편으로는 인간의 삶이 계속되는 한 끊어질 수 없는 것으로 파악하지만, 다른 한편으로는 바로 이런 이유 때문에 좀 더 현실적이고, 따라서 근원적인 어떤 대응책을—해결책이 아니라—생각해 보고자 한다. 물론 이 대응책마저 손쉬울 리는 없다. 여러 가능한 대응책들 가운데 글은 기껏해야 아주 작은 성찰의 계기만을 제공할 뿐이다. 그러나 이때의 계기는 그 다음에 이어질 행동의 중대한 발판이 될 수도 있다. 그런 점에서 글은, 모든 이론적 탐색이 그러하듯, 정치적이고 윤리적이다.

그러므로 이 평문은 사회 갈등의 전적인 지양을 갈구하지 않고, 그 즉각적 해소를 희망하지도 않는다. 그런 바람은 어리석을 뿐만 아니라 무모하다. 삶의 갈등이 그렇게 쉽사리 지양될 수도 없다. 그렇다고 해서 숙명론이나 허무주의에서 흔히 보듯, 현실에 자신을 방기하는 데에로 나아가지 않는다. 이 둘은 소박한 현실 대응의 동일하게 무기력한 형식인 까닭이다. 현실과의 대결은 좀 더 정치精緻하고 면밀하며 다층적이어야 한다.

우리의 목표는 유동적 현실 속에서 실현 가능한 구체적 기율과 원칙의 방향을 성찰적으로 스케치하려는 것이다. 물론 이런 윤곽의 제시에도 여러 가지 방식이 있을 수 있다. 이 글은 삶의 갈등을 그 온전한 모습 속에서, 다시 말하여 역사적·사회정치적·이념적·개인사적·언어적 측면 등—이것은 문화 토대를 구성하는 요소들이다—다양한 측면에서 드러냄으로써 우리가 처해 있는 현 단계의 위상을 입체적으로 가늠해 보고자 한다. 이것을 설득력 있게 해

낼 수 있다면, 갈등의 개인 대응력과 사회 조정력을 제도적으로 입안하는 일로 우리는 나아갈 수 있을 것이다. 이 글은 이 같은 반성을 작가 장정일의 비평적 이해를 통해 겨냥한다.

『중국에서 온 편지』에 나타난 문제의식은, 또 더 크게 장정일 문학뿐만 아니라 문학을 그 일부로 하는 예술 일반은 여러 우회와 절차를 거치는 채로 결국에는 삶과 현실을 '비강제적이며 자율적이고 또한 자유롭게' 조직할 수 있는 반성 자료를 제공한다고 할 수 있다. 다양하고 광범한 현실 참여의 계기도 감정적·사고적 반성 과정을 통하지 않고는 얻기 어렵다. 그의 글을 단순히 '불온하다'거나 '무례하다'거나 또는 '권력 전복적이다'라는 평으로 스스로 자족하지 않을 때, 그렇게 단정하는 대신 그 글을 읽고 있는 우리의 현재 삶을 되비추는 성찰 계기로 삼을 때, 오늘의 미비한 삶은 좀 더 나아질 수 있을지도 모른다.

문학 언어에 효용성이 있다면, 그것은 작가의 고민과 회의가, 그의 속삭임과 질타가 반성을 자극하는 까닭이다. 그것은 사소하게 보일 수는 있으나 '없어도 무관한 종류의 것'은 아니다. 오히려 그것은 현재를 반성하는 데에, 특히 문학예술의 창조성과 문화의 정체성을 고민하는 데에 있어 불가결한 것으로 보인다.

찾아보기